산으로 간 고등어

조성두 지음

차례

고등어 한 손 _ 05

초향 _ 53

송이 _ 103

유화 _ 225

주석 _ 332

작가의 말 _ 339

고 등 어

한

손

어린 개비름 잎을 씹던 그날 굴뚝새처럼, 그 아이가 나타났다. 갈옷처럼 풋감에 물든 삼베옷을 입은 키가 크고 삐쩍 마른 남자아이. 입은 작고 입술은 도톰한데 커다란 까만 눈이 나를 보더니 급히 몸을 돌렸다. 나는 그의 머리 뒤로 짧은 제비 꽁지를 본 듯했다.

그날부터 며칠 족제비처럼 빠른 어느 몸놀림이 우리 주변을 맴돌았다. 사실 두 번째부터 엄마와 난 그가 나타날 것을 미리 알아챘다. 그는 노루처럼 빨랐지만 존재는 먼저 비릿한 냄새로 인사했으니까. 그 며칠간 우리 웃는 바람 소리 너머 자근자근 밴 고등어 비린내가 가까이서 흘러왔다. 어느 때는 싸리문 너머, 또 어느 시각은 장독대를 건너 수수밭 사이에서. 또 느지막이 저녁에 그루터기 고춧대와 검은 가지 사이에서 기척은 없으나 숨어 주저하는 인내를 알렸다.

분명 밭둑 수숫대 사이 서걱대는 소리란 바람 소리는 아니었고 초피나무 가시에서 해진 헝겊 타래가 증명처럼 발견되었다. 그건 그날 "이리 온!"이라는 엄마의 소리에 푸드덕 날아가던 꿩의 깃털처럼 사라지다 뜯긴 옷의 자취였던 건데. 물론 그때도 여지없이 냄새가 아이의 존재를 부끄럽게 속삭이고 있었다. 난 그 냄새가 무척이나 배고픈 인내가 담긴 비린내라는 것을 알아버렸다. 물론 그건 엄마의 해석이셨지만. 사실 그녀도 처음 몇 번은 코만 확인하시더라니!

드디어 몸을 반쯤 드러냈다. 마침내 용기를 냈을까? 아니면 소녀의 염탐을 더는 참지 못한 걸까? 배고픔과 이쁜 소녀를 두고 아이의 진실은 무엇이었을까? 아무튼 엄마가 손가락을 올려 "쉬이

잇"을 몇 번이고 하셨으니, 분명 나보다 먼저 알아챈 게 분명했다. 당신은 인내를 가지고 배고픈 영혼을 기다렸다. 좀 더 다가오는 아이의 용기를. 유혹을 이기지 못해 다가서는 동물을 낚는 사냥꾼처럼.

"거기 뉘니? 그만 우리 같이 먹을 수 있었으면!"

그 신청에 고등어 꽁댕이 냄새는 돗자리 깔 듯 납작 엎드렸다. 엄마와 난 사르르 웃었다. 우리 집 고양이 기둥이가 바짝 경계를 섰다. 엄마는 우리 함께 먹자는 소리를 한 번 더 하시고 묵묵히 고개를 끄덕였다. 이때 난 엄마 김 마리아의 익숙하지만 수상쩍은 동작을 보았다. 귀는 바짝! 반면 당신의 손은 여럿 성호를 그으셨다. 나는 그날 먹던 보리밥 알갱이를 아주 오래 씹었던 기억이다. 그날은 그렇게 끝났다. 무척이나 가까운 곳에서 서로는 끝내 냄새와 미소로만 인사했다.

마침내 자신을 드러냈다. 깡마른 소년이 나타났다. 비가 온 다음 날인데 꽃잎들은 비에 몸을 눕힌지라 더는 숨을 수 없던 탓도 있었을 테다. 아니! 놀랍게도 아이는 부끄러워하면서도 자신의 값을 들고 나타났다. 꺼부정한 그 소년, 말총머리에 눈이 큰 아이가 고등어 한 손*을 들고 있었다. 두 마리 염장 고등어였다. 가장 먼저 집고양이 기둥이가 꼬리를 내렸다.

기이한 표정과 함께 마른 수숫대처럼 비비적거리던 첫인상은

---

* 고등어 큰 것 하나와 작은 것 하나를 합한 것.

무슨 총각 같았다. 당시 아이의 부끄러워하던 모양새가 왜 그리 기억이 선명할까! 내 얼굴도 언제부터 붉은빛이 올랐다. 사내보다 먼저. 어린 내 가슴은 솜방망이처럼 위아래로 급히 뛰었다.

수줍어하던 아이는 엄마의 미소와 손짓에 자신의 냄새인 고등어를 바치며 마침내 우리 집 움막 토방에 올랐다. 나는 곧장 나무 숟가락을 내렸다. 엄마 뒤로 살짝 숨었다. 얼굴은 사내와 직각, 몸은 엄마 등에 붙이면서. 어쩜! 엄마는 아빠도 가끔 쓰는 죽향 수저를 건네시더라니.

참으로 놀라운 배려였다. 없는 살림에 옻칠을 한 숟가락은 귀한 손님이 오실 때나 사용되는 거였으니까. 음식은 겨우 곰삭은 열무김치에 식은 조와 수수 그리고 정말 약간의 보리가 든 비빔밥과 해당화 고추장이었다. 총각 같은 소년은 시작은 좀체 느렸으나 들어온 이왕 번개처럼 공기를 비웠다. 정말 허겁지겁 먹었다. 차후 언젠가 그가 말했다. 세상에서 가장 황홀한 식사는 그때 어느 소녀 앞에서였다고.

"뉘 이름은?"
"원이요. 성원이"
"어디 사네?"

백석 포구에 산다고 했다. 엄마는 눈을 둥그레 뜨고 많이도 놀라셨다. 나는 대충 바닷가 근처로만 알아들었다. 아빠가 내포 일대를 알려주신 이후 처음 듣는 외지명이었다.

이어 엄마가 어찌하여 지리산 자락인 이 산골에 오게 되었냐고 물었다. 처음 우리는 왜 그리 조심해야 했을까? 그를 낯설어했을까? 각지에서 들어온 천주쟁이들이 조용히 옹기를 굽고 화전을 일구며 숨어 살던 산속 마을이었으니까. 내가 살던 성거산은 해발 오백 미터가 넘는 산간 분지로, 우리 산중 사람들은 그곳을 소학골이라고 불렀다. 차령산맥 하늘 아래 숨어 살던 신앙촌엔 외지인들도 찾아오기 쉽지 않았고 경계가 늘 심했다.

 엄마는 곧 고개를 끄덕이며 안심하셨다. 몇 마디로 확인된 아이는 내포 일대 오일장을 도는 등짐장수의 아들이었다. 보상(봇짐장수)이 아니라 부상. 지게에 생선이나 소금, 나무그릇 등을 팔던 떠돌이 장사꾼들. 그와 장돌뱅이 아비가 이곳에 정기적으로 오고 있다는 사실도 보리 밥알처럼 튀었다. 과연 그래서 그랬다는 엄마의 안심. 즉 아이의 아비는 한 달에 한 번 도촌에 거래터를 잡고 근방 교우촌 다섯 곳에 주문한 옹기를 소금이나 생선과 교환한다고 했으니까. 엄마는 왠지 더욱 정중하셨다. 다음 다행이라고도 하셨다.

 나중에 그가 간 후 엄마는 교우촌에 소식쟁이가 몇 있다고 하던데 그중 하나가 아이의 아비일 거라고 가늠하셨다. 소식쟁이. 외부 소식을 알리는 누군가다. 말하자면 아이와 그 아비는 신앙촌인 서덕골, 사리목, 석천리, 그리고 내가 살던 소학골을 돌면서 옹기를 거래했고 과정에서 세상 소식도 전했다. 물론 교우촌엔 신앙으로 선별된 튼튼한 수발꾼들이 직접 내포로 나갔지만 필요에 따라 이런 주문거래도 응했다. 바로 물물교환으로 소년과 그 아비는 이런 거래물을 등짐하고 천안 오일장을 돌았다. 다만 주문거래란! 그 아이의 아비는 남다른 재주가 있어 양반집들의 맞춤 옹기 주문을 댔다.

그리고 중요한 사실. 소금에 절인 고등어는 그 아이의 어미가 간잽이란 소리였다. 해서 집이 백석 포구 근처라는 말은 이치가 맞았다. 바닷가 태안에서 생물인 고등어를 떼다 내장을 손질하고 염장을 하는 간잽이 집 아들. 그래서 왜 그 비린내! 아이의 몸에 밴 수상했던 냄새는 그리 해석되는 순간이기도 했다.

"머슴아가 효자네. 근데 니 몇 살이가?"

엄마는 아이가 아비와 함께 등짐을 지었다는 사실에 거듭 감탄하는 눈치였다.

"열… 네 살이요!"

"와! 정말로? 우리 초향이보다 겨우 두 살 많아? 누부(누나)는 없고? 어째 이리 개우바릴까(경우가 바르다)! 사나(사내)티가 무슨 총각 같다."

내 이름이 불리자 그만 난 홍당무가 되었다. 내 쌈시불(쌍꺼풀)이 엄마를 향했다. 정말 뜻밖이었다. 엄마는 아이가 들고 온 간고등어에 경계심은 저 미륵골로 넘어가 버렸을까? 아이가 대가를 지불하고 등장한 그 오롯했던 조바심과 수차례 인내에 그만 반했던 걸까?

"초향아 급한 총각 물 좀 가져와라.", "근데 간잽이 니 어마씨(엄마의 존칭)는 그럼 한 달에 뉘 얼굴 몇 번이나 볼까?", "오일장 형팬(형편)은 괜찮노?"

고향이 청송인 티를 제대로 내시더라니. 당시 나는 엄마가 무엇 때문에 그리 말이 많았는지 이해할 수 없었다. 평소 당신은 제 말은 고사하고 침묵과 묵상이 늘 모습이었으니까. 그런데 그날은 왠지 마음이 앞서게 보이더라니! 분명 뭔가에 동한 것 같았다.

그날 아이는 내가 건넨 물에 목을 축이고 넙죽 절을 하고 떠났다. 물론 물을 건네는 나도 그 아이도 서로 얼굴을 제대로 마주할 수 없었다. 아이가 떠나자 엄마는 간고등어를 장독에 저미며 이상한 말씀을 하셨다. 괜히 옷고름을 만지던 나를 보시면서 뜻 모를 이런 소리를 게워 내셨다.

"초향아! 오늘 새벽 기도 중에 묘한 상을 보지 않았겠냐? 조붓한 소학골 샛길을 타고 넘어오던 밝고 어두운 무슨 손길을 내 보지 않았겠어!"

한 달 뒤에 다시 나타났다. 그 한 달이라는 시간은 아이의 지난 말을 증명했다. 정말 그가 옹기를 구하는 봇짐상의 아들이 맞다는 것을. 그런데 이번엔 등장하는 태도가 사뭇 달랐다. 소년은 숨지 않았다는 점에서. 그리고 그 절인 고등어와 함께 좀 남사스럽게 등장했다는 점에서 그랬다.

그건 아주 당당했다는 점을 포함해 살짝 웃길 만한 등장의 형식 때문이었다. 그 아인 이번엔 세 끼를 먹었다. 올 때마다 간고등어 한 손을 들고. 과연 봇짐장수 아들이 아니랄까 봐, 고등어 한 손과 밥 한 끼의 물물교환이었다. 또 남사스럽다는 다른 이유가 용하게도 아빠가 없을 때만 나타났다는 점이었다. 점심이 두 번이었지만 마지막 아침이 특히 그랬다. 전날 아빠는 서들골에서 칼레 신부님을 모시고 기도 철야를 하셨으니까. 그런 상황을 충분히 아실만한 엄마도 수상했다. 아침 출몰에도 반갑게 맞아 주었으니까. 서둘러 준비한 아침 식사였다. 우리가 먹는 수수밥과 달리 그 여러 날은 좀 더 많은 보리밥을 내셨다. 반찬 또한 매번 바뀌면서 정성이 더 해졌다.

낮은 햇살이 흙과 함께 뒹구는 가을 입구였다. 하늘 높이 황조롱이 한 마리가 유난하게 커다란 원을 그리고 있었다. 그래서였을까! 뱁새라고 하는 붉은머리오목눈이 떼가 한참은 시끄러웠던 그 날이다.

좁은 마당엔 엊그제 엄마와 딴 앵두 같은 붉은 산사자가 자리를 다 차지하고 있었다. 떠나갈 옹기와 단지들이 담장처럼 집을 감싼 작은 마당, 좁은 움막집은 살림살이라고 할 것이 별로 없었다. 말린 열매들인 한약재 쌈들과 이제 시작한 생 곶감들이 좁은 방안 바닥에 이어 허공마저 그득 차지하고 있었다.

그는 이번엔 특별한 것들을 들고 왔다. 간고등어 한 손과 새우젓이 담긴 작은 옹기였다. 이 역시 거래였다. 엄마는 지난번에 작은 옹기를 그에게 쥐여 주었고 아이는 새우젓을 채워왔다. 엄마는 지난해에 말린 산사자를 이미 준비해 놓았다. 아이 또한 간잡이인 제 엄마와 상의했을 테다. 아무튼 그날 점심은 엊그제 탄 노란 호박대에 그 새우젓을 넣은 호박 젓국이었다. 물론 밥은 역시 좁쌀과 수수가 섞인 보리밥이었지만.

그리고 갑자기 시간이 내졌다. 잠깐 엄마와 소년 사이 뭔가가 바스락거렸다. 엄마는 곧 자리를 비키셨다.

"댕겨오마."

'엄…마?'

소리는 내 입속에만 돌았다.

어째 나를 두고 홀로 밭일을 나가신다? 상황은 너무 뜻밖이라 난 한참을 어쩔 줄 몰랐다. 가을은 손이 바쁜 시절이다. 엄마는 분명 수숫대 밭과 다음 감자밭에 가실 텐데! 손도 모자라는데 어찌하여 엄마는 딸을 남겨두었을까? 진정 세 번의 방문과 첫 거래에 엄마는 그 아이를 이미 믿은 걸까?

쑥국새가 우릴 보고 놀렸던 것 같다. 부끄러움이 귀밑까지 가득 찬 소녀와 짐짓 주변만 눈을 타는 소년을 보고. 이따금 그 아이도 거시기했던 건지 괜히 주변만 손으로 부지런히 훑었다. 그의 손엔 언제부터 튼실한 억새가 들려 있었다. 우리 방향은 갈바람을 타고 그곳 도라지밭을 향하고 있었는데, 물론 이곳의 주인인 소녀가! 내가 앞서는 형세였다. 소년은 소녀의 붉게 물든 하얀 귀를 유난하게 바라보고 있었는데, 앞선 난 그걸 알 도리는 없었다.

아무튼 거기 도라지밭은 겨우 한 달 전에는 별 모양, 종 모양 연보라, 진보라색 도라지 꽃들이 올망졸망 터지던 산속 숨은 언덕이다. 언제나 바람이 찾아와 나와 놀아주던 너럭바위 위에 들마리(평상) 같은 나만의 언덕. 특히 거기 큰 소나무 아래 자리는 아주 특별한 곳으로 저 멀리 다른 시간과 공간을 내려 볼 수 있는 나의 전망대다. 그곳에서 저 멀리 아득한 아산만과 영인산을 바라보며 가끔은 엄마와 함께 공기놀이를 했고 성서의 이야기를 들었다. 혼자서 자주 내가 아는 천주님께 새가 되어 저 멀리 뜨고 싶다고 기원하던 곳이다.

"해본 적이 없어!"

바닥에 퍼질러 앉는 품이 아주 자연스러웠다. 짚신을 털면 황토와 모래가 흩날렸다. 구멍이 몇 개 나 있었다. 그러다 미처 몰랐던 것을 깨달았다. 왜! 그걸 서로 마주했을 때 깨달았는지 몰라. 아이에게서 늘 나던 그 비린내가 거의 없다는 사실을. 그가 이번엔 정말 잘 다려진 하얀 옷을 입고 있다는 것도.

처음 서로 뻘쭘했다. 내 소중한 곳으로 안내한 나는 이미 귀밑까지 벌게졌지만, 소년에겐 그 모습이 너무 예뻤던 거겠지? 사실 난 엄마를 믿은 원인이 가장 컸다. 낯선 이와 자리를 내준 엄마의 선택은 오롯한 믿음이자 엉겨 붙은 호기심 그득이었으니까. 아무튼 도착하자 눈만 피하던 우리는 뭔가를 해야 했다. 그래서 시작한 것이 공기놀이였다. 그런데 그 아인 한 번도 해 본 적이 없다고 했다. 하기야 일곱 살부터 지 아비를 따라 장돌뱅이를 했다 했으니!

그를 촘촘히 가르쳐야 했다. 쌀씻기라고 공깃돌을 던지기 전에 손안에서 흔드는 것부터. 공깃돌 다섯 알을 바닥에 떨어뜨린 후 던지고 잡는 처음은 한 알 잡기, 다음은 두 알 잡기, 세 알 잡기, 네 알 잡기와 고추장을 알렸다. 직접 시범은 물론 몇 번이고 보여주었다. 다른 공깃돌을 건드리면 땡! 조심조심 간 빼먹는 기술을 포함해 시작에 손가락을 벌려 넓게 잘 퍼뜨려야 집기에 편하다는 나만의 비법도. 자연 서로 손과 몸은 여럿 박자를 탔다. 우리는 자리를 몇 번 움직여야 했다. 당연히 공깃돌을 잡는 위치가 중요하니까. 과정에서 우리 서로의 눈높이는! 둘은 서로 눈을 몇 번이나 마주쳤을까?

"콩…. 아! 콩! 오, 예."

아주 자연스러웠다. 절로 까르르 웃었다. 내 손에 튄 공깃돌을 허공에 두 번 튀는 걸 겨우 잡았던 때다. 다음 규칙을 설명하다가 절로 나온 "콩" 소리에 그만 나도 웃어버린 건데. 아마도 시작은 그 대화였다.

"니는 다섯 살 해라. 나는 니 나이 열네 살 할게!"

이때부터 내 경계심은 저 멀리 아산만으로 날아가 버렸다. 낯섦은 자연스럽게 깨졌고, 게임에서는 당연히 압도적으로 이겼다. 너럭바위 위 도라지밭은 소녀의 가장 밝은 옥구슬 굴러가는 음성을 듣고 있었을 테다. 산 높은 산골은 아이들이 좀체 모이기가 힘들다. 드문드문 산속 움집들이 서로 퍼진데다 아이들은 부모를 도와 밭일이나 옹기 짓는 도우미를 해야 했으니. 식구가 많아도 좀 큰 애기는 동생 아기들을 봐주느라 틈들이 없었으니까. 함께 놀 동기들이 없어 땅따먹기나 술래잡기는 힘든 현실이었다.

"니는 왜 그리 잘하는 건데?"
"와아, 봐라. 나 지금 반지 걸렸다!"
"반지?"
"그래, 반지!"

햇무리구름이 살짝 뭉개졌다. 우리는 집중하느라 미처 몰랐다. 저 멀리 먹장구름이 드리워지고 있는 것을. 주변에 함께 놀던 고추잠자리도 어느새 사라졌다. 자연스럽게 눈을 서로 마주했다. 반지라고 해맑게 웃으며 손을 세워 손에 낀 공깃돌을 그 아이에게 보였던 순간 나는 그만 그 접촉에 얼어버렸다. 그 멈칫, 서로 내준 손의 쌍방과 함께였다. 그는 어쩌다 내게 건너와 손도장을 찍었으니 말이다.

실은 호기심의 그가 무심결에 내 손에 낀 공깃돌을 짚은 건데. 내 손끝을 타고 벌어진 나의 입에서는 하얀 쪽니가 드러났다. 고지박(박) 깨지는 소리가 들렸다. 심장 둘, 똑 떨어지는 소리가 꼭 닮았다.

"꽝!"

순간 우렛소리가 터졌다. 먹장구름이 소나기를 몰고 오고 있었다. 그와 난 그걸 자신들의 심장이 얽히고 함께 떨어지는 소리로 들었다. 이번엔 제대로다. 꽝! 후드득후드득 꽝! 섬광에 이어 대포 소리. 작은 적막이 이어지다 이내 우레는 두 번 세 번 네 번 후드득 쾅쾅! 둘의 눈동자는 여전히 멍한 가운데 귀창(귀고막)을 때리는 엄청난 뇌성이었다. 그의 반지 손이었다. 순간 타고 넘어온 깍진 손이 나를 끌어 올렸다. 내 의식은 염원하던 저 멀리 아산만으로 제대로 날아가 버렸다.

"뛰어!"

그의 본능은 번개 치는 높은 곳은 위험하다는 생각뿐이었을 터. 비를 피할 구석을 찾아 일단 뛰었다. 둘은 손잡고 내리막을 전력으로 달렸다. 그러나 소나기는 가볍게 우리를 덮쳤다. 바소구리(발채를 얹은 지게)도 넘어질 만큼 봇물이 살시게!(세차게) 하니! 때리는 비와 대찬 바람은 간단히 승리했다. 능선 따라 내리막길은 별

다른 가림이 없으니 우린 그대로 젖고 있었다.

'어데로?'

'저어기!'

시야는 황황한 가운데 달리는 그가 드문드문 나를 바라보았다. 그랬다! 빗물에 헤아리기 어려운 와중에도 내 손끝은 그나마 숨을 곳을 가리키고 있었다. 역시 이곳 산처의 다람쥐는 나였으니 내 손 방향은 전혀 우왕좌왕이 없었다. 멀리 가면 좋을 곳도 있지만 당장 먹장구름의 이 떼창 소나기를 피할 틈은 그곳밖엔 없었다.

"초향, 추워?"

모서리진 작은 바위틈이다. 깊이는 겨우 세 뼘. 위로는 머리가 거의 닿는다. 게다가 한쪽은 한 뼘으로 줄어든 비좁은 공간. 소년은 소녀를 뒤로 두고 비의 가림막이 되어 서 있다. 소나기가 몰아치지만 나는 그의 등 뒤에서 훈기를 먹는다. 춥다니? 전혀! 그가 내 이름을 처음으로 부른 순간인데! 내 손은 어쩔 줄 몰라 하다 언제부터 그의 어깨를 뒤에서 꽉 붙들고 있다. 좁은 공간에 바짝 붙은 두 몸. 그는 좀 더 나아가려 하나 비가 들이 차 어렵다. 또 뒤로 물러나려 해도 소녀가 찬 흙벽에 닿는다. 어느덧 우리는 하나는 벽이 되고 다른 하나는 담쟁이 넝쿨이 되었다고 한다면 어떨까! 아니면 물에 불어 달라붙은 젖은 두 나뭇잎이거나.

'아! 저는 나의 삼장(겨울 소의 등에 씌어주는 짚으로 만든 이불)'

언제부터 우리 발밑에도 물웅덩이가 생겨나고 있었다. 바깥 집요한 번개는 더욱 미치겠다는 듯 아우성이다. 번뜩이는 바깥은 형언할 수 없는 하얀 빛들체의 연속으로 섬광에 이어 합선이다. 어느덧 붙어버린 두 몸체에게도 전도가 있었다면 옳았다. 분명 그에게 작은 산의 울림이었을 터. 내 가슴 봉긋이 그의 등에 와락 닿는 순간이었다. 무섭고 지리면서 따뜻했다. 비릿하면서 가슴은 멍하고 찌릿하였던지. 왕왕거리는 바깥 고함은 세상 처음 듣는 합창이었다. 와중에 신기하게 울리는 다른 소리는 너무 상큼했다. 그게 밖을 향하지 못하고 내게 휘돌아 오고 있었다. 그 아인 밖을 향해 이렇게 소리쳤다.

"아, 시원해! 시원해. 너무… 좋아. 너무 너무 좋아!"

이번엔 도저히 꼴을 보지 못하겠다는 다른 녀석의 개입이다. 바로 비바람의 차례다. 질투보다는 한번 해보자는 건지 더욱 몰아친다. 소년의 목소리도 점점 구겨져 안으로 들어와 묻히기 시작했다. 언제부터 우리 얼굴은 하나로 붙어 한편으로 쏠리며 겨우 버티고 있다. 강하게 때리는 비바람에 겨우 견디고 있는 그, 동시에 소년을 힘껏 받으며 선 소녀는 서로 하나의 버팀목이 되었다. 둘이자 하나. 연속 컷으로 찰칵찰칵! 그와 함께 세상은 우렁우렁.

무수한 번개의 셔터와 대찬 비바람에 쏠려 언제부터 한쪽으로 붙은 우리는 가자미의 눈이 되었다. 어느덧 그의 한쪽 눈이 내게 옮아가 붙어 있었다. 아니면 반대였던가. 그러므로 서로 아예 붙어버린 뇌? 이미 몸도 하나, 합선으로 감전된 뇌수까지. 서로 한 눈으로 짝. 파장은 심장으로 떨어졌다. 접혀 맞잡은 눈동자가 붙어 버린 그때 유리알 소리가 서로 쨍했다.

'우리는 이제 이것으로 고등어 한 손!'

마당에 넌 산사자는 산산이 흙 가운데 흩어져 있었다. 우린 집에 도착하자 피 밭처럼 전개된 마당을 보고 흠칫했다. 마치 붉은 눈시울처럼 보였다. 물에 빠진 새앙쥐 두 마리를 엄마는 그저 주목만 하셨다. 밭일을 나간 엄마가 이미 돌아와 계셨다. 아마도 소나기에 놀라 급히 되돌린 발걸음이셨을까? 아니면 자신이 선택한 딸 홀로를 뒤늦게 걱정하신 탓이었을까? 기묘했다. 비에 흠뻑 젖은 데다 여기저기 튄 흙투성이 옷들 하며. 물에 절은 두 아이의 얼굴 기름때를 지켜보며 망연히 서 있던 어머니. 수채화가 아닌 묘하게 탁한 유화 같은 정적이 흘렀다.

왜! 엄마는 가장 먼저 그걸 챙기지 않으셨을까? 저 산사자보다도 우리 꼴을 두고 망연자실한 그런 안타까움일까? 그 묘하게 무너진 슬픔 같은 망부석처럼 알 수 없는 슬픈 눈으로 말이지. 소년은 절로 눈을 내리깔았다. 나는 그런 엄마를 바라보며 영문을 모르겠다는 듯 검은 눈동자를 굴리고 있었다. 나는 엄마의 알 수 없는 무거운 침묵에게 물었다.

'왜? 그전엔 그리고 지금은!'

고요한 가운데 하얀 안개꽃들만 피어나고 있었다. 그저 담담히 서 있는 세 명의 몸에서 실타래처럼 연기가 퍼져 나가고 있었다.

"이제 그만 가 보렴!"

붉은 구슬들이 마당에서 영롱하게 빛을 발하며 상황을 지켜보던 잠깐의 적막이 그리하여 깨졌다. 이제 그만 가보라는 엄마의 단단한 선언은 마치 무를 단박에 자르는 삭도 같았다. 내 가슴엔 알 수 없는 불안의 기미가 피어났다. 엄마 쪽엔 왠지 고통이 느껴졌다. 계속 불안한 내 시선은 엄마와 소년을 오갔다.

당신께서 말없이 작은 보자기를 건네셨다. 그건 말린 산사자 열매였다. 바로 새우젓의 대가. 당신은 몸도 마당의 상황도 놔두고 물건을 준비하고 기다리던 거였다. 그도 특별했다. 아이가 아주 인상 깊게 고개를 수그리는 그 장면에 내 눈은 '이게 뭐지?'라는 반응을 보여야 했다. 아주 바르고 깊은 자세의 느리고 각이 잡힌 저 무엇. 엄마는 그 자세에 또한 느린 성호를 그으셨다. 순간 내게도 떨어지던 무거운 그 기호의 낙차. 나는 사라지는 그의 뒤로 촉촉이 움켜쥐었던 그 아이가 남긴 살내와 비린내를 그저 꾹꾹 밀어 넣고 있었다.

그가 떠나자 엄마는 나를 재촉했다. 서둘러 새 옷으로 갈아 입히고 아궁이에 불을 넣고 외동딸의 젖은 머리를 명주 천으로 닦으며 빗기셨다. 과정에 우린 전혀 말이 없었다. 그러다 새침하게 돌아선 내 앞에 뭐가 하나 툭 떨어졌다.

"옛다!"

눈에 확 뜨이는 귀엽고 작은 색동주머니였다. 당신은 딸 앞에 던지며 한마디만 하셨다. 아이가 가져왔던 네 선물일 게라고! 내 눈은 급하게 붉어졌다. 심장이 저도 모르게 뛰었다. 전후가 드러나는 순간이었다. 그 물건으로 엄마의 고민을 볼 수 있었다. 아이는 새우젓을 담은 옹기 외에 작은 것을 더 들고 온 거였다. 그걸 그는 어느 시작에 엄마에게 전했던 거고. 앞서 두 사람이 살짝 주섬거리던 그 장면이었다. 과연 아이의 그 물건은 어떤 의미였을까?

"엄마. 아니 왜?"

나는 재차 뜨겁고 무서웠다. 얼굴은 태양처럼 뜨거웠다.

"얘야. 후우! 내용을 보아. 뭐가 들었는지. 사람에 담긴 기운을 내 어찌 막을 수 있을꼬! 그저 상서로운 도움이라 믿는 어미는 오직 기도만 할 뿐!"

범상치 않은 내용물이 있었다. 구한말 조선에서 남녀의 인연은 사소한 시작으로 여자 인생을 거두는 경우가 대부분이던 시절을 감안하고 볼 선물이 들어 있었으니까.

늦은 밤 고요 가운데 아버지는 딱 한마디만 하셨다. 당백전이라고 새로 나온 화폐라 가치는 모르겠다고. 아버지의 이 말은 세상 물정을 비롯해 많은 것에 대한 고뇌가 담긴 토로였다. 당백전, 말 그대로 화폐의 당 백 배인 신형 주화. 말하자면 엽전 몇 잎의 장난 같은 상황이 전혀 아니었다는 셈법의 현장이었다. 적어도 그때 1866년은!

나도 자연 침묵했다. 일단 숫자가 백 전이니 열 냥이다. 어느덧 엄마를 이해할 수도 있을 것 같았다. 그렇다면 돌아가 해석은? 나는 엄마를 향해 거듭 왜냐고 뜨겁게 물었다. 어머니 마리아는 오직 눈을 지그시 감으셨다. 딸이 이미 소년에게 마음이 동했다는 것을 직감하셨을까? 엄마는 복잡한 심경에 긴 한숨만 내쉬었다. 당신 자신이 받으셨다는 길하면서도 함께 어두웠던 상을 딱히 정의할 수 없으셨을 테니까. 이미 자리를 터준 당신을 후회한들 또 어찌할꼬! 그런 나는 엄마의 그 귀책을 핑계처럼 물고 있었다.

바깥 늙은 느릅나무에 고였던 빗물이 이따금 주르륵 떨어지고, 이미 끝낸 콩 타작 두둑에서는 도리깨 소리보다 작은 물타작 소리가 토막토막 울리고 있다. 나도 정신을 추슬러 본다. 과연 그 돈은 아이 홀로 결정했을까? 우리 둘은 또 몇 번이나 만났다고! 그러니 스스로도 복잡해졌다.

저녁 내내 세 가족은 상황을 두고 그저 침묵이었다. 이불 하나를 두고 놓인 그 작은 색동주머니. 부모님은 전혀 말이 없었지만 마음속 해석은 분분하셨다. 이제 딸도 침묵 속에 고개를 수그렸다. 아빠 엄마의 고민의 방점은 바로 신앙의 문제라는 것을 알았으니까. 곧 믿는 자끼리 결혼해야 해야 한다는 것은 신앙촌의 암묵적인 분위기였으니까.

새벽까지 밤을 꼬박 세운 아버지의 고민은 자신들에게 국한되지 않았다. 아이의 미래는 물론이고 이 신앙촌의 안위를 걱정하셨다. 경우에 따라 이 복주머니는 산속 공동체의 안전과 관련될 수 있는 사건이었다. 어찌 상대 부모가 아들의 눈높이만 믿고 그런 선물을 했다고? 100전은 결코 사소할 수 없었다. 혹여 일말의 경우는! 이미 자신들을 지켜본 누군가의 시선이 있었을 거라는 판단을 거의 본능적으로 하신 아버지. 아내에게서 들은 전달 방식이나 아이가 물러나면서 보인 그 예절 바른 인사는 무거운 방점이었다.

그렇게 색동주머니 하나는 가족을 혼란과 침묵으로 몰아넣었다. 아침이 되어서 결국 아버지는 다음 방문을 기다리는 것으로 마무리하셨다. 색동 선물은 다시 돌려주는 것으로. 물론 나는 말할 수 없이 찢어지는 마음 어디를 겨우 움켜쥐고 있었다.

조심스럽고 불안한 나날들이 흘러갔다. 그런 내 마음은 무엇 하나 걸린 것이 시원한 물 한 사발을 들이켜도 도무지 개운치 않았다. 자신도 모르게 엄마에게 토라질을 하는 모습도 발견하고. 사람은 쉽게 믿으면 안 된다는 엄마의 잦은 말씀도 점점 귀찮게 느껴졌다. 더 자주 너럭바위 그 자리에 올라서곤 했다. 저 멀리 아스라한 지평선 끝 바다를 향해서. 어쩌지 못하는 비릿한 그 향기의 돌 틈도 주목하면서 그렇게 한 달 두 달….

그 아인 나타나지 않았다. 아니! 나타낼 수 없었다. 동전이 든 색동주머니도 어느새 사라졌다. 그건 양쪽 부모가 한 번은 만났다는 거였다. 등짐장수 소년의 아비 최서봉과 나의 아버지 배문호 베드로는 상견례를 가졌다. 물론 한 달에 한 번 오는 등짐장수는 의례적인 방문이었지만, 아버지는 내심 기다리는 눈치였다. 사실 두 사람은 몇 번 마주친 기억도 있다. 서학골 일대 옹기 만드는 솜씨로 맞춤 주문에는 옹기쟁이인 아버지 베드로가 판단을 해야 했으니까. 아무튼 그 만남 뒤로 그 아이는 다시 나타내지 못했다. 그렇게 어른들 선에서 크든 작든 매듭지어졌다. 아버지는 정중하고 우회적으로 거절의 뜻을 전했다고 나중에 확인해 주셨다.

11월 초입, 통나무에 구멍을 뚫은 굴뚝에서 연기가 모락모락 피어오르는 산속은 초겨울 오후였다. 초가라고 하지만 볏짚 이엉이 없으니 갈대를 모아 엮은 작은 움막집이다. 집터도 산을 깎아 만든 곳인데다, 문짝은 나무를 잘라 이어 붙인 춥고 어두운 움집이다. 그날 나는 아픈 엄마를 위해 구들에 불을 지핀 뒤, 산을 조금 내려와 산등성이에서 검고 작은 쥐똥 닮은 열매를 줍고 있었다. 약재로 쓰는 쥐똥나무 열매다. 최근 엄마가 속을 답답해 하고 코피를 자주 쏟는 통에 몸에 좋은 약재를 거두고 있었다. 이미 망태기엔 부인병에 좋다는 바위구절초도 그득 담았다.

계속 고개를 주억거리는 나. 열매를 따거나 줍는 과정에서 이따금 흩어진 성근 머릿결도 훔쳤다. 잠시는 하늘을 빠르게 달아나는 구름을 보며 자신을 잊었다. 그 추억! 그 여름의 상념을, 아릿했던 불멍도 이제는 지워졌다 믿으면서. 아니 지울 겸. 그러다 그만 그 기별이 도착했다.

코는 재빨리 산바람을 타고 기억하는 그 비린내의 접근을 화살처럼 전했다. 얼굴은 이미 붉게 물들었다. 눈에서 뭐가 고이기 시작했다. 뛰는 가슴 가운데 내 구슬 눈은 이쪽으로 다가오는 어느 사선을 자석처럼 지켜보고 서 있었다. 망부석처럼 굳어버린 나. 다시 그였다. 제대로 그 아이라고. 저 멀리 갈색의 짐승 하나가 기울다 못해 거의 쓰러져가는 누런 바랭이 풀들을 싹싹 가르고 이쪽으로 오고 있다. 점차 가까이 사박사박 마른 질경이 잎들을 비롯해 여름의 죽음인 낙엽을 밟으며 그 냄새와 기억이 현실로 건너오고 있다. 그만 울컥했다. 그의 손에 들린 하얀 구절초와 노란 꽃술에 연보랏빛 가새쑥부쟁이 더미를 보았으니까. 그건 이미 그가 나를 멀리서 한참을 지켜보고 있었다는 증거였다.

"잘 있었어?"

다시 돌아갈 수 있을까? 돌아가는 과정인가? 글쎄! 그가 눈앞의 소녀에게 작은 칡넝쿨로 묶은 들꽃을 조용히 조심스럽게 건넸다. 다시 인사였던가! 저와 나, 기억의 심장은 오롯이 다시 돌아가다 멈춘 소녀. 나는 갑자기 차오른 울먹에 대답을 못 하고 고개만 저었다.

"이거!"

이어 그는 제 가슴 안쪽에서 빛이 나는 산사과 하나를 꺼냈다. 풀이 죽은 들사과인데 그건 늦은 산지를 훑었다고 밖엔! 그러나 내 눈에는 반들반들했다. 당연히 그의 정성이 싹싹 발라진 광택이었으니. 나는 입술을 질끈 물었다. 이번엔 또 너와 나 사이 무슨 체결에 대하여냐고. 말하자면 눈가는 그가 전했던 색동주머니 색과 비슷하게 이번 도착을 묻고 있었다. 계속된 그의 진정에 대해. 이번 두 번으로 더는 없는데!

"미안…해."

'그 대답은 아니야!'라고 내 눈은 지정할 수 없으니 그저 복잡한 무지개였다고나 할까! 밀린 두 달? 거의 세 달을 어떻게든 소화하려는 그 아이가 들사과와 들꽃 더미로 제 마음을 표현했던 건데. 역시 아리고 난감했던 지난 소나기 다음 자신의 부재와 입장을 겨우 그렇게 말이지. 순간 소슬한 바람이 지나가며 내게 속삭였다. 난감하지? 아니야. 나는 단호했다. 제대로 그때 유리알 한 손의 약조에 대해 다시금 그의 확인을 요청했으니까.

"니, 하늘을 믿나?"

사과는 받지 않고 느닷없는 요청이었다. 나는 심장을 부여잡고 있었다.

"무슨?"
"나를 정말 좋아하면 예수쟁이가 돼야 한다! 우린 그것밖엔 없다!"

우린 그로 말미암아 만날 수 있다. 간잡이의 아들과 산골 옹기장이의 딸도 그분 앞에는 빈부와 귀천의 구분이 없다. 이 말은 참말이다. 사람은 이 정신으로 하얀 민들레처럼 살 수 있다. 나는 너와 민들레처럼 정처 없는 삶도 괜찮다. 살림은 그것 외엔 다 족하다. 그렇게 나는 굳게 서서 단 하나의 조건 외엔 그를 사랑하겠다 전했다.

"예수…쟁…이…"

그는 아른하게 서 있었다. 두 망부석. 전하며 새겨지는 비문을 읽듯 각별한 인내가 우리 둘을 감싸고 있었다. 아니면 마음의 한 계령이라고 마음 높은 어느 고개가 우리 둘을 응시하고 있었다.

말하자면 이 인연은 우여와 곡절을 피차 감당해야 한다. 그래서 결단과 설득의 순간이었다. 믿는 자와 믿지 않는 자의 섞임은 곧 쫓김이나 박해로 이어지는 시절이었으니. 천주쟁이는 곧 죽음 아니면 우리 가족처럼 산속 깊숙이 숨어 살아야 한다. 태어날 아이들도 그런 운명을 벗어날 수 없다.

설득. 과연 문제는 그와 그의 집안이었다. 당장 믿지 않는 부모를 설득해야 하는 어려운 일이었으니까.

아버지 배문호 베드로는 신중했다. 기왕에 터진 일, 벌써 두 번째니까. 당연히 집에서는 몇 번의 주저와 점검이 있었다. 당신은 그를 직접 불렀다. 원이는 자신의 의지를 강하게 내비쳤다. 그러니 베드로는 자신들의 난처한 입장보다 우선은 그의 부모의 의견을 확인할 것을 요구하셨다. 즉 부모께도 전하고 허락을 받아야 한다고 강조했다. 또한 조건이 있는 신앙이라면 그건 아니 된다고 단호하게 주의를 주었다. 물론 아버지는 당신이 겪어 본 그의 아비 최서봉이라는 인물에 대한 나름의 판단도 있던 터라 완전 거부만은 아니었다. 외동딸을 사랑하는 당신으로서는 반드시 확인부터 먼저 해야 했다.

반면 상대의 집안은 난리가 났다. 특히 간잡이 마당댁의 반대가 심했다고 했다. 그 집안에서도 당백전 내용에는 까무러쳤다. 즉 원이는 오직 지 아비하고만 상의한 거였다. 물론 훗날 밝혀진 내용이다. 원래 그 돈의 본은 그가 수년을 모은 엽전 칠십이었다는 것도. 성원인 그 돈으로 아버지를 설득한 거였다. 쌀 몇 말이나 콩 몇 가마로 혼수의 예와 성혼까지 이루어지던 시대였음을 고려하면 돈 열 냥은 그냥일 수 없었다. 게다가 그의 아비 최서봉은 삼십을 더해 백 전으로 선물의 격을 잡아 주었는데 그렇다면 거래다. 또 대대로 거래상의 집안이니 꾼은 판을 작정하고 나선 자식의 도전과 의지에 결국 손을 들어준 것이었다. 원이의 어미는 그 이만저만 이실직고에 거품을 물었다.

마당댁은 지금 세상 돌아가는 꼴을 보라 했다. 천주쟁이 며느리로 집안 말아먹을 일 있냐고. 비해서 아비 최서봉은 그저 긴 간죽만 열심히 빨았다는데. 그렇지! 그는 이미 자식과 거래를 한 터! 한편 바닥을 치는 어미 앞 아들은 충혈된 눈으로 아버지의 대응을 요청했는데 아비는 겨우 이런 한마디만 했다고 한다.

"그래도 고운 티가! 한때는 유수했던 잔반의 아기라고 하던가?"

"오라질! 이 인간아. 지금 세상 말 한 필이면 양반을 사요! 이 사람 당신 원이 아빠, 내 손을 봐. 평생 생선 내장을 파다 굽은 이 손가락 마디들을!"

"어머니!"

"그래 니 에미다. 이 자식아. 이 눈먼 녀석아! 하필 고른 처자가 서학쟁이 자식이야? 안돼야. 위험한 세상. 천주쟁이는 절대 안 돼. 그리고 너도 쟁이는 내 눈에 흙이 들어와도 절대로 안 돼야!"

그 집안 기어이 사달이 났다. 원이는 다음 날로 소학골을 왕래했으니까. 매일 육십 리(24킬로미터)를 걸어 교우촌을 오갔다. 작정한 성원이는 백석 포구에서 나의 소학골까지 무려 다섯 시간을 걸어와 두세 시간을 배우기 시작했다. 이후 다시 다섯 시간을 돌아가는 왕복 열 시간의 일정을 소화했다. 간잡이 그의 어미는 몸져누웠음은 말할 것도 없다.

또한 우리 집 어머니도 기도의 마음이 여전히 무겁고 불안한 안개 사이였다. 당신은 자신의 일단의 책임도 더해 계속해서 하늘에게 묻고 계셨다. 엄마 김 마리아 당신이 보았다던 밝고 어두운 길 상이 바로 이것, 말미암은 이 사태라고 수상한 하늘만 보고 곱씹으셨다. 어쩌면 사위가 될 아이를 마주하는 남편을 보며 엄마는 묵주라고 할 것도 없는 도토리 구슬을 쥐고 무던히도 기도를 하셨다.

방안에선 두 남자, 즉 예비 사위와 장인이 일주일간 믿음이란 무엇이며 천주는 어떤 분이냐는 문답식 대화가 진행되었다. 과연 내 인생에서도 가장 절절한 기도를 올렸음은 말할 것도 없다. 남자들이 차지한 외방에 가끔 곶감과 물을 들이며 엄마와 전혀 다른 마음에서 기도하며 마음이 콩닥거렸다.

일주일 뒤 어른들이 다시 마주했다. 등짐장수가 일정이 없는 날을 잡아 찾아왔다. 이미 구면이 있는 두 어른은 서로 깊은 대화를 나누었다. 원이의 아비는 자식의 고집을 꺾을 수 없다는 사실을 인정했고 집안의 정황을 에둘러 전했다. 말하자면 거래자는 어떤 책임을 알았던가! 아니면 그도 심중에 며느리가 마음에 들었을까? 아무튼 그는 정중히 후일을 타진하자 했다. 반면 아버지 베드로는 오직 믿음과 혼사가 하나가 되어야 한다는 점을 강조했다. 아니면 아닌 거라고! 그러나 어쩌지 못할 부모들이었다. 두 자식의 마음이 굳게 선 것을 인정해야 했던 그들이었다. 각기 다른 입장을 서로 양보했다. 그리하여 거래와 타협이던가? 날을 맞추는 약조가 성사되었다.

시아버지 최서봉은 약속을 지키는 사람이었다. 자식과의 약속도. 또 어쩌면 그런 이유로 그가 소학골을 포함 교우촌 다섯 마을과 오랜 거래가 가능했을 것이다. 결국 그는 그 믿음에 관한 부분은 묵계로 넘어가기로 했다. 또한 원이에게 더는 육십 리를 왕복하지 않고 이곳에 오면 자신이 묵는 도천의 숙식처에 아들을 위탁했다.

지켜보는 나는 시아버지가 될 수 있는 그분의 품격을 감사히 바라볼 수 있었다. 원이는 제대로 교리 수업을 받게 되었다. 성원이는 이제 아버지가 아닌 프랑스인 칼레 신부에게 직접 교리 강습을 받았다. 놀라울 뿐이었다. 사실 신앙에 대한 기대나 호기심이 전혀 없던 바탕이었으니 원이의 집념 하나는 인정해야 했다. 그는 우리들의 공소에서 아침부터 저녁까지 집중 수업을 받았다. 당시 소학골은 프랑스인 신부들의 은신처요 사목 활동의 본거지였으니 한편으론 축복이었다. 다행한 것이 원이가 한글은 알아 파란 눈동자의 사제와 『주교요지』(한글로 만들어진 최초의 천주 교리서)를 두고 학습할 수 있었다. 물론 전후 과정에서 장인이 될 베드로의 도움은 말할 것도 없다.

두 달 뒤 원이는 세례를 받게 되었다. 세례명은 최성원 미카엘. 대부는 장인이 될 배문호 베드로. 그날 그의 세례식은 겨울 한껏 추운 날, 다섯 골의 신자들이 모인 가운데 말 그대로 하늘 가까운 하늘 공소에서 치뤄졌다.

1866년 겨울 12월 25일. 엄동설한이란 표현이 저리 가라 할 정도로 혹독하게 추운 날이었다. 그전 이삼일 눈은 어찌나 많이 왔는지! 이엉으로 엮은 흩어진 지붕들은 두 뼘도 넘는 얼음과 눈의 이불로 가득 찼다. 나무 굴뚝 주변만이 제 모습을 겨우 보일 정도로 폭 잠겼다. 장정들이 전날 공소로 가는 길을 미리 뚫었다. 신자들은 저녁 각자 눈을 녹여 데운 물에 몸들을 단장했고, 다음 날도 청년들이 또 다시 쌓인 눈을 헤치고 갈랐다. 과연 여럿 골에서 올라오는 다단하고 기다란 박자들을 어떻게 설명해야 할까!

소복소복 사박사박? 터북터북! 여인들과 아이들이 손에 손을 잡고 깊고 긴 발자국을 만들며 하나로 모이는 장면이다. 하나같이 지팡이를 들고 동구니신을 신었다. 다들 어렵게들 산속 높은 공소에 모여들었다. 특별히 교우촌 다섯 곳의 어른들은 미리 도착해 부끄럽게 인사하는 오늘의 주인공들을 뜨겁게 축복했다. 이날은 성원이의 세례식 날이기도 하지만 동시에 우리 둘의 약혼식도 겸했으니까.

세례식 후 프랑스인 신부는 장대한 겨울나무 앞으로 우리 둘을 세웠다. 나무는 눈을 뒤집어써서 하얀 인간처럼 돋보이게 서 있었다. 그분은 또한 골의 장로들을 원으로 둘러 세우셨다. 그 중심에 우리 둘이 섰다. 오롯이 높은 겨울 하늘 아래 특별한 예식이었다. 당시 신부님은 하얀 명주천을 가디건처럼 걸쳤는데 내 눈엔 하얀 날개처럼 보였다. 사제는 두 손을 높이 들어 우리를 강복하셨다. 그가 뻗은 팔은 마치 나무 끝까지 다다를 듯했다. 우리는 스스로 찬란했고, 눈에 묻힌 모든 둘레는 하얗게 완벽했다.

바로 하얀 사람들의 축제가 펼쳐졌다. 한동안 예식에 갇혀 있던 어린 천사들이 먼저 풀려났다. 하얀 동자들이 깔깔대고 우리 주위를 뒹굴었다. 당연 그들은 처음 보는 예식이었을 테니까. 어른들도 흩어져 내렸다. 비명과 함께 온통 웃음꽃이 만발했다. 비명? 이곳 분지는 하나같이 내리막길이니까. 썰매를 타고 내려가는 흰 동자들의 아찔한 장면에 비명과 함께 몸을 던지는 아버지들의 모습이 곳곳에서 번졌다. 눈싸움도 이곳저곳 수도 없이 터져 나왔다. 물론 조용한 무리도 있었다. 울컥하는 한 여인을 중심으로 하얀 여인들이 모여 있었다. 엄마 김마리아를 축하하거나 위로하는 여인들의 합이었다.

 그 시각 높은 곳 오목한 산 둔지는 더없이 따뜻했다. 매서운 칼바람은 왠지 사람들과 그들이 주워든 하얀 눈 솜사탕을 배려해 어딘가로 사라졌다. 마침내 우리도 자유로워졌다. 바야흐로 그와 난 공식적으로 손을 맞잡고 눈 속을 뛸 수 있다.

"뛰어!"

 다시 돌아온 그 소리. 아니, 다시 돌아간 시간이겠지? 두 손 꼭 잡고 환하게 뛰는 우리 둘이었다. 지난번 천둥 사진사에 이어 영원히 잊을 수 없는 두 번째 장면쯤이다. 두 마리 겨울새는 눈 속으로 들어가고 있다. 다시 거기로! 어렵사리 그 너럭바위로 헤쳐 나아가는 두 사람이다. 위험? 전혀! 사랑 앞에 세상은 단 하나의 색으로 완벽했다. 어쩜 비슷할 수도. 한 번은 비에 흠뻑 젖었던 우리는 이번엔 눈에 흠뻑 젖어가고 있었다. 다만 그때 비에 쫄딱 젖은 생쥐가 아니라 이번엔 눈사람이 다된 헛헛한 우리로 아예 눈을 파고 있다.

 마침내 다시 너럭바위 위에 마주한 약혼자와 피앙세. 소년은 드디어 소녀에게 뽀뽀할 수 있다. 그는 무슨 마음에? 아니면 어디서 들었는지 어린 각시 앞에 제대로 무릎을 꿇었다.

"베…스…티나!"

 원이가 나의 세례명을 꾸역꾸역 토했다.

'그래! 미카엘 고백해야지!'

 나는 고개를 끄덕였다. 그의 눈을 내려보며 기다렸다. 그런데 어린 약혼자는 아는 게 늦다. 너무 서투르다. 내가 서두부터 잡아

주어야 했다.

"나 원이 미카엘은 수호자의 이름으로 누구를?"

나는 웃고 있었다.

"아, 너 베스티나를!"

"언제까지?"

"세상 끝날까지!"

"그리고"

"그리고?"

"바보야. 맹세를 해야지!"

"아, 그래! 끝날까지 미카엘은 베스트나에게."

원이는 발음마저 엉성했다.

"아니 바보야. 천주님에게. 이런!"

"아. 그래. 세상 끝날까지 마카엘은 천주님에게 사랑할 것을 맹세합니다."

"아니 바보야. 나를 넣어야지. 베스티나를!"

"아, 다시. 나 원이 미카엘은 수호자의 이름으로 베스티나를 세상 끝날까지 미카엘은 천주님께 사랑할 것을 맹세합니다."

"아, 시원해!"

용감한 소녀는 두 팔을 벌려 새가 되어 저 멀리로 소리쳤다.

"뭐라고?"

원이는 지난 자신의 말을 기억하지 못했다.

"바보! 나도 네가 좋다고!"

나는 네가 좋다던 그때 그의 소리를 확인해 주었다. 그의 손을 이끌어 올렸고 그의 맹세에 나는 온 맘을 다해 그를 품었다.

"아무렴 그캐도 니캉 내캉 메나리(며느리)도 안 준다는 고 가실(가을) 고데이(고등어)가 아니요!"

세 사람 가족 머리를 맞대고 있다. 모두 침을 꼴딱이며. 엄마의 고등어 지짐 요리를 지켜보는 가운데 아버지의 고향 사투리가 향기처럼 무럭무럭 피어난다. 말인즉 가을 고등어는 며느리도 안 준다는 내용인데, 가난한 산속 가족이 어떻게 생 고등어 요리를 먹는다는 감격의 상황이다. 그날 원이가 자반고등어가 아닌 생 고등어를 가져왔다. 수업을 받던 그가 무슨 일로 그 생물 한 손을 들고 우리 집에 놓고 갔다. 실은 그는 날 보고 싶은 거였고, 더욱 진실은 아비 서봉이 아들 주변에 끼친 미안에 생 고등어 열 두어 손을 내놓고 간 거였다. 아무튼 고등어는 부패가 빨라 산속에서 먹어본 기억은 염장 고등어뿐이니 강렬했던 그때 기억의 장면쯤이라고 할까.

"초향아! 무시(무)는 큼직하게 썰고 먼저 깔아야 한다. 물은 종지 하나와 반. 요렇게 국물이 자작해지고 무가 익으면! 그르니께 요리 아래 국물을 끼얹어가면서 불을 조리해야 한다. 풋고추나 대파가 있다면 바로 그때 넣고 더 조려야 한데이!"

가족들은 엄마의 말을 그저 침을 꼴딱이며 듣고 있었다. 고등어는 다들 눈치 안 보게 어슷하게 토막 내고, 조림장은 이렇게 저렇게. 풋고추나 홍고추는 물론 대파까지 있으면 좋으련만! 현장은 엄마 마리아의 안타까운 이론이 대부분인 이런 진행이었다. 결국 우린 간장에다 고춧가루, 무에다 소금간 그리고 엄마의 그 내기풀이라는 방앳잎이 별채로 들어갔다.
"초향아. 곽향이라고 더위를 이기는 약풀이라. 더구나 방애의 내미(냄새)는 여름 장어국이나 지금 추레탕(추어탕)엔 아주 안성맞춤이지."
깻잎처럼 생겼다. 별채로 들어간 향기 풀잎인데 쪼끄만 게 향이 아주 특이하다. 싸한 향인데 맛은 또 매워서 호불호가 갈린다. 한여름 보랏빛 꽃이 피는데 곁의 아버지는 방앳잎의 한자 이름을 설명하면서 산초와 제피라고 초피도 구분해 주셨다.
"기다! 저도 요 내기풀로 만든 논드람쟁이(미꾸라지)탕이 그립네요!"
엄마의 풍족했던 또 다른 말씀. 폭풍처럼 엄마의 그때 사투리는 대충 이랬다.
"향아. 잎은 고 추레탕이나 요 생선 조림에. 그러나 더붓(더운) 날 방앳꽃은 생선튀김 요리에도 훌륭하다."
두 분의 그때 그 표정과 이 추억은 지금의 오역이 섞인 번역일 뿐. 그러나 뇌가 기억하는 그때의 향미는 절대 단순하지 않았다. 경상도 분들이라 당신들의 추억은 방앳잎과 추어탕의 합궁을 말씀하셨던 건데. 그런데 아버지는 말이라도 생선 튀김이라니!
"쩝쩝! 산에 오른 이 고디(고등어) 녀석들 얼마나 힘들었을꼬!"
이어진 아버지의 형언은 분명 눈앞의 고등어만은 아니었다.
"그러게요. 아이도 잘 참고 기다리고 있잖누!"
고등어를 졸이던 엄마의 대처였다.

"허 참! 그러네. 누구 땀시 고데이는 또 방애와 궁합이 제대로 고!"

 순간 내 얼굴이 붉어졌다. 아버지는 빙긋하시며 좁은 부엌에 숯검댕이로 내 이름을 바닥에 쓰셨다. 그런데 이름의 성씨 한자가 둘이었다. 裵(배) / 排(배)草香(초향).

 "베스티나(Vestina)"

 곁의 엄마도 7월생인 나의 탄생월 성녀도 미소로 더욱 싱긋하셨는데.

 "그렇지이. 이 세상에 없는 향기라! 우리 초향이가 그리하여 배씨 집안의 그 초향이었네!"

 아버지의 식전 기도는 그날 고등어 무조림처럼 각별했다. 당신은 그 무슨 출렁거림과 함께 전에 없던 이런 긴 기도를 하셨다.

 "배초향! 밀어낼 배(排), 풀 초(草), 향기 향(香). 천주여, 맞습니다. 우리는 방앳잎처럼 세상에 거부된 자들이오나 기실은 향기를 가진 사람들로 하늘을 사모하는 사람들입니다. 또 이 고데이가 그렇습니다. 바다에 사는 이들이 어찌하여 산으로 올랐습니다. 천주여. 저희가 바로 산에 오른 고등어가 맞습니다. 또 당신께서도 베드로에게 너희는 사람을 낚는 어부라 하셨던 그 말씀처럼 저희가 바로 물고기이니 또 이런 고데이가 아닐 수 없습니다."

 당시 아버지의 기도는 졸이는 고등어 지짐처럼 내 마음도 졸이고 있었다. 물론 구수했던 사투리의 말씀을 이렇게 번안해 보지만 다음 그건 제대로 축복 기도였다.

 "그러니 바라옵건데 이를 선물한 원이와 아이의 진행을 순탄히 지켜주옵소서. 특히 우리 초향이. 이름 그대로 주의 향기를 품는 아내요, 그와 한 손의 지어미가 될 수 있도록 부디 사랑하시고, 늘 당신의 한 손과 함께 저들을 인도하여 주시옵소서! 함께 이 구석진 산에 오른 고등어! 특별한 이 음식. 감사와 사랑으로 기도 올렸습니다. 아멘!"

때는 이듬해 2월말. 고지의 산속은 아직도 강직했다. 아니면 너무나 싸늘했던가. 평지는 이미 언 땅을 깨고 어린 순들이 올라오고 있었지만 소학골의 고지대는 헐벗은 나무처럼 모든 게 고요하고 배가 고팠다. 겨울은 늘 그렇지만 특히 지난 2개월의 겨울은 모든 것을 정지시켰다. 세찬 바람은 따가웠고 그 바람에 계속해서 쌓인 정상의 눈이 진눈깨비를 날려 산 사람들은 움막을 벗어나지 못했다.

당연히 가장 애타는 사람은 나와 원이였다. 이제 3월이면 새색시와 신랑이 된다. 부모들의 약조였다. 그러나 우리는 그 겨울에 서로 얼굴을 볼 수 없었다. 그게 산속과 평지의 간격이었고, 그간 각 집안은 서로 다른 자세로 겨울을 보냈다. 물론 이제 듣게 될 세상 풍파의 기운 또한 자신의 거동을 도모하고 있었다.

그래도 이제 날 수를 채워 기다림도 끝나가는 음력 2월의 경칩이다. 만물이 겨울잠에서 깨어난다는 그날 난 이른 봄기운의 고로쇠 물을 생각했다. 고로쇠나무를 찾아 눈을 헤쳤다. 다른 말로 골리수(骨利樹), 그리고 색목이라고 했다. 아버지는 한약재에 대한 공부가 있어 내게도 산야 초목들의 정보를 들려주곤 했다.

지난 가을부터 엄마의 몸 상태가 악화되고 있었다. 궁벽한 산살이라 가능한 건 산야의 약재들인데 엄마는 잠시 기운을 차리나 싶었지만 점차 위중해졌다. 그러니 지금은 뼈에 이롭다는 고로쇠 물이 도움이 될까 싶은 나들이다. 그렇지만 아직은 위험할 수 있는 발걸음이다. 낮은 산지야 문제가 될 것이 없건만 산속 고지대는 여전한 잔설과 배고픈 산짐승 때문에 위험할 수 있다.

바위 기슭에 자리한 회백색의 우뚝한 녀석. 겨우내 바랜 색을 지나 이제 바야흐로 봄나무인 고로쇠나무에게 난 먼저 정성을 다해 소원했다. 엄마가 봄기운을 마시고 소생할 수 있기를. 곧 있을 혼사에 건강한 모습으로 일어설 수 있으시기를. 이어 미안타 소리와 함께 물관을 찾아 작은 구멍을 냈다. 그러기를 여러 번. 마침내 수액을 받기 시작하던 그때! 짐승도 아닌 사람 소리에 난 화들짝 놀라 귀를 쫑긋했다. 반사적으로 작업 손도 퍼득 멈추었다.

"니미럴, 이거 개고생이구먼!"

"그러게나. 하필 이런 질척 설한에 천주쟁이 사냥이라니!"

가까웠기에 소스라쳤다. 가장 먼저 알록달록한 복장을 한 붉은 전립을 보았다. 이어 검은색에 빨간 솔이 달린 벙거지들이 배경에 번지고 있다. 아직은 가뭇한 파릇한 순들과 달리, 내 의식은 새하얗게 떨어졌다. 급히 입을 막고 몸을 나무 아래 돌 틈에 바짝 숨겼다. 오금이 저리는 가운데 지나가는 무리를 숨죽이며 지켜볼 수밖엔. 검은색과 푸른색의 나졸들이 주변을 조이며 산을 오르고 있다. 하나같이 당파를 들고 힘겹게 산을 오르는 장면이다. 공포에 숨이 멎었고 직감했다. 소학골은 물론 성거산 일대가 위태한 순간

임을. 저들 군졸보다 먼저 아빠와 엄마에게 가능한 빨리 달려가 피신시켜야 한다는 것을.

토끼굴이라는 게 있다. 일종의 산속 지름길이다. 노루나 그 뒤를 쫓는 여우가 찾는 작은 이동통로라고 할까. 물론 가팔라서 이따금 수직과 만나기도 하고 여름엔 풀잎으로 가려진 샛길이다. 난 군졸들의 형체가 대충 사라지자 노루처럼 달렸다. 이곳에 터를 잡고 사는 산의 자식은 움막까지 가장 직선을 골랐다. 미끄러지는 눈과 아직 남은 얼음에는 네 발이 되어 기고 달렸다. 두툼한 솜 토수(팔 토시)로 짚신의 두 발과 함께 짐승처럼 뛰었다. 당연히 누비 버선의 발과 손은 이미 흙탕인데 그게 어찌 대수인가! 당연히 먼저 도착했다.

숨을 헐떡이며 토방에 올라 급히 문을 열어젖혔다. 숨넘어가는 소리로 누워 있는 엄마와 함께 있던 아버지에게 소리쳤다.

"아버지야. 관군이야! 지금 포졸들이 올라오고 있어!"

전후 벌어진 일은 끔찍했다. 진행은 이랬다. 시시각각 붉은 물결이 움푹한 성거산 분지를 조여온다. 마치 멧돼지나 노루 사냥을 하듯 빠져나갈 수 없도록 사면을 조이는 몰이 사냥, 인간사냥이다. 흙투성이 딸의 전달에 사태를 직감한 아버지 베드로. 우선 몸져누운 아내 마리아를 어쩌지 못하는 상황, 또한 급한 것은 공소의 신부와 다른 이들이라는 생각까지. 아무튼 드디어 그날이 왔다.

그럼에도 아버지는 침착했다. 최후의 처신에 대해 아내 김마리아와 눈빛 교환이 있었다. 당신은 돌이킬 수 없는 상황을 깨닫고 딸과의 연을 먼저 정리했다. 아버지는 내게 단정히 말씀하셨다. 오늘로 너는 출가외인이며 그래서 지난 일은 운명이라고. 다행이었다 하시며 내 머리를 쓰다듬었다. 떨면서 우는 나를 두고 아버지는 누운 네 어미를 어찌하느냐며 서두르라 명했다. 끝내 그분의 눈가에도 눈물이 아롱졌다.

"딸아, 부디 살아 이 아비와 어미의 신앙을 보듬어라. 그것이 이 부모의 마지막 기대이고 믿음이고 희망이다."

어머니 마리아도 마지막을 전하셨다. 겨우 몸을 세운 엄마는 복받치며 우는 나의 손에 십자가 유품을 쥐여주며 이렇게 말씀하셨다.

"내 그날 보았던 길상이 바로 이것이었던 것 같구나. 부디 어린 남편을 끝까지 사랑하고 시댁 어른을 공경하거라. 절대 오늘 이후로 그 어떤 억한 감정도 품지 마라. 어차피 믿음의 증거는 곧 다시 보게 될 것이니. 엄마는 하늘에서도 우리 초향이를 위해 기도하마."

난 어머니께서 건네는 십자가를 잡으며 울음 가운데 부모님들 앞에서 마지막 큰절을 올렸다.

그때가 바야흐로 병인박해 시기였다. 수많은 순교자들이 나왔다. 그날 소학골과 서들골 일대 교우촌에서 수백 명이 체포되었다. 그들은 1차 목천현으로 끌려가 가혹한 문초와 함께 배교를 강요당했다. 과정에서 신앙이 약한 자들은 떨어져 나갔으나, 끝까지 신앙을 고수한 스물세 명은 처형되었다. 그들은 공주 감영과 서울의 포도청으로 이송되어 참수되었다.

"이 년아! 여기 옆 지느러미 쪽으로 이렇게 좌아아악 가르라 몇 번을 말했던! 칼 선도 이렇게 배 쪽에 맞게. 도시 년 머리가 있어 없어!"

고등어의 뱃살에 뼈가 일어나지 않도록 칼을 내는 법을 배웠다.
"또 봐라. 진짜. 여기 배창시! 바로 여기 배 중심부터 똥끝까지 대가리 방향으로 쭈우욱 칼집을 내라고 내 몇 번을 말해!"

어느덧 칼질에 익숙해져 갔다.
"그리고 이 답답한 것아! 이렇게 하면 주댕이끼리 그냥 떨어지잖아. 코를 꿰는 방법, 다시 봐! 이렇게 아가미와 아가미끼리 쭉 꿰어야지!"

고등어 한 손 짓기라고 한다. 간단히 통달할 수 있었다. 비교적 쉬운 순서였으니까.

"이런 남편 말아먹을 년 봤나! 소금 좀 작작 쳐야지. 넌 도대체 머리가 있는 거야 없는 거야? 어디 소금 퍼댈 일 있어? 에구야! 저 손 쳐대는 것 봐라. 그냥 발로 쳐라. 으이고. 도대체가 마음에 안 들어서!"

염장을 말한다. 내장을 꺼낸 고등어에 소금을 뿌리는 일이다. 힘든 일이었다. 끝없이 구박이 계속되는 과정이었으니까. "다시 뿌려!", "아우, 다시 물에 씻어.", "다시 뿌려.", "이런 죽일 년이, 다시!" 욕이 무시로 터져 나왔다. 물론 이십 년 간잡이 시어미와 이제 시작한 내 손놀림이 어찌 같겠냐만! 어린 며느리는 몇 그램 차이로 소금 치는 손놀림을 끝없이 트집 잡혔다. 잘 치면 속도를 빌미잡고 속도를 맞추면 소금의 양이 트집 잡히고.

"이년아 도대체 물질은 언제 할 거야? 밀린 빨래는 또 언제 할 거냐고!"

그중에서도 가장 힘든 일은 물질, 즉 물을 길어 오는 일이었다. 장사로 팔 온갖 생선들을 손질하고 다듬는 일에 물이 얼마나 많이 필요하겠는가. 그러나 우린 마을의 공동 우물은 쓸 수 없었다. 온갖 생선들을 마당에 부리고 씻고 널어놓는 데에 물을 많이 써서 엄두를 못 내는 것이었다. 겨우 빨래는 공동 우물을 썼다. 생선 손질에 쓸 물은 산등성 쪽 큰 팽나무 그늘 아래 쪽빛이 나는 우물을 써야 했다. 그 우물까지 칠팔백 미터를 오갔으니 그게 정말 힘들었다.

도착한 첫날부터 난 뼛속까지 알아서 울었다. 뒤돌아볼 수 없었던 그 이별 길. 그날 봇짐도 없이 몸만 겨우 뺀 나는 직산과 둔포 방면 내포 일대를 지나 아산호 쪽 바다를 향해 하염없이 걸었다. 정녕 뒤돌아보지 않고 걸었다. 그러지 아니하면 그만 서버릴 것 같아서….

방향을 물어물어 찾아와 한참 늦은 저녁쯤이었다. 낯선 포구 쪽으로 다가가자 눈물도 마른 눈은 산산이 흩어지는 꿈을 보았다. 그저 깨닫게 되었다. 추적추적 수척한 발걸음으로 내가 본 것은 온통 황량하고 스산하기만 한 불빛들 사이로 기울어진 집들이었다. 길가에서는 우리집 기둥이와 전혀 다른 싸늘한 눈빛의 길고양이들이 나를 노려보았다. 아직 이른 봄인데 비리고 썩은 역한 냄새가 났다. 세상에! 여름에나 나오는 파리가 인사를 하는 어느 구역이었다. 포구와 어판장이 있는 동네였으니까.

내 빈 가슴은 참을 수 없는 슬픔과 섞인 비린내로 몇 번을 토했다. 깨달음은 뒤늦게. 너럭바위와 소학골의 아름다움을 새삼 뒤돌아본 순간이었다. 코를 죄는 비릿한 냄새와 질척한 포구의 불빛들과 완연히 달랐던 꽃과 나무의 생기를. 두려웠다. 정말 눈앞의 을씨년스러운 분위기란! 후회했다. 내게 운명처럼 도착해버린 생의 질척에 난 흐느꼈다. 잔잔히 들려오는 밀고 나는 해조음에 내 삶도 저리 실려 쓸릴 거라는 것을 알았다.

그럼 나의 약혼자, 어린 남편 성원이는? 물어물어 백석 포구에 도착해 간잡이 집을 찾다 마침내 만난 그는 나를 보고 입이 떡 벌어졌다. 보자마자 벗은 발로 튀어나와 나를 껴안았다. 때마침 밤늦게 길을 헤매는 처자를 마당댁에 안내했던 마을 사람 김초시는 그 장면을 보았고. 다음날 그 집에 어린 새댁이 들어왔다는 소문으로 내 위치는 바로 잡혔다. 아무렴! 원이 입장에선 뜻밖에, 아니 제대로 아내를 얻었으니.

문제는 그분 시어머니였다. 눈이 뒤집힌 마당댁은 몇 날을 미쳐 발악에 더욱 발악했다. 동네 사람들로 소문이 번져 시어머니는 이럴 수도 저럴 수도 없는 처지. 마당에 온갖 생선들을 부리고 씻고 널어놓은 집, 시댁이 마당댁이라 불린 이유였다.

극적인 상황도 있었다. 원이가 기어이 도끼를 들었다. 그 장면에 시어머니는 까무러쳤다. 사실 그건 둘만의 신혼방을 짓자고 헛간을 나누는 채비로 아들 또한 막무가내였다. 그렇게 아들은 방을 뚝딱뚝딱! 시어머니 마당댁은 고래고래! 그 가운데 시아버지 최서봉은 담뱃대만 쭉쭉. 당연히 예식조차 없는 신혼생활이었다. 남편의 다른 도움은 그것 외엔 별반 없었다. 원이는 시아버지와 등짐 일을 나가야 했으니. 과연 우리 부부는 한 달에 몇 번을 마주할 수 있었을까? 거의 비슷하게 어린 생과부였다.

하냥 무서운 분과 둘만 있는 시간이었다. 보통 험난한 시집살이가 아니었다. 시어머니의 끊임없는 생트집 가운데 온갖 생선들을 배웠다. 자세한 설명도 없이 끝없이 칼을 들고 손질해야 했다.

그런 가을쯤엔 배가 불러왔다. 몸은 튼튼해 어떻게 내가 임신했다. 겨우 호흡을 할 수 있었다. 시아버지는 집안의 경사라며 알뜰하게 챙겼다. 원이를 내 곁에 있게 하셨다. 원이가 길어주는 물질만으로도 살 것 같았다. 더구나 시아버지는 뭐라도 챙겨 오시는데. 시어머니는 원이 앞에서 한숨만 푹푹. 아무렴 그는 외동아들이었으니까.

사달이 났다. 잊을 수 없는 늦여름의 이 기억은 1867년 9월 초. 시아버지 최서봉과 남편 원이는 기막힌 일을 해야 했다. 나의 간절한 원 하나를 들어주는 일. 어쩌면 피눈물 나는 소원이었다. 바로 돌아가신 부모님의 시신을 수습하는 일이었으니까.

말할라치면 모든 건 시아버지 최서봉의 질서 있는 배려 덕분이었다. 그분은 시어미의 눈치를 피해 매일 새벽 일어나 간절히 부모님의 안위를 두고 기도하는 나를 걱정하고 있었다. 그러다 더는 두고 볼 수 없는 사실이 전해졌다. 시아버지는 배가 불러오는 며느리에게 더는 인간의 도리로 어쩔 수 없다는 생각을 굳혔다.

사실 앞에서 담뱃대만 빨던 그는 봇짐상들의 정보망으로 그간 사돈의 행적을 추적하고 있었다. 공주 감영으로의 이첩 과정과 그곳에서 무시무시한 고문 상황을 내내 듣고 있었다. 결국 사형에 처해진 소식까지. 들은 바 9월 6일자로 사돈이 처형되자 시아버지는 빠르게 손을 썼다. 그는 인편을 써서 감영 쪽에 작은 뇌물을 전했다. 또한 당신은 아내의 극렬한 반대를 알아 나름 조치를 취했다. 우선 행상 나갈 곳을 공주로 잡았고, 집안엔 공주 쪽 나들이를 살살 풀었다.

그리고 유족인 임신한 나를 어떻게든 대동해야 했다. 행상 출발 전날 시아버지는 나를 처음으로 따로 불렀다. 당신은 잠든 원이를 벗어나 뜨락에서 새벽 기도하는 나를 기다렸다. 참으로 시작은 무거운 시선이 오갔다. 그러나 시아버지는 더는 미룰 수 없었으니. 시신 처리는 시급을 다투는 일이니까. 유족이 없다면 연고 없이 버려지는 상황이었으니까. 여차저차 결국 사돈의 죽음을 알릴 수밖엔 없었다. 주변 눈치를 보며 주저앉아 제대로 울지도 못하는 나를 다독이던 그분. 상황은 서둘러야 한다 하셨다. 내게 몸이 좋지 않다는 핑계를 대라 하셨다.

다음날 당신은 나를 데리고 가야 할 이유로 감영의 소문난 의사인 심약당(감영에 소속된 주치의가 일하는 곳) 아무개를 댔다. 시어머니는 눈을 의심할 정도의 나들이 준비에 입이 쩍 벌어졌음은 물론이다. 서봉은 며느리를 위해서 나귀를 빌렸으니까. 마당댁은 의심쩍은 눈으로 이게 무슨 행차냐는 불량한 시선. 더불어 며느리도 기이하고 수상하다. 갑자기 몸을 가누지 못할 정도로 창백하다 못해 얼이 나가 있으니까. 아무렴 계속해서 서둘러야 한다는 남편. 과연 불온한 느낌 가운데 골이 깊고 힘이 돋은 이맛살의 마당댁. 과정과 영문을 모르고 그저 행차로 좋은 원이까지. 각자로 어려운 대목이었다.

돌이켜 시어머니를 이해할 부분은 충분히 있었다. 천주쟁이는 알려지면 체포와 고문에 이어 배교가 아니면 가문이 멸문인 세상이다. 의사에 반하는 며느리로 집안의 횡사를 걱정했던 시어미의 처지를 고려하면! 해서 그간 성경의 흔적을 눈 밝히며 찾았으며 무시로 며느리의 기도 비슷한 행위를 족제비처럼 지적하며 질책한 이유도. 그건 소문이 빠른 마을 인간들을 더 경계한 연유였다.

"아니, 지금 뭐해요! 엄닌 손주 볼 생각 없어? 아부지 날새요. 날새. 이랴, 이놈아! 얼른 가자이!"

결국 원이였다. 어린 남편이 아내 걱정으로 난감한 분위기를 뚫고 나갔다. 강조해도 기가 막힌 상황이 아닐 수 없었다. 거짓말을 해야 했던 시아버지는 물론 이제 부모의 시신을 처리하러 떠나는 내 심정은 오죽 기가 막혔을까!

나귀의 고삐를 바로 쥔 원이가 임신부를 태우고 이동해 3일 걸려 공주에 도착했다. 우리는 다시 기다려 처형 9일 만인 15일, 마침내 부모님의 시신을 수습할 수 있었다.

유족 확인 절차에 실성한 내가 나서야 했다. 유교 국가인 조선, 구한말에도 반역죄가 아닌 이상 시신을 내어주는 게 상례라 큰 문제는 없었다. 다만 시아버지의 뇌물은 좀 더! 아니 아주 부드럽게 진행되게 했다면 옳을까. 시아버지는 내내 실성한 나를 붙든 채 진행을 서둘렀다. 나귀가 쓰인 두 번째 이유가 이쯤에서 드러났다. 가마에 싸여 묶인 두 구의 시신은 나귀 등 양옆에 실렸으니까.

부모님의 시신은 향옥(지방 감옥) 주변에서 수습했다. 공주 감영에서 가혹한 문초와 고문을 당하고, 지방 감옥에서 형 집행이 이루어져 시신은 인근 수풀에 버려진 거였다. 다행히 참수는 아니고 교살형이라고 밧줄로 목을 졸라 죽인 후 버려진 상태였다. 난 겨우 정신줄을 붙들고 있었다. 이제 2주차, 심한 부패가 진행되고 있는 상황. 사람들 이목 때문에 누구도 거둘 수 없는 서글픈 그분들. 7개월 전엔 내 머리를 쓰다듬던 아버지 베드로와 어머니 김 마리아의 사체가… 아! 어떻게!

더 기막힌 사실이 전해졌다. 시신을 수습하여 나귀에 묶은 성원이는 향옥터에서 멀리 떨어져 있었다. 물론 나를 위해서도 그랬고, 처형된 죄인들을 눈앞에 보여서는 안 되는 분위기였으니까. 그런 참혹한 내 마음 상태, 더욱 배가 끊어질 듯 아픈 나는 몸을 겨우 지탱하고 있는 차에 향옥장이 시아버지를 무슨 이유로 손짓했다. 정황은 서로 아는 눈치.

"이 보시게, 서봉이!"

"네. 나리!"

"뭘 그런 것을!"

"아우 나리. 그저 작은 성의입죠."

"아무튼 고맙네 그랴. 그런데 서봉이. 자네들 환난상구는 천주쟁이도 돕는당가?"

"아, 나리. 그건 그냥… 그러니까 불쌍한 죽은 목숨들. 그저 불쌍해서 그렇죠. 나리! 그저."

"괜찮아. 괜찮아! 자네 며느리가 좀 거시기한 것 같은데 전혀 문제없어. 아니 그런가? 자네 쪽은 공이 훨씬 더 커. 왜! 서봉이. 자네 마나님 아주 훌륭하셨잖나!"

"네? 나리 무슨?"

"허어 참! 이 친구, 괜히 이러지? 그러니 내 선물 받기가 좀 그렇잖누. 나라에서 상을 줘도 부족한데 내 괜한 선물 땀시. 아무튼 괜찮아! 그냥 편히 가! 이래저래 수고가 많네이."

"나리, 도시 무슨?"

"허어 참. 자네 왜 이래? 그래서 이리 직접 온 게 아닌가? 그 부창부수라고! 어지러운 서학에 나라의 기강이 문란한데 자네 부인은 신고하고 남편은 가여운 마음으로 수습하니, 이 어찌 아름다운 일이 또 있을꼬!"

당시로 돌아가 내가 산을 내려온 그 음력 2월. 결혼식을 앞둔 3월 전 경칩. 산속 소학골은 기도와 함께 혼수 채비를 하고 있었지만, 신랑 쪽 집에서는 매일 전쟁이었다. 마당댁은 집안의 위험에 사생결단으로 반대하고 있었다. 그런데 자식놈은 눈이 뒤집혀 똥고집이고, 남편 서봉은 벙어리 냉가슴이니! 그래서 마당댁은 신고를 작정한 거였다. 그 여자는 혼인 목전에 산사람들을 두릅 엮듯이 잡아가면 자연 혼사도 물 건너갈 거라고 판단했다. 풍파는 그렇게 시작되었다.

이제 상황을 하늘도 땅도 어찌할꼬! 세상이 뒤집혔다. 내가 현장에서 혼절했다. 바닥에 쓰러져 실신했다. 나귀에 얹힌 시신이 문제가 아니라 산모가 위태로운 사태가 벌어졌다. 달려와 나를 붙들어 안은 원이의 발아래에 피가 흥건했다. 누구나 그것이 하혈이라는 것을 바로 알아보았다. 이제 눈이 뒤집힌 것은 원이. 어린 아내를 들쳐 업은 그는 의원을 미친 듯이 찾았다. 향옥장이 지 미안한 마음에 도움을 서둘러줬다. 군졸들 몇이 그 급한 상황을 도왔다 했으니까.

태아는 여아였다. 확장된 경부로 자연 배출 과정에서 나는 위급했다. 의원 둘을 거쳐 심약당의 의원이 어찌어찌 달려왔다. 유산과 과다 출혈. 산모는 아이는 물론이고 자신의 명줄까지 놓아 버렸다. 그렇게 내가 목숨 경각을 다투는 그 밤, 감영의 명의도 이제 생명은 하늘에 달렸다고 하는 한 시각이다.

"니는 여기를 지키지 말고 시신들을 성거산 그분들의 처소 자리에 모셔라."

"아부지!"

"여긴 내가 지킨다! 네가 여기에 있어 봐야 도움이 안 돼."

"아버지, 싫어요!"

"이 자식아! 시신은 이미 썩고 있다. 네가 움직여야 내가 사태를 살펴 조치해 네 처가 치료를 받을 수 있다. 그게 이치다."

"아부지 싫다니까요! 지금 초향인!"

"이 멍청한 자식아! 하냥 시체를 이 향촌에 두면 우리 온전히 이

자리를 지킬 수 있다던! 또 네가 네 처를 지키고 내가 가면 무슨 조치를 하겠느냐?"

이틀 뒤에 깨어났다. 나는 모든 것을 거부했다. 하루가 지나 시아버지의 간곡에 겨우 물을 마셨다. 명줄을 다시 생각했으니 그게 믿는 자의 운명이었다. 아무튼 아주 이른 새벽으로 축시(丑時, 오전 1시~오전 3시)와 인시(寅時, 오전 3시~오전 5시) 사이였다. 아마도 그 시각 원이는 장인 장모의 시신을 불탄 우리 집 터에 안치한 후 내려오는 중이었을 터.

나는 미몽에서 깨어났다. 어찌하든 스스로는 죽을 수 없다는 어떤 신앙의 고삐가 나를 일으켰다. 지쳐 쓰러져 자고 있는 시아버지를 내가 지켜보고 있다. 분명 유령 같은 모습일 수밖엔! 산발한 머리를 무기력하게 매만지는 나였다. 거울에 비추인 얼굴은 너무도 하얗다. 핏기가 거의 없다. 그 멍한 여자는 마치 기계처럼 손이 스르르 올라가 제 몸을 단장하기 시작했다.

바스락바스락. 주섬주섬. 매무새를 대충 마친 나는 이제 잠든 시아버지 앞에서 무릎을 꿇었다. 다음 손을 모아 기도를 시작했는데 그때 스르르 시아버지의 눈이 열렸다. 귀신같이 눈이 떠진 이 사람 서봉. 당신은 눈앞 장면에 꿈인지 생시인지 멍했다. 계속 눈을 깜박였다. 서봉은 제 뺨을 만지더니 현재 이게 꿈이 아니라는 것을 알고 몸을 부르르 떨며 일으켰다. 그러니 나도 그들에게로 돌아갔다. 나는 몸을 일으켜 반듯이 세웠다. 두 손을 맞잡고 이마에 올렸다.

"아버지 절 받으세요!"

어쩌면 그럴까! 나는 두 번째 큰절을 하고 있다. 예를 다해 시아버지께 마지막 큰절을 올렸다.

"초향아!"

"아버지 감사했어요. 저 초향인 이만 물러갑니다."

"아가야. 용서하거라. 내가 대신 무릎을 꿇으마!"

"아버님. 고마웠어요. 이 세상 잠시라도 저의 아버지가 되어 주셨으니!"

"초향아! 아가야, 우리를 용서하거라. 내 미안쿠나."

서봉의 눈에서 눈물이 스며 나오시더라. 그의 두 손도 어찌 모여 내게로 향했다.

"아버지. 원이에겐 저를 찾지 말라 전해주세요. 그 초향이는 이제 죽었다고요."

"아가야! 아니 된다. 어찌 그 몸에 뭘 어떻게 하려고!"

"아버지. 저는 억한 마음 하나도 없답니다. 그것이 제가 천주님께 배운 바요. 제 부모님의 마지막 소원이셨으니까요. 아버님. 어머니께도 마지막 안부 전해주세요. 저는 미워하지 않을 겁니다."

"아가야. 내 방편을 마련하마. 원이와 둘이서 따로 살거라. 제발! 지금 너는 그 상태로는 아니 된다. 아가야!"

"천주와 성자와 그분 성령님의 이름으로… 용서합니다. 아! 우리 원이에게… 저는 그 사랑에 감사드립니다."

초
향

머리는 산발해 실성해 보이는 여자. 핏기없는 얼굴에 멍한 눈동자의 초향은 쓰러질 듯 휘적휘적 걷는다. 그녀는 저잣거리에서 미친 여자로 손가락질을 받았다. 원이에게서 멀어져야 한다는 강박적인 생각으로 민가에서 떨어진 산길을 고집했다. 그녀는 계속해서 부모님의 고향 경상북도 청송을 향해 걸었다. 방향은 연어의 본능이 알려준 고향으로의 회귀로밖엔 설명이 어렵다. 공주에서 동해안 영덕 쪽 청송까지 평행 비스듬히 내려가는 이 행로를 달리 설명할 방법은 없으니까.

밤낮 계속 걷는 귓가엔 여러 소리들이 재잘거리며 따라주고 있다. 동행도 생겨났다. 아주 큰 녀석으로 언제나 일정한 거리를 유지하는 친구가 붙어 있다.

'큰 기둥아!'

순디기(순둥이)다. 전혀 무섭지 않다. 눈티이(눈두덩이) 크고 붉은 것이 내내 살랑거리며 앞서거니 뒤서거니. 특히 밤길은 녀석 때문에 나아가고 있으니 이름도 큰 기둥이라고 지었다. 녀석은 가까운 거리에서 이따금 물도 마셨다. 초향은 비릿한 물 내음으로 흔들거리는 붉은 쌔(혀) 위로 굵고 검붉은 주름살들도 보았던 것 같다.

'기둥아, 힘들어! 그만 네게 안기고 싶어!'

잠긴 수풀 사이 묵묵히 흐르던 숨결은 손만 닿으면 황홀한 솜털도 만질 것도 같았다. 몽유병 환자는 몸도 의식도 가무사리(비가 오지 않아 곡식이 타는 상태) 속. 그녀는 지나온 여러 고개에 도사렸던 위험은 기억도 상상도 못한다. 거기 관음산, 수양산을 지나 다음 어둑한 저녁 유성의 산길 즈음에서 머리 산발한 하얀 여자를 제대로 귀신으로 보았던 도적패들을 알 수 없었다. 또 함각산 계곡에서 말라 비틀어진 산머루를 움켜쥐고 먹을 때 혼성 사당패의 어느 놈 모갑(某甲, 여사당패의 서방격 남자)이 엿보던 겁탈을 전혀 알지 못했다. 당시 큰 기둥이의 천둥소리에 쌔 빠지게 도망치던 인간을 그저 환영 중 하나 정도로만 생각했을 뿐.

"저 쌔가 만발이나 빠질 년(험한 꼴로 죽을 여자)!"

허상과 실재 사이 허브래기(찌꺼기) 소리들이 늘 함께 흐르고 있다. 앞서 혼이 나간 불량한 인간이 소리쳤던 저주를 포함해서.

"나를 먹어요. 아니! 그건 너무 써요. 그래요. 그 아래 이제 마지막 순이에요."

끝물의 쇠비름이 하는 소리였다.

"곁의 어린 미역취는 도움이 될 거야. 그러나 지금은 독해. 절대 많이 먹어서는 안 돼!"

또다른 은사시나무 썩은 둥치 아래 모여 있던 벌레들이 했던 소리.

"그 인간도 저 울음주머니였을 거다. 저 앉은뱅이처럼 그 노인네도 한참은 누렇게 허했을걸?"

키가 훨 자란 누런 가막사리가 느닷없는 불살개(불쏘시개) 소리를 냈다. 잎 톱니가 있는 이 식물이 가리킨 것은 바로 옆 주저앉은 노란 앉은뱅이 민들레. 초향의 시선에 민들레가 누렇게 뜬 노인처럼 보인다. 환형(幻形, 늙거나 병들어 얼굴 모양이 변함)이다. 그런데 어찌 가막사리의 울음주머니는 그 색동주머니로 변했다.

"아…가…야!"

며느리를 잡지 못했던 최서봉의 망연자실한 모습이 뜬다. 초향의 시선은 가막사리 조각 잎의 톱니를 타고 내려앉은 노란 앉은뱅이 노인을 응시한다. 서봉은 한참을 넋이 나간 얼굴로 물끄러미 그 색동주머니를 내려보고 있다.

"미치개이(미친 놈) 눈까리는! 바보야. 앉은뱅이는 할매꽃도 있어!"

초향의 의식에 토라진 민들레다. 현실을 일깨우는 대꾸지만 쓸데없다. 아무튼 느닷없다. 초향은 잃어버린 아이의 통증마냥 가슴이 갑갑하다. 통증은 그대로 저 멀리 그에게서 건너오고 있다. 앉은뱅이 최서봉의 편도에서 뜨거운 게 건너와 목을 조여온다. 그의 명치는 어느 계산으로 뜨악하고 따끔하다. 과연 아들이 꼬이꼬이 모은 칠십에 백을 갈음하고 폼으로 단 한 개의 동전으로 치환해 건넸던 저 복주머니라고. 도대체 이 무슨 기막힌 가막사리의 신통인가? 원통한 마음 제대로 터지는 초향. 건너가 서봉의 심장도 급격히 뛰기 시작했다.

서봉은 색동주머니를 열자마자 털썩 주저앉았다. 방바닥을 또르르 구르는 당백전 한 잎. 급기야 앉은뱅이는 제 심장을 부여잡았다. 혼미한 최서봉. 그는 급히 비상약인 청심환을 찾아 물었다. 건너온 초향의 의식도 하얗게 물들었다. 도착한 이 공유, 곧 혼수의 허무한 결말. 초향이 떠날 때 되돌려 떨구고 나간 그 색동주머니. 거간꾼의 다음 환산은 자기보다 더 주저앉을 외아들이다. 독풀이 대신해 떠벌인다.

"깨진 산통이야!"

믿기 힘든 이 도깨비바늘 풀, 곧 시간의 빨대! 건너보는 시아버지 서봉은 울음마저 얼었다. 도대체 이 독한 녀석. 마지막 가막사리는 버버리(벙어리)의 눈가 누런 염증마저 보여준다. 그는 제대로 동전 한 잎의 청구서를 보았다. 공유된 이쪽 초향의 눈까리(눈깔)도 희끗하다. 서봉의 눈에는 어찌 가까운 파산이 보인다. 초향은 눈을 감아 버렸다. 모든 것은 지난 꿈이었으니 이제 와 무슨!

눈을 뜨자 바지랑대 끝에 걸린 황토 옷들이 보인다. 초향의 마지막 기억은 산을 내려와 논둑 길섶을 타고 아직 이른 벼 이삭을 훑던 것이었다. 신체 뼈마디를 쑤시는 아픔이 돌아왔다. 고통과 함께 날아오는 돌팔매질이 떠오른다. 이마에서 피가 튀는 순간 몸은 휘청거렸고 잠깐 하늘을 너울대던 허수아비가 있었다. 거두어 씹으려 했던 그것들. 이른 가을 벼 이삭 서리였다. 시작은 참새들이 이거라도 먹어야 한다며 재깔였다. 논둑 옥색 들국화와 연분홍 작은 고마리 꽃들도 수런수런 거들었다. 느닷없이 돌들이 날아왔었다. 비명도 지르지 못하고 쓰러졌다. 귓가에 참새 쫓던 아이들의 고함이 돌팔매질과 함께 이어졌다. 사그라지던 기억의 시선은 득달같이 달려온 소년들의 그림자에 둘러싸였다. 미친년, 회악년(화냥년), 비렁뱅이, 껄뱅이(거지), 시끄러운 소리가 귓가를 울린다. 뭉실뭉실 하늘 뭉게구름이 잠시 보였다가 까무러쳤다.

"우야꼬. 안즉 무립니다. 작은 아주매 여기 이것 천천히 드소. 무시(무)국이요."

'아⋯버⋯지?'

초향은 눈을 거듭 깜빡였다. 건상투를 틀었다. 눈썰미가 죽은 아버지 베드로를 많이도 닮았다. 사내가 자신을 내려보며 다리대고(달아오르고) 있다. 초향은 다시 눈을 감았다 떴다. 꿈인지 생시인지. 귓가 '애비다'는 경상도 사투리가 낯설다. 분명 아저씨인데 험악치는 않다. 익숙한 저에게서 익은 흙냄새가 물씬하다.

"너무 애비었소. 단디(잘) 묵어야 하오."

처음에 물 같은 죽. 다음엔 밥이 섞인 죽. 일주일쯤 후엔 약 같은 밥이 놓였다. 놀랍게 쌀밥까지도. 게다가 흰 밥은 초향도 아는 몇 가지 약초가 들어간 말 그대로 약밥이다.

"우애 거길 널찌게(떨어지게) 되었소? 이 가실(가을) 갱분(강변)에 물이 없어 망정이지. 작은 아주매 거기 구디(구덩이)에서 건졌다 아닌교. 어찌 돌삐(돌)에 맞았는지. 이래 눈 뜬 것도 용하다카이."

바야흐로 초향 인생에 나타난 새로운 이 사내의 이름은 박춘삼. 외진 곳의 이 옹기쟁이는 황토를 구하러 나왔다가 천변 구덩이에서 초향을 발견한 것이었다. 처음 그는 태토 자리에서 지게 작대기로 몰려 있는 들개들을 쫓았다. 여자였다. 터진 치마 갈래 사이로 하얀 정강이. 급히 인체의 맥을 더듬었다. 춘삼은 행색으로 흔한 걸사(유랑패)의 거지는 아님을 가늠했다. 그는 사태를 짐작할 수 있었다. 여자가 놓지 않았던 여린 손끝에 걸린 어느 물건에 혀를 찼으니까. 춘삼은 축 늘어진 여자의 하이얀 손에 꼭 쥐어진 그 상징물의 혐오를 바로 알아보았다. 그 가련한 여체와 그녀의 붉은 십자가는 그의 호기심을 충분히 자극했다. 무엇보다 뜯긴 치마의 트임 밖으로 노출된 우윳빛 다리와 함께 봉긋한 가슴에 말할 수 없는 열기를 느꼈다.

"허! 후우, 선홍빛이… 어캐 진짜 진사유(붉은빛이 도는 유약, 또는 그 유약을 바른 도자기)네!"

그는 지게에 흙 대신 피골이 상접한 초향을 실었다.

둘레는 반가운 옹기들로 빼곡하다. 이마 둘레 두른 천에 묻은 두터운 황토색도 아버지 문호 베드로의 향기인 흙냄새를 그대로 가졌다. 후끈한 숯과 나무들의 태에서 올라오는 익숙한 냄새가 감기는 것은 바로 고향의 맛이 아닐 수 없다. 아버지 이야기 속 옹기들이 보인다. 도착한 것인가? 백, 흑, 황, 적, 청 다섯 가지 색이 난다는 오색옹기들이 천지빼끼리다! 초향은 여기 사투리에 쉽게 적응할 것도 같다.

"작은 홀쭉이(옹기)는 쌍으로 허리띠를 둘렀지. 그러나 대부분 뚱뚱이는 줄로 대충 허리만 표시하고 손잡이가 기본이야. 밭골 참나무 숲엔 딱따구리도 오색(오색 딱따구리)이더라니!"

이 소리는 아버지가 들려주시던 할머니 최자송의 이야기였다.

"그럼 대개 표고가 거기 있었잖니. 죽은 참나무 고사목 음엔 도토리가 깨알인데 니 애비 석이는 청솔모와 경쟁하지 않았냐! 참! 고것들이 표고도 좋아한다는 걸 내 그때 알았지."

여긴 그 참 맛! 아빠의 어머니 또 그 아버지의 고향이다. 아무렴 부모님들의 오색 단풍 이불과 같은 아련한 사랑이 이루어졌다는 이곳. 초향은 회복하면서 계속 꿈을 꾸었다.

"초향아. 청송은 우리의 그분 배석이 라자로로 부활하신 곳이란다."

 실제 함자는 배석(裵錫). 세례명은 나자로. 생전 아버지 문호 베드로가 늘 들려주시던 가계의 신앙 계보로서 오색 영롱한 옹기가막에서 있었다는 숨 막히는 사랑과 부활의 주인공이다. 초향이 본능적으로 청송으로 향한 이유였다. 나자로의 부활이 있었다던 여기 청송의 전설이 그녀를 예까지 끌어왔다. 엄마에게도 너럭바위에서 늘 듣던 신앙의 신비이자 가계의 시작이 여기였다. 함께 친할머니 쪽인 최씨 집안의 이야기까지 늘 가슴 아팠고 아름다웠던 거기 청송은 이제 여기.
 아버지 말씀의 시작은 1801년 신유박해부터라고 했다. 당시 청송은 박해를 피해 들어온 사람들로 최초의 교우촌이 생겨났다. 최초 사제인 김대건의 증조부 김진후란 분과 충청도 일대 신도들이 숨어들어 왔다. 당시 배씨 할아버지 배석의 아내 최자송도 그러한 경우라고 했다. 말하자면 할머니는 가장 앞선 천주교 집안인 반면 할아버지 배석 쪽은 믿음이 없던 사람이었다고.
 이어 이야기는 그분들의 핏골이라 불린 마을의 순교 사건으로 넘어갔다. 때는 을해년(1815년 을해박해) 부활절 축일날이라고 했다. 대체로 그렇다면 2월에서 3월 사이. 밀고자는 외부인으로 노래산(老萊山) 교우촌의 은혜를 저버린 부랑자였다는데. 청송현과 경주 나졸들이 들이닥친다. 행사로 한자리에 모인 주변 마을 신자들까지 현장에서 떼로 붙잡혔다. 일부는 과정에서 맞아 죽는다.
 할머니 최자송의 아버지 최봉한도 아내와 딸을 이웃 배씨네 옹기막으로 도피시키는 과정에서 나졸들을 막아서다 맞아 죽었다.

그렇게 아버지가 나졸들을 지체시키는 동안 엄마와 딸은 급히 몸을 뺄 수 있었다는 것인데. 어린 최자송은 가마터 속에, 정확히는 대자 옹기 속에 다급히 숨겨졌다고 했다. 분지 마을 30여 호는 가가호호 색출 당했다. 촘촘한 수색과 함께 갖은 행패가 전개되는데 이윽고 그 대포가마에도 그들이 들이닥쳤다.

"디비라(뒤집어라)!"

"나리들, 귀한 옹기가 천지빼까리요(아주 많습니다)."

"지금 나랏일에 개아리 트나(방해하나)?"

"사람 없다 아입니까."

"확! 마! 저 주디를 주잡아 째삘라(주둥이를 잡아 찢어버릴까)! 얼라새끼! 분명 신카놓은(숨겨놓다) 게 맞구만!"

가마 속은 곧 소성을 하기 위해 정성 들인 옹기들로 가득 찬 모습. 나졸들이 창불 때는 창구멍으로 보아도 잘 마른 옹이들이 빼곡하다. 불을 땔 일자만 남은 상황에서 그 사태가 벌어졌다. 포졸은 명령대로 가마 속을 당장이라도 뒤지겠다는 심사인데. 실은 아주 못된 나장이 나름 낌새를 채고 절대 넘어갈 수 없다는 집요한 상황. 그는 포승줄에 묶인 자송의 어미 송정심 루치아의 흑빛 얼굴로 간파했다. 몸을 떠는 어미와 그녀의 눈빛을 가늠하면서 상황을 확신했다.

"어이! 새금파리(사기그릇의 깨진 조각) 가리(가루) 만들기 전에 냉큼 불지?"

"우야꼬. 포교 나리. 부석(아궁이) 눈살이(눈썰미)로도 보이소. 어데 궁둥이 들어갈 안짝이나 보입니까?"

초향

배석의 아버지 배시우의 호소였다.

"뭐라 씨부리쌌노? 분명 천주쟁이 망새기(망아지) 하나가 바기미(쌀벌레)처럼 숨었어!"

"그럼 불을 놓십시더!"

느닷없는 소리가 튀어나왔다. 바로 가막지기(가마지기, 가마를 메는 사람)의 아들인 소년 배석.

"뭐? 저 꺼시이(지렁이) 쌔기가!"

나장의 눈에 불꽃이 튀었다. 그 배석도 잡아갈 듯한 기세.

"아고, 나리. 죄송합니다. 아! 저 저 주디(주둥이)! 미친놈 입시불(입술)입니다요!"

석의 아버지 배씨는 순간 혼이 나갔다. 얼굴이 새파란 그는 진정 교인이 아니었다. 그는 이미 군졸들 앞에서 기꺼이 십자가도 밟았으며 배교라고 할 것도 없이 현장에서 자신은 신자가 아님을 증명한 상태. 그런데 다급한 최자송의 어미가 자신 앞에 무릎을 꿇었던 것처럼 상황은 이제 자신도 급하다. 그런데 이놈의 아들이란 놈이 도대체!

"나리. 세상 공꺼이(공짜)란 없지요?"

소년 배석이 간주께(긴 장대)와 꼬재이(짧은 막대)를 들고 나졸 사이를 밀쳤다. 전개에 기가 차다 못해 얼어버린 그의 아버지. 배씨는 아들의 손모가지를 잡을 틈도 없는 이 전개에 살이 떨리고 오금이 저린다. 그런 나장도 정작 불을 붙이는 소년의 동작에 눈이 휘둥그레졌다. 그 누구보다도 오랏줄에 묶여 마음 졸이던 송씨는 소년 배석이 놓은 지핌불에 넋을 놓았다.

한편 안쪽도 지옥이 멀지 않은 상황. 다급했던 자송은 입구에 불막이로 세워 둔 보통 크기 항아리 두세 개 뒤, 키가 큰 항아리들 사이로 몸을 겨우 숨긴 상태. 과정에서 큰 독 하나가 깨졌다. 말하자면 불 초입에 있었는데, 잘 재인 항아리들과 떡시루, 투가리(오지그릇, 잿물을 입혀 구운 질그릇)까지 전혀 뒤로 들어갈 여유 공간이 없었으니까.

"이런 미친 대가리 봤나! 지금 사람을 다비(화장)하겠다?"

"포교 어른. 기왕 불매(풀무)질도 보실랑가?"

모두들 호흡이 깔꾸막(가파른 오르막) 상황. 특히 그녀 루치아. 밧줄에 묶여 바닥에 꿇린 송씨는 숨이 넘어가고 가슴이 창에 쑤셔 박힌 느낌이다. 그 어미는 기어이 아구에 불이 들어가기 시작하자 눈을 감아 버렸다. 아들의 도발 방정에 망연자실한 석이의 아버지 배씨도 마찬가지. 말할라치면 옹기쟁이 배석 집과 화전을 일구는 자송네는 지근거리 이웃이었다. 넓은 산 정상부 오목한 분지의 신앙촌과 산막 주변에 자리한 그 집안. 서로는 신앙을 떠나 좋은 교류를 가졌다. 배씨 입장에서 신앙촌의 사람들은 보릿고개를 모를 만큼 풍족했고 그들의 인심은 선했다. 더구나 아들 석이의 자송에 대한 마음을 알던 터. 하여 다급한 상황에서 어떻게 숨겨주었던 건데⋯.

"나리. 우리 넉 달 치요. 실경이(계단)와 각 두디(포대)에 올린 것 장항아리(간장, 된장, 고추장 따위를 담는 항아리)만 마흔 개요. 짜그리 빼고 값은 족히 30냥은 될 낍니다요. 괜히 나랏일 하신다고 심(힘) 쓰시면, 이 집 새강물(삯, 값어치)은 또 어찌하시려고!"

배석이 판에 기어이 불을 놓았다.

"허! 저… 저! 버르재이(버르장머리) 문디(문둥이) 새끼. 저 눔의 눈까리와 셋바닥(혓바닥)은 전혀 옹기새끼의 입시불(입술)이 아니구먼!"

나장도 진정 혀를 찼다. 소년 배석의 기지는 놀라웠다. 아니면 기가 찰 배짱이던가! 실제로 가마 속은 그야말로 숨넘어가는 상황이다. 이제 시작한 불은 장작으로 옮겨 화구는 연기와 불꽃이 커지고 있다. 게다가 저 꼬라지! 여전히 노려보는 포교 앞에서 배석은 기어이 참나무 장작을 던지기 시작했다.

"오매, 어찌할꼬!"

바야흐로 제대로 때김불(댕기는 불)이 시작되었다. 배석의 주디(주둥이)도 마침표를 찍었다. 지휘자에게 말했다. 시작 불도 족히 두 시간은 걸린다고. 작정하고 계속 볼 일 계시면 일주일은 때야 옹기가 완성된다고. 지원 나온 경주 쪽 군졸들이 고개를 절레절레 저었다. 혀를 차며 포기의 시선을 던졌다. 이쪽 나장도 마침내 포기했다. 결국 상황은 다른 추적도 필요했기에 가마 바닥에 침을 뱉고 자리를 떴다. 그들은 우악스럽게 최자송의 어머니 송씨를 끌고 떠났다. 그 마지막 순간에 어미는 소리쳤다. 지역이 다른 나졸들은 서로 눈치를 보며 그녀의 주리를 틀지 않았다. 송씨 루치아는 유언처럼 그 소리를 전했다고 한다.

"나자로야, 나자로야. 이제 무덤에서 나오너라. 아가야. 아가야! 탄생은 시작이 아니며, 죽음 또한 끝이 아니라는 것을 명심하거라! 아멘… 아멘!"

군졸이 떠나자 배씨 부자는 서둘러 불을 껐다. 물동이를 나르며 입구 장작 불꽃들을 끄집어냈다. 그들은 생계 목돈을 그러므로 포기했다. 이미 시작된 가마 불을 끈다는 것은 있을 수 없는 경우였으니까. 부자는 입구의 혈을 치고 들어가 옹기들 앞 열을 닥치는 대로 깼다. 이어 배석이 대자 옹기 속에 쓰러져 있던 최자송을 엎고 나왔다. 불은 초장인 터라 심각하게 위험한 상태는 아니었지만 그래도 소녀는 질식했다. 배석은 자송을 뒤에서 안고 배와 가슴을 쳐 호흡을 살렸다. 차가운 물을 흘려 시껌댕이를 게워내게 했다.

소년의 두둑한 배짱이 소녀의 목숨을 구했고, 둘은 자연스럽게 성혼으로 이어졌다. 정한수(정화수) 하나 놓고 여인 쪽 사람이 없는 가운데 조촐한 혼례식을 치렀다. 상황은 신혼살림도 꾸리기 힘든 긴장된 날들이 계속되었다. 3월에 시작해 다음 해까지 계속된 사교 척결은 청송과 진보(머루산), 영양, 울진에 이어졌다. 포교에게 눈 밖에 난 이상 아들 내외는 분가를 결정했다. 배석은 아버지와 고향을 떠나 그리하여 성거산 소학골로 숨어들었다. 이후 결과도 비슷했다. 둘의 예식 후 1년이 지나 최자송의 어머니 송정심 루치아는 경주 진영에서 혹독한 문초를 당한 후, 이듬해(1816년) 10월 대구 감영에서 참수되었다.

"그리하여 나자로는 라자로로 거듭나셨지!"

아버지(문호)는 초향에게 늘 말씀하셨다. 배석은 성경의 나자로처럼 부활하셨다고. 당신의 세례명이 그리하여 나자로가 된 이유라고.

"초향아! 기억하렴. '나자로야 나자로야. 무덤에서 나오너라. 아가야 아가야! 탄생은 시작이 아니며, 죽음 또한 끝이 아니란다!' 이 말씀은 우리 할머니 루치아께서 딸을 구해내려는 소년에게 마지막 신앙을 전수한 거였으니!"

아버지의 말씀에 늘 빠지지 않았던 부분으로 그것은 나자로의 중의적 해석이었다. 나자로는 죽어가는 딸일 수 있고 소년일 수도 있다. 소년에게는 사랑이면서 동시에 신앙이었다.

"이 붉은 십자가가 그리하여 탄생했구나. 초향아, 인간 성작(聖作) 하나가 이렇게 세상에 나왔다! 이것이 바로 그분 배석 나자로께서 옹기장이 아들의 실력으로 정성껏 빚고 가마에서 소성한 첫 번째 결실이다. 그런데 옹기쟁이가 어찌 백토에 붉은 유약을 썼어!"

"유약이요?"

초향은 언제나 그쪽이 궁금했다. 성거산의 옹기와는 소재와 태가 전혀 달랐으니까. 흰색과 옥색에 흘리듯 처리한 붉은 흘림은 너무도 강렬해 핏빛을 연상시켰다.

"청송엔 옹기도 좋지만 백자도 유명하구나. 그분 이름 석이처럼 보기 좋은 꽃돌도 있단다. 아무렴! 초향아, 그분 평돌이 꽃돌이 되신 게지. 작은 모퉁이 돌이 어느덧 나자로라는 새로운 인생 옹기로 말이다. 그래! 이 십자가는 당신 부활의 상징이자 고백이다."

숨죽이며 새겨들었던 아버지 문호 베드로의 각별한 말씀이었다. 사랑은 죽음마저도 이겼다는 대목에서 초향은 깊은 감동을 받았다. 비단 장모의 소리는 가막 속의 딸을 향하면서 동시에 훗날 배석 나자로의 탄생으로 이어졌다는 이 구원 서사는 어린 시절 그녀의 마음에 깊은 인상을 남겼다.

"아가야, 이제는 네 것이다. 어쩌다 우리에게 조금 먼저 도착했을 뿐. 초향아! 기억하거라. 칼레 신부님의 말씀이셨다. 붉은 이 십자가는 메멘토 모리(Memento mori. 누구나 반드시 죽는다는 것을 기억하라)가 아닐 수 없으니. 이제는 너의 성작이다!"

성거산에서 하직 인사 후 자신에게 쥐어진 십자가 상. 백토에 진사유를 발라 만들었으며, 각별히 예수의 발밑에 해골상(박해시대 거의 모든 십자가상 아래에는 해골이 각인)이 조각된 십자가상이 그렇게 초향에게 유품으로 전달되었다.

그리하여 여기 청송이다. 혼절했음에도 손에 꼭 쥐었던 초향의 붉은 메멘토(기념품). 같은 바닥 다른 옹기쟁이 춘삼도 여인의 가녀리고 하얀 하체와 함께 섬광처럼 주목하여 거두었던 물건의 힘이었다.

"니 어닝교? 아스메, 우예 산만디(산마루)에 구디(구덩이)요? 아, 우얄꼬! 그 고운 얼굴로 우짜 껄뱅이(거지)처럼 사시려 하우?"

"아저씨요. 이 몸은 임자가 있어예! 찾아올 귀신 때문이니 더는 묻지 마소."

"아. 이 돌개바람 보소. 아짐 에랍게(어렵게) 마할라꼬 이 난리벅구통(난리굿)이요? 고마 우겨쌓고 일로(이쪽으로) 그저 내 여불때기(옆)에 살라카이!"

바야흐로 춘삼과 초향, 둘은 서로 이상한 이웃이 되었다. 몸을 추스른 초향이 먼저 한 것은 박춘삼의 옹기 가막에서 오백 미터

위. 평지 기준으로 칠백 미터는 올라간 산 정상 바로 아래에 자리를 잡는 일이었다. 절벽처럼 내려온 병바위 아래 경사지였다. 도대체 춘삼은 납득도 안되고 기도 차지 않았다. 심한 날엔 회오리바람마저 부는 이곳. 그런 곳에 그녀의 키보다 조금 큰 작은 내실을 만들었다. 정확히는 굴을 팠다.

나중에 춘삼이 황토를 져다 발라 주긴 했지만, 과연 내부는 컴컴한 공간이었다. 당연히 입구만 노출된 형태니 문을 열어야 빛이 들어왔다. 즉 입구가 창인 구조인데 문은 비스듬히 세워야 했다. 나무를 덧대고 풀을 엮고 이었으니 누가 봐도 그저 언덕배기의 일부로 보였다. 아무튼 처음 춘삼은 위치도 형태도 도무지 이해할 수 없었지만 그녀의 삽질과 도끼 솜씨만큼은 혀를 내둘렀다. 도끼와 곡괭이만으로 일주일 만에 뚝딱 땅을 파고 굴집을 지었다. 춘삼은 산에서 태어나 산 생활을 한 초향의 이력을 제대로 몰랐던 탓이긴 했지만 여자의 고집에 두손 두발 다 들었다.

돌이켜 이모저모 순한 사내라고 밖엔. 춘삼은 그가 만들 수 있는 가장 섬세하고 고운 호롱불 등잔을 비롯해 가재도구용 옹기를 굽거나 일부는 장에서 구해 주었다. 그는 작은 집의 크기를 고려해 색상이 각기 다른 두 개의 요강과 물동이와 세수 그릇도 직접 빚었다. 목돈도 들었다. 놋화로와 유기 침화로가 그것이다. 부엌이란 게 없는 단일 공간이니, 하나는 취사용 다른 하나는 난방용이다.

빼놓을 수 없는 춘삼의 가상한 노력 중 대작 하나가 있었다. 그녀의 수상한 거처 밖 또 한참 내려간 지점에 묻은 일종의 화장실 옹기였다. 춘삼이 평생 만들어본 옹기 중 가장 큰 대자였다. 초향은 그가 그걸 어찌 깨뜨리지 않고 사백 미터 가까이 메고 올랐다는 것에 놀라워했다.

그러나 초향에게 가장 고마운 것은 한지였다. 그녀는 굴속에서 대부분의 시간을 기도와 암송했던 성경 구절을 필사했다. 몇 년 뒤엔 『성경직해』(한글로 간행된 한국 최초의 성경)를 본격적으로 필사해 종이값 댈 일이 결코 녹록하지 않았으니까.

다음은 식수와 양식. 그녀는 토굴이 위치한 바위에서 또 한참을 내려간 어느 지점 바위틈에 작은 샘을 넓히는 작업을 했다. 겨울엔 눈과 얼음을 녹여 어찌어찌 해결했고, 취사와 난방은 두 개의 숯 화로로 견뎠다. 춘삼의 옹기터엔 숯이 늘 있었기에 이 부분은 무난했다. 다만 배달이 필요했으니 춘삼은 부득이 주 단위로 숯과 양식을 져다 올려 주었다.

말할 것도 없이 이 모든 지원은 노총각의 각별한 애정이었으며 곡절엔 간단히 노림수가 있었다. 초향과 인연 다음을 노리던 나이든 총각은 공을 들였다. 박춘삼은 어린 색시가 밤마다 눈에 선했다. 초장에 그녀가 자신을 멀리 떠나지 않는 것만도 다행이라 여겼다. 그는 초향의 도째비(도깨비) 행위를 일단은 지원했다. 결혼을 거의 포기했던 노총각은 정말 그녀를 아내로 삼고 싶어 유연했다.

"아재. 사람의 도리지요. 저도 염치가 있지. 꼬랑(개울)의 물만 듬

뿍 좀 날라 주소. 내 밥벌이는 좀 할랍니다."

"아재라니… 좀 늙은 머스마, 오라바이라 불러 줌 안 되겠나?"

청송에 왔던 당시 초향 나이는 만 열세 살. 반면 박춘삼의 나이는 서른세 살. 둘의 대화는 이렇듯 나이 차만큼 좀체 발전이 어려웠다. 굴이 만들어진 뒤 초향과 춘삼의 대화, 관계란 늘 비슷했다.

"만날 와 그라꼬. 자네가 무신 우렁각시라꼬!"

나이든 총각에게 이 색시는 제대로 그 설화의 우렁이 각시가 아닐 수 없어 하는 말이었다. 사람 눈을 피해 물 항아리에서 조신히 나왔던 설화의 처녀처럼 초향이는 낮에는 일절 산에만 있었으니까. 낮에는 토굴에서 기도와 성경 필사만 하는 여자. 물론 이따금 빛과 공기를 보러 밖을 잠시 나왔을 뿐. 어둑할 저녁 무렵 초향은 산을 타고 내려와 춘삼의 가마터에 모습을 드러냈다. 사람 눈을 피해 조용히 산을 타고 내려오는 하얀 여인이 아닐 수 없다. 초향이는 지체없이 부엌으로 들어가 박춘삼의 저녁식사를 준비한다.

또 춘삼이 몇 날을 비워 장을 나갈 일이 있으면 늦은 시간까지 며칠 주먹 보리밥을 비비고 마른 멸치나 콩을 넣어 도시락을 준비한다. 초향은 춘삼의 살림에서 여자가 할 일들을 거의 처리했다. 그녀는 일주일에 한 번은 춘삼의 옷가지, 계절의 순환기엔 이불보도 빨았다. 물 옹기에 물을 많이 준비해 달라는 요청은 바로 그 때문이었다. 물론 이 모든 작업 시간은 저녁뿐이었고 일이 마무리되면 아무리 늦은 저녁이라도 하얀 여자는 다시 산을 향해 오른다. 설화라면 물 항아리 속으로 들어갔다.

그런 세월이 몇 년일까! 언제부터 초향의 산속 생활 주변엔 쑥국새와 종다리를 비롯해 새들과 산짐승들이 맴돌기 시작했다. 다람쥐, 청설모는 물론 어린 노루나 고라니 새끼까지 작은 동물들이 그녀와 친구가 되었다.

"아서! 와 니는 그카노? 개골창(깊은 도랑) 도째비 멀꺼디(머리카락) 서는 야심한 밤에! 내 짝지(작대기)라도 들고 따라 나서꼬마!"

"무슨요! 아재. 내가 바로 고 미구(천년 묵은 여우)요. 하얀 것들이 저를 보면 다들 꼬랑대기(꼬리)를 내린답니다."

지금 사례 대화는 여름. 장마철 어느 한때다. 밤마다 산을 오르는 하얀 여인을 두고 춘삼은 안절부절이니. 또 이런 식의 대답이란 스스로도 탐탁지 않은 게 얼굴 고운 여인의 티 없는 검은 구슬 눈을 보면서 꼭 이런 대화 순간은 싸하고 멈칫한다. 스스로를 여우라고 표현한 대목에서 노총각은 이 순간 그의 사투리로 바로 식겁이다. 밤길을 눈감고도 오르는 하얀 여인을 두고 사내는 줄땡기기(줄다리기)가 너무 힘들다. 도대체 이 무슨 귀신 같은 이야기라니! 대개는 이런 식이었다.

"아재! 모양은 하나같이 흐물흐물했고 한 맺힌 것들이요. 꼭 그 장소에만 기다리는 녀석들이 있지요. 기도도 먹히지 않는 불쌍한 것들인데, 특히 성황당 근처 총각 귀신이 그럽디다. 그리고 답답한 것이! 꼭 다음 턱바위 아래 조막한 옹달샘에 그 물에 빠져 죽은 귀머거리 귀신이 아니겠소? 귀가 뚫리지 않으니 내 아무리 달래도 늘 소용이 없다 아닙니까!"

그러다 초향은 꼭 이 말로 방점을 찍었다.

"아재요. 산 사람이 귀신보다 무섭답니더. 귀신도 작정한 사람은 무서워합니더."

그녀만이 오르는 골은 언제부터 길이 되었다. 물론 그녀의 사투리도 한껏 이곳에 젖어 들었다. 산에 오르는 시간은 대체로 야심하지만 들쑥날쑥하고 날씨 또한 계절에 따라 변화무쌍한데, 여인의 순서와 길은 전혀 변함이 없다. 그러니 갈수록 애간장이 타는 사내는 몸이 달면서도 이런 대화엔 기에 눌려버린다.

"으으 저! 아망시(똥고집) 참 마티다(고집스럽다) 마터. 도시 해거름(해질녘)도 아니고 칠흑에 칭계(계단) 없는 만대이(산 정상)까지. 그러다 방구(바위)에 미끄리다 다치면 어찌하우? 소까지(관솔, 송진이 많이 엉긴 소나무 가지)나 아궁이 깔비(솔가리, 소나무 가지를 땔감으로 쓰려고 묶어 놓은 것)라도 챙기자고 암만 그캐도!"

이번 경우는 한기가 도는 겨울쯤이겠다. 어둡고 추운 산을 타려면 무슨 조명이나 온기, 이를테면 성냥불이나 심지불이라도 가져가라는 춘삼의 걱정이다. 지극한 애정인데, 꼭 이런 순간엔 아래는 터질 듯 꽉 조이면서 머리가 냉해지는 게 미치겠다는 이 사내.

"어데예(아니요)! 그럼 마실(마을) 탑니다(소문나다). 제가 귀신 불도 아니고. 그캐면 이 여불때기는 없어예."

초향은 꼭 이런 순간엔 청송 토박이로 빙의해 그를 거부했다.

"내 천방(강둑)에서 어째 자넬! 도시 이 헛째비(어깨비) 짓이란. 아, 머리끄대이(머리끄덩이)야!"

자기만의 사랑에 속만 타는 춘삼. 압축하면 온탕과 냉탕? '우렁각시 설화'와 '전설의 고향' 사이의 박춘삼이 아닐 수 없다.

설화 속 노총각은 논두렁에서 주먹만 한 우렁이를 발견했다. 비슷하게 춘삼은 둑방 천변에 쓰러진 초향이를 거뒀다. 우렁각시의 물독 상황처럼, 여기 각시도 홀연히 매일 밥을 지어주고는 토굴집으로 사라진다. 그러니 춘삼은 스스로는 설화 속 주인공이다. 이 첨방(또랑), 방천(강둑)의 인연과 이야기는 자신의 것이라고. 그 소리는 내 것이라고. 어느 날 땅을 파던 농사꾼 역시 그랬다. "이 땅 파서 누구랑 먹고사나" 하니까 어디선가 소리가 들려온다. "나랑 먹고 살지!"라고. 그의 믿음은 점차 확고해져 간다. 그러니 그럴 때마다 춘삼은 자신의 볼태기(볼때기)를 때리고 스스로를 다독이고 다짐한다. 어쩌면 이 시간도 설화의 내용처럼 마땅히 기다려야 한다고. 민담처럼 악당 관원이나 사또에게 이 각시가 붙잡혀 가는 꼴을 보고 싶지 않다고! 죽어 파랑새가 되었다는 노총각의 비극은 절대 아니어야 한다며.

이어 또다른 극복의 버전으로 넘어가 그 이야기도 제 것이다. 바로 하늘에서 내려온 그녀는 나무꾼의 선녀. 아무렴 스무 살의 나이 차이를 극복한 또다른 이야기라는 점에서. 자신에게 이 여자는 뚝 떨어진 경우였으니 참고 참고 또 참고 기다려야 한다. 곧 언젠가 깽(하늘이 화창하게 열리는 날)한 날이 올기다 라고 주문처럼 외는 박춘삼이었다.

이야기가 순히 풀리면 이야기가 아닌 것이! 그 여름 그는 발정난 수캐였다. 춘삼의 몸은 달아 미쳤다. 가장 큰 고비였다. 깽한 것은 하늘이 전혀 아닌데 그의 마음이 그날 그만 먼저 깨져버렸다.

아무리 억눌러도 우렁각시가 차려 놓고 간 모든 접시가 하나같이 각시의 얼굴이니 어쩌랴. 또 그녀가 떠난 산허리 위 하늘에 뜬 달도 초향이 얼굴로 보이니 어쩌랴. 지금 사내의 아랫도리는 참고 참다 그 무슨 열기로 바짝 힘이 서서 미칠 지경이다. 장마로 물이 넘치니 초향에게 강권했던 자신의 당부가 되레 그의 허벅지를 송곳처럼 찌르고 있다.

"사방이 미끄리 깨끌막지요(가파르다). 고자바리(고집) 말고 오늘은 내 곁에 있소마. 아니면! 내 새빠지게 업고라도 올라가고마!"

말인즉, 미끄러운 산길이니 홀로 오르지 말라. 내 업고라고 오르겠다. 각시를 보낸 후 콸콸 쏟아지는 거렁(시냇물)에 몸을 던진 춘삼은 자신을 때리다 못해 고래고래 소리를 지르고 있다. 터진 입은 이리 소리쳤다. 내 오늘 가질 수 없다면 옹기 가막을 다 때려 부수겠다고. 결국 설화처럼 초장에 자신을 넝구는(넘어뜨리는) 이 사내는 너무 전투적인데….

기어이 달려가는 들짐승이 보인다. 살쾡이를 닮은 날쌘돌이가 아닐 수 없다. 거의 날아가듯 미끄러운 산길을 헤치며 지치지도 않는 춘삼. 그동안의 열정페이도 여인을 품으면 그것으로 끝이라는 생각이다. 아무렴! 숫총각은 그날 제대로 미쳐 날았다. 안타까운 이 열기엔 평생 가짜 상투를 머리에 감옥처럼 올리고 산 미천한 신분의 피로까지 더해졌다. 자신에게 소금을 치며 버티던 인내도 바닥을 다했다.

아마도 그의 인생 가장 빨리 오른 정상이었을 터. 가뿐했다. 짐승은 비바람을 뒤로 초막의 나무문을 벌컥 열어 부수었다. 웃통은 진작에 벗어 어딘가 사라졌다. 이 짐승. 서른 초반의 그는 아직 힘이 한창이다. 달려온 추력과 함께 굴에 들이찬 후끈한 열기. 서로 누꼬(인사)도 없이 초향의 저고리는 바로 뜯겨 나갔다. 다음 짧은 두루치와 몽당치마도 반은 찢겨 던져졌다. 우렁각시의 하얀 발목은 물론이고 허벅지는 그대로 드러났다. 춘삼의 동공은 초향을 처음 천변에서 건졌을 때의 젖 몽우리를 본다. 춘삼은 당시의 열기를 다시 뒤집어쓴다. 그는 하얀 젖을 꺼내 거의 입에 물었다.

"아재. 그간 고마웠소!"

하얀 것을 물었던 짐승의 귀가 퍼뜩 뚫린다. 누불린(눌린) 아래에서 올라온 어떤 소리. 덮친 사내의 손은 그대로인데 눈바(눈)가 시리다. 눈을 까고 내려본다. 짐승을 올려보고 있는 어리고 고운 소녀가 단아하게 노려보고 있다. 짐승의 눈동자는 '뭐라카노'라는 대응.

몇 초? 짧은 멈춤 사이, 춘삼의 몸도 정신을 차렸다. 상대의 몸제는 너무 뻣뻣하다. 나무와 놀같이 굳어 전혀 표정도 감정도 없는 여자. 다음 얼음 같은 소리가 놋쇠를 울리듯 들려왔다.

"아재. 이제 여불때기 논고디(우렁이)는 당신 곁에 없어예!"

마저 하나만 더 헤치면 다 뺏고 보는 상황인데 짐승은 뭔가로 탁! 춘삼의 머리채는 보이지 않는 채에 걸린 듯 들리며 순간 멍하다. 주문처럼 일상으로 외워 자신을 다스렸던 비기가 한순간 사라지는 느낌이다. 춘삼의 아래는 간단히 쪼그라들며 식는다.

아무렴 설화의 비극이 쨍하니 도착했다! 파랑새의 그 비극이 눈앞에 있다. 열기는 한순간 냉기로 바뀐다. 기가 막힌다. 짐승의 몸이 차갑게 굳어버리는데, 여인은 말을 이어간다.

"아재! 비록 지금 몸은 내줄지언정 다음은 이 자리에 사람 하나 묻어야 할 깁니다! 흙만 덮으면 아무도 모르는 반 무덤이 이곳이지예. 나 죽어 묻으면 산속 귀여새가 짓는 새집처럼 그 자린 겨우 오목한 구멍이나 보일 것이구요. 그것이 정작 이런 토굴을 만든 또다른 이유였지예."

"아재요. 저는 임자가 거쳐 간 몸이니 그저 그림자로만 봐주셔요."

여름 그 사태의 결말로 짠했던 초향의 맺음이었다. 춘삼은 무릎을 꿇고 빌었다. 짐승은 다시 인간으로, 아니 순한 양이 되어 그녀 앞에서 벌컥벌컥 울었다. 짐승만도 못한 무례에 용서를 구했다. 그 우는 떡대 같은 사내를 품고 다독이던 초향은 말처럼 자신은 이미 없고 소용도 없는 사람이라며 또한 무릎을 꿇었으니. 그렇게 더없이 떨면서 울어버렸던 노총각과 옷이 찢긴 상태로 그를 품었던 여인.

이후 그 사건은 둘 사이 각별한 기반이 되었다. 그날로 서로의 상처와 빈 곳을 이해하는 사건이 되었다. 특히 춘삼에겐 욕망의 거리 두기와 설화의 결말이 확실하게 각인되었다. 그는 우렁각시의 그 파랑새가 실제 자신일 수 있음을 제대로 배웠다. 그 지독한 사랑의 인내라는 것에 대하여.

둘은 다시 일상으로 돌아갔다. 세월을 무던히 탔다. 숨어 지내는 여자와 그 숨어 지낼 수 있게 배려한 남자의 끝없는 대기 같은 것으로. 물론 그것은 구체적으로 식량과 에너지원인 숯이었음은 말할 것도 없다. 기타 서로는 미안한 마음을 은근히 주고받는 선물들로 상호 성찰과 배려를 키워갔다. 그럼에도 정작 서로 도왔다는 부분에서 핵심은 식량과 숯이었다. 비록 미숫가루를 포함한 빻은 곡류들과 말린 야채들이었지만, 춘삼은 초향의 산속 삶에 필요한 곡기들을 날랐다. 뿐만 아니라 옷가지들과 반드시 필요한 숯도 져 날랐다.

관련해서 이날 사건은 이후 새로운 구조를 만들어냈다. 오늘날의 택배함 같은 것이다. 낮과 밤이 다른 여자와 남자의 대면이 제한된 설정을 잇는 오작교와 비슷한 작은 토루가 생겨났다. 두 사람은 잠깐의 시간 외엔 서로 마주할 교차점이 없었으니, 이는 더다른 시간을 넘나들지 않는다는 묵계의 이행에 해당했다. 초향의 일상에 필요한 물건들을 들려 올려보내는 것은 말도 안 되는 일. 또 양도 많으니 춘삼은 주간에 따로 지게 등짐을 하고 올라가 놓고 오는 일종의 택배함이었나. 이 특별한 구조 역시 흙 속에 묻힌 또 하나의 빛 고운 오색옹기였다.

그런 배달은 주기적으로 일주일에 한 번. 다만 춘삼이 장사를 나갈라치면 시기는 서로 협의한다. 니캉내캉(너하고 나하고) 서로는 분답하게(부산하게, 산만하게) 하지 않는다. 빌나지만(별나지만) 가끔은 빼꼼히 서로를 지켜본다. 그러니 도독(도둑)놈 아니면 뺑개이(소꿉장난) 하듯 사는 것 같다. 과연 이 표현은 춘삼의 토로였는데 둘의 어정쩡하지만 또한 아름다운 처세의 면은 분명 빤지럽지(계산이 빠르고 정 없지) 않았다. 우렁각시는 토루에 자신의 선물을 넣

기도 했으니까. 산골 소녀로 자란 초향은 덫을 놓을 줄 알아서 잡은 족제비의 털가죽이나 산토끼 고기 같은 것들로 채웠다. 말린 산 약재도 있었다. 말하자면 비싼 한지를 포함해 쏨쏨이가 부담이 큰 춘삼이에게 전하는 보답이었다. 물론 주기적으로 보내는 식량과 숯에 대한 고마움이었음은 말할 것도 없다.

그러나 이 평화를 시기한 극한 사건이 두 사람을 노려보고 있었다. 이번 상대는 인생이 아니었다.

문제는 겨울. 특히 혹독한 겨울이 다음 고비가 되어야 했다. 그 여름 욕망의 사건 이후 또 몇 번의 계절이 바뀌고 어느 혹독한 겨울. 폭설과 영하 20도의 상황이 빚은 사건이 이들을 기다리고 있었다.

두 사람 모두 여러 해를 지나며 많은 겨울을 경험했지만 그해 겨울은 너무 가혹했다. 그 겨울은 정녕 눈이 많이 왔다. 심한 눈 폭풍이 며칠도 아니고 두 주가 계속되었고, 기온은 영하 20도를 오르내렸다. 폭설로 두터운 얼음 산에 춘삼이 오르지 못한 상황에 놓였다.

어찌 보면 정작 이 택배함은 구조적으로 이번 겨울 사건을 예비했는지도 모른다. 즉 토루 옹기의 크기가 문제였다. 딱 일주일 분량의 먹거리와 숯만이 들어가는 크기. 바로 이 용량은 초향이의 요청으로 그 일주일의 진실이란, 언제든 떠날 수 있다는 그녀의 삶의 규격이었다. 말하자면 평생 행선지를 정하지 않고 언제나 떠날 수 있다는 당시 예수쟁이들의 삶이었다. 맞물려 고등어의 순명

(順命, obedience)이었다. 고등어는 떠살이로 평생을 계속해서 헤엄친다. 곧 정지하는 순간이 죽는 시간이다. 그래서 일주일이었다. 특히 그 겨울 딱 일주일 치의 숯이 문제였다.

그런 일주일을 이미 두 번은 올라가지 못한 지금. 더는 어쩔 수 없는 그의 불안한 눈가. 춘삼이 노려보는 경계는 너무 뚜렷하다. 산 아래 초가집들의 구들에서는 연기가 모락모락. 그러나 산 위는 눈발 가운데 동물들 소리조차 없다. 이미 떨어졌을 먹거리보다 문제는 에너지. 즉 영하 20도의 계속되는 눈 폭풍 와중에 더구나 산 정상이다. 불안한 그는 이제 제 목숨도 질끈 묶었다.

그의 두려운 기억은 초향의 그때 그 말이 이 순간 지극히 시리고 고통스럽다. 근자에 눈이 너무 많이 오니 위험한 산행은 피하라던 그녀의 말이. 또 그런저런 겨울날은 우렁각시도 장독에 몸을 숨길 거니 서로는 그리 알자고 했던 약 3주 전 그 말이. 눈 많은 겨울, 우리 몇 번이나 그리 지내지 않았느냐고. 그는 그녀가 안타깝다 못해 억울하다.

춘삼은 비장하다. 채비로 부위마다 끈을 묶으면서 사내의 눈은 거의 미쳐버릴 지경이다. 지금 그의 다급한 호흡은 그날의 여름과는 전혀 다르게 긴박하다. 평생을 이곳에 살아 저 산을 아는 그에게 여자는 언제부터 자신의 목숨이다.

기왕에 우리는 잠시 겨울의 천사(춘삼)가 되어 본다. 우렁각시는 이제 내려오지 않는다. 그러나 일주일에 한 번은 꼭 올라야 하는 이번엔 우렁 총각이 있다. 눈을 헤치고 등짐을 지고 산을 오르는 사내의 모습이 등장한다. 발은 초향이가 만들어준 솜 짚신에 동구니신을 신었다. 그는 두 개의 참나무 지팡이에 힘을 싣는다. 짐엔 미숫가루와 옥수수, 그리고 작은 감자 부대가 실려 있다. 또 다른 작은 포대에는 숯이 한가득. 점차 높고 위험한 돌 바위를 지나 산등성이에 오른다. 일부 소나무 가지는 무게를 견디지 못하고 툭툭 부러진다. 오를수록 눈이 쌓인 곳에 발은 무릎까지 쑥쑥 빠진다. 등짐의 무게만으로도 춘삼은 너무 버겁다.

 그러나 그의 마음은 오르면서 기대에 차오른다. 동면 중인 각시가 너무 그리움은 말할 것도 없으니. 왜! 이제 내려오지 않는 우렁각시는 자신을 위해 겨울나기를 부지런히 준비해 놓았으니까. 초향은 지난 가을 한로(寒露) 무렵 자신의 겨울 토시와 솜버선은 물론 솜이불까지 미리 다 해 놓았으니까. 또 그녀는 자신의 겨울을 위해 여럿 옹기에는 동치미를 비롯해서 김치와 갖은 산나물을 말리고 버무리고 재워 놓았으니까. 왜! 초향은 춘삼이에게 생선들-고등어와 청어와 꽁치-을 부탁해 한때 배운 간잡이 솜씨로 그의 겨울 단백질도 준비해 두었으니까. 특히 그런 생선은 길일에 쓰일 제사물을 겸한 성격이기도 했으니. 그러니 이 총각도 제 몫을 다해야지!

 그렇지만 지금 이 산행은 지난 몇 번의 겨울과는 차원이 다르다. 늘 오르던 겨울 산이지만 이번만큼은 심각하다. 그는 2주 차에 시도했으나 눈보라로 기어 돌아와야 했다. 해서 다시 이 3주 차. 현재 노총각은 푸른 눈시울 가운데 얼음 맺힌 수염 사이로 뜨거운 열기를 연신 토해내고 있다. 이번엔 등짐 대신 썰매를 끌고 오른다. 실제는 몸에 질끈 맨 상태로 눈보라를 헤치며 나아가고 있다. 단단히도 무장했다. 동구니신에다 다래나무로 만든 테니스 라켓 모양의 설피도 신었다. 절대로 장작을 거부했던 초향이다. 애초 굴뚝이 없던 집. 노출을 극히 꺼려한 이유였다. 결과적으로 숯은 절대적인 에너지원이었으니, 총각도 이제는 이판사판이다.

춘삼은 고립무원의 산속에서 얼어 죽을 것이 가장 걱정인 격정의 눈시울이다. 오르는 춘삼의 두려운 상상 속엔 굳어버린 가부좌의 등신이 있다. 아니면 필사하다 나무 책상에 고개를 숙인 채 얼어 죽은 초향이가 보인다. 사내는 애간장이 타고 있다. 춘삼의 몸은 눈 속에 빠져 나아가는 게 아니라 불덩이가 되어 눈을 녹이며 뚫고 있다. 묵은 애정이자 피 끓는 애환이다. 몸도 빠지는 깊은 눈길처럼 쌓인 정은 이제 그녀가 없으면 생의 의미, 더는 생의 외로움을 견딜 수 없을 것 같다. 점점 정상에 가까워지니 걷는 게 아니라 무릎으로 눈을 다지며 허리를 틀고 있다. 단단히 몸에 묶었던 썰매는 언제부터 그의 목에 개 목줄처럼 걸쳐 있다.

드디어! 하얀 인간은 우뚝 섰다. 눈에 쌓여 숨구멍조차 없어 보이는 분명 그 위치. 하얀 눈집일 수 없는 완연한 경사면에 도착했다. 춘삼은 사력을 다해 전혀 구분도 없는 등성의 하얀 눈을 헤집고 파헤친다. 토굴집 나무문을 발견한다. 두드림도 잠시 그는 몸을 던져보지만 어렵다. 다시 몸을 뒤집는다. 끌어온 썰매를 헤집고 도끼를 꺼낸다. 얼어버린 문짝을 내리친다. 한 번 두 번! 와락 무너진다. 도끼와 하얀 사내는 구멍 속으로 빨려 들어간다.

휑한 바람과 함께 잠시 정적. 뒤에서 솟는 하얀 빛들로 조명된 어떤 망부석 하나가… 점차 보인다. 몸을 급히 세운 춘삼은 그만 우뚝 서버렸다. 부숴져 흔들리는 나무패와 틈 밖 쏠리는 빛들로 주목하는 한 장면. 차가운 하얀 서리 가득. 머리만 겨우 빼꼼히 이불에 몸을 감싼 인형이 있다. 하얀 냉동태가 자신을 응시하고 있다.

춘삼은 소름이 쫙 돋는다. 초향이 한때 말했던 미구(구미호)나 여시가 제대로 눈앞에 있다. 그런데 이 여자, 저 미구는 초점이 없다. 정지된 시점으로 굳어버린 인형. 춘삼의 다음 시선은 망부석 아래 촛농마저 하얗게 얼어붙은 책상으로 내려간다. 필사하던 한지마저 얼었다. 검은 점들의 종이는 펄렁이지도 않는다. 시선은 다시 돌아와 하얀 밀랍의 인형. 바야흐로 춘삼은 각시를 불러본다. 그녀는 대답은 물론 눈도 깜빡이지 않는다.

사내의 몸은 다시 그때로 돌아갔다. 여자를 그대로 덮쳤다. 만져본 여자는 말 그대로 얼음. 사람이 하얀 이불에 쌓여 고드름처럼 굳어 있다. 머리, 얼굴, 눈가에 서린 하얀 백태는 동체 그 자체. 곧 동사 직전임을 알아차린 춘삼은 오열할 틈도 없이 제 몸을 풀어헤쳤다. 얼어버린 초향의 얼굴을 와락 품에 끌어당겨 묻었다. 놀랍게도 동시다발적이다. 그의 두 손은 마른 명태처럼 깡 얼어버린 이불을 차라리 쪼갰다. 그의 신체 각자는 미친 듯이 움직인다. 춘삼은 초향의 얼굴을 자신의 가슴에 묻은 채, 그의 손과 발은 마치 문어의 다리처럼 따로따로 움직였다.

급한 것은 온기. 그는 가져온 숯 더미를 토굴 구석 전체로 확 깔았다. 곧바로 불을 놓았다. 분명 바닥에 그건 초향이 준비한 선물이었을 테지만 그게 무슨 소용인가. 얼었으나 여전히 보슬보슬한 족제비 털을 불쏘시개로 썼다. 그 값비싼 불쏘시개가 숯불을 제대로 일구어 준다. 뚫린 문의 바람도 숯불에 힘을 실어준다. 춘삼은 이제 벌겋게 오른 숯불 위로 얼음이 가득한 옹기들을 들어 올렸다. 남자는 여자를 아이처럼 품은 채 몸을 빠르게 움직였다. 동시다단한 맹렬한 순서가 진행되었다. 이제 그의 손은 미친 듯이 초향의 몸을 비비기 시작했다.

점차 숯불로 달궈진 옹기에서 수증기도 피어난다. 빠르게 온도가 올라가니 실내는 이내 후끈해졌다. 언제부터 부산한 춘삼의 눈가엔 눈물이 뚜벅뚜벅 떨어지고 있다. 그런데 이 사내! 그는 초향이의 얼어버린 옷을 벗기기 시작했다. 다시 여름의 그 사내? 비슷하게 지금 겨울의 이 사람도 여자의 옷가지를 서둘러 벗겨냈다. 간신히 여자 몸의 일부만 남기고 급히 마른 이불을 찾아 속으로 밀어 넣는다. 그 겨울 춘삼은 사내가 아니라 진정한 인간이었다.

그의 본능적인 행동은 참으로 현명하고 적절했다. 탈수와 심한 저체온증 환자를 두고 그의 손은 이불 속으로 들어가 부지런히 초향의 신체를 주물렀다. 지치지도 않는 그의 손을 비롯해 온몸의 부단한 애무들. 혼신을 다해 불이 나도록 여체와 하나가 되어 그는 기어이 얼었던 신체의 혈을 풀고 녹여 생명으로 돌이켰다.

춘삼은 산속 토굴에서 초향과 꼬박 이틀을 보냈다. 가져온 숯이 소진될 때까지, 눈이 가늘어지기를 지켜보면서 그녀를 보살폈다. 그 이틀 좁은 토굴은 열기와 수증기로 후끈해졌고 생명이 돌아오는 최적의 환경이 되었다. 문은 어떻게든 다시 막았는데 벌어진 틈으로 들어오는 차가운 공기가 좁은 공간을 쉼 없이 순환시켰다.

초향인 이불 속에서 끝없는 마사지를 받으며 이따금 마른 입으로 춘삼이 떠넘긴 물을 넘길 수 있었다. 그는 그렇게 초향의 목숨을 두 번째로 구했다.

"어쿠! 이 무시요. 이 따가리(상처 입은 얇은 피부)는 뭐꼬!"

한순간 춘삼의 눈에 잡힌 초향의 한쪽 다리 끝. 기겁한 사내의 눈에 시퍼렇다 못해 거무스름한 여자의 발끝이었다.

"이런! 자네…"

이날 불행은 여자에게 큰 흉터를 남겼다. 춘삼이 그토록 비비고 보살폈건만 이미 괴사가 시작된 여자의 한쪽 발가락. 춘삼이 할 수 있던 일은 그 부분을 품고 다시 긴박한 마사지뿐이었다. 그 이틀 춘삼은 초향의 시커먼 발끝을 자신의 심장에 품으며 간절히 기도를 올렸다. 비감한 슬픔이 여자의 목심(목숨)과 함께 그를 짓누르는데….

애달픈 사내는 일말의 도움을 찾는 가운데 어찌하여 그 문구를 읽게 되었다. 자신이 발라준 황토에 두터이 붙은 한지 중 성서의 어느 구절이 어찌 그의 눈에 들어갔던가! 춘삼은 눈에 들어온 그 문구에 그러므로 기도했다. 여인의 인생에 대하여. 그는 그녀의 발이 온전할 수만 있다면 자신은 평생 그 문장의 효력에 순응하겠다 간절히 소망했다. 저 문구의 주문자에게 지극히 요청했다. 자신의 째진 가슴에 들어온 문구 그대로 사람의 사랑보다 더 깊은 그가 진정 자애로우시다면, 자신 또한 초향의 그 사랑을 믿겠다고 전했다. 당신이란 천주를 믿어 보겠다 약속했다. 여인의 불행이 이것은 아니어야 한다고. 사내는 각시가 없는 자신을 미리 절망하며 여인의 그 믿음 그 문장에 간곡히 매달렸다.

'우리가 사랑함은 그가 먼저 우리를 사랑하셨음이라.'(요한일서 4장 19절)

"보소. 자네 발등더리는 절대 보지 마소. 글고 내 목간(목욕) 물을 데울 테니 제발 나 좀 편히 보소."

"아재. 고마운 사람. 그러나 곧 사람들 숭(흉) 보는 순간이 오면 난 더는 여기 없소."

"아, 이 시러운 사람아. 정말 내 정제(부엌) 밖에만 있다 카이. 당신이 먼저요. 그딴 건 다 나중이고 쓸데없는 일이라 카이."

썰매를 준비한 것은 지혜로운 조치였다. 초향은 훗날 자신은 명을 두 번 타고났다고 전했다. 그녀의 마음은 두 번의 곱절 네 번을 울었다. 첫 번째는 원이를 향해서 울었고, 두 번째는 살아난 자신을 향해서 울었으며. 세 번째는 그 고마운 우렁 총각의 헌신에 대해서. 네 번째 마지막은 두 번을 살아나게 하신 자신의 하늘에게 감사를 고백했다.

"절뚝바리요? 내가 대신 빙시(병신)가 되고 말지. 우리 각시 어찌하우! 선생님. 제발!"

춘삼은 의원 앞에서 초향 본인보다 더욱 떨었다. 그리하여 방금 전 상황은 춘삼이 산을 내려오자 초향이의 목욕부터 챙긴 대화였다. 춘삼은 초향의 몸을 깨끗이 한 뒤 곧장 의원을 찾아가 왕진을 의뢰했다. 의원은 검붉은 피부야 약재로 처방하고 아직 건강한 처자의 몸이니 시간이 지나면 회복할 수 있다 전했다. 그러나 이미 감각이 없는 오른쪽 발의 발가락 세 개는 고개를 흔들었다. 의원은 지금이라도 사람을 살릴 양이면 짝두(작두)를 써야 한다며 신음했다.

"오라버니. 전 처음에도 걸배이(거지)로 왔어예!"

어느새 거의 경상도 처녀가 된 초향이 무심히 고개를 끄덕였다. 그렇게 그날 그녀의 오른 발가락 세 개가 사라졌다.

초향은 다음 해 봄까지 춘삼의 옹기터에서 지냈다. 춘삼은 매주 약재로 다린 목간을 준비해 주었다. 물론 춘삼은 제대로 바뀐 우렁각시처럼 초향이의 옷가지도 요리도 준비했다.

이제 총각이 직접 상을 차렸다. 겨우내 몸이 여윈 우렁각시는 발가락도 성치 않고 상처도 회복이 필요하니 총각이 나서는 이 상황. 그런 춘삼은 말미에 늘 이렇게 자신을 즐겼다. "내 흙 파서 누구랑 먹나 했더니! 누구의 천주님은 때를 내려 하늘 각시와 결국 이렇게 밥상을 같이 하게 하시네!"라고. 그의 표정은 더없이 밝고 행복해 보였다. 감동의 무르팍 총각이 따로 없었다. 정확히 이 무릎 장면은 먹는 초향이 앞에 부러 자세를 낮추며 바라보는 애잔한 눈동자의 사내 모습이었다. 그런 총각은 품 안의 아기처럼 여인을 바라보고 있으니. 도대체 그는 바깥 일도 않고 부엌데기를 즐겼다.

춘삼은 이삼일에 한 번은 우렁각시가 준비해 놓은 돌개(도라지)와 신내이(씀바귀) 반찬에 간고등어 조림을 지어냈다. 초향인 간고등어를 무척 좋아했다. 춘삼이가 보니 초향인 유난히 고등어 밥상엔 식전에 기도가 깊었다. 다음 메뉴는 강내이(강냉이) 밥에 밀기울, 그리고 밤시(밤송이) 알을 함께 넣은 기묘한 밥 같은 죽을 장지름(간장)과 함께 냈다. 요리는 이렇듯 늘 힘써 변하는 데 이번은 구이 쪽으로 신경이 모였다.

또 한번 춘삼은 지짐(부침개)과 함께 고등어와 청어 구이를 준비한다. 사실 쉽지 않은 이 생선구이는 옹기쟁이 집에 늘 불덩이가 있으니 간단했다. 기름이 자글자글 떨어지는 겨울 별미를 바라보는 초향의 시선은 어떠했을까?

그 겨울 절대 빼놓을 수 없는 특별한 요리도 있었다. 바로 툭수바리(뚝배기)에 놓인 추어탕이었다. 한겨울에 미꾸라지? 춘삼은 얼음 논을 깨고 겨울잠을 자는 미꾸라지를 깨운 것이었다. 그런 정성에 초향인 그 추어탕만큼은 억지로라도 먹었다. 대신 춘삼은 꼬장(고추장)에 발라 화덕에 구운 녀석들을 먹었다. 그러므로 드디어 그에게도 끝날이 도착했다.

"글고 자네. 골빼(골방)이 말고 이제 철베이(잠자리)는 내 자리에서 하소"

이 말은 춘삼이 검게 탄 꼬리를 먹으면서 초향에게 제 잠자리를 내어주는 소리.

"...아재!"

"내는 비개(배게)만 있으문 비틀(배틀) 위에서도 잘 수 있구먼!"

"아, 아재. 이제 그만요!"

과연 초향의 이 대답은 무엇이었을까? 과연 이 순간 이 말속에서 두 사람 사이 이제 무슨 경계가 있을까?

"아, 이 꽁다리가 탔구먼! 이 어째!"

춘삼은 스스로 탄 것만 골라 먹으면서도 눈은 지금 어디에 있는지 몰라.

"아재, 알매이(알맹이)는 많은데! 냄새가 아주! 이뻐요."

"그래? 그래도 이 덩거리(덩어리)는 우리 초향 각시 묵소. 나는 냄새 이쁜 꽁다리로 계속."

"아재. 나 이제 더는 세상 숭(흉) 잊기로 했소!"

"그렇지. 암만 그캐도 자네가 내 조카라면 이부재(이웃들)들도 우예하겠노!"

"아니요. 당신 우렁각시는 이제 평생 아재 여불(곁)로 있겠어예."

총각은 드디어 우렁각시를 품었다. 1867년 청송에 초향이가 오고 다시 14년이 지나 겨울 사건 이듬해 1881년 봄, 둘은 조용히 혼례를 치렀다. 초향 나이 스물일곱, 박춘삼은 마흔일곱 살. 당연히 초향은 산속 생활을 정리했다.

돌이켜 두 사람은 자작나무 같은 조용하고 담백한 사랑을 나누었다. 아내는 자작나무 같은 사람. 젊은 아내를 맞은 춘삼의 눈에 초향은 그저 하얀 사람으로 비쳤다. 겨우 한두 마디 필요한 말만 하는 아내를 흰 눈 가운데 홀로 서 있는 한 그루 고독한 자작나무처럼 바라보았다. 말이 없는 잔잔한 눈빛 때문에 춘삼은 하얀 자작나무의 표피처럼, 밤에 몸을 섞고 옷을 벗을 때만 여자의 몸과 함께 새겨진 마음을 겨우 읽을 수 있었다.

춘삼은 어김없이 이른 새벽과 늦은 저녁 대부분의 가사 일이 정리된 시간에 기도하는 그녀를 보면서 거역할 수 없는 하얀 정절 같은 것을 느꼈다. 아내는 예민하게 곧은 백화(白樺, 자작나무)로, 때론 숨이 막히는 남편이었다. 물론 이것은 신앙의 피해의식이나 위기 본능임은 자명했다. 그들의 주거지는 마을과는 한참 떨어진 곳이긴 했지만 불안은 늘 있었으니까. 춘삼은 무엇보다 이 아내의 예민함이 언젠가는 찾아오리라는 그녀의 첫 남자에 대한 복잡한 우려임을 알아보았다. 따라서 더욱 힘써 기도하는 여자의 마음이라는 것을 어렵지 않게 느낄 수 있었다. 나아가 신앙심의 큰 부분은 자신의 가정을 지켜 달라는 간절한 바램이라는 것도.

춘삼도 여실히 우렁각시 설화의 결말과 달리 초향을 어떻게든 지키고 또 숨기고 싶었다. 아내가 기도하는 모습을 바라보면서 자신도 모르게 합장을 했다. 세월이 가며 춘삼의 마음에도 언제부터 신앙이라고 딱히 말할 수는 없는 발원심이 생기기 시작했다. 그에게도 구체적인 소망이 생겨났다.

어느 날 새벽 눈을 뜬 그는 소스라쳤다. 벽을 보며 조용히 기도하는 아내를 보다 그만 하얀 정령을 보고 뜨악했다. 백화를 휘감고 있는 어떤 광휘, 표현할 수 없는 밝기 속 은은한 물방울 같기도 한데 뭐라고 설명이 어려운 기운을 보았다. 춘삼은 반사적으로 부상들이 믿는 십이령 고개 성황신을 읊조렸다. 그 걸음마다 올린 정성의 고갯길인 막지고개, 곧은재와 넓재 저진터재를 너머 쇠치재까지. 이어 모시고 살펴 넘는다는 살피재의 그분들에게 기도했다. 그러나 아닌 것 같다. 자신이 알던 느낌이 전혀 아니다. 도무지 잔잔한 저 무엇은 머리꺼대이(머리카락)도 서지 않은 게 전혀 무섭지가 않아! 춘삼은 자기의 간띠이(간덩이)가 부은 건지 말하고 싶다. 드디어 아내의 예수재이의 제신을 본 것도 같다고.

그의 입수불(입술)은 절로 움직였다. 잠잠히 눈을 감고 잠을 자는 척 아내의 그 신에게 기도했다. 자신도 지키고 싶은 이 아름다운 가정. 그는 간절히 소망했다. 아내의 등 너머 그 존재에게 그의 진심은 오롯이 자신의 아이를 가지고 싶다 전했다. 아내의 조물두(조물주)에게 약속했다. 인생 색시를 보낸 정령에게 만약 둘 사이 아이가 생긴다면! 가질 수만 있다면 자신은 그 얼음산 토굴 속에서 했던 약속을 절대 어기지 않으리라 맹세했다.

기적 같은 아이가 태어났다. 이름 박송이. 세례명 엘리사벳. 당시는 말도 안 되는 늦둥이가 탄생했다. 놀랍게도 춘삼의 그날 기도로부터 무려 11년이 지난 1892년의 일이었다. 사실 초향은 전혀 아기를 기대하지 않았다. 몸은 아이를 잃은 경험이 있고, 여자 나이 서른여덟 살에 그야말로 기가 찰 일이었다. 남편 역시 그 시절 오십을 넘겨 사는 것도 힘든 시대에 이미 환갑을 바라보는 쉰여덟 살이었으니!

어찌하든 춘삼의 소원은 이루어졌다. 백화의 아내를 닮은 무척 하얀 달덩이의 여자아이가 태어났다. 초향은 감격했고 부끄러웠다. 성서의 사래(사라)와 아브라함의 꿈이 현실이 되었다고 부족했던 믿음을 뉘우치며 감사했다. 자신이 살아가야 했던 모든 슬픔을 어루만져 주신 그 위로자께 뜨겁게 감격했다. 부부는 더듬어 성경의 그 엘리사벳처럼 늦은 나이에 하나님의 은총을 입었다는 감사에서 아이의 세례명을 엘리사벳이라 지었다. 물론 9월에 태어난 아이의 탄생월도 함께였다.

　그런데 이름은 어찌하여 송이였을까? 기적 같은 열매로 늦깎이에 열린 한 덩이 보석 같은 아이? 부부의 입장은 달랐다. 초향은 그 마음으로 감사했지만, 춘삼은 자신이 처음 보았던 그 하얀 정령을 마침내 수렴했다. 그 나름 해석했고 고집했다. 당시 아내 주변에 흐르듯 촉촉한 기운은 말하자면 수백만 송이 하얀 안개꽃이었다고. 아니면 밤새 내리던 겨울 창밖 그런 하얀 눈꽃 송이 같았다고. 그러므로 마침내 자신의 생애도 인생의 꽃송이가 피었다고 해서, 끝내 그의 박 씨 성을 물린 박송이라 지었다. 자신의 약속도 그리하여 이행했다. 마침내 세례까지 받았다. 너무 늦긴 했지만 그는 또 무슨 생각인지 사제 김대건의 세례명을 따라 춘삼 안드레아를 고집했다.

　옥이야 금이야! 늦둥이를 키우면서 가정은 웃음꽃이 만발했다. 팍팍했던 삶도 펴지기 시작했다. 아이가 생기자 더욱 부지런히 내조한 초향의 노력이 계기였다. 많은 부분 아버지로부터 산야초를 들어 알고 있던 초향. 옹기 장꾼으로만 돌던 춘삼에게 아내가 산야에서 채집하고 준비해 준 한약재가 시작이었다. 춘삼은 은퇴한 선질꾼(봉화 울진 지역의 상인 집단)의 소개를 통해 대구 약전상과 연결되었다. 좋은 재료를 싼값에 제공해 거래가 트였다. 성실한 그는 아내의 도움을 받아 재료의 질을 가늠하는 눈을 떴고 점차 타지의 약재도 손을 대기 시작했다.

　기실 이 품목의 변화는 그의 나이와 체력의 한계도 한몫했다.

협력한 선배 바지게꾼(선질꾼의 다른 이름)처럼 그는 은퇴를 고려해야 했고, 아직 어린 딸을 위해서라도 적극적으로 임했다. 어느덧 춘삼은 산지에서 옹기는 물론이고 지게꾼들의 품목까지 사 모을 정도로 운영의 묘를 터득했다. 초향의 역할은 점점 커져갔다. 무게는 훨씬 덜하면서 고부가가치인 약재를 판매하는 흐름으로 완연히 바뀌었다. 수하에 등짐 고용인 두 명을 둘 정도로 거래의 규모가 커졌다.

그러나 세상은 그리 한가하지 못했던가. 어느 순간부터 그들의 성장을 주목하는 이들이 있었다. 누군가의 이권을 저해하는 일이 계기가 되었다. 초향 부부는 자신들이 그 분야의 오랜 질서인 상규를 흔들고 있다는 적신호를 제때 통찰하지 못했다. 사실 춘삼은 충분히 가늠할 수도 있는 바였다. 그러나 그는 절박했거나 아니면 순진했다고 할 수밖엔 없다. 초향은 상호 돈독이라는 유통 집단의 공고한 질서와 그들의 담합구조를 알지 못했다. 물론 남편은 아내에게 그 바닥의 섭리를 설명하지 않았다. 어쩌면 그는 단기간 한 몫을 고려했는지도 모른다.

아무튼 이 질서는 조선사를 이어 내려온 전통적 고집이자 물자의 생명선이었으니 보고와 추적이 이루어졌다. 약재 상단은 기민하게 움직였다. 먼저 문제의 약전상인에게는 당재(중국 한약재)의 공급을 배제하며 고삐를 죄었다. 출처를 토설 받았다. 품목의 교란을 좌시할 수 없던 그들은 다음 응징으로 춘삼과 엮인 십이령의 고개를 넘었던 행렬 곧 부상단의 윗선에 이 균열을 통보했다. 기율 무시와 위계의 강목을 들어 조치를 요청했다. 전후로 저쪽 도

접장 역시 본방(本房) 사수를 의결했고 지역 반수에게 사안의 엄한 단도리를 지시했다.

"포선불망(襃善不忘, 선을 기리고 뜻을 잊지 않음)은 못할지언정 장돌뱅이 무뢰배 하나로 우리 전통이 먹칠을 당했다!"

순서를 타고 반수 예하 사속들이 춘삼을 호출했고 치리했다. 시행도 옛 동료가 집행했다. 춘삼과 늦총각 시절까지 친했던 동몽회(童蒙廳, 미혼자 모임)의 아무개 대방(大房)이 멍석에 말린 춘삼에게 수십 대를 징계했다. 과징금 성격의 벌금도 떨어졌다. 다만 친구 대방의 마지막 읍소는 효력이 있었다. 춘삼의 연령을 감안하고 그간의 오랜 부조는 공사의 덕이었다는 이유를 들어 춘삼은 파문을 면했다. 그는 임소(任所)의 원칙으로 다시 옹기로 돌아갔다.

춘삼과 초향의 가정에 돌아온 일련의 부침은 이것으로 끝나지 않았다 사건의 파장은 생각지 못한 곳으로 일었다. 잊어버렸다 믿었던 그 원이가 등장했다. 정확히는 나타나는 계기가 되었다.

내내 잠겨 있던 초향의 과거, 첫사랑 원이와의 지난 시간이 자동적으로 부상했다. 말하자면 시간의 대차(貸借)요 비어 있던 결산이라면 어떨까? 그건 마치 행복이 두 가지(아이와 세례)로 찾아왔듯이 불행도 역시 두 가지로 찾아왔다. 돌이켜 이 공백은 부모를 잃고 아기를 잃었으며 어린 남편을 떠난 지 어언 30년도 넘었다. 그런데! 아니 바야흐로 초향의 전 남편이자 그녀의 첫사랑이며 아직도 사랑일지 모를 그가 다시 등장했다.

이는 시아버지 최서봉이 마침내 초향의 소재를 알게 되었기에 가능했다. 계기! 간단히 서봉 역시 보부상단 소속이었다. 태안과 내포 보부상촌에 이어 공주까지 활동한 그는 상당한 연차로 이미 유사(有司) 대우의 위치였다. 그가 객주의 상임(上任)에게 넘어온 상무사의 기율 문건을 회람하다 뜻밖에도 옛 며느리의 이름을 보게 된 것이다.

그렇다면 도대체 그동안 원이는 무엇을 했는가! 또 그 사이 그의 집안은?

초향이 떠나자 그 집안은 풍비박산이 났다. 성원이는 한동안 넋을 잃다 미쳐갔다. 이미 한번은 도끼를 들었던 아들이다. 마당댁은 아들 앞에서 벌벌 떨었다. 아비 최서봉은 망나니가 되어가는 아들을 속수무책으로 바라보았다. 기어이 성원이는 자의 반 타의 반 집을 떠나야 했다. 망나니가 되어가는 아들에게 아비 최서봉이 할 수 있는 일은 아들을 내보내는 거였다. 아내는 드러누웠고 아들은 미친 듯이 초향을 찾아 전국을 떠돌았다. 흐르는 세월 가운데 원이는 점차 지쳐갔고 유랑자로 반 폐인이 되어갔다. 노잣돈을 챙겨 내보낸 최서봉은 1년에 한 번이나 되돌아오는 성원에게 다시 돈을 대주는 그런 시간이 반복되었다.

어느덧 서봉도 앞날을 점칠 수 없는 오늘내일하는 나이. 그런 최서봉에게 드디어 며느리 초향의 흔적이 탐지되었다. 지역 거상들의 품목이라는 점에서 요란했던 춘삼의 내용 중 어느 이름 하나가 그의 눈을 사로잡았다. 그는 도반수의 수결과 도장이 찍힌 문서를 보던 중 자신의 눈을 의심했다. 약재의 출처 가운데 물품의 집하자로 지목된 박춘삼의 처 이름 裵草香. 과거 서로 사주를 검토하며 기억하고 있는 배씨 집안 그 아기의 이름 배초향.

그는 조심스럽게 과거 공주 사건처럼 연줄로 인물의 진위를 은밀히 파악했다. 기어이 직접 그들의 소재지로 출타해 며느리의 실재마저 확인했다. 놀라운 것은 최서봉의 태도와 침묵이었다. 그는 새 시대라는 당시 1900년이 갓 지난 첫해에 들려온 박춘삼 사건을 파악한 이후 4년간 침묵했다.

말할 것도 없이 최서봉은 초향의 하직 인사를 마음에 담고 있었다. 자신들의 업보를 알았다. 가서 보고 말았던 며느리의 행복한 가정에 가슴은 한참을 떨었고 멍했던 그때의 누런 기억을 담았다. 손녀라고 할 수도 있고 아닐 수도 있는 아이를 보자 그는 무겁게 발길을 돌이켰다. 저들의 행복한 삶을 깨고 싶지 않았다.

그러나 나라도 집안도 꼴이 아닌 상황이 도래했으니 최서봉도 어쩔 수 없는 선택의 순간을 마주해야 했다. 그로서도 진정 부득이했다. 명(생명)과 자신도 관련된 약속에 마지막 책임을 다하기 위해 어쩔 수 없이 길을 재촉해야 했다.

바야흐로 1905년. 을사조약으로 나라가 일본에 먹힌 그해 아내 마당댁도 중풍에 드러누웠는데 아들 원이마저 사람 잡는 호열자에 걸려 오늘내일 죽을 폐인이 되어 돌아왔다. 호열자. 콜레라의 다른 이름으로 당시 치명적인 전염병이었다. 약이 없던 시절 환자는 심한 설사와 구토, 탈수 끝에 사망한다.

최서봉은 38년 만에 다시 나귀를 빌렸다. 정확히는 나귀가 끄는 작은 수레까지 샀다. 그는 오랫동안 채비했고 준비해 놓았던 등짐주머니를 나귀 등에 맸다. 이어 환자인 원이를 수레에 실어 가마니로 덮었다. 전염되는 병인 탓에 환자를 데리고 간다는 것은 매우 위험했다. 지역사회에서 결코 용인될 수 없는 환자의 이동이니 서봉은 거의 들길과 산길을 탔다. 그러니 이 기막힌 행로는 과거 누군가 비척대며 걸어가던 길을 유사하게 따랐다.

한편 초향이네의 현실 또한 좋지 않았다. 5년 전 사건으로 삶은 급히 쪼그라들었다. 무엇보다 당시의 멍석말이로 춘삼은 기력을 회복하지 못하고 결국 일을 놓았다. 이후 계속 앓아누워 있었다. 사실 1905년 춘삼의 나이는 일흔하나로 그 시절 그는 이미 장수한 인생이었다. 가정은 그동안의 벌이로 딸 송이의 교육만큼은 어찌하든 건사하고 있었다. 초향도 오일장 행상을 나가는 때였다.

가을 꽃 덤불 세상. 쑥부쟁이와 구절초로 가을이 무더기로 넘실대고 있다. 마당 너머에 하얗게 노랗게 점점이 보라색들이 널리듯이 피었다.

"쿼르르⋯. 쿼르르르⋯. 푸⋯ 쿼르르!"

이 소리는 내리 이틀을 내몰린 짐승 하나가 내는 거친 숨소리일까? 아니면 사십여 년을 한결같이 여인을 찾아 유랑한 사내의 목구레에 재인 가여운 호흡일까! 바람결에 노새를 끄는 노인이 거적대기를 씌운 수레를 끌며 마침내 도착했다.

"푸우우. 쿠우. 쿼르 쿼르르르!"

서봉은 도착 뒤에도 오랜 시간을 그저 고적히 기다리고 또 대기했다. 그는 이따금 수레의 거적을 들출 뿐. 태양의 고도에 따라 노인의 자세도 점차 쭈그러지고 있었다. 셀 수 없는 서봉의 담뱃대

연기도 꾸역꾸역 스스로도 맵고 힘들다. 혀끝도 떨떠름하다.

그런 이때 코를 쥔 소녀 하나가 흘끗 그를 보고 지나쳤다. 서봉은 마침내 마지막 담뱃재를 떨었다. 도착했다고! 구부정한 수십 년의 인내를 일으켰다. 간죽을 거두는 그의 표정은 바닥 담뱃재들의 잿빛을 그대로 닮았다.

어슴하게 스산한 느낌은 분명 눈앞 누운 남편 춘삼은 아니었다. 기도자는 이삼일 불길한 시간을 보냈다. 주변 떨구는 햇빛은 아닌데 계속 마음을 쪼고 있다. 아직은 더 익어야 하는 땡감에 붉음이 차오르지 않았는데 초향의 마음은 스산하다. 그녀는 섬돌에 기댄 가을 햇살로 눈길을 돌렸다. 그렇지! 어찌 들어왔는지 실루엣 둘이 보인다. 툇마루에 걸터앉은 회색 그림자 둘. 초향은 손에 든 묵주를 힘있게 감아쥐었다. 저 회색 그림자들은 헛기침도 하는데.

"어메! 웬 꼬린내 할배가 있다. 가마이(가마니) 덮엔(덮인) 고빼(수레) 앞에 우두커이 노새 이까리(고삐)를 쥐고 있다."

때마침 대문을 너머 송이가 들어와 엄마를 불렀다. 오늘은 서당에서 구식 수업을 마친 귀여운 아이. 신식 수업도 하는 송이 나이 어느덧 열세 살. 그 딸이 엄마에게 수상한 노인이 거적을 씌운 수레에 나귀를 잡고 집 밖 우두커니 서 있다고 전했다.

그리하였다. 서봉은 도착해 거의 반나절을 그저 서 있었던 것이다. 물론 상황은 환자가 전염병이라는 것. 또 저 집안에 무슨 평화를 깰 일 있냐는 그 슬프고 허탄한 마음의 그였다. 들어갈 명분은 없으니 마냥 기다린 것이었다. 몇 년 전 한 번은 엿보고 말아, 스스로도 약조한 더는 보지 말아야 할 대상. 손녀일 수 있는 어느 아가는 그에게 가장 큰 심적 둥천(제방둑)이거나 제 마음 땡빚(높은 이자 빚)이었다. 하여 짜증 난 그 노새가 제만쩡(견디기 지루하여 낸 짜증) 답답한 소리를 낸 거였으니 그는 내내 동물을 탓하지 않았다.

송이가 전하는 노인의 꼴은 분명 최서봉. 마침내 초향은 기별을 알아들었다. 그녀는 딸을 뒤로하고 문지방을 지나며 고개를 살짝 돌렸다. 댓돌을 넘어 툇마루에 여전히 서성거리는 죽음의 그림자 둘에게 속삭였다. 더는 도망가지 아니할 테니 죽음의 사신이라면 잠시 기다려 달라고. 초향은 붉은 십자가를 꺼내 들었다. 그녀는 그저 시간의 뜸질을 달라며 명(命)의 모퉁이를 힘있게 감아쥐며 그리 돌았다.

"하아!"

초향은 버선발로 대문을 넘는 순간 운명의 모가치(몫)를 바로 알아보았다. 흠칫! 동시적으로 고개를 돌려세우는 추레한 저 패랭이 갓, 질끈 입술을 문 서봉은 며느리의 낯을 급히 피해 저 멀리 깃대봉(주왕산 기암)으로 돌렸다. 그의 무거운 혼은 기암도 너머 재빨리 칼등고개로 숨었다. 며느리의 손이 옛 시아버지의 등에 닿자 최서봉의 등은 더욱 구부렸다. 노인은 비척거렸다. 기어이 울기 시작했다. 초향의 혼심에는 신통방통 그놈 가막사리가 다시 나타났다. 짝인 노란 민들레도 같이. 돌아간 자신은 바로 딸 송이의 나이 적이다.

석양 해그림자는 서로의 시간 여울에게 긴 손들을 뻗었다. 과연 이쪽 그림자 초향은 시아버지의 두 손을 뒤에서 붙들고 천천히 떠는 옛 시아버지를 돌렸다. 이어 다소곳하게 한 걸음을 물려 생의 두 번째 아니 세 번째 큰절을 올렸다.

"오! 그만. 아가야 호열자다!"

이번 초향의 그림자는 수레에 닿았다. 소스라치는 시아버지의 만류도 하늘 연처럼 날리며 여인은 수레의 거적을 들춰 올렸다.

"오, 아가야. 아아아 아니 된다!"

서봉의 또다시 급한 소리에 주변은 하나같이 급 지자리빼기(진척 없이 그 자리에). 그러나 그녀 중년(51세)의 손길은 지체하지 않는다. 초향은 썩은 자의 감긴 눈을 다독였다. 참으로 지린내다. 오물의 구린 냄새와 함께 썩어 곯은 내는 이루 말할 수 없다. 진정 초췌하다 못해 피골이 상접해 흉골은 찌시래기에 가까운 인체가 아닐 수 없다. 초향의 눈가에 어찌 쭉정이가 된 인체가 반응이 있다. 이윽고 그 이쪽이든 저쪽이든 흘러내리는 물방울이 몇. 주르륵.

"원이야!"

두렵게 물었던 소리가 다시 흘러나왔다. 여인의 떨림과 함께 죽어가는 신체에 미동이 있다. 그가 눈을 뜨려 한다. 충격이었을까? 놀라움일까! 마침내 보았다는 반가움이다. 가녀리게 입술도 벌어졌다. 몇 개 남은 누런 이빨도 작게 떤다. 여인은 고개를 끄덕였다. 가는 자의 심장은 다시 뛰려 한다. 그의 눈은 말하고 싶어 한다. 손을 들고 싶어 한다. 할 수만 있다면 옛사랑을 만지고 싶어 한다. 환자의 헤진 눈가에 비스듬 물기운이 점점이 흘러내린다.

"미… 카엘!"

초향은 힘없는 그의 손을, 소원을 들어주고 있다. 기꺼이 그의 사랑을 확인해 준다. 드디어! 마침내 그녀가 그를 대신한다. 환자의 벌어진 입은 작게 떠는데. 그려! 마침내 그녀가 도착했다고. 여인은 그의 옛 정인의 뺨에 자신의 얼굴을 내렸다.

"아아. 아가야!"

서봉은 통렬하다.

"그래! 나 초향이!"

"어매! 어매!"

"아여! 아가야, 아서. 아여라!"

상황 속 까시게(가위) 갈랐던 여러 소리들. 엄마를 부르는 딸 송이의 목소리에 이어 아이를 다급히 물리는 최서봉의 긴급한 소리와 손 신호까지. 언제부터 나왔던가! 송이는 멈칫 멈췄다. 딸의 촉은 그 현장을 어찌하여 감아 지켜보고 있다. 그러나 전혀 돌이키지 않는 엄마. 어매는 꼬린내 환자의 손을 들어 올린다. 송이는 그래서 어매라 소리쳤던 것! 이제 그 어매는 당신의 뺨으로, 이어 그분의 머리카락으로 뼈마디 추레한 손을 무디어 비벼주고 있다. 노새까지 모두가 망연자실하다. 숨이 막힌다. 모든 이와 천체는 하나로 완연히 그 지자리빼기.

"너에게도 내내 기도해 왔어!"

지극한 거리에서 들려오는 여인의 고요한 안내였다. 초향은 끝날의 유랑자에게 옛사랑의 소원을 더듬어주며 평화를 전하고 있다. 순간 미세한 흔들림이 커지고 있다. 커지는 맥박처럼 환자의 눈자위 속 연정의 기억도 다시 피어나고 있는가! 사내의 지금 촉은 안내를 받아 여자의 가매(가마)를 타고 있다. 그는 오직 여인의 힘에 의지하지만 마지막 동공은 추억의 사연들에게 깜빡일 수 있다.

"베…스…티……나"

옛 시간이 전한 한마디였다. 입가 세는 토막들, 원이의 마지막 이 말 뿌리! 그날 바위틈에서 서로 붙어 뜨거웠듯, 오열할 듯 반동의 시간 속 초향은 그 너럭바위 위다.

"그래, 나. 초! 향! 베스티나!"

신앙의 이 베틀! 영혼의 피륙을 짜는 서로간 이승에서의 마지막 틀. 초향은 더욱 낮아졌다. 뺨은 옛 정인의 얼굴에, 또한 그녀의 손은 그의 손을 모두어 애틋하게 붙었다. 최후 그녀의 소매는 그의 이마를 쓸어준다. 이번 가막사리는 선량했다. 둘은 다시 옛날로 돌아갔다. 아연히 그때 소년과 소녀로서. 그런 이번 인사는 이생의 마지막 지우개. 초향은… 소녀는 원이… 소년의 평안한 마감을 안내한다. '이제 우리 잠시 안녕!' 이어 그녀는 고개를 끄덕였다. 여인에게서 통절한 아픔이 터져 나왔다.

"미카엘! 넌 약속을 지키는구나!"

송이

울어 버려라! 이제 우는 자는 둘, 아니 셋! 어쩌면 일곱에 더하여 열? 최서봉과 초향, 죽은 이의 마른 눈물자욱까지 저 멀리 주왕산의 기둥 일곱 개도 세 사람과 함께 울었다. 풀풀거리는 노새도 분위기를 알아 풀이 죽었다. 원이는 염원하던 사랑의 손 가운데 눈을 감았다. 마지막 그는 기억의 미소와 함께 미카엘로 부활했고 폐인의 영혼은 고진 허물을 벗었다.

원이를 묻은 과정 역시 초향 홀로 진행했다. 비석도 없는 청송의 어느 산야. 묏자리 역시 그녀가 잡았다. 위치는 굽은 태가 튼실한 어느 홍매화 아래. 초향은 피목을 쳐 붉은 매화목임을 유념했고 주변 잡목을 정리해 작은 마당귀를 만들었다. 땅을 판 뒤 기억의 연인이 한때 건넨 하얀 구절초를 내려주며 그를 묻었다. 주변인들은 역병 때문에 지자리꼼배이(제자리)로 내내 침묵했다.

춘삼도 딸 송이도 내리 지켜보고 있었다. 역시 병이 들어 기력을 잃어가던 그 또한 무슨 갈가마귀 소리에 일어났는지! 춘삼은 딸과 함께 담벼락에 기대 아내의 진행을 내내 주목했다. 그는 수레 위 참혹한 형골 앞에 마주 앉은 아내를 보고 사태를 유념했다. 이따금 딸에게 무엇을 전하듯 뇌까렸다. 동시에 춘삼은 조용히 추억과 함께 과거 믿음의 과정들을 완연하게 소환하고 있었다.

'우리가 사랑함은 그가 먼저 우리를 사랑하셨음이라.'(요한일서 4장 19절)

그때 그 문구가 지팡이처럼 춘삼을 붙들고 있었다. 그는 즉각적으로 장면의 저 환자는 아내의 첫사랑 남자라는 것을 알아보았다. 눈앞 망자는 아내가 그토록 마주하고 싶지 않아 피해 살았던 산속 생활의 원인자라는 것을. 안드레아는 성호를 무시로 그었다. 힘든 한숨을 몰아가며 "마침내!"라고. 이제는 자신의 설화도 끝장이 왔다며 지난 세월 정리 차원에서도 참빗(우렁각시 이야기 속 어느 빗)을 쓸어내렸다. 그는 인생 후반 강박적으로 매달렸던 우렁각시의 파랑새 봉인도 그리하여 매듭지었다. 현장 누군가의 죽음은 그에게도 마지막 열쇠였고 연결된 종지부였다.

"송이야! 참말로 하늘은 우리를 먼저 사랑하셨구나!"

딸에게 읊조린 춘삼의 고백이었다. 저 아픈 사랑의 매듭은 이어진 자신의 은혜였다며 지렛대로 살아 있는 자는 거듭 탄식했다. 그는 전후를 모르는 딸을 가슴에 꼭 품으며 두렵게 감사로 침묵했다. 자신 역시 멀지 않았음에 탄식했고 아내를 더욱 안타까워했다.

'사랑 안에 두려움이 없고 온전한 사랑이 두려움을 내쫓나니 두려움에는 형벌이 있음이라!'(요한일서 4장 18절)

춘삼이 진정 사랑했던 성경 문구였다. 자신을 귀결시켰던 요한일서의 직전 문장으로 산 처녀를 내내 기다렸던 마음의 닻이었으며 이때껏 가슴에 매달고 가정을 지켰던 구절이다. 살아 있음과 사랑할 수 있었다는 축복에 그의 심장은 요동쳤다. 딸 송이는 전달되는 아버지의 부작위적 심박동 가운데 알 수 없이 고요했다. 소녀는 수상한 아비의 들림과 떨림 가운데 신체의 소멸을 돕고 있는 어매의 형언할 수 없는 신비로운 신앙을 묵묵히 새기고 있었다.

최서봉 또한 배후 또 다른 늙은이를 지켜보면서 참혹했다. 그 노인을 붙잡고 자리를 지켜보던 여자아이에게 눈시울은 내내 뜨거웠다. 끈끈이 울었던 서봉도 초향이 봉분의 흙을 다독이며 떼던 소리에 제대로 통곡했다. 꺼이꺼이 울었다.

"원이야! 너는 겨울 붉은 꽃, 나는 가을 하얀 꽃. 우린 어찌하여 이승에서 서로 볼 수 없었던 운명! 원이 널 이 홍매 아래 묻은 이유란다. 과연 눈 가운데 핀 넌 가슴불을 지피다 죽은 지조의 화인(火印)일 것이고, 또 마른 봄에 핀 너라면 이 산 저 산 주목하는 봄가뭄의 강철(가뭄에 산에서 산으로 날아가는 불덩어리)이어라. 그래! 너 부디 못 다한 이야기가 있으면 이 홍매화가 붉게 피거들랑 네 마음 피 토하듯 말하거라."

초향은 이어 자신의 가을꽃으로 넘어갔다.

"그런 난 여덟 번 꺾어지고 다시 아홉 번을 꺾어야 하는 가을 구절초라네. 난 이때처럼 분홍도 지고 하얗게 또는 연보랗게 산을 덮고 넘어 너에게는 뉘엿뉘엿 연미사(위령미사)로 피어 있을 테니까!"

정리가 끝나자 서봉은 며느리를 나직이 불렀다. 시종 초향 홀로 처리한 과정 끝, 수레마저 불태워 마지막 잔 정리까지 지켜본 직후였다. 기웃한 어둠도 사라지는 가운데 서봉이 노새의 등에 묶었던 등짐 하나를 풀어 내렸다. 비로소 동물도 깔끔히 가벼워졌다. 이어 낡고 빛이 바랜 작은 색동주머니 하나를 품에서 꺼냈다. 그러므로 어느 영혼도 깨끗이 가벼워질 준비를 끝냈다. 거리를 두고 물끄러미 바라보는 초향 앞에 놓인 두 가지 크고 작은 보(보따리)들의 그림자들. 서봉은 며느리에게 마지막 인사를 전했다.

"아가야! 명(命)과 복(福)의 근원은 약속과 이행이다. 가타부타 따지지 말거라. 더는 내 이 업을 계산치 말게 하자꾸나. 그리고 며느리야. 이 복주머니는… 저기… 손녀에게 주는 별도의 선물이란다!"

서봉이 떠난 뒤 춘삼이 바닥의 보따리를 풀었다. 전염병을 우려해 초향은 떨어져 남편의 손짓을 그저 지켜보았다. 묵직한 동전 묶음 더미였다. 눈이 동그래진 춘삼은 100냥을 헤아렸다. 부부의 침묵은 특히 30냥에 있었다. 색깔도 값어치도 전혀 다른 은화 30냥이 어둑한 불빛 가운데 반짝였다.

"얘야. 후우! 내용을 보아. 뭐가 들었는지. 사람에 담긴 기운을 내 어찌 막을 수 있을꼬! 그저 상서로운 도움이라 믿는 어미는 오직 기도만 할 뿐!"

순간 어른하다. 초향은 제대로 휘청였다. 다시 그놈 가막사리의 채근이 넘어왔다. 초향에게 죽은 엄마 김마리아의 소리가 번뜩였다.

"초향아! 오늘 새벽 기도 중에 묘한 상을 보지 않았겠냐? 조붓한 소학골 샛길을 타고 넘어오던 밝고 어두운 무슨 손길을 내 보지 않았겠어!"

40여 년을 지나 돌아온 이 소리란! 총체적 한방이다. 이미 사라진 빛-삶-삶. 연계는 이제와 사랑과 죽음, 파멸과 회복 사이 빛 같은 빠른 계산이 지나갔다. 처음 밝았으나 다음 어두움이었고 엄마가 보았다는 그 묘한 상이 과연 이것인가 하고!

과연 그녀만이 환산 가능한 삶의 대차(貸借, 빌려주거나 빌려옴)가 눈앞에서 억하(심정)의 결산을 전하고 있다. 그놈 가막사리는 기어이 무등을 태웠다. 초향은 빠르게 소학골을 찾아가 처음 산을 타고 넘어오던 소년에게로 날아갔다. 시작은 원이가 추렴하는 고등어 한 손의 계산. 다음 새우젓과 종지의 교환을 지나 색동주머니로 넘어갔다.

"당… 백전이라고… 신형 주화란다. 나도 아직은 모르겠구나!"

아버지 당신도 무거워 내내 방안을 침묵케 했던 하나이면서 동시에 백의 혼돈은 긴 밤을 이끌던 계산법이었다. 시간은 다시 그날 밤으로 스며든다.

"여보! 무렴히 날아가는 두 마리 겨울새 뒤로 겨울나무들은 왜 장렬히 보였을까요!"

"쉿! 당신 또!"

"네! 그래요. 돈은 문제가 아니죠. 아이들은 불화하지 않을 겁니다. 네. 저는 우리 초향이를 믿어요."

눈시울 뜨겁게 눈물이 아롱지는 초향. 도대체 몇 번인가! 질끈 입술을 깨물었다. 그날은 원이의 세례식 날 밤이었다. 약혼례를 끝내고 너럭바위에서 맹세한 그 12월 성탄의 저녁. 피곤에 지쳐 잠이 들락 말락 하던 밤 들렸던 엄마와 아빠 사이 나지막한 대화였다. 그랬다. 당신들은 제대로 계산을 알고 계셨다!

"아가야! 명(命)과 복(福)의 근원은 약속과 이행이다. 가타부타 따지지 말거라!"

현재로 돌아온 초향. 그녀는 이 끈질긴 가막사리를 저주하고 싶다. 남편 춘삼이 흥분해 계속 만지는 은전을 지켜보며 그녀는 몸을 부르르 떨었다. 총체로 저 돈의 막전막후란 그런 질긴 괴물이라고!

"더는 내 이 업을 계산치 말게 하자꾸나!"

털썩 주저 내렸다. 정녕 당백전의 추락을 이미 계산했던 거간꾼의 본능이 추린 환산이었다고 밖엔. 초향은 가슴에 묻었던 원이를 재차 꺼내기엔 숨이 턱 막힌다. 언제나 조심스럽던 시아버지. 그런데 이 화의(和議, 채무 정리)가 어찌 이토록 늦은 뒤에야! 초향은 망자가 통렬하다. 땅속의 그이가 너무도 가엽다.

"두 마리 겨울새 뒤로 왜 겨울나무들은 장렬히 보였을까요!"

기도자는 가슴을, 눈을 아프게 닫는다. 집안의 시련을 떠나 이제 마지막 계산은 오히려 그쪽 집안이다. 그녀에게 시댁의 최종적인 파산이 보인다. 엄마가 미리 보셨던 환상은 두 겹이 아니라 세 겹이었다!

"이 복주머니는… 저기… 손녀에게 주는 별도의 선물이란다!"

춘삼이 마저 열어 본 바랜 주머니 속에서는 일본 돈 일 엔이 나왔다. 역시나 달랑 한 잎으로 춘삼도 처음 보는 대일본(大日本) 한자가 각인된 은색 주화였다. 당시 일 엔은 일반인들이 쉽게 볼 수 없는 고액환이었다. 부부는 손바닥 안에 놓인 일본의 직접적인 영향을 한참이나 지켜볼 뿐이었다.

초향은 경성에 올라와서야 이 선물의 가치를 제대로 파악할 수 있었다. 일 엔은 백 전 사이를 오갔다. 다시 가막사리가 나타났다.

그녀에게 연장전처럼 또 한 번 당백전의 도돌이가 번뜩였다. 이번에도 신형 주화와 맞물려 마침표가 찍히지 않을 듯, 초향은 다시 아득했다. 당에 백! 따지자면 서봉은 열 배 이상은 물론 별개로 당백의 결산까지 했던 것이다. 그런 시아버지의 이번 후기는 지극히 아름다웠다. 그날 초향은 밤을 새워 그들 부자를 위해 기도하며 서럽게 울었다.

'두 마리 겨울새 뒤로 왜 겨울나무들은 장렬히 보였을까요!' 초향에게 겨울나무의 버전도 추가되었다. 용서라는 단어조차 가벼운 이번 계산의 아름다움은 인간 정신의 승화였다.

박송이. 1892년생. 엄마를 닮아 피부가 무척이나 곱다. 손끝이 길고 키가 상당하다. 전체로 순한 상으로 마른 체형에 갸름하니 기럭지는 더욱 길어 보인다. 초향은 딸의 피부와 인상은 자신의 유전을 기럭지는 아비 춘삼을 닮았다고 평했다. 그런 소녀가 살이 오르자 어느덧 토실하게 복숭아빛으로 싱그럽다. 곱게 딴 생머리에 화사한 복사꽃 마냥 발그레한 송이의 얼굴은 뭇 사내들의 시선을 충분히 사로잡았다.

송이는 일찍부터 부지런해야 했다. 거동이 불편한 엄마와 늙고 병약한 아빠를 돕는 딸의 모습으로 완연히 씩씩했다. 그녀는 이른 시기부터 엄마를 대신해 아버지의 장 나들이 준비를 도왔다. 고단한 장돌뱅이의 삶을 지켜보며 자란 외동딸은 아버지로부터 물건이 들고 나는 상(上) 하(下), 주고받는 금전의 내외(內外) 등 간단한 치부(治簿, 금전 기록 정리)의 개념을 귀담아들었다. 소녀는 글을 배우자 본격적으로 고령의 아버지를 대신해 불러주는 외상 등을 기록했다. 열한 살에는 집안의 풍파 사건으로 시전과 유통 객주의 가혹함도 보았다. 그들의 폐해로 인한 무지막지한 거래의 무용(無用) 또한 주목했다. 기타 복주머니 관련 어느 노인과의 잊을 수 없는 이야기를 어머니에게서 들었는데, 반대로 신용의 유용(有用)을 고민 주머니에 넣었다.

반면 초향은 딸 송이를 신앙 우선에 집중했다. 송이는 이른 시기 익힌 한글로 『성교절요』(聖敎切要), 『성교요리문답』(聖敎要理問答) 등 한역 교리서를 읽었다. 일상 엄마와는 기도문과 칠성사(七聖事) 등을 주고받는 대화가 대부분이었다.

또한 초향 입장에서 신교육은 불가피했다. 시대는 신앙의 자유도 허락된 마당. 그러나 자신의 교단은 한계가 있었다. 지역의 협소, 즉 공소의 문제도 있었다. 왜관 쪽 신나무골 학당은 너무 멀었다. 송이는 8살 전후부터 엄마의 손에 잡혀 주 한 번은 노고재 고개를 넘어 보현산 자락 경북 영천에 있는 자천리 교회를 오갔다. 당시 송이가 만난 외국인은 영천에 이어 청송까지 활동력이 컸던 미국 장로교, 즉 개신교 선교사 아담스(J. E. Adams)였다.

"가심(가슴)을 들여다볼 수 있다고요? 진짜 귀꾸마리(귓구멍)로 소견이 들리오?"

청진기라 했다. 상아로 깎은 기이한 고막때기는 긴 검은 고무줄대와 이어져 외국인의 귀에 닿았다.

"Songi! God is sharper than the sharpest two-edged sword. Cutting between soul and spirit! It exposes our innermost thoughts and desires."(송이, 하나님의 말씀은 좌우 날 선 어떤 검보다도 예리합니다. 혼과 영, 관절과 골수를 찔러 쪼개기까지 하며 또 마음의 생각과 뜻을 판단합니다.)*

나아가 귀창(귀고막)과 코꿍개(코구멍) 속도 훤히 들여다볼 수 있다니! 이경(ear speculum), 비경(nosal speculum)이라 불리는 또다른 쇠막대기였다. 송이는 대구 약령시의 제중원(濟衆院, 훗날 제중병원)을 운영하던 그 선교사에게서 신기한 통찰들을 접했다. 그가 권장하는 서양 능금(사과)나무도. 그런데 한국인을 자처한 그 선교사 안의와(安義窩, Adams)는 사람을 치료하는 대가로 자신에게 이미 있는 믿음만을 요청했다.

초향은 원이의 마지막을 거둔 뒤 한 달 여를 옛 산처에서 지냈다. 일종의 전염을 우려한 자가격리의 성격이었다. 그 내내 송이가 춘삼의 수발은 물론 산과 집을 오가며 어미의 곡기를 챙겼다. 그 사건 뒤 춘삼은 더없이 기력을 잃어갔다. 이미 아픈 사람이었으니 딱히 병사라고도 할 수 없는 가운데 모녀가 보기엔 그도 꺾였다면 옳았다. 시름시름 앓던 춘삼도 결국 이듬해 사망했다. 1906년 그의 나이 일흔둘. 당시로선 장수했다 해도 무방할 나이였다.

그가 죽자 모녀는 청송에 더 있을 이유가 없었다. 초향은 두 남자의 무덤을 곁에 두고 마음이 편치 않았을 뿐만 아니라 늙은 과

* 히브리서 4장 12~13절

부와 딸은 지역에서 쉽지 않았다. 무엇보다 그녀는 딸의 미래를 고민했다. 모녀는 경성으로 이사했다. 최서봉이 남긴 목돈은 그 실행의 결정적 힘이 되었다.

과정에서 아담스 선교사의 추천과 안내가 큰 도움이 되었다. 송이네가 경성으로 올라가자 같은 소속 선교사 사무엘 무어(한국 개명 이름 모삼열)에게 소개하였다. 때마침 무어의 활동 구역은 초향네와 인접한 한강변 나루터라 송이는 그의 전교 모임에 빠지지 않았다. 송이는 이때 본격적으로 신학문과 함께 영어를 배우기 시작했다.

초향은 요즘으로 치면 한강로 용산에 자리를 잡았다. 단층 반 기와집에 식당을 겸한 작은 어점(魚店, 생선가게)을 열었다. 처음 그녀는 한약재도 생각했고 포목도 검토했지만 막상 올라와 보니 그 돈은 턱도 없었다. 1906년, 7년 경성의 집값은 배로 뛰었고 물가는 요동치고 있었다.

초향은 고등어 간잡이의 경험으로 돌아갔다. 짧은 시간이라 잊었다 믿었던 생물을 보는 눈, 맛을 내는 손이 돌아와 삶의 방편을 안내했다. 그리고 추억으로만 간직했던 엄마 마리아의 향기가 그녀에게 요리법을 제공했다. 다루는 생선은 간고등어와 그때그때 선도가 좋은 생물이었다. 그래서 어점(魚店)이었고, 별도로 팔고 남은 생선들을 처리하는 작은 식당이 부속으로 탄생했다. 발을 내리고 테이블 두 개를 놓은 한 켠이었다. 초향은 생선구이와 조림, 매운탕을 일종의 오늘의 메뉴로 운영했다.

용산에 자리한 여럿 이유가 있었다. 도매 시장 인근 마포나루어시장과 경성수산시장(오늘날 서울역 자리)을 고려한 탓이었다. 그러나 무엇보다 용산에 위치한 예수성심학교 때문이었다. 청송에서도 매주 아이를 먼 거리까지 직접 선교사를 만나게 한 그녀는 딸을 제대로 교육시키고 싶었다. 해서 자신이 믿는 천주교단의 학교를 우선 알아본 것이다.

정작 대단한 무리였다. 입학은 지방 선교사의 추천서로 어찌 해결했지만 생활도 문제요 계속되는 학비가 큰 문제였다. 초향은 옛 성원이와의 신혼 시절 험난했던 노동을 다시 시작했다. 물동이를 이고 우물의 물을 길어 날랐다. 이번엔 산등성 큰 팽나무 그늘이 아니라 더 멀고 힘든 새벽 수산시장으로 바뀌었다.

경성의 초향은 여럿 이름으로 불렸다. 절음 아지매, 곧 발을 저는 아줌마. 접네 청송댁, 걸음걸이가 접힌 청송에서 올라온 이. 이 호칭은 대체로 거래 상인들에게 지칭되었다. 경쟁 가게들은 대체로 그녀를 절름잡이로 하대해 불렀다. 절름발이와 간잡이의 합성어였다. 그들에게 솜씨로 보아서는 번뜩이는 칼이면서 꼴은 절름발이였기에. 일상 저잣거리에서는 손가락질이나 야유에 해당하는 또 다른 지칭들이 마구마구 던져졌다.

"오리다! 오리. 저 뒤뚱뒤뚱 오리 아줌마 봐라!"

대체로 오리 아줌마가 그랬다. 대야에 비린 생선을 머리 한가득 이고 가는 아낙의 걸음걸이인데. 동상으로 잃어버린 세 개의 발가락 때문에 걷는 모습은 오리처럼 뒤뚱뒤뚱. 거리의 아이들은 그녀의 팔자걸음을 그리 조롱했다.

오리에게는 다채로운 추임새가 있다. 빗대어 삶이 바쁜 종종걸음 또는 총총걸음, 손님을 끌어야 하니 부산한 꽥꽥 소리. 막바지 오후는 처리할 생물들로 울음 비슷한 호소의 꿔억꿔억. 물론 바탕은 새였으니 초향은 가끔은 상상처럼 우아한 날개를 펴고 목을 세우고 하늘을 쳐다본다. 그러나 어김없이 그녀의 모습은 밤늦도록 하루를 세척하다 그만 곤한 오리의 오므린 자세였다. 그녀의 밤은 대부분 비슷했고 일정했다. 오므렸다 폈다를 반복하다 끝내는 쪼그리다 조는 여자. 그렇지만 정해진 새벽 시간 초향은 어김없이 간단한 날갯짓과 함께 뒤뚱뒤뚱 걸음을 재촉했다. 불편한 다리 때문에 남들보다 한 시간은 먼저 나서야 그나마 조금 앞설 수 있었으니까. 냉장고가 없던 시절이다. 따라서 당일 생물의 선도와 회전이 중요했다. 새벽 도매 시장은 수량 떼기의 흥정과 함께 초향에게 의무 코스였다.

  초향은 딸 송이에게는 일절 관여를 금했다.
  "내 사향 냄새는 못 주어도 물간 생선집 딸 소리는 듣게 하지 말아야지!"
  이 낯선 경성의 아귀 틈바구니에서 생의 비린내들은 오직 내게로 족하다. 그래도 끝내 생선가게 딸이라는 소리를 듣거들랑 그렇다면 기왕 넌 등 푸른 고등어가 되거라 등등.
  냄새에 대한 지독한 편견? 실제 오리는 몇 시간씩 자기 몸 정리가 기본이다. 초향은 딸이 입고 갈 옷은 여벌까지 거의 매일 빨아 보냈다.
  송이는 오전 성심학교 수업은 물론 오후는 선교사의 영어 수업을 위해 총총히 뛰어야 했다. 주말엔 오전 미사 후 오후 운동까지. 송이는 용산에서 마포 대흥동까지 전차선을 가로질러 경강의 나루터 일대를 두루 뛰었다. 사무엘 무어 선교사가 진행하는 한강터의 영어 수업은 좋게 보아 성경 학원 비슷한 성격이었다.

송이는 언제부터 선교사 부부의 일상에도 초청되었다.

"대체 저 무슨 꼴들이람!"

대낮에 다리를 벌겋게 내어놓고 뛰는 남자 선교사를 지적하는 말이었다. 도포에 두루마기까지 한 조선인들에게 그들은 헐렁한 반바지에 하얀 셔츠만 입고 뛰었으니 그런 비아냥이었다. 그렇지만 송이는 네트를 두고 뛰는 선교사들의 하얀 공놀이에 시선이 갔다. 흥미롭게도 송이는 그들의 정구(soft tennis)에 관심을 가졌다. 송이에게 짧은 치마를 한 그들 아내와의 조합은 경이로움 자체였다. 나풀거리는 하얀 치마, 과정에서 무수히 터져 나오는 해맑은 소리들, 노출된 신체의 활용은 그녀를 뒤흔들었다. 진정 조선에서는 상상할 수 없는 남녀 간 유희였다. 소녀지만 이제 여인인 송이는 남성들의 단식(single)에서도 뜻밖의 감정마저 느꼈다. 한순간 트인 셔츠 사이로 그만 보고 말았던 서양 남자의 털 많은 가슴이었다. 뜨악했으나 말할 수 없이 묘했다.

"엄마. 백정도 양반과 한 자리에서 예배를 봅디더!"

늦은 시각 돌아온 딸은 엄마에게 무어 선교사의 새문안 곤당골 교회 현장을 전했다. 아픈 자들도 합석했다더라. 분내의 기생은 물론 역한 내의 갖바치도 자매와 형제라는 설교 내용을 전했다.

천민은 양반은 물론 중인과도 합석이 불가능한 그때였다.

"우리는 하나님 앞에서 모두 그리스도의 향기이니. 이 사람에게는 사망으로 쫓아 사망에 이르는 냄새요. 저 사람에게는 생명으로 쫓아 생명에 이르는 냄새라. 누가 이것을 감당하리오."

초향은 간단히 성서에서 고린도후서 2장 15~16절을 인용해 대답해 주었다. 딸이 미주알고주알 전하는 현장과 설교 내용을 성경 문구로 긍정해 주었다. 자신의 견해도 전했음은 물론이다.

"우리가 사는 이 세상은 바다의 생선처럼 사람에게도 태생의 냄새가 있는 게지. 곧 백정은 피의 비린내, 기생은 분내로서 이름 아닌 이름을 갖는 게야. 물론 갖바치는 역한 가죽 냄새로. 그러나 송이야. 믿음의 세계는 너도 보았고 들은 대로 그런 구분이 절대 없다."

초향이 믿음의 구분 너머 송이의 출입 현장을 배제하지 않은 이유가 있었다. 일단 자신의 가톨릭은 아쉽게도 사제들이 엄격했고 언어도 프랑스어로 특수했다. 또 수는 적은 반면 활동 범위는 너무 넓어 효과적인 교육을 기대할 수 없었다. 물론 기준은 자신의 가치관이었다. 함축하면 주의 기도였다. 초향은 뜻은 하늘에서와 같이 땅에서도 이루어진다는 말씀의 현장화를 자신의 이상으로 응원해 주었다.

"근데 송이야. 지금 네 땀 비린내는 뭐냐?"

"엄마, 다 그리스도의 향기라며!"

"아, 이것아. 이 찐내는 악취지."

"엄마. 나 이런 느낌 처음이다! 그 뭐랄까! 내가 새가 된다는 느낌?"

이런저런 핑계 뒤 송이는 이실직고했다. 정구라는 운동을 알렸다.

"뭐이, 새?"

"거기 네모 안에서는 내가 통통 튄다니까. 이상하게 거긴 하늘이 땅을 위해 있는 것 같다는 느낌이야!"

이때 비로서 서봉의 일 엔이 딸에게 넘어갔다. 초향은 색동주머니를 더듬었고, 송이에게 자신의 과거도 하나 열었다. 곧 건네진 돈 일 엔의 사연, 옹기쟁이의 딸과 간잽이의 아들이 처음 하나가 되기로 했던 결정의 순간을 전했다. 자신이 하늘 아래 높은 곳에서 새처럼 고백했던 기억. 돌이켜 산 능선에서 들사과를 받지 않고 했던 그녀의 결단이었다.

'우린 그로 말미암아 만날 수 있다. 간잽이의 아들과 산골 옹기장이의 딸도 그분 앞에는 빈부와 귀천 그 구분은 없다. 이 말은 참말이다. 사람은 이 정신으로 하얀 민들레처럼 살 수 있다. 나는 너와 민들레처럼 정처 없는 삶도 괜찮다. 살림은 그것 외엔 다 족하다.'

빈부귀천 구분의 사라짐, 그리고 하얀 민들레. 시절은 이미 개혁(1894~96년 갑오개혁)이 공포되었다. 곧 조혼 금지, 연좌제 폐지, 과부의 재혼 허용과 신분제 폐지가 그것이었다. 그러나 여전히 현실은 칙령과 달리 세습에 붙잡혀 있었다. 그럼에도 사회 일부는 꿈틀대고 있었다. 송이가 본 교회의 예처럼 사회의 어느 구석은 강론으로만 그치지 않고 현장을 치대고 있었다. 이 정신으로 하얀 민들레처럼 살 수 있다고. 예로 송이와 합석했던 백정의 자식인 박서양은 훗날 조선 최초의 양의가 되었다. 그렇다면 이 소년은 누대의 피 냄새를 지울 수 없다면 그 피 냄새로 더 빼어났던 경우라 하겠다.

어느덧 송이 나이 열일곱 살. 묘령의 여인으로 경성 생활 2년이 지났다. 당연히 결혼도 가능한 나이의 송이는 학내는 물론 여럿에서 주목을 받았다. 어물전의 아가씨는 정구에서 두각을 보였다. 송이는 엄마가 지원한 일 엔으로 중고 라켓과 운동화를 살 수 있었고 새처럼 날기 시작했다. 그녀는 선교사에게 배우기 시작해 학교 선수로 뽑힐 정도도 급성장했다. 우선 바탕이 훌륭했다. 기럭지가 길어 단연 돋보였고 어린 시절 산을 탔던 탓으로 순발력도 체력도 뛰어났다. 당시 이 변형 테니스는 체육 구락부(club)로 시작해 기독청년회와 유학파들이 주로 즐겼다. 명문가 자제들도 합류했고, 고등부 대회도 시작되고 있었다.

발목이 드러난 하얀 치마를 흩날리며 경쾌하게 움직이는 한 마리의 아름다운 새. 사람들은 몰리기 시작했고 청춘들은 그녀를 주목했다. 이미 대중에게 파구나 척구(족구) 등 운동회가 활발했던 이 시기 소문은 빨랐다. 송이의 뽀얀 피부와 가녀린 상에 대비된 월등한 신체의 활동력으로 장안의 일본인들도 관조하는 여인이 되었다. 그들은 본토 신궁대회(메이지신궁대회)의 여자 우승자 화형(花形, 인기 있는 화려한 존재)에 그녀를 빗대었다. 물론 기량과 함께 뛰어난 미모 때문이었다. 어느 뜨거운 한량은 송이를 이렇게도 주목했다.

"때론 제비와 같고 또는 종달새와 같이 만신의 힘과 처녀의 순정으로 분투하는 양의 모습은, 한 떨기 흰 백합과 같이 청정하고도 숙란(熟爛, 열매가 무르익음)하니 가히 고보인중의 한 사람(최고)이 아닐 수 없다."

자연 송이는 일찍 연애에 눈을 떴다. 큰 나무에 바람 잘 날 없다고 사대문 안 한량들과 유학파들이 연줄을 대기 시작했다. 그녀의 속내도 호응했다. 실상 송이도 그들을 즐겼다면 옳았다. 새? 자신의 인생도 코트에서처럼 자유롭고 싶다고. 이제 여자도 남자를 고를 수 있고 사랑하는 인격과 만나 살고 싶다는 그녀는 사내들의 유혹에 유연했다. 결과적으로 송이는 초향의 바램을 뛰어넘어 너무 빼어나 탈이 되고 말았다.

간단히 그녀는 다단한 남자를 만나고 물리는 가운데 최종 두 선택 사이에서 고민하는 수순으로 접어들었다. 송이는 대비된 두 남자 사이에서 출렁이는 배처럼 오갔다.

"봉직의 일본인들은 우리보다 두세 배는 더 받고 있어요. 경찰의 고위직은 다 일본인이고 판검사 그리고 재판장은 말할 것이 없지요. 송이 씨! 지금 이 나라 법과 감옥에 관한 모든 것은 일본인들이 관장하고 있으니. 참! 지금 이게 우리나라인가요?"

색이 대조되니 돋보이게 피부가 맑고 갸름한 얼굴에 눈썹이 짙은 청년이다. 검은색 두루마기 같은 검정색 장옷에 빵모자 같은 모자를 썼다. 신학생들이 입는 교복이다. 작은 모표도 있다. 라틴어로 약칭인 SSC(Sacratissimum Cor Jesu, 예수 성심). 머리는 단발이고 키는 중키로 그녀와 엇비슷하거나 약간 작은 이 사내. 이름은 고요한. 물론 세례명이고 본명은 석훈. 송이보다 두 살 어린 이 남자는 이름과 같이 호수처럼 맑은 눈동자를 가졌다. 송이에게 묻자면 이 남자는 착함과 순수 이상이 매력이다. 사제가 되려는 사람이니 고매한 도덕성의 향기가 엿보인다.

현재 송이는 발끝까지 가린 단정하고 긴 복식을 했다. 둘은 항상 일정한 폭을 두고 걷는다. 대화 역시 그녀는 거의 듣는 모양새이고 남자 홀로 언제나 비슷한 주제로 열띠다. 청취의 여인은 알 듯 모를 듯 이 사내에겐 묘한 끌림과 착잡함 사이 속은 늘 고민 중이다. 스스로는 쓸데없는 매력이고 괜한 짓이라는 일종의 미리 포기도 함께. 예비 사제와의 연애니까. 그러니 이 뭐냐는 관계이며 더욱 모호한 자신이라고 송이는 스스로 복잡하다. 그럼에도 여인은 자신의 위치와 상대의 미래를 늘 염탐했다. 과연 이 사람에게 나는 누구인가, 그의 미래와 관련해 나는 누구여야 할까 등등. 그러나 더욱 이 사내가 어렵고 좋은 것은 바로 엄마의 신앙과의 무엇이 있다. 아니면 오히려 엄마의 향기 때문일 수도 있고. 그러니 복잡하지. 이 혼란은 알 듯 모를 듯 무지갯빛으로, 자신의 그간 믿음의 존중과 혼돈을 포함했다.

"송이 씨! 지금 검사라고 하는 자들은 영장 발부, 사건의 증거 수집, 심문과 임검(현장 검증), 관련해서 검찰 사무와 심지어 감옥 유치까지 다 하고 있어요."

이 사람은 언제나 이런 뜨거운 열정이다. 송이는 여러 사내를 겪어 보았지만 이 남자 고요한은 나라에 대한 열의와 고민이 아주 많다. 문제는 어떻게? 사제가 되겠다는 인물이 신앙보다도 세속에 더 관심이 많을까? 도대체 이 남자! 개인사나 세상 가십들은 전혀 대화에 없다. 그것이 더 궁금하다.

"알아요? 그 검사라 하는 자들은 행위 정보를 핑계로 특별기술자를 입회시킨다 들었어요. 특별기술자들. 그게 과연 어떤 자들이겠어요?"

돌이켜 둘은 아주 재미 난 사건으로 만났다. 송이는 그때 마주했던 이 남자의 순수를 콕 집어 잊을 수 없다. 지난겨울 황당하지만 결코 잊을 수 없는 어느 언덕배기 내리막길 사건이다.

미사가 끝나 사람들이 조심조심 언덕을 내려가려 하고 있다. 여기 성당이 자리한 곳은 한강 쪽 새남터를 굽어보는 사뭇 가파른 언덕배기 위. 신학생들도 참석하는 부속 성당이다. 그 전전날부터 이삼일 내린 겨울 눈은 경성 전역을 두터이 덮었다. 현재 내리막길은 빙판길로 매우 어려운 상황.

정오의 햇빛이 반짝이고 하늘은 더없이 맑고 깨끗하다. 11시 교중미사 후 많은 신자들이 조심조심 내려들 가고 있다. 각자 심각하게 조심스럽다. 당연히 누군가 흙을 뿌려 놓긴 했으나 어림도 없다. 오를 때와 내리막은 또 다르다. 여자와 아이들은 누군가와 손에 손을 잡고는 있으나 모두 어려워하고 있다. 어김없이 미끄러지는 사람들이 속출한다.

시작은 하나같이 비슷했다. 처음 그냥 미끄러지는 게 아니라 어질어질 다음 순간 벌렁! 꽈당! 이어 내리막길로 쭈우욱. 벌렁 넘어진 사람들은 손을 허우적 헤쳐 보지만 이후는 비슷하다. 계속 미끄러져 내려갈 뿐. 한 번 내리막을 타는 순간 그대로 쭈우욱 미끄러지는 사태의 연속. 물론 중간에 빙빙 돌기도 하고 한두 바퀴를 돌면서 얽히거나 부딪치는 참사는 기본이다. 옷이 젖는 것은 말할 것도 없다. 비명과 함께 그저 웃고 마는 일이 무작위로 반복되고 있다. 이런 가운데 큰 비명도 있다. 그만 눈 벽에 심하게 부딪히거나 뒹굴면서 내려가는 경우였다. 모습은 다 제각각인데, 공통이라면 말미에는 다들 웃어버린다는 것. 문제는 그 말미라는 것이 약 사십 미터는 쭈욱.

"어머 어머… 엄마야!"

어떻게 하나같이 아빠는 없다. 겨우 차이는 우스꽝스럽게 넘어지는 장면이 다를 뿐. 비명과 주변 웃음 그러다 넘어진 자들도 포기하는 순간 자신도 웃고 만다. 지켜보는 대기자들은 자신의 처지를 모른 채 처음은 당황하다 다들 비슷하게 킥킥댄다. 그러다 자신의 차례가 오면 비로소 얼굴이 파래진다. 예외 없이 그들도 허공에 벌렁 뒤집히는 일이 이어진다. 비명과 웃음의 박자는 겨울의 풍금 소리처럼 연발로 터진다. 사람들이 넘어질수록 눈길이 다져져 빙판이 되어 가고, 내리막길은 더욱 위험으로 다져지고 있었다.

바야흐로 용감한 누군가가 나섰다. 나름 지혜를 발휘한 자다. 군대처럼 규율이 엄한 신학생 중 용기와 지혜 있는 자가 손에 손을 맞잡자고 소리쳤다. 따라서 참으로 더욱 재미있는 상황이 펼쳐졌다. 그의 외침에 따라 인간 사슬이 더듬더듬 만들어지기 시작했다. 두툼한 솜옷을 입은 검은 복장의 신학생들이 차례로 인간 띠를 형성했다. 그렇게 아래로 아래로 안전 가드를 형성해 내렸다. 그 검은 인간 사슬의 도움을 받아 교인들이 한 명씩 어렵게 내려가는 발걸음이 이어졌다.

그런데 예상에 없는 일이 드러났다. 남녀의 구분이 있는 세상에! 더구나 사제가 되려는 신학생과 교우들이 그만 엉키는 장면이다. 물론 처음 위에서의 시작이야 작은 도움닫기에 불과했다. 서로들 조심한다. 조심해야 하고. 그러나 몇 계단 다음 학생의 사슬을 넘다 보면… "어떡해?" "어떻게!" 특히 젊은 처자들의 소리는 대부분 그리 튀어나왔다. "어머나!" 상황은 다음 뭐라도 꽉 잡아야 한다. 어깨를 손으로 감던가 목이라도 부여잡아야지? 물론 신학생들은 서로 손을 잡아 사슬로 엮였으니 그들은 그저 몸을 내맡긴 상황이다. 관심의 문제는 힘이 없는 아이와 노인이 아니라 처녀와 총각. 각자는 그리 "어머나!"와 "어떻게?"

"Oh mon Dieu(오 마이 갓)!"

프랑스인 신부와 학장은 처음에는 제자들이 너무 잘했다고 칭찬했으나 이제 그들의 얼굴도 벌게졌다. 목이나 팔을 부여잡은 여인들에게 붙잡힌 제자들의 가혹하거나 부끄러워하는 모습에 할 말을 잃었다. 당연히 과정에 일부 사슬에서는 비명이 터져 나온다. 누군가가 붙잡다 그만 팔을 꼬집었다? 아니면 여인이 안긴 목이 간지러웠던지! 그러니 도무지 이 불완전한 화음은 종합이 어렵다. 여기저기서 터져 나오는 비명과 신음, 또 그 키득키득, "어머나?"와 "어떻게!"의 연속.

그런 가운데 드디어 그녀가 등장했다. 바야흐로 송이 차례다. 싫든 좋든 세간에 주목받는 꽃이 되어 버렸다. 실은 송이도 그것을 즐겼다면 옳았다. 그녀에게 정구는 여성들에게 운명 지어진 가부장 문화를 깨는 일종의 기호였으니까. 또 거슬러 시작은 엄마와 함께 지났던 교육의 영향이라고 밖엔. 그러니 과연 자신에게 이미 도착해 버린 이 흐름에 어쩌란 말인가! 물론 여기엔 묘령의 송이가 세상 물정을 모른다는 측면도 있고 시절에 대한 반항도 포함되어 있다. 그 송이 양이 내려가려 한다. 사슬의 시선들은 대기했다는 듯이 도열했다.

"시작하지 뭐!"

더욱 용기를 내는 그녀. 그런 여자도 순간은 얼굴이 붉어졌다. 장면은 기가 막히게 시작되었다. 아래쪽에 아직도 내려가는 여인이나 노인은 이제 거의 짐짝이다. 아래 신학생들의 눈은 오롯이 저 멀리 위로 향하고 있는 가운데 그들은 더없이 인내한다. 한편 송이의 손이 거치는 첫 번째와 두 번째, 그리고 세 번째 사내에게 천사가 지나가고 있다. 사내들의 심장 소리는 분명코 화음이 되어 안에서 메아리친다. 그런데 이런! 어찌 이걸 온몸으로 느끼는 이 여자. 송이의 얼굴은 처음만 붉었지 전혀 붉은 홍조가 없다. 심지어 송이는 가는 미소를 띠며 즐거워 보인다.

"으그 저것이!"

심각하게 그 딸을 바라보는 초향의 얼굴은 이미 샐쭉해졌다. 엄마는 부끄러움이란 전혀 없는 딸년이 기가 막힌다.

"엄마야!"

역시나 예외는 없었다. 급격히 무너지기 시작했다. 겨우 시작부분에서 사슬이 끊겨 버렸다. 그간 꼬집히면서 또는 목과 어깨도 붙들리면서 잘 버티던 그들이었으나, 어느 신학생이 그만 정신줄을 놓았다. 예의 순서대로, 송이의 비명이 날았다. 그 방정식이었다. 순간 각자 끊어지면서 벌러덩과 비명 뒤 쭈우욱들이 산개해 터졌다.

말 그대로 연쇄 사태로 그간 단단히 이어졌던 사슬이 한순간에 풀려 흩어졌다. 그러니 그들은 마치 물에 떠내려가는 몇 개의 검은 파편들이며, 서로를 붙잡고 내려가는 개미 뭉치 같다. 인간의 본능은 과정에서 무엇이라도 잡으려 애쓴다. 미끄러지면서도 주변 누구의 발이나 손이나 마구마구 헤집는다. 그렇게 엉키는 검은 나선들이 뱅글뱅글 허우적허우적 밀려 내려가는데. 그런데 어찌 그들의 눈동자 방향은 가능한 하나 같이 송이 쪽이라니! 어찌 제 몸도 건사하지 못하면서 다들 여신을 구하겠다는 일념이다. 그러나 추력과 회전력에 의해 튀어나가는 검은 사선들. 엉키고 부딪치며 떨어져 나가는 뭉치들. 밀려 내려오면서도 깔깔대는 꼬락서니들 하며.

그리하여 수많은 쭈우욱과 회돌이 과정에서 터져 나오는 붉게 물든 청춘의 비명과 해맑은 웃음이 이제 축제처럼 피어나고 있다. 그 장면을 지켜보고 계신 가장 높은 곳의 장로 어른도 기어이 배시시! 근엄해야 할 어른들 입가는 당신도 모르게 헤벌레!

마침내 성공한 자가 나타났다. 그 쭈우욱 하던 송이를 구한 사내가. 물론 그것은 위치에 따른 행운이었다. 신학생 중 하나가 어쩌다 좋은 타이밍에 가까운 위치에서 제 몸을 아낌없이 던져 송이를 잡아챘다. 그 둘은 함께 미끄러지면서 자연스레 손을 맞잡았다. 서로는 얼래? 돌발적인 결합이었다. 다음 순간 둘의 몸체는 그만 엉켜 껴안은 형세로 돌아버렸다. 내리막 한순간이니 이건 누구 잘못도 아니었다. 1909년 온갖 냄새에서 자유롭지 못한 그 시대에 어쩌다 남녀가 그만 서로를 껴안고 쭈우우우욱! 그럼에도 서로는 손을 놓지도 못하고. 아니 오히려 더욱 붙들며 "어머나! 어머나!" "어떻게! 어쩌니!".

그 사내가 이 사람 고요한이었다. 어느 시인*이 말했다. 고운 것은 경계가 없다고. 내용에서도 경계의 물꼬가 없다고 했다. 휘돌아 내리는 경사길에 잠시지만 남녀에게 하늘과 땅의 구분은 없었다. 주위는 오직 하얀 세상으로 엉키다 맞잡은 둘은 허허허 하하하 호호호 까르르 웃고만 있었다. 두 살 어린 고요한이 제풀에 먼저 웃어 버렸다. 그 너무 가까웠던 함박웃음에 송이는 정말 하얀 속살의 남자를 보았다. 눈썹이 진한 너무 순수한 남자를 마주했던 여자는 묘하게 가슴이 뛰었다. 어느덧 송이도 까르르까르르 고개를 젖히며 환하게 웃고 있었다.

방종은 속내에 사린 욕구의 분출을 포함했다. 현실의 송이에게 더 중요한 고민일 수 있었다. 절름잡이로 대변된 미천한 생선가게 집의 딸이라는 한계와의 보이지 않는 갈등이 그랬다. 그녀의 열정과 자유 정신에 따라붙는 사내들의 물질적인 유혹 사이, 특히 이

* 김추인 시인

번 이 사람의 높은 신분의 향기를 포함해서 그랬다. 대척점의 다른 남자다. 그녀가 선택한 또 다른 사내, 신분의 한계에서 벗어나고자 하는 욕망에 가장 근접한 송이의 선택지.

"황제조차 자유 방종에 빠졌고, 황후님도 다르지 않아. 지금 이 나라는 마비 상태요. 어려운 거지. 송이 씨, 아닌가? 지금 국민의 상당은 우리 자치보다도 일본의 행정 아래에서 편히 살기를 바라고 있어."

송이의 청춘에서 고요한과 함께 곁에서 걷고 있는 어느 모던 보이(modern boy)다. 떡 벌어진 어깨는 단정한 양복과 함께 마초적인 느낌이 물씬 난다. 옆의 송이 복장은 또 다르다. 앞서 미사 때는 고운 정통 한복의 자태지만, 지금은 발목이 보이는 치마에 개량 한복을 입었다. 송이는 이 사내와 함께할 땐 이런 복장에 양산도 지니고 다닐 수 있다. 사내는 미색 양복에 대모테(바다거북 등딱지로 만든 안경테) 안경을 썼고 갑바머리(바가지를 씌워 자른 듯한 몽당머리) 위에 젬병 모자를 쓰고 있다. 양복은 경성에서도 아주 고급스러운 축에 속하는데, 그가 쓴 안경은 실상 부드러움을 강조하는 장식품이다.

"민형. 그 소리는 어찌 친일의 소리 같아요!"

"친일이라! 송이, 현실을 봐. 일본과 조선, 러시아와 조선? 물론 청나라는 이미 끝난 형편이니 빼고, 과연 우리의 선택은 어디가 더 현명하고 현실적일까?"

남자의 키가 상당하다. 여자가 남자가 선물한 굽이 있는 가죽구두를 신었는데도 한 뼘은 크다. 둘은 보란 듯이 팔짱도 꼈다. 멀리

서 보면 둘은 완벽히 어울리는 복식이고 사랑하는 연인처럼 보인다. 그런데 이 남자 말투가 수상하다. 상대 여자에게 격식 없는 애칭과 존대를 번갈아 쓴다.

"그런가요? 요즘 일본인들이 자꾸 들어와 토지가 문란하고 물가가 요동치는데, 그건 어떻게 이야기하시려고?"

"허허! 송이 씨는 조금 가운데 서면 안 될까? 그대는 굳이 일본인만 탓하는 이유가 뭘까? 그럼 다른 경우는? 또 다른 나라 프랑스나 독일은 또는 영국은? 그래. 우리 오전에 시합한 그 미국인 선교사들 말이야. 사실 그들도 믿을 것이 없는 것이 문제가 생기면 바로 자국 대사관에 달려가 자국민 보호로 빠지지. 포교란 이름으로 알음알음 우리 민족혼을 죽인 자들의 시작은 그들 선교사가 아니던가! 송이, 아닌가요?"

스멀스멀 격식을 위아래 팅기는 이 남자의 말은 정구의 공처럼 튀고 있다. 그는 보호로 빠진다는 대목에서는 살짝 웃었다. 말을 마치며 그의 눈은 그녀를 이쁘게 내려보았다. 송이 역시 그 미소를 그냥 지나치지 않았다.

"그렇지요? 어젯밤에 무슨 술을 그리 마셨나요? 기본도 못 지키다 경기는 문란해지고 알음알음 우리가 질 뻔한 것은 또 누구 탓이었을까요?"

"허 참! 그렇지. 송이 씨는 여전히 우리 안의 손목 힘과 바깥 바람의 조율을 믿고 싶다 이거지?"

둘은 크게 웃었다. 이유가 있었다. 이들은 게임 에프터를 즐기고 있다. 오전 게임 중 그들 사이 마지막 말이 그랬다. 상대가 되지 않던 선교사 부부와 힘든 게임을 했다. 송이 조는 몇 번이고 위치를 헛짚었다. 복식 경기는 한 사람씩 번갈아 타구를 하기에 공을 친 뒤에는 동료가 칠 수 있도록 위치를 바꿔주어야 한다. 그런데 이날 둘은 한곳으로 쏠리거나 심지어 부딪히기까지 했다. 움직일 때도 동료의 시선과 판단을 고려해 재빨리 각자의 위치를 가늠해야 하는데 남자는 번번이 여자를 방해했다. 내내 상대 조에게 무수한 허를 내주었고 힘든 게임을 해야 했다. 게임은 송이가 후위에서 분주하게 오가며 처리한 로브(lob, 상대편 머리 위를 넘겨 코트 후방으로 떨어뜨리는 기술)로 시간을 벌었고 포인트는 회전을 많이 준 언더 서브에서 버티며 이겨냈다.

남자는 술에 절어 나왔다. 그는 상대 팀을 아예 무시했고 송이와 즐겼을 뿐이다. 작정하고 송이와 부딪혔고 힘들게 뛰는 파트너의 아름다운 신체의 각도를 음미했다. 송이는 힘들게 두 쪽을 모두 관대히 상대했다. 선교사 부부를 위해 강한 스트로크는 자제했고 커트나 심한 기술을 배제했다. 또 파트너에게는 이날 자신에게 선물한 구두가 고마워 나름 그를 응대한 것이다. 그녀는 전체로 시합을 원만히 끌어야 했다.

"이야. 아래 서브에서 그딴 회전이 어떻게 나오지?"

오전 게임 중 바닥에서 숨을 몰아쉬는 그가 물었다.

"손목 힘과 바깥 바람과의 조율에서 나오지 뭐!"

라인 근처에서 머릿결 땀을 훔치며 여자는 심드렁히 전했다.

'그렇지! 너는… 아름다워!'

그는 늘 그렇지만 오늘 매트에서는 맛이 정말 틀렸다. 그는 바닥 흙을 만지며 놀라운 생기를 느꼈다. 작정하고 노려보았던 탄탄한 하체로부터 올려보았던 저 새! 순간은 거의 모든 면에서 완벽했다. 어젯밤 노닌 기생은 그때도 지금도 머릿속에 아예 흔적도 없다.

서로 웃었던 이유. 바깥 바람의 조율 등은 상징적 소환이 아닐 수 없었다. 송이는 상대에게 믿음과 원칙 차원에서도 대꾸한 것이다. 실제 주변 사람들은 여전히 폐위된 왕(고종)을 안타까워했고 의병의 활동(정미의병)은 반복해서 편집되어 회자되고 있었다. 지난해 이토란 자의 죽음(1909년, 안중근의 이토 히로부미 저격)에 대해서도 다들 잘된 일이라 아직도 수군대고 있었다.

"송이. 그래! 그대의 바람대로 민중은 아직 조선을 떠나지 않았어. 그러나 양반들은! 도무지 이 나라는 희망이 보이지 않아! 내 아버지란 작자만 보아도."

송이보다 세 살이 많다고 했다. 실은 일곱 살이 많았던 이 남자의 이름은 민영민. 그는 당시 세도가인 민씨 일가의 자제다. 일본 유학도 마친 그는 아버지 민영창의 여러 첩실 중 하나가 낳은 아들이다. 둘은 경성고보의 정구 선수인 민애린의 소개로 만났다. 신분이 전혀 다른 그들이 만날 수 있는 것은 역시 경기였다. 실상은 우연을 가장한 접근으로 민영민은 사촌 여동생에게 부탁했던 것이다.

"민형, 바람도 옹이가 있는 거 알아요?"

"무슨! 느닷없이."

사내는 급 자신이 어제 피운 바람이 괜히 불편하다. 또 저 멀리

시해된 인척인 황후도 스멀스멀. 술기운이 담박 깬다. 이 여자, 나라 현재를 일깨우는 무슨 말 바람이라고!

"바람은 지 다니는 길이 있네요. 몸이 녀석의 발자국을 따라 공의 회전을 놓아요. 물론 감으로 점치는 건데 손목이 익숙해지면 알아서 바람도 운용할 수 있답니당."

민영민은 고개를 끄덕였다. 지켜본 송이의 기본은 빠른 직선을 추구했으나 완급 조절도 탁월했다. 특히 손목 스냅이 수준급이었다. 언제든 커트와 회전을 자유자재로 구사했다. 자신도 환장하게 여자는 감각적으로 흙(클레이 코트)의 탄력을 이용할 줄 알았다.

"그래! 정구는 그럴 수 있겠지. 그러나 인생이란 코트는 전혀 달라. 내 안의 손목 힘? 이제는 쓰잘데없어. 바람의 운용? 정해 놓은 그들의 길이야. 지금 우리는 저들의 신풍(神風)을 막을 수 없어!"

그는 송이에게 현실을 냉정히 일깨웠다. 실제 초향네가 경성으로 올라온 1907년 일제는 조선의 군대를 해산시켰다. 다음 고요한이 울분을 터뜨린 대목처럼 근대화의 명목으로 행정과 사법권을 흡수했다(1909년 기유각서). 관련해서 송이가 받았던 일본 돈 일엔은 일본이 화폐개혁이란 이름으로 조선에 설계한 경제 합병의 하나였다. 현재 1910년, 대한제국은 마침내 일본에 합병되었다(한일병합조약).

"그럼 민형! 물어보고 싶어. 그들의 신, 그 신풍은 몇 게임 몇 점으로 승부가 나도록 정해진 걸까?"

"뭐라고?"

"아무리 바람도 어찌 하냥 부냐고? 민형. 그래서 나도 옹이였어.

옹이가 계속 만들어지면 그건 나무가 아니니까. 그건 한때 있었던 큰 자리, 큰 기록일 뿐이니까!"

 성숙한 한 모습. 동시에 송이의 이면은 선물 받은 구두가 너무 좋은 청춘이었다. 쌀 한 가마 값이 족히 넘는다는 가죽구두를 신어 보다니! 자신이 팔짱을 내어주는 이유는 이 사람 민영민과 이 연애란 형식의 데이트가 아니면 자신은 이런 구두를 신을 기회도 무대마저 없으니까. 당연히 팔짱을 끼고 걷는 이 패션 커플 주변은 수근거림과 손가락질이 있었다. 물론 대상은 늘 여자로 그들에게 송이는 저어런 기생이 따로 없다. 그럼에도 송이는 영민과 함께 연애의 이름으로 낭만주의자로서 시대의 중독에 잠기고 있었다. 그것을 욕망이라 부르든, 낭만이라 부르든 또는 일탈이라 하든! 둘 사이에 공통점이 있었다.

 비가 추적추적 내리는 8월의 장마 끝 비수기인 어느 오후, 초향은 딸 송이를 조용히 불렀다. 긴 장마는 생선가게에 바로 타격을 준다. 비록 주력은 간고등어를 비롯 염장 생물을 취급하지만 비 오는 날은 어점도 식당도 손님이 적으니, 더 일찍 문을 닫은 지금 모녀는 간만에 시간을 냈다.
 "송이야. 이 아그들(고등어)이 이곳 경강(京江) 포구 여기 '배초향'까지 오는 데는 얼마나 고단했을까?"
 "그랬겠지요."
 언제부터 가게는 '배초향'이라 불리기 시작했다. 처음 간판도 없는 어점과 식당으로 시작한 가게는 '어점 옆 방아 집' 또는 '방애 생선집'으로 불렸다. 주인이 생선 조림이나 탕 요리에 응용했던 방아잎의 쌈채와 향신료가 유별한 이유였다. 그러나 초향은 '오늘의 생선'처럼 선도가 좋은 생물을 쓴 이유 때문이라는 해석을 고집했다. 점차 그 집은 입소문이 났고 손님 가운데 풍류를 아는 한량 하나가 밥값으로 써낸 이름이 바로 排草香이었다. 더불어 주인의 이름도 제대로 참하다고 이후 가게 이름이 되었다. 가게에 붙어 있던 코너가 기어이 옆집까지 늘려 가세는 펴졌고 식당으로 유명해졌다.

"송이야. 어미는 요놈들을 씻을 때마다 녀석들이 뛰놀던 바다의 파도 소리를 듣는다."

"엄마. 이미 몇 번이나 하신 말씀을."

비가 계속 오는 날은 가을 생선을 준비하거나 기왕 생물들은 반훈제로 처리한다. 초향은 송이를 앞에 두고 간고등어 일부를 선별하고 있다.

"개중 어느 놈은 아주 비린 사연을 전하는구나. 어디서 어떻게 자라다 잡혀서 예까지 오게 되었는지 아주 기막힌 비린내를 전하지."

"네!"

아직은 속을 다 드러내지 않는 대화 현재. 비와 함께 처진 공기는 살랑살랑. 손님은 없는데 모녀는 어색하게 간잡이 손맛을 보는 시작이다. 머리 희끗한 오십 대 후반(56세)의 초향과 이제 한창 물이 오른 딸 송이. 이들 눈앞 간고등어는 속이 비어 둘씩 포갠 고등어로 한 물 한 무리다. 큰놈은 마치 엄마인 초향 같고 작은놈은 송이처럼, 둘은 큰 것 하나와 작은 하나가 함께 한 손으로 코가 꿰어 뉘어 있다. 물론 키로만 볼 것 같으면 반대겠지만.

"비록 지금은 다들 창시가 없지만, 이 어물전에 팔려온 아그들 중 속(내용)이 없는 아이들은 아무도 없다."

"…"

"송이야. 엄마는 고등어를 구울 때 갸들의 고진 사연을 함께 굽지. 조림을 할 때는 방아잎으로 녀석의 소중한 기억을 싸서 올리고. 다른 아이들도 매한가지. 사실 손님들은 그들의 이야기를 먹는 게야. 향기를 넣어 아그들의 속살까지 배어든 각각의 바다 이야기를 먹으면서 떠올리는 거지."

추적추적 비는 두 사람 사이를 무척이나 무겁게 한다. 두런두런 이야기 가운데 습도는 마치 바다와 같으니. 습기를 머금은 차근한 공기가 모녀의 가슴 속 각자 부레에 가득 차오른다.

"사람은 이야기를 먹고 산다. 사람도 이 생물처럼 각자 이야기 있는 사람끼리 꼬이고 새로운 것들이 만들어지는 게고. 그러니 이왕이면 향기 있는 사람을 만나거라. 기왕이면 등이 푸른 사람을. 할 수만 있다면 가슴에 푸른 반점이 있는 살아있는 인생을 고르렴."

"엄마. 저는 제가…"

엄마는 딸의 말을 끊었다.

"아니 아직! 바다는 그 아비나 어미를 넘어 그 할미나 할배들의 냄새도 헤엄친다. 그러니 사람의 속살까지 파고든. 아니! 감추어진 어느 비린내는 좋지 않은 배후가 있어. 그 창시는 시퍼런 칼이 아니면 헤집기 힘들고, 진한 염수(소금물)여도 씻겨 나가지 않지!"

"엄마!"

"방아잎으로 감싸고 또 썰고 갈아 넣어도 감출 수 없는 악취가 있구나. 송이야! 말하자면 사람도 생물이고 각자의 선도가 있다. 물론 가엾은 고등어 한 마리에 담긴 각종 비린내의 사연을 사랑해 줄 수는 있다. 그러나 들어주는 것과 그 향기에 젖는 일은 전혀 다르다!"

"엄마! 나 짜증 나."

"송이야. 왜 배초향이니? 요리는 냄새를 조리하는 과정이라고 해도 과장이 아니니까! 좋은 사연은 강조하고 아프거나 썩은 내(냄새)는 중화하거나 작게 만드는 마법. 그래서 요리는 치료일 수 있구나. 그러나 썩은 재료는 독한 마법도 통하지 않아. 그런 요리는 사람을 상하게 한다."

"엄마. 민형은 준수해. 세상 비늘 떨어진 꾀죄죄한! 그런 썩은 사람 아냐. 지저분한 비린내 나는 경성의 잡배들, 그런 눈이 퀭한 고등어가 절대 아니라고!"

"절대로? 어떻게? 넌 아직 멍이 전혀 들지 않았어. 세상 이 바다를 전혀 몰라!"

"엄마. 나는 배울 만큼 배우고 있어. 엄마보다도. 또 인정받고 있다고!"

"아니! 그런 멍은 학교에서 배우는 것이 아니니까. 결코 문자로 가르칠 수 없으니까. 이제 겨우 시작하는 네가 등 푸른 생선을 어찌 평가하니? 또 푸른 멍은 그냥 생긴다던?"

"헷갈려! 푸른 멍, 그건 도대체 좋은 거야 나쁜 거야? 이미 타고 난 것 아니야?"

"좋다 나쁘다. 송이야. 같은 비린내도 세상을 모르는 젖비린내가 있고 산전수전 다 겪은 비린내도 있다. 어미 말은! 같은 멍도 몸이 환한 멍이 있고 모질게 아파 속이 곪은 멍도 있다는 게다. 타고난 멍은 더 비참한 거고."

"그래서!"

"민형? 민영민을 그리 부르는 모양이구나. 송이야! 에미 코엔 악취가 진동한다."

"엄마!"

"이 에미가 발이 어눌지 귀가 없냐 손이 없냐!"

"그래. 엄마! 등 푸른 자제들은 왜? 하나같이 마지막에 꼬리를 내릴까? 나 좋아 꼬리 치고 불나게 연줄 연통을 내던 사내들은 왜! 마지막엔 코를 막을까!"

"송이야!"

"그래! 엄마의 그 비린내 때문이지. 들어보니 저 아가씨 생선 가게 딸인 거지! 그러니 나는 몇 번 만나다 떠나는 가십 거리야. 거의 열이면 열! 나는 늘 바람으로 기대어 보지만 결말은 항상 비림이라고."

"아가야!"

"그래! 중화되지 못하는 냄새? 맞아. 엄마! 정구는 방아잎으론 황홀해도 치료나 마법은 아닌 거지. 맞아 맞다고. 사람도 생물이지. 그래! 선도가 있어. 비린내도. 엄마 알아? 지금 이 나라도 세상의 바다에서 그런 한물간 고등어 상태라는 것을? 그리고 나는 한물간 세상에서 또 비린내 나는 어물전의 딸이라니까!"

비는 엄마 가슴에 또 하나의 핏물을 배게 했는지도 모른다. 송이의 쏟아지는 말은 엄마 가슴에 무수한 비애를 긋는 폭우였을 수도 있다. 그러나 송이는 그 말까지는 하지 못했다. 바로 자신은 미천한 집에 절름잡이의 딸이어서 사내들이 마지막에 선을 그었다고. 절름잡이 그 말은 정말 어머니 가슴에 칼을 긋는 발설이니까.

"바로 그런 세상이 아니길 바라 너를 이리 키웠다."

"그래! 나도 그런 세상이 싫어서 이렇게 당당하고픈 거고!"

"송이야. 그 민형이란 자와 잘 되어봤자 그의 첩실이 된다. 그래도 괜찮다는 거냐?"

"아니! 그걸 엄마가 어떻게 알아?"

"그자의 풍문이 그래서 한 말이다. 그 비린내들. 그 아비와 주변은 물론이고."

"민형, 그 사람이 뭐가? 소문이 뭐가 어때서?"

"송이야. 풍문은 너를 우리를 이미 그들의 비린내로 물들이고 있구나. 입소문은 결코 값을 치르지 않고는 떠나지 않아. 송이야! 어미는 바다에 떠도는 비린 슬픔들을 많이 겪어봐서 두렵구나."

그랬다. 딸 송이의 좋지 못한 소문은, 그 바람은 자연 엄마의 귀에도 들어갔다. 당연히 송이가 입고 나가는 짧은 행색을 지켜보는 절름잡이 엄마의 눈은 멀지 않았다. 초향은 복잡한 심경 가운데 딸을 오랫동안 인내를 가지고 지켜보았다. 속앓이와 함께 믿음을 가지고 인내했다. 지켜본 딸 주변 남자들 중엔 판단의 여지가 있었으니까. 그러나 더는 어쩌지 못할 썩은 내가 그녀의 인내를 끊었다.

"정구도 한때다. 송이야! 너는 그럼 그다음에는 무슨 생각이 있니?"

"…"

엄마는 딸의 빈 곳을 정확히 찔렀다. 여자는 딱히 직업을 가질 수 없던 시대. 따지자면 결혼과 가정이 직업인 그때. 어김없이 배운 여성도 결혼과 함께 능력과 소질은 사라져야 한다. 그러니 이제 열여덟 살 적령기인 송이를 초향이 두고 볼 수만은 없는 이유였다. 물론 중매가 있지만 초향은 딸이 만나는 남자들을 우선 고려해서 이 자리를 기다렸다. 그런 송이는 엄마의 지적에 꿀 먹은 벙어리. 민영민을 두고 갑론을박이지만, 가정이라도 첩이라는 상황은 자신도 받아들일 수 없으니까. 초향은 칼을 손에서 내려놓고 바깥 비를 추적한다. 흐름의 고삐를 이었다.

"이 녀석! 눈에 보이지 않지만 사람에게도 마음 밭이라는 게 있어. 묵정밭(묵혀둔 밭)도 있고 돌밭도 있고 쑥대밭도 있고 말 그대로 좋은 밭도 있다. 좋은 밭은 간고등어로 치면 생물로 싱싱하고 큰 녀석일 수 있고, 처리되면 간이 잘 된 녀석이겠지! 반면 묵은 녀석들은 아예 푹 삭고 졸아서 염전인 아이 같다."

"…"

송이는 답답하다. 그러나 입을 강하게 묶고 있다.

"사람의 간(입맛)은 요사스러워서! 그렇지. 고등어 맛은 가시 발린 입으로 헤쳐 먹어보면 바로 알지. 밭이 좋은 비린내는 담백한 멋과 함께 달짝지근한 맛을 주거든. 조리된 상태는 다들 속이 비었건만 어찌 맛은 그 속이 가득 찬 녀석들에게 있어. 일등품 말이다! 창시를 다 훑어 낸 녀석들이건만 어찌 속은 깊어 맛도 잘 배고 우려내면 깊은 맛이 나는 녀석들이 있다는 게지. 그 좋은 녀석을 요리할 때 제대로 향기와 멋이 나고 그 식감은 그러므로 황홀해! 피차 서로에게."

"엄마!"

"송이야. 사람이 그렇다. 겉을 보지 말고 중심과 내력을 봐야 한다! 에미는 이 말을 하고 싶었다. 바로 사람이 밭에 감춘 보화라는 말씀*을. 생선도 고르는데 사람도 골라야지! 필요하면 내 모든 것을 걸고 그 보물인 사람을 사야지! 시간을 묵혀 두고라도 그런 내력 밭을 기다리는 게 우선이다!"

"엄마. 요한이는 아니야!"

"송이 너는 아직 속을 비워본 적이 없으니까!"

"엄마. 아직 내 말을 못 알아듣고 있어!"

"내 소유를 다 팔아 주변 밭까지 산다. 아가야! 인생이 바로 가장 값진 보화이고 밭이다!"

"아… 답답해!"

"아직. 더 들으렴. 누군가 묻은 이야기가 있다. 잊고 떠난 사연이나 잊힌 가치가 땅속에 묻혀 있지. 한 사람을 만나는 것은 그 사람을 키운 전후 많은 이들의 묻힌 이야기를 파내는 것이야. 인연이

* 마태복음 13장 44~45절

란 따라서 그들 배후 긴 이야기와 만나는 것이니!"

"엄마! 나 정말 힘들어. 왜 몰라? 내가 꼭 그 말을 해야겠어?"

"엄마는 기도할 밖엔!"

"답답해! 엄마, 그건 기도해도 불가능해! 알아? 요한인 사제가 되려는 사람이야. 사제가, 아니 신부가 결혼을 해? 그게 말이 되냐고! 나도 다 좋아. 생각도 해봤다고. 그러나 그게 가능하냐고?"

"그래! 그래서 밭에 감춘 보화는 때를 기다린다는 이야기였다. 그건 마침내 고등어가 바다를 떠나 밥상에 오르듯이. 또 바다를 떠나 산에 오르듯이! 불가능한 보화를 얻는 자는 기어이 때를 기다려 제 인생 인연을 짓누나!"

"엄마!"

"아직도 이 녀석! 이 밴댕이 소갈딱지는! 송이야. 너와 나, 그 속이 문드러져도 그 짝이 네 짝이라면… 어미는 기도해야지! 그 사람이 제 사랑이라면 될 때까지 네 보화의 시간을 기다리고 기다려야지!"

"이 씨의 사촌이 되지 말고, 민 씨의 팔촌이 되려무나. 아리랑 아리랑 아라리요!"*

초향이 들은 풍문이란 그런 내용이었다. 그녀는 새벽 수산시장에서 민 씨의 누구로 연결된 보부상단의 폐단을 바로 보았다. 물과 물이 만나는 곳에 어김없이 개입된 중개 특권들로 어물 난전

＊ <본조(本調)아리랑>의 가사

의 폐해는 자신의 생계에 직접 영향이 있었다. 썩은 내 비린내란 소리는 그리하여 나왔다. 물론 이전 남편 춘삼의 사건으로 치를 떤 그 초향이기에 더욱 그랬다.

  모녀 사이 냉랭한 기류는 상당 기간 이어졌다. 초향도 마땅한 대안을 제시한 건 아니었으니, 오히려 송이의 신앙은 뜨뜻미지근해졌다. 사춘기의 반항도 당연히 포함되었다. 딸은 본격적으로 지방 대회가 열리자 핑계 삼아 미사를 빼먹기 일쑤였다.

  5년이 흘러갔다. 두 사람 사이 일종의 합의는 겨우 기다려야 한다는 것이었으니 초향은 무던히 기다렸다. 무대책이 대책인 것처럼. 그러나 어물전 망신은 꼴뚜기가 시킨다고 기가 막힌 사태로 도착했다. 엄마는 물간 생선 비린내가 자신의 집에서 터질 줄은 상상할 수 없었다. 곧 송이 나이 스물세 살, 초향은 예순하나. 1915년 어느 늦은 가을이었다.

  "허리가 잘록한 게! 고거 참. 민형 오스카 와일드가 누구요?"
  "살로메 살로메! 나를 위해 춤을 추어라. 지금 난 행복하고 싶어라."
  "형님. 조선 땅에 그런 날이 다 왔습니다. 고 일본 계집애! 몸통은 길고 다리는 짧은 게 눈에 선하네. 글쎄 그게 반나체 아니고 뭡니까?"
  "아! 참으로 참은 하나지만 인생에겐 둘을 가진다. 하나인 참은 또한 둘로 존재하나니. 삶과 죽음, 빛과 어둠, 선과 악, 사랑과 미움, 남자와 여자. 여하튼 인생도 지금 이 나라도 둘이면서 하나요,

하나이면서 둘로 나뉘어 살아가고 있다. 우리의 살로메같이!"

1915년 10월 20일 현재 이곳은 명월관. 당시 장안에서도 유명한 요리점으로 요리옥으로도 불렸다. 붉은 한옥 창살에 적송으로 만든 고가구의 문양이 불그스레 취기를 더욱 돕는다. 가운데 놓인 숯불을 피운 화로도 한껏 취한 사내들의 눈과 의식을 더욱 달구고 있다.

송이도 그간 이 사람과 함께 몇 번 와본 적 있으나 매실이란 특실은 처음이다. 1층은 일반인용, 2층은 거의 전용석이라 들었는데 여긴 더욱 특별하다. 방은 일본식 다다미에 붉은 방석이 놓여 있다. 여섯 자 병풍을 마주하고 상에는 신선로(神仙爐)에 4인 교자상이 한가득 펼쳐졌는데 궁정식이라고 했다. 소고기 요리엔 은행과 죽순이 깔려 있고 육회도 있다. 반찬은 새우젓과 함께 편육, 떡과 호두, 심지어 꿀도 보인다.

이곳 명월관은 제국의 황족과 고관들, 그리고 그 대부의 자제들이 기생과 여흥을 즐기는 곳이다. 이후 1920~30년대엔 성공한 사업가와 지식인이나 문인, 언론인들이 출입하는 장안의 명소였다.

"아, 고거 살로메. 그래도 민상! 기럭지로나 태로나 어찌 이 조선의 녹주만 할까! 안 그래요?"

"그럼! 너는 녹주, 나는 여기 송이! 아, 나의 살로메에게도 입을 맞추고 싶구나! 난 내 이빨로 익은 과일을 깨물듯 너의 입술을 깨물고 싶구나!"

깊숙한 이 방. 여자가 둘 남자가 둘. 민영민과 함께 마주한 사내는 박형진이라는 누군가인데 송이는 처음 보는 인물이다. 소개로는 영민의 친구라는데, 형님이라고 하면서도 일본식 칭호 민상이라고 하는 것을 보면 둘은 어떤 파트너라는 추측이다. 그 박형진이라는 자의 옆에는 여자 하나가 수발을 돕고 있다. 권녹주라고 장안에서 나름 인지도 있는 평양 출신 기생이라는 소개가 있었다. 민영민은 두 시간 전에 본 공연 <살로메>에 한껏 물이 오른 상태로, 한껏 취한 술에 그 공연의 대사를 제대로 읊조리며 누군가를 희롱하고 있다.

"그대의 몸은 한 번도 낫질한 적이 없는 초원의 백합화! 그렇지?"

"어, 민상. 많이 취한 것 같네!"

"코트의 여인. 너는 초원의 백합화처럼… 그 아라비아 여왕 정원의 장미처럼… 어디 조선의 살로메여. 그대의 몸을 이제는 만져나 볼 수 있을까?"

한껏 취기가 오른 민영민은 송이를 향해 불꽃처럼 뜨거운 눈길이다. 그는 오스카 와일드의 『살로메』(Salome) 희곡을 놀랍도록 인용하며 아슬아슬하게 선을 넘고 있다. 시작에 수상했던 송이는 아차 싶은 상황이지만 이미 늦었다.

일제는 경복궁을 허문 터에서 근 오십여 일을 조선물산공진회라는 박람회를 열었다. 동물쇼와 영화 상연 그리고 기생들의 공연과 함께 이런 서양 연극도 상영했다. <살로메>에서 '일곱 베일의 춤'이라고 야한 장면의 충격은 상당해서! 1915년 거의 비키니 비슷한 원피스 차림의 일본 여배우가 몸을 드러내며 춤을 추는 행위를 보았으니 지금 이런 수작이다. 민영민의 행태와 동행인의 묘사는 직전 연극에서 기인했다.

"송이! 그대는 참으로 은으로 만든 꽃 같아요. 그래. 넌 언제나 차갑고 도도하게 정결해!"

"어머! 이건… 좀."

"아! 민상. 이 보시게!"

먼저 한 소리는 녹주라는 이름의 기생이었다. 다음 반응은 짝으로 나온 박형진의 민망한 표현이다. 기생, 연보라에 모란이 화려한 꽃무늬 한복은 갈래치마를 했다. 거리의 한복보다는 짧다. 가슴이 불룩하니 치마와 가슴 사이가 살짝 비어 있다. 그 자리는 검은 먹줄처럼 두터운 명주 천이 허리를 요염하게 감싸 동여매고 머리는 곱게 틀었는데 키는 송이보다 두 뼘은 작다. 분홍빛 가는 입술, 복숭아 살빛은 분명 화장이지만 당시의 미인상은 확실하다. 그 복스럽고 약간 둥근 얼굴의 여자는 파랗게 질린 송이를 쳐다보며 놀라고 있다.

"나는 늘 네게 친절했어. 그게 도대체 몇 년이야? 이제 그만 선택해야지? 안 그래? 넌 나를 위해 도대체 뭘 해줄 건데?"

"아, 민상!"

"어머!"

"나를 쳐다보는 이 파란 여인은 누구인가? 달빛이 비치는 이 밤, 오늘은 정말 나의 살로메를 안아보고 싶구나!"

송이가 파랗게 질린 이유는 두 가지. 정확히 세 가지였다. 여자들은 민영민의 이 소리가 자신들이 본 연극 <살로메>의 똑같은 대사라는 것에 그 암기력에 일단 놀라고 있다. 송이는 두 번째로 그 대사를 교묘히 짜서 자신에게 던지는 영민의 수작에 당황하고 있다. 나아가 이런 자리에서 믿기 힘든 파격은 그동안의 민형이 아니기에 충격이다. 그의 입에서 튀어나온 거친 표현에서 억장이 무너진다.

"유대인들, 조선 놈들 항상 그래. 다 똑같아. 다들 나가!"

"어이 민상?"

"박형! 안 들려? 박형! 너는 너의 살로메를 나는 나의 장미를. 그래! 나는 결단코 오늘 장미보다 더 붉은 이 석류꽃, 요 석양을 받은 이 산호를, 요 모아브(구약 시대에 이스라엘과 대치했던 셈족 계열의 민족) 광산의 주홍빛을! 분명 한 번도 더럽혀지지 않았을 처녀일 것이며 소금의 딸을, 이 은거울의 입술을 가지고 말 거니까!"

여자들은 남자들의 손에 붙잡혀 분리되었다. 권녹주는 자신의 기부(妓夫, 기둥서방)에게 이끌려 나갔고, 송이는 술에 취한 민영민의 완력에 붙잡혀 남겨졌다.

"어디 보자. 너 모아브의 여인, 소금집의 딸이여!"

참혹한 상황이 예비되고 있었다. 또 그곳 명월관은 한편 근대화의 민낯으로 신풍속의 요람이었다. 조선의 여관이면서 동시에 일본식 요정이다. 그곳은 단순히 요리만 파는 것이 아니라 일본 기생인 게이샤들이 들어와 그들의 성문화를 풀었다. 이미 경성엔 전체 인구 20만 중 일본인이 3만 명이 넘었다. 성매매도 이루어졌다. 또 명월관은 신분 해방으로 권번으로 내몰린 기생들이 먹고사는 생활터로 가무와 공연의 주된 무대이기도 했다.

"아, 어떻게 당신이… 무서워. 당신 정말 무서워!"

역시 연극 속 살로메의 소리이며 동시에 현장 송이의 다급한 외침이었다.

"어디 보자. 나의 처녀야. 어디 달처럼 순수할까? 은쟁반처럼 하얄까! 물론 속도 희고 차갑겠지? 마치 살로메의 상아처럼!"

'소돔의 딸아, 소금의 딸아, 다가가지 말라. 베일로 얼굴을 가리고 머리에는 재를 뿌린 뒤 사막으로 가서 사람의 아들을 찾으라!' 거칠게 저항하는 송이의 귀가에 <살로메> 연극 속 대사가 소환되었다. 피가 솟는 자신의 머리꼭지 한쪽에선 몇 시간 전 들은 대사가 흐르며 절망하고 호소하고 있다. 송이의 의식은 당장이라도 불속에 뛰어든 누군가다. 와중의 송이는 어찌하여 이 순간 고요한도 생각하고 있다. 마음은 구원의 호소와 함께 비참하다.

"아라비아 정원의 장미도 당신… 너의 몸처럼 희지는 않을 거야!'

"민형. 제발! 제발 당신!"

"찢어. 수평선 위에 걸친 달의 모습도 그래. 지금 너 같지는 않겠지이!"

"아, 안 돼. 당신… 민형 제발!"

찢어지는 비명이 수없이 터져 나왔다. 은밀한 매화의 방에서 여자의 비명과 울음은 방을 타고 넘어갔다. 그런 주변은 전혀 변화가 없다. 말 그대로 사악함이 가득한 세상이 아닐 수 없다. 송이의 절망 가운데 흘러가는 기억 속 연극이 그랬다. 뱀들이 기어 다니는 더러운 벽. 아름답게 치장했으나 전갈이 둥지를 튼 곳. 아름답고 고아한 골동품과 서화가 걸린 내부는 사실은 지긋지긋한 것들로 가득한 그런 방들의 연속이라고. 그곳은 깊숙하고 은밀한 매화의 방이었다.

"아악!"

기어이 여자는 잡혔다. 회칠한 방 안에서 독기 오른 사내의 거친 호흡이 거부하는 송이의 턱을 쥐고 입술을 더듬고 있다. 사내의 완력은 여자의 옷섶을 푼 것이 아니라 아예 찢어 놓았다. 여자는 저항하지만 점차 무력하다. 피해자의 눈은 뜨거운 눈물과 함께 사자와 강도의 소굴에서 먹히고 있는 한 마리 양을 보고 있다.

눌리고 찢긴 여자. 송이는 갈망하면서 무너진다. 의식에서의 소리는 이제 반복되는 같은 대사요, 간간이 터지는 비명의 연속뿐. 연극과 완연히 겹치는 현실 속 저주와 함께 소환된 그녀의 절규와 호소까지. 끝내는 연극의 그 간절한 요청. '제발… 나를 건드리지 마! 나의 주 하나님의 육신을 더럽히지 마!'

이미 도를 넘었다. 전갈과 귀신의 사내가 그랬다. 송이의 의식은 엄마 초향이 내리 품어주던 천주의 응시로 힘을 떨구며, 지난 세월의 자유와 낭만을 저주하고 있다. 마침내 방의 독기는 도착한 왕의 행차를 보았다. 역시나 <살로메>의 노래 가운데 하나였다. 왕의 행차! 어떤 구원이다. 그 모아브 광산의 주홍빛! 어느 순간 송이는 모아브 광산의 작은 태양을 붙잡았다. 더듬다 움켜쥐었다. 이글거리는 빛들체로 작은 곱돌 화로.

구원을 향해 뻗은 희생자의 손은 그만 태양 같은 작은 숯들을 감아쥐었다. 빛들의 이 구원! 실체는 화로 속 숯이었다. 그 시절 경성의 가정을 지피던 작은 화로로 난방도 하고 다리미질도 하며 음식도 데울 수 있는 만능 미니 태양이다. 몸부림치던 송이의 손은 어쩌다… 그만 그 화로 속에 들어갔다. 이내 참을 수 없는 뜨거움과 타는 살 냄새와 신경을 끊는 고통이 전해졌지만 저주와 분노로 그 섬돌들을 움켜쥐었다.

"그래! 이 짐승아! 그 모아브 광산의 주홍빛이다!"

여자의 분노는 순간 제 살을 태우는 뜨거움도 잊었다. 송이는 숯을 쥐고 자신을 파먹고 있는 놈의 얼굴, 뺨을 때리면서 긋고 지지며 내렸다. 한 번에 이어 두 번! 다시 세 번째로 더욱 숯불을 밀고 지지며 내렸다. 짐승은 비명을 지르며 뒤로 자빠졌다.

어느덧 몸을 세운 송이는 화로의 부젓가락을 붙잡아 세웠다. 그녀의 귓가엔 <살로메>의 불타는 나팔 소리가 들린다. 밟고 선 그녀의 분노, 손에서 흐르는 피. 그건 마치 포도즙 짜는 기구에서 흘러 퍼지는 포도처럼 넘쳤다. 그녀는 영원한 붉은 상흔을 만들겠다고 작정한 짐승이 되어 섰다. 송이의 불손은 사내의 목 요한의 목을 치려는 듯 칼처럼 허공에 떴다. 이제 비명은 여자가 아니라 남자 쪽이다.

"악! 아아악!"

<살로메>가 재현되었다. 은으로 된 칼로 베어낸 석류같이 각자 피를 흘리며, 적들을 떨게 하는 나팔 소리처럼 송이는 여전히 불손을 들고 상대의 명줄을 따겠다 노려보고 있다. 민영민은 두 손으로 자신의 뺨을 감아쥐며 연신 뒤틀린 비명이다. 술에 취한 자는 몸을 틀어 보지만 고통과 함께 흐물거릴 뿐. 그의 뺨에 흐르는 피도 살이 구워지는 냄새와 함께 익어가고 병풍도 한순간 와르르

쏟아졌다. 그런 자에게 송이는 소리쳤다.
"오냐! 살로메? 좋아. 이제 죽음의 키스를 갖고 싶다! 날 간음한 너와 나, 우리 같이 죽어버리자!"
"아아악!"
목을 따려는 그 순간이었다. <살로메>의 장면처럼 목을 따 쟁반에 놓을 작정으로 송이가 시뻘건 불 손을 정구 선수의 솜씨로 내리치려던 순간에 기생 녹주가 들어왔다. 그녀는 송이의 앞을 막으며 사태를 잡았다. 복수의 불타는 손을 간신히 붙잡고 제지했다.
"아기씨, 그만!"
"아니야! 비켜!!'
송이는 부들부들 떨고 있다. 쥐고 있는 한 손은 이미 큰 화상인데도 여전히 고통을 모른다. 분노가 태산을 넘는 이유는 그 모아브와 유대라는 소리였다. 저 목을 따려는 분노는 소금 집의 딸이라는 소리로 엄마까지 저주했기에 도저히 용서할 수 없다.
"부디 아기씨! 이러면 일만 커져. 보시오! 상대도 이미 화인(火印)을 맞았소. 아기씨! 다음은 피차 파국이요!"

사람의 살 속 불이 남긴 증표가 바로 화인이다. 뜨거운 불도장은 한 여자에게 지워지지 않는 화마로 가슴과 손에 새겨졌을 뿐만 아니라, 다른 사내에게도 치욕의 불도장으로 얼굴에 각인되었다. 둘 모두에게 그 화인은 보이는 세계에서 없어지지 않는 자국이었고, 보이지 않는 세계에서도 평생 지울 수 없는 마음의 상처로 남게 되었다.

상황은 뒤엎어진 불화로처럼 다다미를 태워 번지듯 커질 수 있었다. 그러나 어찌어찌 사그라들었다. 곧 진화된 매화방은 다음날로 말끔히 지워진 것처럼, 상황은 숨죽이며 넘어갔다.

"매춘이요? 시방 말도 안 되는 소립네까? 이 보시오. 희롱에 이어 강간 시도가 본질이라!"

파출소에서 진술이다. 경찰들에게, 정확히는 헌병 경찰의 조서 과정에서 권녹주는 현장을 본 그대로 진술했다. 그녀의 진술은 사건의 추를 가운데로 돌려놓는 결정적 계기가 되었다.

"꺼데기를 보았으니 그렇지 않소? 나리들. 어찌? 분과 연지도 구별 못 하시오! 게다가 그 아기씨는 장안의 유명한 거 뭐이야! 작대기 선수가 아니요!"

평양 기생은 진실을 강조하려다 녹슨 고향 사투리를 썼다. 순사 그들도 이미 송이의 현재 신분과 손의 상태를 인지한 터라 처리는 신속했다. 제대로라면 성추행에 이어 실패한 강간, 성폭력에 해당하는 형사 처벌 건이었지만 무마되었다. 물론 이건 송이 입장에서 억울한 처리였다. 반면 고소인 주장, 즉 송이는 성을 팔았다는 민영민의 주장과 함께 심각한 화상을 입힌 상해죄 역시 없는 것으로 처리되었다. 이는 민영민에게 분이 터질 일이었다.

결정적으로 기생 권녹주는 말을 듣지 않았다. 박형진의 협박과 회유에도 녹주는 자신이 있었던 현장 전후를 꼿꼿이 진술했다. 한편으로 놀라운 일이었다. 녹주의 진술은 송이의 입장을 대변하는 것이었으니 송이의 인생이 나락으로 떨어지는 것을 막을 수 있었다. 매춘과 심각한 화상을 입힌 상해죄는 수십 대의 태형은 물론

십 년 이상의 중형이 선고될 사안이었으니. 자칫 여자 인생도 끝 날 뻔했으니까.

사건은 유야무야 종결 처리되었다. 송이의 항변도 고관인 민영민의 아버지 힘으로 사건은 표면화되지 못했다.

"언니, 왜요? 왜 저를 도우셨는지?"

송이는 한 달여를 끈 서(경찰서)에서의 조서 과정에서 다섯 살이 많은 녹주를 언니라는 호칭으로 부르게 되었다. 자신을 도와준 측면에서도 그렇고 도타운 여자의 성격과 나이 때문에도 그랬다.

"기생이 제대로 된 서방이 없지, 가오(자존심이나 체면을 속되게 이르는 말)가 없나!"

"언니!"

"말세라! 시대가 일패의 끝에 있으니 이 시국은 풍랑이요. 아기씨, 이 바닥도 기예를 받을 자는 없어지고 권번으로 내몰리니 세류가 혼탁하지요. 그러나 그건 내 이야기이고. 아기씨 그 다친 손은 어쩌누! 한창 꽃 필 여자의 인생은 또 어찌할꼬!"

찔레꽃(들장미)이 너무 일찍 지는 게 아닌가 싶은 시절이 도래했다. 5월의 작은 장미였던 하얀 찔레꽃 송이는 병이 들어 사그라들었다. 세월은 잊는 것만이 약이라 하는데, 화상 자국과 마음의 흉터를 천천히 아물게 하는 긴 자폐의 시간이 시작되었다. 송이는 치료와 함께 가게로 숨어들어 더는 밖으로 나가지 않았다. 멍한 표정에 두서없이 혼잣말하는가 하면, 백일몽을 꾸는 사람처럼 밤과 낮이 섞여 살았다.

그녀는 사건 뒤 1년 몇 개월을 그렇게 지냈다. 세상 끝 집을 봉쇄 수도원이라고 한다. 바깥세상과 차단하여 드나듦이 없는 완전히 막히고 닫힌 그런 구역. 송이는 가게 '배초향'을 봉쇄 수도원처럼 들어가 살았다. 송이가 겨우 오가는 곳은 그 엄마의 집이요 가게이며 수도원인 '배초향'과 주일 미사로 나가는 성당 외엔 세상과 등졌다.

기막힌 시간처럼 딸 또한 엄마의 사다리를 탔다. 운명처럼 송이는 고등어를 만졌다. 정구라는 인생 사다리 대신 가업의 사다리를 수긍했다. 두 번째 여인도 생애 처음 소금을 뿌리기 시작했다. 제대로 가능한 손은 한 손뿐이니 눈물을 알알이 뽑으며 다른 손을 받쳐가며 칼을 어렵게 틀어 고등어의 배를 갈랐다. 그리하여 딸은 한 손으로 그 '한 손'을 배우기 시작했다.

초향은 전혀 말이 없었다. 모녀는 무언의 수도를 하듯 가까운 거리를 스스로 비켜가며 서로에게 침묵했다. 송이는 무력한 영혼의 다리를 끌며 가파른 사다리를 타고 올라가 낮은 다락방에서 시간의 무릎을 꿇고 형상의 몸을 움츠렸다.

그럴만한 이유가 있었다. 가게는 언제부터 기울기 시작했다. 가게가 좁아졌으니 수도원 내에서 임시 별채가 그렇게 만들어진 것이었다. 칼질은 마치 침묵 속 죽비 소리와 같아 모녀 일상의 대부분은 고요한 시간일 뿐. 특히 영업시간엔 딸은 다락으로 기어올라 스스로를 닫았다. 송이가 만나는 세상은 오직 창밖의 변화하는 거리의 모습과 가게에 들어오는 손님들의 변화뿐.

인생의 사다리라 믿었던 정구도 끝났다. 끔찍한 흉터는 주먹을 꼭 쥘 수 없게 만들었다. 중지와 약지 사이 일부는 휘고 뒤틀려 라켓을 쥐기 힘들게 되었다. 그러니 그녀는 무수한 꿈을 꾼다. 시도 때도 없는 이상한 자각몽이다.

"はながた!"(花形, 꽃무늬 또는 인기 있는 화려한 존재)

푸른 하늘을 보며 비거리를 계산하고 척추부터 발끝까지 길게 뻗어 보는 거야. 한 마리 미끈하고 아름다운 새가 보이지? 귓가로는 익숙한 그 소리가 들리고, 눈에는 화려한 선수가 보인다. 알면서도 계속되는 이 꿈!

"すべに!"(모름지기 또는 미끈한 다리)

손은 스스로 움직이고 있다. 허리 아래, 의식의 두 다리도 따라서 반동의 물결을 타야 한다. 이 포핸드 스트로크 자세란. 몸은 순간 열기를 뿜는다. 꿈속 다리는 튀어 오르는 공을 이미 포착한 용수철 상태. 상체는 상대에게 보이지 않도록 돌려야 하지. 짧게 튕기지 않게 라켓도 아직 멀지 않게. 그래. 드롭 샷! 이번 헤드는 바로 네트를 향해서! 아차 그만 미끄러졌네. 송이 너 뭐해? 재빨리 일어나야지. 그래! 날아오는 볼을 받기 위해서는 몸이 아주 민첩해야 해. 송이의 눈에 비친 자신의 몸뚱이는 반사적으로 움직인다. 그 주의력, 긴장과 함께 이 심장박동. 팽팽한 탄력 속 각각의 자세를 반복한다.

밤의 꿈속에서도 낮의 백일몽에서도 송이는 지치지 않고 계속 뛰고 있다. 아! 어느 때는 너무 미치겠어. 왜! 한순간은 폭발적이어야 하니까! 자세 각 높이 세우고. 두 다리는 허공에 떠 있는 점프 상태! 시선은 이미 저 멀리. 아! 그런데 너 송이 지금 뭐하니?

떨어지지 말고 그대로 그래 스매시! 그래 바로 그거야. 잘했구나. 우리 송이! 팡. 와아 와! 마침내 몇 번이고 시도하다 들리는 그 소리. 주변 환호 소리. 들리는 환성… 환성… 환…상!

같은 시간 민영민도 폐인이 되어갔다. 현대와 같은 의료 수단이 없던 시절이니, 아무리 좋은 의원을 써도 그는 복구되지 못했다. 불붙은 숯에 왼쪽 뺨 곳곳이 데인 그의 얼굴을 사람들은 하나같이 무서워 피했다. 참혹해진 절반의 모습. 왼쪽 뺨에서 눈가로 이어지는 일그러진 피부 하며, 특히 볼의 중심 하나는 분화구에 가까웠다. 과한 치료 중에 조직이 괴사되어 탈락된 모습이었는데 참으로 흉측했다. 새살은 돋았지만 패이고 일그러진 가혹한 반흔으로 인상은 마치 반인 반수의 괴물처럼 보였다. 그는 처절히 절망했고 끝없이 절규했다. 거울로 보이는 괴물의 형상에 기물을 부수며 광란했다. 그의 행패로 끝내 집안은 그를 격리했다.

그의 상황은 더욱 가혹했다. 가두리에 갇힌 짐승의 몸부림은 오직 울분 속 환장뿐이었다. 버려지고 갇힌 자에게 기어이 차꼬(발목을 묶는 형구)와 비슷한 것으로 발까지 묶었다. 그는 짐승이었다. 아랫것들이 들이미는 찬반은 먹이와 비슷했다. 그래도 그 동물은 마지막 자존심으로 먹이를 거부했다. 신체는 급속히 쪼그라들었다. 시간의 무릎을 기고 구르며 지나갔다.

여기 지친 동물도 밤낮 몽유병으로 끙끙댔다. 그에게도 환장에 이은 환상이 도착했다. 몽환은 수려했던 그 잘난 청년이 되어 섭렵했던 기생들을 지났다. 또한 일본 유학 시절로 건너가 영민도 그때의 코트에 서 있곤 했다.

"신 평형(平衡)!"

코트에서는 일본인과 조선인의 차별이 없다. 오직 실력만이 중요하다. 도쿄 조선인 학우회에서 누차 들은 말이었다. 제대로 숨이 트였고 동시에 혼란이었다. 일본은 이 평형을 오히려 권장하는 듯했다. 도대체 이 게임의 규칙은 뭐지? 저들 저울대의 수평은 과연 현실인가 게임인가? 그리고 그것은 과연 가능한가?

다시 돌아온다. 돌아와야 했던 조선이었다. 튕기는 시간의 현(絃)이다. 자신을 닮아 비슷한 고집 하나가 보인다. 흰 치마저고리에 하얀 양말, 댕기 머리에 묶은 하얀 천이 휘날리는 아름다운 새가 보인다. 여고부에서는 비할 바 없이 템포가 빠르다. 코트를 아주 넓게 쓴다. 중심 이동이 매우 빠르고 이동타에 능하다.

"민형. 공에 정(正)과 부(不)가 어디 있어? 그래서 정구야. 튀는 방향이 모두 정답이니까!"

짐승은 신음한다. 그때 자신은 여자의 저 말을 적자와 서자로 들었다. 그래! 송이 이 년은 공과 함께 세상을 튕기고 있었다. 한편으로 자신이었다!

'그때는 우리들의 천국! 다음 평형은 너와 함께 지옥이어야 해!'

동물은 깨어났다. 마침내 문이 열렸다. 자신은 이대로는 억울하다. 그냥은 끝낼 수 없다고. 끝내야 할 것이 있다고. 그쪽 사악한 방향으로 부활이 있었다. 동물은 즉시 먹을 것을 찾았다. 그의 신체가 복구되는 동안 민영민은 처음으로 아비의 두드림에도 눈을 열었다. 그러므로 한때의 자유주의자이자 낭만주의자로서 시대의 중독에 잠겼던 그는 가세(家勢)를 지팡이로 자신을 일으켜 세웠다.

더불어 그 아비는 이렇게 그의 눈을 띄웠다. '사내의 쌍판은 상관없이 홍단이와 청단이는 수도 없이 가능하다. 외려 지금 전혀 새로운 세상은 독하고 징한 것이 약이 될 수 있다' 전했다. 서자는 비로서 이때 아비를 지 아버지라 수용했다. 이미 독사가 된 아비는 그 아들 뱀에게 많은 것을 약조했다.

바야흐로 민영민의 뒤틀린 인생 저주는 송이가 숨은 가게로 향했다. 송이에게 다시 돌아간 코트의 공이 목표였다면, 그에게는 송이가 직접 대상이었다. 그런 송이는 도무지 두문불출이니 그는 우선 가게 '배초향'을 말려 죽일 생각을 했다.

"방죽에 물을 빼면 이무기도 도리 없이 잡힌다!"

그의 아비는 약속대로 그를 도왔다. 어느 날부터 선도가 좋은 생물의 공급이 끊겼다. '배초향'의 진미를 찾는 손님들에게 기본인 물 좋은 생물이 차단되었다. 초향은 자신을 피하는 수산시장 상인들의 이유를 즉시 알아보았다. 그 오랜 단골들도 괜스레 슬슬 뒤로 빼고 가타부타 거래를 끊는 이유를. 멀리 피하는 그들의 시선을. 그러니 등급이 떨어지는 싸구려 생물을 사 와야 하니 매출은 급감했다. 명성 좋은 가게에 단골은 물줄기 끊어지듯 사라졌다.

게다가 스멀스멀 가게에 불량패가 출몰하기 시작했다. 이런저런 핑계로 가게를 들쑤시는 행패들, 해서 자리한 손님마저 떠야 하는 불량한 기운들이 가게를 점점 고사시켰다. 몸이 각자로 불편한 여자 둘은 속수무책으로 당했다. 신고해도 순사들은 움직이지 않았다. 가게가 난장이 되어도 경찰은 훑어보고는 조치를 취하겠다는 말만 하고 조용히 사라졌다.

결정타가 떨어졌다. 위생경찰은 가게의 위생을 트집 잡았고 상당한 벌금을 매겼다. 마침내 모녀는 모은 돈도 다 떨어지는 상황이 도래했다. 거리에 나앉게 되었다.

모든 배후엔 바로 그 친일(親日)이 있었다. 돌이켜 민영민은 민족의 운명에 고민하는 기회주의자였을지언정 친일 부역자는 아니었다. 그런 그가 집요하게 송이네를 괴롭히는 과정에서 아비의 도움을 받아 일제의 시스템을 이용했고 급기야 헌병 경찰의 일원까지 되었다. 증오는 날개를 날았다. 영민은 친일 반민족 행위자로 거듭났다. 그의 인생 후반기 프로파일은 아비의 자포노파일(Japanophile, 친일 성향자)보다 더 나쁜 일제의 충실한 부역자가 되었다. 각료이자 대신인 그의 아버지와 그들 가계의 후광이 있었음은 말할 것도 없다.

1916년 가을, 명망 좋았던 가게는 마침내 폐업했다. 횟수로 따지면 상경 9년 차에 간판 없는 '배초향'은 사라졌다. 모녀는 심야에 사람들의 시선을 피해 그 애환의 삶터를 떠나야 했다.

그래도 새로운 삶터가 마련되었기에 그나마 다행이었다. 벌금을 내고 더는 여력이 없던 때마침 초향에게 소개가 있었다. 모녀가 옮긴 곳은 손탁 호텔(Sontag Hotel)로 초향은 요리사의 보조 정도로 취직했다. 모녀의 단 하나의 조건은 금액도 아니었고 안전한 숙소였다. 둘의 보금자리로 호텔의 창고 방 하나가 주어졌다.

모름지기 이 기회는 모녀에게 놀라운 일이 아닐 수 없었다. 사람 사는 일에 하늘이 무너져도 솟아 나올 구멍이 있다고. 생선에 관한 한 제맛을 내는 여인이 있다는 입소문 덕에 때마침 호텔의 한식 쪽 사람을 구하던 주방 조리인으로 추천되었다. 예의 선교사들의 모임이 결정적이었다. 호텔의 외국인 주인도 현장의 주방장도 그녀의 손맛을 인정했다.

새로운 변화는 봄처럼 찾아 들었다. 안전이 확보된 결과였다. 전형적인 러시아식 붉은 벽돌 건물의 이 호텔은 1급 인사들이 숙박하는 곳으로, 특히 구내 커피숍은 정동 구락부라는 각국의 인사들과 유명인들이 드나드는 명소였다. 그런 안전가옥에 숙소가 마련되니 모녀에게 안정이 찾아왔다.

몇 개월 뒤 송이도 새로운 변화를 맞았다. 엄마와 같은 호텔에 취직했다. 그녀의 영어 실력이 힘을 발휘했다. 통역이 필요한 어느 상황, 말문이 어려운 조선인 일꾼들의 안타까운 형편을 전하는 과정이었다. 그녀는 숙박부에서 일하게 되었다. 연회나 사람이 필요할 때는 커피숍을 지원했다. 기본 영어를 알아듣고 대하는 실력이나 여전히 출중한 외모로 호텔은 처음에 그녀를 연회부로 입사시키려 했으나 송이는 거절했다. 물론 흉 진 손 때문이었다. 송이는 연회나 커피숍 지원은 반드시 장갑을 끼고 나와 서빙했다. 초향은 월급으로 12달러를 받았다. 송이는 기본 급여로 10달러를 받았으나 별도의 팁이 있어 엄마의 갑절을 벌었다.

고요한, 그도 고요하지 못했다. 이미 사제가 됐어야 하는 시간이 흘러갔음에도 그는 방황하는 시간의 현을 켜고 있었다. 과정이라면 법률에 유난한 관심으로 신학교를 휴학했고 양정의숙(우리나라 최초의 법학 전문학교)으로 편입했다. 그런데 1913년 일제에 의해 학교가 강제 개편되어(조선교육령) 보통학교로 전환되자 다시 학교를 나왔다. 그에게는 늘 시스템상의 불운이 따랐다. 잠시 공백기에는 배재학당, 희문의숙 학생들과 야학 강습을 뛰었고 결국 다시 신학교로 복학했다.

당연히 송이와도 멀어졌다. 실제 이 말도 묘한 것이! 돌이켜 송이는 신학교 시절의 요한을 존경했고 한때 성당의 미사 참전에서 편한 대화를 나눌 정도로는 발전했으나 서로의 교제는 제한적이었다. 성격도 송이는 개방적이고 매우 활달한 편이나, 요한은 진지하고 사색적이었다. 또 지난 시간 송이는 낭만과 문화를 탐닉해 민영민 등 그 부류와 교제했고, 요한은 사제의 길목에서 방황했다. 현실 참여로 학습 봉사와 노동 현장에도 있었다.

다만 둘은 주일 미사를 통해 규칙적으로 만나고는 있었다. 그러나 서로는 인사 정도가 전부였다.

1917년, 바야흐로 상황은 다시 돌아가기 시작했다. 어쩌면 둘 다 깊은 현실의 상처를 하나씩 안고 자신을 다시 돌아본 경우였는지도 모른다. 송이는 일터와 함께 일상을 회복하고, 요한 또한 다시 신학과 사제의 길로 돌아왔다.

흥미로운 건 취직을 한 송이나 신학생으로 다시 돌아간 요한의 만남이 살짝 성격이 달라졌다는 점이다. 특히 여자 입장이 상당히 애매해졌다. 여전히 사제와 교인의 길이라는 한계가 있으나, 송이의 상처가 아직도 깊고 회복이 더디다는 측면이 그랬다. 송이는 예전의 그 활달한 그녀가 아니었다. 둘만의 대화에 여자는 남자에게 자신을 조용히 내보였다. 참으로 숨죽인 상황이 전개되었다.

"요한. 나는 이래!"

송이는 하얀 장갑을 벗어 흉 진 손을 내보였다. 엄마 외에 그가 처음이다.

"…"

"요한! 나 지금도 예뻐?"

이 고백의 함의는 사제를 겸한 남자에게 구원까지 뻗어 있었다.

"무슨 소리? 당연하지. 내 눈엔 그저 흰나비가 되기 전 고치로 보이는데?"

"요한 장난은!"

"송이야. 아름다운 영혼은 상처에서 핀 꽃이야. 또 마땅히 사제는 상처와 흉터를 더 사랑해야 하고!"

"아, 요한! 그래도… 난 평생… 장갑을 껴야 해."

여자는 목이 메었다.

"그게 뭐 어때서! 내 눈엔 그저 잠실(蠶室, 누에방)인데! 아니 더 유혹적인 걸?"

"어쩜 넌! 요한, 난 돌아가고 싶어. 요한! 나… 돌아갈 수 있을까?"

"왜? 또다시 날아가려고?"

"이런, 요한!"

숙박 일을 하면서 송이는 오른손을 다시 쓰려 무진 애를 썼다. 쥐어지지 않는 주먹을 어떻게든 감아쥐려는 노력은 물론 일 때문이었다. 실내를 청소하고 여러 비품을 닦는 일, 빨래하고 다리미질까지 그녀는 뒤틀려 쥐기 힘든 오른손을 쓰려고 무던히 노력했다. 아픔을 쥐고 누군가의 기대를 저버리지 않으며 송이는 스스로 상처를 극복하려 기를 썼다. 지독한 고통은 몸 전체로 신경에 스미어 옴에도 그녀는 깨어 있는 순간마다 마디마디를 펴고 제자리로 늘렸다. 한 남자의 그때 그 말은 다시 날개를 달게 하는 의지의 심지 또는 태동이었다.

'요한. 나 돌아갈 수 있을까!'

돌아가기 시작했다. 점차 상처도 말을 듣기 시작했다. 구부러진 상흔은 그녀의 고집을 알아들었다. 기어이 그해 겨울 송이는 다시 정구 라켓을 쥐어 볼 수 있게 되었다. 변화는 손끝에서 몸을 타고 일어나기 시작했다. 그녀는 새벽 기도를 마치고 사람 눈을 피해 작은 호텔 뜨락을 본격적으로 뛰기 시작했다. 체력의 회복은 영혼의 회복과 맞닿아 있었다. 아름다운 영혼은 그의 말처럼 상처에서 핀 꽃이라는! 드디어 손에 튼 꽃으로 근질근질했던 송이는 파트너를 다시 찾았다.

"요한, 너의 손을 빌리고 싶어!"

그녀에게 여지는 오직 그 사람뿐. 송이는 요한을 정구에 초대했다. 자신의 상대가 되어 주면 좋겠다 전했다.

"발도 빌리는 것 아니고?"

"당연하지. 네 몸뚱이 다!"

송이의 눈동자는 이미 날개를 달고 있었다.

"망칙하게! 어디 준비된 사제 앞에서!"

물론 요한은 흔쾌히 그 손을 받아주었다. 스포츠 특성상 상대가 필요한 운동이니까. 송이와 요한은 8년 전으로 다시 돌아갔다. 졸업만 남은 신학생과 모교를 졸업한 여학생은 주말 비교적 긴 오후 시간을 함께 보냈다. 둘은 자신들에게 허락된 주말 오후를 상대를 위해 헌신하고 헌정했다.

그러나 시작은 준비되지 못한 남자를 가르쳐야 했다. 그것이 피차 서로를 꽉 채운 이유였다. 그런데 이 남자 송이의 부활을 위해서라지만 이거 원! 그는 제대로 파김치에 가까운 헌신을 감당해야 했으니.

"자세 봐라. 저놈의 자세 봐!"

처음 죄송하게 여자는 남자를 가르쳤다. 그런 점차 남자가 여자 앞에 대책 없이 죄송하다.

"요한! 몇 번을 말해. 엉덩이 내리고. 허리 펴면서 아래에 힘주고!"

흙 진 손은 기도로 고운 남자 손을 수도 없이 잡아주어야 했다. 시작은 라켓을 쥐는 그립 과정. 다음은 기본자세 연습. 엉덩이 살짝 뒤로 빼고, 무릎은 굽혀주고! 곧 정정해 주고. 그럼에도 아주 답답하게 멍한 고요함. 그러니 송이는 상대의 어정쩡한 상체를 교정할 겸 직접 앞으로 신체를 이끌어 숙여주어야 한다. 이어 여자는 남자의 시선을 라켓의 위치와 맞춰주는 과정에선 거의 하나로 샌드위치가 되어준다.

시간이 지나 이제 기본 포핸드 자세. 스트로크를 위한 스텝과 동시에 손과 몸을 일으켜 여는 자세다. 팔의 각도는 물론 어깨 턴의 과정도 함께 잡아줘야 한다. 몸을 트는 각각의 자세에서 여자는 남자의 몸을 안고 함께 댄스처럼 돌아 털어야 한다.

그러니 둘의 신체는 스치고 당기면서 더듬는다. 사제가 되기 직전의 이 남자, 그는 가끔은 자신의 몸속에 자리한 욕망의 발기에 당황한다. 그러니 정돈되었다 믿었던 자세는 자꾸 뒤틀린다. 제련이 어려웠던 이유였다.

"아니! 요한. 왜? 매번 각도가 틀리냐고!"

정말 이 남자 문제긴 하다. 손과 다리의 각도 교정이 쉽지 않다. 그립을 잡은 손이 뻗어 나간 손과 맞물려 타점에서 골반 위치와 회전은 왜 이 모양일까!

어느덧 스물다섯 살! 관심을 끄는 여자는 참으로 예쁘고 풍만하다. 시선의 대비는 곳곳. 검은 복식의 남자와 비교적 짧은 치마에 몸매가 드러나게 단단히 동여맨 여자가 너무 붙었다. 다른 대비로도 여자의 오른손 검은 자락 흰 끈 묶음 또한 시선을 이끈다. 점차 관중들이 생겨났다. 거의가 조무래기들이었다.

"그래. 그거야. 요한, 공을 악마라고 생각해!"

공을 향해 남자는 똥개처럼 달리고 있다. 중간중간 여자는 큰 소리로 호통치고, 공을 받아넘기려는 과정에서 남자는 계속 낑낑대고 있다.

"너 요한. 하느님께 기도 별로 안 하지?"

"아고! 송이야. 정말 볼의 탄력을 따라가기가 너무 힘들어!"
"아우, 저 진짜 사람 잡는 몸치!"
요한의 자세는 쉽게 흐트러졌다. 물론 송이의 욕심에 속성 훈련이 문제이긴 했다. 그럼에도 이제는 어린 관중들도 너무 늦은 진행에 끌끌 혀를 찼다. 누가 봐도 남자는 꼭 한두 박자가 늦다. 여자는 볼 줍느라 살이 몇 킬로는 빠졌다. 결국 기본으로 다시 돌아가야 했다. 체력 훈련도 함께.
"요한! 항상 부드럽게 하라니까!"
"아! 너무 빨라. 정구 이것! 징그럽게 역동적이야!"
"저 주둥이! 제발 서 있지 말고. 자세 낮추라고! 그리고 힘! 발끝에 늘 힘이 실려 있어야지! 왜 라켓 면의 각도는 그렇게 들쑥날쑥하냐고!"
"아우, 힘들어. 오, 천주여! 제가 무슨 죄가…."
"주여? 무슨 죄?"
"오 주인님. 아니 송이님. 어쩌다가 넌 이걸 배웠냐?"

"오오, 잘했어. 요한, 왜 갑자기 잘해?"
"후우, 송이야. 어젯밤 꿈에 천사장이 이따만 한 라켓을 들고 있었잖니!"
물론 시간이 가면서 점차 다듬어지는 요한이었다. 박수와 함께 그녀의 깔깔거림도 잊어버렸던 칠팔 년 전 그때로 반짝 돌아간 그들이 있었다. 조무래기 관중 외에 언제부터 고정적으로 지켜보는 성인도 생겨났다. 어느 날부터 늘 한결같은 한 명이 있었고, 다음 해 여름쯤엔 또 한 명의 무거운 관중 하나가 아주 먼 지점에서 그들을 관망했다. 늘 있던 하나는 엄마 초향이었고, 멀리서 지켜보던 또 다른 관객은 민영민이었다.

돌이켜 송이가 망가진 손을 펴며 날갯짓을 시작할 때 민영민은 어느덧 순검, 순사를 거쳐 고등경찰과 경부보가 되어 있었다. 그는 정치범이나 반일 활동가를 체포·고문하던 경찰부 외사계에 속했다. 1919년 그는 기회를 포착했다. '배초향'을 고사시킨 민영민은 3월 1일을 기해 내내 주목하던 첫 희생자로 우선 권녹주와 고요한을 거두었다. 그에게 때가 왔다.

권녹주. 이 평양 출신 기생은 그날 자리를 박차고 거리로 나왔다. 권번에서도 부조합장의 위치로 성장한 그녀가 선두에서 후배를 이끌었다. 바로 3·1운동의 또 하나의 주체인 기생조합 만세운동이다. 대한 독립 만세의 그 날, 녹주는 손가락을 깨물어 흰 명주천에 "기쁘다. 삼천 강산, 다시 무궁화 피누나!"라는 혈서를 썼고 자매들과 함께 만세 삼창을 외치며 행진을 이끌었다.

전국의 기생조합들은 즉시로 연동되었다. 전국의 중심 중 하나로 권녹주와 같이 전통문화와 예술성, 자존심을 간직한 일패의 여성들이 이 행진을 주도했다. 지역에 따라 기생들은 아름다운 복장이거나 아예 소복 차림으로 거리로 나섰다. 이 행렬은 사람들의 호기심을 자극했고, 군중은 그녀들의 뒤를 따랐다. 여인들이 천을 들고 흔들며 목청껏 외치자 사내들도 호응해 모자를 흔들고 손을 뻗었다. 사람은 구름처럼 모였고 사태는 일파만파로 번졌다. 일제는 초기에 그들을 대처하지 못했다. 선도가 여자들이니까.

"평양 그년과 박송이란 년도 분명 관련이 있다!"

3·1 만세 시위로 권녹주는 검거되었다. 내내 주목하던 민영민 그는 제대로 첫 희생자를 손에 넣었다. 끔찍한 고문이 자행되었다. 실체는 복수였으니 민영민은 녹주를 고문하며 송이의 관련을 압박했다. 과정에서 녹주는 만신창이가 되었다. 이때 민영민은 고문귀라는 별명을 갖는다. 고문에도 불구하고 권녹주는 송이와의 관련성을 인정하지 않았다.

요한 역시 피범벅 만신창이가 되어 제대로 움직일 수 없다. 그는 여럿 감옥 가운데 오직 그 방에서만 온갖 고문을 당했다. 시위의 인원이 많다 보니 체포되는 사람들은 대개 주모자급이었고 나머지는 훈방했는데 그는 달랐다. 시설은 사상의 불손 여부에 따라 1감, 2감, 3감 등으로 나뉘어 수감했는데, 회랑을 따라 각 방에서는 비명이 끊이지 않았다. 요한은 그 1감의 제일 끝 방, 16번 방에서 끝없이 구타와 고문을 당했다. 간단한 응급시설이 있었으나 처치는 전혀 없었다. 방 귀퉁이엔 두 개의 통이 있는데 하나는 물통, 다른 하나는 똥통인 변기였다. 즉 그는 현장에서 고문을 당했고 단 한 끼의 쓰레기 같은 밥을 먹었으며 그 자리에서 변을 보아야 했다.

"고석훈. 고춧가루 먹기 전에 어여 불어! 왜! 넌 송이란 년과 매주 그 짓들을 했잖나!"

신학교 학생으로 드물게 잡힌 자다. 실제는 감리교나 다른 개신교의 운동자들과 비교해 경미했다. 학생 신분으로 잡힌 수많은 무리와 비교해도 절대 요한은 고문을 당할 처지가 아니었다. 정식이라면 그는 기타 학생으로 훈방의 대상이었다.

 어쨌든 요한은 불의를 참지 못했다. 사회와 현실이라는 문제에 무게 중심을 두고 있던 요한은 기꺼이 야학을 같이했던 한때의 친구들과 만세 대열에 동참한 경우였다. 그는 결코 주동자도 아니었고 그를 따르는 신학생들도 없었다. 개신교와 달리 당시 경성의 서양인 주교단, 즉 가톨릭 조선교구는 일체의 정치 참여나 현실 사회운동을 금지시켰으니까. 따라서 천주교 신학생으로 그는 겨우 단독 행동이었다.

 말하자면 현장은 송이를 옭아매려는 민영민이 꾸민 계략일 뿐이었다. 민영민은 요한을 불온한 사회주의자, 교조적 사회주의자란 허울을 씌웠다. 함께 붙잡힌 야학생들을 혹독하게 고문해 요한이 독립선언서를 등사하고 시위를 주도했다는 허위 자백을 받아냈다. 남은 것은 요한의 직접 자백이었다. 참혹한 고문이 이어졌다.

 옛 연인이자 화인 맞은 자 민영민! 그러나 송이가 일하는 호텔엔 일개 경부가 찾아들기엔 무리가 있었다. 또 일요일 오후에만 볼 수 있는 송이는 다수가 지켜보는 과정에서 훼방을 놓을 명분을 찾기 어려웠다. 마침내 때가 왔다. 그는 절치부심 송이를 옭아맬 기회를 드디어 잡았다.

 일단 민영민은 녹주와 요한에게 각각 소요죄와 보안법을 적용했다. 이어 그간 들어가지 못하던 손탁 호텔 커피숍에 나타나 지

배인에게 송이를 요청했다. 그는 지배인에게 이번 시위와 관련 송이의 방조와 관련해서 들을 이야기가 있다고 못을 박았다. 작은 소란이 있었다. 고용인인 외국인 손탁은 사건 고지에 강한 의문을 제기했다. 초향이 뛰어나왔다. 명사가 드나드는 호텔이라 전례가 없는 일이었다. 체포하려는 현장은 순간 경색되었다. 결국 송이는 임의 동행 형식으로 서에서 조사를 받아야 했다.

"민…! 말도 안 되는 소리를 하고 있어!"

창백한 송이. 눈앞 일그러진 그의 외모에 호흡조차 어렵다. 그의 이전 호칭을 떠올리기도 무서워 입술을 떠는 그녀. 송이는 사건 후 처음으로 참혹하고 섬뜩한 민영민의 형골을 마주하고 있다. 더구나 이곳은 지옥의 냄새가 가득하다. 지하 특별한 방, 피 냄새와 역한 공기로 숨이 막힌다.

귀신은 담담히 먹잇감을 압박했다. 일단 방조죄! 너는 고요한의 사건 관련 사전 숙지했느냐 안 했느냐? 그자는 정구를 함께하던 밀접한 상대가 아니더냐! 그러니 분명 인지했을 텐데 왜 신고하지 않았느냐! 물론 논리와 추궁은 당연히 코를 꿰기 위한 수순이었다.

"곧 말이 될 거야. 송이야! 시간은 아주 많아."

민영민은 송이를 고문할 수는 없었다. 전문가는 사안의 본질을 알아 순서를 잡아가고 있을 뿐이었다. 죄목은 겨우 방조죄다. 요한이란 자는 고문에도 송이의 관련성을 부정했다. 또한 압수 수색에도 그녀의 숙소 어디에서도 불온 문서나 관련한 증거는 나오지 않았다. 송이의 알리바이 또한 일요일을 뺀 호텔 일지에 뚜렷했다. 그러니 그는 심문 위주 그것도 협박 위주로 진행하고 있다. 몸 대신 사람의 심리를 고문하는 방식이다.

"송이야! 공에 정과 부가 어디 있냐고 했지? 그래. 튀는 방향이 모든 정답이잖니!"

정신이 혼미한 송이. 자신은 기억도 없는 대사가 튀어나오고 있다. 민영민의 의도는 분명했다. 없는 것도 만들고 엮는 것이 그의 역할과 업무였으니까.

"무… 무슨 말이야?"

여자의 혼은 이미 반쯤 나가 있다.

"송이야! 바람처럼 사람도 옹이가 만들어지는 거 아니? 그렇지? 옹이가 계속 만들어지면 그건 나무가 아니지. 물론 사람도 사람 구실을 더는 못하게 되는 것도 맞고. 그렇지?"

송이는 무슨 말인지 이미 알아들었다. 사시나무 떨듯 흔들리고 있다.

"송이 너는 그래서 아주 특별했어. 맞아! 옹이는 한때 있던 큰 자리 큰 기록이라는 것. 너무도 맞았어. 사람도 옹이가 생기지. 때에 따라서 아주 큰 자리. 이를테면 불구가 되거나 또는 이렇게! 여기. 나처럼 아주 큰 기록이 생기거든!"

짐승은 자신의 흉측한 허물을 여자의 면상에 들이댔다. 이어 송이 앞에 희생자를 차례로 불러내 그들의 처참한 몰골을 보여주었다.

"그렇지? 바람은 지 다니는 길이 있네요. 몸은 녀석의 발자국을 따라 공의 회전을 놓고요. 이렇게!"

영민은 고요한의 몸에 도구를 댔다. 송이는 요한의 자지러지는 소리와 동시에 합창처럼 비명을 질렀다.

"웬! 아직 시작도 안 했는데. 송이야. 봐라. 아주 비슷하지? 물론 여기도 감으로 점치는 건데 손목이 익숙해지면 알아서 바람도 운용할 수 있어! 또 이렇게."

흉기가 요한의 어느 부위를 틀었다. 피가 튀었고 희생자는 혼절했다. 이어 영민은 고깃덩이처럼 까무러친 요한의 머리를 쥐어 들었다. 여자는 언제부터 민영민의 발밑 아래 무릎을 꿇고 있다.

"이게 다 너 때문이야!"

짐승은 드디어 증오의 칼을 뺐다. 송이는 요한을 살려 달라 애원하며 두 손을 모아 바치고 있다. 민영민은 심리적으로 송이를 완전히 무너뜨렸다.

"도대체 원하는 게 뭐야?"

송이는 울부짖으며 소리쳤다.

"원하는 거? 이게 바로 내가 원하는 거야. 네가 비명을 지르는 것. 네가 내게 부르짖는 이것, 내 앞에서 무릎을 꿇고 내게 자비를 구하는 이것이 바로 내가 원하는 거야!"

천천히 민영민은 무력한 송이를 끌어와 입술을 맞추었다. 이어 그녀의 가슴을 풀어헤쳤다. 귀신은 그토록 원했던 여인의 젖가슴을 만지면서 이렇게 속삭였다.

"아직은 여기까지. 정말 이 둘을 살리고 싶으면! 너 나의 옛 살로메는 제 발로 나의 첩실로 들어와!"

시퍼런 서슬이 빛나고 있다. 아니면 너무 붉은 칼날일지도 모른다. 어미의 가슴은 칼보다 더 날을 세운 서슬로 시퍼렇다 못해 시꺼먼 벼랑 끝이다. 임의 동행 후 이틀이 지났다. 송이는 아직 돌아오지 못하고 있다. 그 배초향의 칼이다. 초향 손끝에는 울고 있는 칼날이 있다. 칼을 가는 초향의 눈가에는 침묵도 얼어버린 시큰한 눈물방울이 점점이 번지고 있다. 칼을 가는 장면이지만, 기다리는 검객일 수도 있고 묵언 수행 중인 비구니일 수도 있다.

한쪽에서 물이 계속 튀기고 있다. 작은 대야에서 푸들거리는 푸른 녀석들, 등 푸른 생물이 뛰고 있다. 잠시 후에 등뼈 하나 내놓고 발려질 살아있는 고등어들이다. 녀석들은 오늘을 위해 수산시장에서 공수했다. 초향은 호텔의 외국인 여사장에게 직접 제안했다. 오늘 특급 손님을 위해 기막힌 요리를 준비하겠다고. 기회를 달라고. 그러나 생물의 살아있는 조건만큼은 충족시켜 달라고.

이제 초향은 칼을 들어 각을 뜬다. 여전히 뻐끔거리는 이 생명, 넘치는 생명력은 도려낸 살점으로 마지막까지 꿈틀대다 사그라진다. 바로 고등어 회다. 쓰러지되 잔향처럼 생명 냄새 가득한 야들야들한 육질만을 남기고! 초향은 오늘 호텔의 특별한 손님이라는 하야시 곤스케(はやしんすけ)를 위해 생애 처음 고등어 회를 뜨고 있다. 바로 사바(さば, 고등어)라 불리는 일본인들이 아주 좋아하는 고등어 회다. 이어 그녀만의 특별한 레시피인 방아잎까지 조리인은 생애 모든 것을 걸고 있다.

"가타나토 소노 온나오 미타이."(刀とその女を見たい: 칼과 그 여인을 보고 싶다.)

요리가 나간 뒤 초향이 불려 나왔다. 그제 하야시란 이 일본 공사가 호텔에 묵었다. 손님의 급으로 치면 일 년에 몇 번 없는 최고 위급 명사가 아닐 수 없는 자. 호텔은 이 일정을 준비하느라 3주 전부터 부산을 떨었다. 호텔의 경호도 1주 전부터 부쩍 삼엄해졌다.

초향은 내내 무심했으나 송이가 종로서로 끌려간 이후 노심초사하다 불현듯 이 일정에 자신을 맞추기 시작했다. 겨우 이틀. 그러나 생물인 고등어는 또 당일 제때 들어와야 했으니! 하여 긴급 공수라는 형식으로 살아있는 고등어가 준비되었다. 현재 상황, 맛을 본 일본인이 젓가락을 들고는 한참은 살코기를 살피다 초향을 부른 것이다.

"고노 호우초으데 콘나니 우스 사시미오 킷타노?"(이 칼로 이런 얇은 회를 썰었다?)

"하이!"(네.)

말이 되지 않는다는 일본인의 반응이다. 날카롭고 긴 일본의 사시미가 아니라 초향이 건넨 칼은 대바라고 부르는 생선 막칼이니까. 그는 칼을 보고 초향을 바라보며 눈이 동그랗다. 아무렴! 초향은 조선 전통의 생선 칼을 썼다. 대화는 중간 통역이 나서고 있다. 테이블엔 일제의 경무감을 포함해 헌병대의 최고위급 장교들 몇과 지금 이 일본인 공사 그리고 외국인으로 영국 대사가 함께하고 있다.

"조센니모 코나 하모노가 아루노카?"(조선에도 이런 칼잡이가 있단 말인가?)"

"생사람 가슴살을 하나하나 뜨는 심정으로 떴지요!"

"난 잇데다루요!"(무슨 소리야?)

"죄 없는 딸을 소요의 방조란 이름으로 끌어가, 여자의 앞날을 칼로 저미는 자가 있으니 이런 작품이 나왔지요!"

주변은 순간 경직되었다. 찬란한 제복과 휘장을 한 군인들의 얼굴이 일순간 노래지거나 붉어졌다. 이때 조선어를 약간 아는 영국 대사가 분위기를 다독이며 나름 개입했다. 그는 회보다는 무슨 향에 동한 참이었다.

"I've never had sushi like this in my life. What the hell is this scent?"(이런 초밥은 내 평생 처음이야. 도대체 이 향기는 뭐지?)

"조선의 향기요! 애달픈 이 나라 슬픈 어미들 가슴을 저민 향기랍니다."

"What!"

"나마구사사가 히토츠모 나이. 단파쿠나 아지가 신켄스기루네!"(비린 맛이 하나도 없어. 담백한 맛이 진지하군!)

"당신을 위해 조선의 바다를 퍼 올렸으니까! 일국의 대신이라면, 또 진지한 자의 가슴을 아는 자라면, 이 고등어 살처럼 공명과 정대 또한 전달될 거라 믿었으니까!"

그날 예순다섯 살 어미는 딸을 위해 전부를 각오하고 나섰다. 물론 현장의 초향은 구체적인 내용을 전했다. 각을 뜬 고등어를 들어 보이며 자신의 진실은 이보다 투명하다고 뼈 깊은 말을 토했다. 그 전등에 비추어 떨어지던 바다의 살을 통해 딸과 요한은 잘못 묶인 일이라 전했다.

"흠. 바다의 살이라! 그래. 섬에는 길이란 없지. 그저 닿는 곳이

길이 되고 포구가 되는 거야.* 그러니 조선이 이 모양이고. 그러나 철길은 단 하나! 조선과 일본의 척사(擲柶)도 그리하여 단 하나. 그래! 그대의 말이 진실이라면 또한 그것도 하나!"

이 일본 공사는 추후 영국 대사가 되었다. 또 그 자리의 영국 대사는 지난 경의선 건설 과정에서 러시아를 견제해 서로의 이해를 주고받던 상대들이다. 허니 실로 현장의 고등어는 누구에겐 뼈아픈 고통어가 아닐 수 없었다. 바로 일본인들이 사바(さば)라 부르는 저들 고등어의 명칭은, 회를 뜬 초향에게는 괴로움과 고통의 사바(娑婆)세계와 맞닿아 있었다.

조선의 특명전권공사이자 한일합병의 공으로 화족(華族, 일본의 특급귀족)으로 추대된 자의 입김은 막강했다. 이틀 뒤 송이는 엄마 품에 돌아왔다. 2주 뒤 요한도 풀려났다. 초향은 통역을 통해 송이의 사건 전후를 간단히 알렸고 요한의 내용도 전한 까닭이었다. 곧 방조죄란 직접 죄인과 연루된 일이고, 그러니 요한의 사건은 본안이라고 해야 했으니 전후 처리는 그리하였다.

송이는 다행히 성한 모습으로 돌아왔다. 비록 머리는 산발하고 정신은 한참 멍했지만, 그녀는 심각한 폭력 없이 계속된 희롱만 당하고 나왔다. 한동안 충격으로 말을 잊었다. 하얗게 지옥을 보고 나온 그녀는 몸져누웠다.

늙은 초향이 송이에 이어 다음 요한을 수발했다. 정신줄을 놓은

---

* 김남권 시인의 <사람이 섬이다> 응용

딸이 요한의 석방에 몸을 일으키자, 이번엔 폐인에 가까운 고요함을 치료하며 회복시켜야 했다.

"살과 뼈를 태우는 이 맛은 어미들의 눈물로 태우는 게야."

초향은 숯불에 고등어를 굽고 있다. 정신이 돌아온 송이를 앞에 두고 어메 홀로 자작자작 지글지글. 물론 이 식사는 병든 자를 위한 그녀의 오롯한 정성의 수발, 단백질의 공급 과정이다.

"그러나 명심하렴. 고등어는 절대 두 번 굽지 않아. 비린내는 한 번으로 끝나야 하는 게다."

이미 딸은 푸른 멍 하나를 가슴에 얹은 뒤라 곁에서 그저 침묵이다.

"내 인생이 그랬다. 시작은 그 사람 원이와 함께… 그래! 사람이 바로 이 고등어였어!"

피차 말하지 않아도 아는 사연이다. 마음에서 마음으로 등 푸른 감정들이 지느러미를 달고 모녀 사이를 헤엄치고 있다.

"또 짝이란! 어찌 고등어 한 손이 그냥 나왔겠냐? 속 창시를 다 빼내고 빈 마음으로 서로의 몸 딱지를 받아들이는 거지. 내 보기에… 이제 도착한 것도 같으니."

"…"

송이는 난해하다. 아직 마음의 상처에서 벗어나지 못한 송이는 겨우 고개를 들었다.

"거 참! 무렴히 날아가는 두 마리 겨울새 뒤로 겨울나무들은 왜 장렬히 보였을까? 물론 네 할미, 내 어머니 말이었지."

"…"

딸은 말이 없다. 여전히 엄마의 말은 이해 불가.

"한 손이란 서로의 반쪽이 만나 되는 것이 이치. 곧 지아비와 지어미가 서로 반쪽이 되는 이것. 이제 너도 속을 다 비운 듯해서 하는 말이다. 물론 네 짝도 그러할 것이고."

"…엄마!"

그날 적어도 송이와 초향은 제대로 한 손이 되었다. 딸은 엄마의 품에 스며들어 꼬옥 안겼다. 둘은 제대로 고등어 한 손으로 서로를 받아들였다. 송이는 엄마의 품에서 한참을 울었다. 그 엄마는 우는 딸의 머리를 계속해서 쓰다듬었다. 물론 딸은 엄마의 촉을 이해하지 못했다. 다만 송이는 엄마가 여전히 요한을 생각하고 계신다는 측면에서 부끄럽고 안타까웠다.

'너도 이제 지어미가 될 준비가 된 것 같구나!'

새벽 초향은 품에서 자는 딸을 보며 알 듯 모를 듯 속말과 함께 묵주를 끊임없이 돌리고 있었다.

사태의 여파는 상당했다. 규모가 워낙 컸기 때문에 일본의 만행과 조선의 독립 의지는 해외에서도 조명을 받았다. 중국의 5·4운동은 3·1운동의 직접 영향을 받은 대표적 경우였다. 일제도 변화를 꾀했다. 위력에 의해 소요가 정리되자 문화 정책을 도입했다. 헌병 무단통치를 정리하면서 실제는 경찰 병력을 대폭 늘려갔다.

이에 사회도 개인도 변화를 맞았다. 요한은 천천히 회복했다. 반년 가까이 모녀의 극진한 보살핌을 받았다. 모든 비용을 초향이 댔다. 그동안 모았던 급여로 요한의 방을 샀고 치료비를 댔다. 호텔의 주인도 급한 치료를 위해 양의를 불러 지원했다. 지불한 비용보다 훨씬 좋은 호텔 방도 내주었다.

　요한의 몸이 거동 가능할 즈음, 요한에게 새로운 소식이 전달되었다. 즉 신학교는 그를 퇴학 통지했다. 이번 운동을 3·1 사건으로 규정해 신학교의 조기 방학을 단행한 경성의 프랑스인 주교 뮈텔(Mütel)은 개학이 되자 3·1운동에 참여했던 신학생들을 퇴교 조치했다.

　"어떻게 이런 일이!"

　요한에게는 날벼락이 아닐 수 없었다. 그를 아는 주변은 더욱 안타까워했다.

　"이것도 뜻이라면!"

　요한은 결국 사제의 길을 접어야 했다.

　"…요한!"

　가장 충격은 오히려 송이였다. 한동안 말을 잃었던 그녀는 이번엔 또 다른 측면에서 할 말을 아꼈다. 변화와 충격은 각자 별빛으로 빛났다. 요한은 잠시는 허망한 노래를 불렀지만 이내 기꺼이 그의 두 번째 성소(聖召)를 받아들였다. 그는 뜬눈으로 밤을 새우고 송이 앞에 섰다.

　"송이야! 이게 뜻이 아니면… 나 이제 어떡하지?"

　남자는 용기를 내어 그녀에게 고백했다. 비슷했다. 눈앞 여인이 자신의 허물인 뒤틀린 손바닥을 내밀고 온전히 자신을 드러냈듯이 그도 투명했다.

　"신의 뜻이 아니라면 나를 관통해온 널 어떻게 설명해?"

박송이, 그녀 엘리사벳은 이 기막힌 결과 앞에서 계속해서 울었다. 걱정이었다. 내게 올 수 없는 너라고 포기한 사내였다. 지난번 지하실에서 꿇었던 운명의 되치기가 아닐 수 없다고. 송이는 같은 상대를 두고 또한번 무릎을 꿇고 두 손을 모았다.

박하 향 그득한 시간의 환희가 둘을 감쌌다. 세월이 묵혀 나온 그들만의 박하 향기가. 딸 역시 운명의 상대 앞에서 부활하듯 지난 시간 엄마의 언어가 영롱이 뿜어져 나왔다.

우린 그로 말미암아 만날 수 있다. 사제가 되지 못한 당신과 간잡이의 딸에게 이제 그딴 구분은 없다. 이 말은 참말이다. 우리는 사랑 하나로 하얀 민들레처럼 살 수 있다. 나는 당신 요한과 민들레처럼 정처 없는 삶도 괜찮다. 살림은 그것 외엔 다 족하다.

예식은 요한의 몸이 회복되어 가던 가을 끝 겨울 초엽 어느 밤 뜻밖에 이뤄졌다. 파티가 있었다. 외국 여인 손탁은 늦은 가을밤 손님이 없던 날을 골라 특별한 파티를 준비했다. 그녀는 조선의 풍습을 알아 지난 몇 개월 남녀가 치료라도 한 방에 함께 있는 모양새는 아니다 싶던 행차였다. 호텔 여주인은 종업원들이 모인 가운데 서양식의 약혼식을 진행했다. 당연히 전혀 예상하지 못한 깜짝 이벤트였다. 초향은 주방에서도 잠시 쫓겨나갔다. 멋진 케이크와 함께 많은 요리가 나왔다. 그날 종업원들은 처음으로 서양 피자라는 것을 맛보았고 커피라는 이름의 쓴 물을 애써 조근조근 들이켰다. 감격한 초향. 울먹이는 그녀 주변 많은 동료들이 모녀를 축하해 주었다.

초향에게 지난했던 전설도 찾아왔다.

'가아 내 눈까리가 그지야. 자네. 내 눈티이 얼기미 천사아(천생)가 바로 이것이 아니었나!'

기막히게 그날 밤 첫눈이 내렸다. 눈발이 송이송이 내리던 그 밤, 송이가 요한의 볼에 키스했다. 서양인 호텔 주인이 마련한 자리였기에, 조선인들은 전에 없던 음식을 먹으며 여자가 남자에게 대 놓고 하는 뽀뽀를 지켜볼 수 있었다. 이들에게 이해할 수 없는 약혼식이었다. 족두리나 사모관대 없는 가운데 발그레한 청춘의 사랑의 향기가 취하듯 전파되었다.

시러운 밤공기 속 초향의 눈에 비친 딸 송이의 모습은 정녕 다시 피어나는 매화꽃이었다. 그녀의 눈엔 때마침 떨어지는 눈송이가 매화 꽃비처럼 보였다. 귓가로는 잔잔히 그 송이가 바로 이 눈꽃송이였다며 아비 춘삼도 부활해 그녀를 어루만지고 있었다. 그 친절이 비록 성령이라고 해도⋯ 드디어⋯ 마침내 이루었다. 초향의 오랜 기도의 성사(聖事)는 그리하여 성취되었다.

'그러게요!'

초향 역시 한 송이 매화로 지고 있었다. 그녀 또한 시간의 짝두(작두)를 타고 날아가는 두 마리 겨울새 중 하나였다. 처언시리(천연덕스럽게) 부활한 남편에게 고개를 끄덕였고, 다음 쪼로미(나란히) 박하 향기를 맡는 듯한 시선으로 그녀의 영혼은 끝없는 감사의 날개를 타고 있었다.

'진작에요! 송이 애비 당신! 제(내)도 이만 도리를 다한 것 같소!'

역사를 다한 겨울나무는 남실남실 날아가는 두 마리 겨울새를 바라보고 있었다. 이제 마침표를 찍었다는 초향. 겨울새의 또다른 버전은 아름답고 총총했다. 점점 더 굵어지는 눈 가운데 초향에게 세상은 따뜻한 메밀 꽃밭처럼 보였다.

"요한! 나는 도저히 녹주 언니를 그냥 둘 수 없을 것 같아."
"그러게!"
요한이 회복 중인 어느덧 일곱 달째. 백일기도를 거의 마무리한 새벽, 송이는 부스스 깨어난 요한에게 자신의 결정을 전하고 있다. 녹주는 재판 결과 징역 10개월을 선고받고 복역 중이다.
"요한! 나는 그 언니에게 빚을 졌어. 그분은 나를 위해 자신의 안위를 포기했었어."
"그래, 불쌍한 분이지."
요한은 드문드문 녹주에 대한 이야기를 들은 바라 무거운 얼굴로 송이를 바라보며 듣고 있다. 그는 아직 제 몸 형편이 어려우니 딱히 해 줄 말이 없는 입장.
"요한. 나는 그 언니를 위해서 뭔가를 해야 해."
"…"
"요한. 이건 당신이 동의해야만 가능해서 그래."
"송이…. 무슨?"
"그자와… 다시 만날 거야. 민영민이!"
"뭐? 지금 뭐라고?"
요한은 몸을 부르르 일으켰다. 그 악마를 제대로 알고 있는 그다.

"녹주 언니는 죽어가고 있어. 인편을 통해 알아봤어. 오늘내일 해. 먹지 못한 지가 일주일이 넘었어!"

"송이야!"

"할 수 있다면… 그자를 만나야겠어!"

"소… 송이!"

"요한. 난 계속 기도했어. 마음에 걸린 이 기쁘고 큰 것. 하느님! 과연 나만 행복할 수 있겠느냐고. 나를 구해준 사람을 방치하고서. 평생 죄의식도 없이 살 수 있을까 하고. 제발 방법은 없겠느냐고. 요한. 나는 그럴 수 없다는 것을 결국 깨달았어. 나는 지금 너무너무 행복해. 당신은 아름다운 사람! 당신과 마주하는 눈길, 이 시간, 이 공기는 너무 애틋하고 소중하지. 그러나 요한! 그 여인도 공평해야지. 그렇지? 나는 언니의 말할 수 없는 몰골을 보았어. 그 지옥, 저주와 죽음의 공기를 흡입했었지!"

"송이야. 지금 무슨 생각인데?"

"나는 내가 할 수 있는 무엇이든 해야 해! 요한. 나를 안아 줘. 나를 품어 줘. 이 순간 너를 영원히 간직하고 싶어. 나는 이미 맹세했어. 영원히. 너 요한은 내 사랑이라고! 나는 너를 위해 존재하는 여자라고."

"뭐? 녹주를 내주라고?"

"아니! 그건 이미 당신 소관 밖이니 그저 죽지 않게만 해달라는 거야. 살려 놓으라는 거지!"

"허! 미쳤구나. 내가 의사라고 착각하는 모양이군!"

"사람이 죽어가고 있어. 녹주가 죽으면 나도 그냥 있지 않을 거야!"

"이것이! 여기가 어디라고? 뭐? 살려내? 간뎅이가 제대로 부었구나?"

흉측한 뺨이 뱀처럼 꼬물거리고 있다. 놀랍게도 송이가 민영민을 제 발로 찾아왔다. 안 그래도 분통이 터져 일을 꾸미고 있는데 그 송이가 스스로 나타났으니 그는 처음 어안이 벙벙했다. 송이는 어젯밤 요한과 첫날밤을 치른 후 기어이 경찰서에 나타난 것이다.

"난, 이 두 눈으로 고문하는 걸 봤어!"

"그래? 어쩔 건데? 다시 일국의 공사를 꼬드길 요량이 있나 보지?"

"글쎄! 하나는 명확히 전하고 싶어서. 그걸 말하려 온 거야."

"그래? 뭔데?"

"녹주가 죽으면 바로 고문치사라는 것을 말이지. 결코 심장마비나 다른 지병의 이유는 통하지 않을 거라는 것을."

벌게진 눈에 쌍심지가 한껏 돋았다. 이 고등계 형사는 기가 차지도 않는다. 일그러진 한쪽 눈이 확연히 커졌다. 민영민의 눈은 두 방향의 욕망으로 불타고 있다. 송이의 혀를 뽑아 불온한 자로 처리하거나 겁탈이다. 더구나 접견실 여긴 둘밖에 없다. 이번만큼은 제대로 욕을 보일 수도 있다.

실제 그는 송이의 멱을 잡았다. 역시! 동물의 손은 여자의 옷 섬을 풀어헤쳤다. 거침없는 그 순간 그런데 이 여자 봐라? 전혀 저항도 없이 더없이 냉랭하다. 차가운 미소와 함께 여자는 가슴이 풀리면서도 얼음 같은 말을 전한다.

"수형인의 사인은 강간을 포함 고문으로 인한 사망. 이어 이를 알린 다른 여자 또한 강간당한 후 자살!"

순간 멈칫? 사내는 다음 여자의 말에 어이가 없다는 듯 실소했다.

"검사라 하는 자들은 행위 정보를 핑계로 특별기술자를 입회시킨다. 적어도 법 기술자 하나는 확실히 준비하지 않으면 아주 복잡할 거야!"

송이가 한때 요한의 말을 던졌다. 민영민은 아주 재미있다는 표정이다.

"그래서?"

"뭘 그래서! 바람도 옹이가 있다는 거지."

동물의 손은 살짝 인간으로 내려온다. 따지자면 마치 개미가 밟고 있는 하늘의 괴물(인간)에게 소리치는 꼴이라고나 할까! 그런데 묘하다. 효과가 있다.

"기억하지? 나도 한 번은 당신을 죽일 뻔했어!"

맥이 탁 풀리는 남자. 동시에 불끈하는 민영민. 빠르게 질러 들어오는 공을 받은 느낌이다. 순간 악몽의 그 방이다.

"왜! 자신은 소중하지? 결과적으로 당신은 그때 권녹주 때문에 지금 살아있는 거야!"

"이 년이!"

"그래! 그때 그년은 이미 죽을 각오를 충분히 보여주지 않았을까?"

그는 순간 허기를 느꼈다. 손은 여자의 풀린 섶을 다시 잡았으나 매가리가 없다. 욕망은 다시 불을 지펴보지만 인간의 머리꼭지는 그리 간단치 않다. 실제 그랬다. 자신의 목을 따려는 순간의 공포를 똑똑히 목격한 바! 사내의 꼭지는 피가 돈다. 송이는 옷깃을 저미며 다음을 이었다.

"말했잖아! 나라는 공은 어디로 튈지 몰라!"

그녀가 있어야 한다. 그 외 다른 것들은 다 부차적인 거니까. 고문치사? 민영민은 사후 처리로 머리 아플 수는 있으나 그건 개나 웃을 소리로 치부했다. 그러나 송이가 사라지는 것은 다른 이야기다. 잡은 손이 맥없이 풀린 이유. 자신을 죽일 뻔한 그 불손도 뇌에 각인되어 있는 마당! 해서 분노의 대상은 자신을 너무 옥죈 터라! 민영민은 대상이 없는 증오, 목적 없는 인생의 공허, 곧 상실을 느꼈다. 진짜 이 여자 충분히 그럴 수 있다고. 자신도 묘하고 설명할 수 없는 이 감정. 여자는 빠르게 직진했다.

"민형. 우리 시합하자!"

옷깃을 제대로 고친 송이는 화사한 미소를 던졌다.

"…시합? 민형? 이거 원! 어디서 잊어버린 개꽝(개뼈다귀) 같은 소리군!"

영민의 눈은 찰나로 긴박하다. 뒤틀린 안면 근육이 몇 마리의 뱀들로 서로 움직인다. 스스로도 멍하게 대답하고 있다. 송이에게 자석처럼 이끌리고 있다.

"그래, 나 송이와 그때의 민형. 우리 마지막!"

"우리?"

"그래, 우리. 마지막 승부야. 당신이 이기면 내가 살아줄 게. 여전히 하늘 아래 당신 손아귀에 내가 있는 거지. 그러나 민형이 지면…"

"지면?"

"당신이 다시 사는 거지. 내 손에서!"

피차 준비의 시간이 약속되었다. 그리고 시합 날이다. 송이는 어젯밤 뜬눈으로 새웠다. 이쪽 민영민도 마찬가지. 상호 몸을 채비하는 기간, 바람이 세게 불던 여러 날 특히 민영민은 주체할 수 없는 상념에 몸을 제대로 예비하지 못했다. 그 몇 날은 마치 폐가를 휘돌아보는 시선이라고 해야 할까. 또는 망가진 낡은 시계 속 정지한 어느 시침을 주목하듯 비어 있는 느낌이었다. 겨울 한기가 시작하는 즈음 인간은 계절의 사인을 피부로 읽는다. 그 며칠 그의 귓가에 '이번 생은 글렀다'는 은비늘 떨어지는 소리들이 반짝이며 기웃거렸다. 동시에 말도 안 되는 수락을 해 버렸다고 당시를 질타하는 붉은 짐승과도 싸웠다. 기이한 체험 또는 뭔가에 씌웠다는 것밖에는.

결국 인정해야 했다. 자신에게 송이는 언제부터 목표이기도 했지만 또한 생의 거울이었다는 것을. 이 반복되는 메아리. 그 상황에 게임이라니? 대답은 어떻게? 아니! 그렇게 그만! 어떤 추억이 그만 그렇게 경기를 수락했던 거라고 자신을 이해시켰다.

레이디 퍼스트, 송이의 첫 서브.

물론 시작에 몸을 푸는 두 선수는 네트를 기준으로 공을 주고받는 연습을 했다. 다음 서비스 스트로크까지. 그러므로 둘은 상대의 상태를 파악할 수 있었다.

송이는 민영민이 확연히 녹슬었다는 것을 바로 알아보았다. 그의 큰 키에서 번개처럼 떨어지는 강력한 서비스 스트로크는 번번이 박스를 벗어났다. 연습 타격 때는 한 번도 라인 안으로 들어오지 못했으니. 그의 각도는 현저히 높거나 낮았고 손은 매우 무거웠다. 물론 연습이니까 예단은 금물이다.

반면 민영민도 송이의 문제를 간단히 파악했다. 그녀의 오른팔 스트로크가 힘이 약하다는 것을. 짐작은 했으나 역시 문제는 그 일그러진 손 때문이었다. 라켓에 힘을 싣는 과정에서 각도의 조정과 어깨에서 이어지는 마지막 손목 처리가 예전 같지 않다. 겨우 넘기는 수준이라는 것은 자신에게 기회일 수 있다.

아무튼 첫 게임.

송이의 서비스에 이어 영민의 리턴 스트로크, 되받는 송이의 백핸드 스트로크. 역시 상당히 안정적이다. 이번 영민의 스트로크 방향은 살짝 송이의 오른쪽. 이에 반응하는 송이의 오른쪽 스트로크. 아! 송이의 볼은 크게 벗어나 버렸다. 제로 원 포인트(0:1).

다시 두 번째 서비스. 이어지는 리턴 스트로크. 길게 되받는 상대 스트로크. 다시 반복. 훌륭하다. 네트를 세 번씩 넘어가는 아주 괜찮은 랠리. 볼은 점차 사선을 긋고 있다. 다음 랠리는 상대의 코너 쪽으로! 물론 이건 선수들의 본능이니까. 강한 이동타. 이번에도 남자의 공은 빠르게 송이의 오른쪽으로 깊숙이 파고든다. 뛰어가는 송이. 자세는 매우 좋다. 그러나 역시 손이! 각도가… 그만 공은 평행으로 날아간다. 아슬아슬 예기치 못한 각도가 만들어졌다. 물론 손과 손목의 느슨한 힘이 만든 예측할 수 없는 포물선이다. 빠르게 달려가는 민영민. 아차 싶은데, 다행히 공은 떠버렸다. 길게 사선을 넘어가 버렸다. 제로 투 포인트(0:2).

결과라면 송이의 연속 범실이다. 그런데 반대편 송이가 시큰하게 웃는다. 점수를 잃었는데 묘한 미소. 아무튼 송이는 자신의 약점을 파고드는 두 번째 공에서 민영민의 실력이 여전하다는 것을 느낄 수 있었다. 그는 구석으로 모는 예각 조정까지 상당했다. 칼을 갈았다고 밖에 할 수 없는 한순간의 공포이기도 했다. 동시에 송이에게는 또한 기쁨이었다. 아직은 설명이 어려운 그녀만의 묘한 미소였다.

'민형. 우리 시합하자!'

사실, 영민은 송이와 요한의 정구 연습을 지켜보며 몸이 근질거려 다시 운동을 시작했었다. 돌이켜 그 답변은 몸에서 나왔다고 할 수 있다. 몸의 반응이자 발동이며 발현이었다고. 그는 이번 시합을 채비하면서 그 결론을 인정해야 했다. 곧 결정의 배후는 반응하는 손맛과 꿈틀거리는 몸의 채근이었다고. 그건 연어가 기억하는 강물의 DNA처럼 몸이 알아서 재촉한 거였다고.

"민형 제법인데!"

"너 손이… 정말 예전 같지 않아!"

예전이라니! 네트 너머로 대답을 던진 영민의 몸은 후끈하다. 반면 이성의 이맛살은 굳어진다. '너 지금 뭐하는 거야!'

분열이다. 파릇이 뛰던 살아있는 각도, 신체의 파열음이 그의 눈가에서 번진다. 이러면 안 되는데!

세 번째 송이의 서비스. 다시 포핸드 스트로크. 이어지는 백핸드 되치기. 사실 여자는 내내 세컨드 서비스가 없었다. 즉 한 번도 폴트가 없었다. 송이는 점점 끌어 올리고 있었다.

'아름다워!'

민영민은 소리치고 싶다. 저 여체가 전하는 백 스트로크의 자세. 잠시 허공으로 올라가는 치마 아래로 살짝 풀어지는 송이의 미끈한 다리, 다음 착지하며 두 손을 모아 넘겨 보이는 가슴선, 이어 돌아가는 둔부까지. 결정적으로 타격 순간 송이가 내뱉는 거친 발성음! 영민의 가슴은 본격적으로 다시 뛰고 있다. 그의 혈류는 또 확증하고 있다. 바로 이 맛. 저 이끌림, 저 거친 여자의 호흡을 가지고 싶었다고. 다시 보고 싶었다고 끓고 있다.

'그래! 너에게 내가 있었어!'

탄성의 흠에서만 느낄 수 있는 지상에서의 자유. 사람은 이 순간 호흡하는 한 마리 새다. 동시에 영민도 하늘에 있다. 그는 송이에게 연동된다. 자유도 짝으로 외로움이 있었던가? 코트의 여자는 슬픈 아상(我相)이다.

"어라?"

이번 영민의 오른쪽 스트로크는 허공을 향했다. 그의 공은 네트를 건너 선을 넘어가 버렸다. 그만 흥분해 버린 결과였다. 원 투 (1;2).

"이제 제대로 해보라고!"

건너 송이가 반대 손바닥으로 라켓을 쳐 보인다. 상대를 격려하는 그녀만의 습관이다.
"좋아!"
송이의 네 번째 서비스. 그러나 역시 여자와 남자다. 더구나 체급도 아주 현격한 차이가 있다. 선수 대 선수라면 이 게임은 불공평했다. 그러나 송이는 말 그대로 선수였던 반면 민영민은 아마추어다. 상황은 더욱 흥미롭다. 송이의 서비스 스트로크는 이번엔 아주 예리하다. 여자치고 파워도 있지만 그녀의 장기인 코너를 파고드는 각도는 받기가 쉽지 않다. 넘어가도 공격의 고삐를 쥔 송이의 그 방정식대로 상대의 깊은 코너로 백핸드나 포핸드 스트로크가 들어온다. 역시! 영민은 왼쪽 방향 백핸드 스트로크로 간신히 받았다. 아무렴 서로를 안다고. 그러나 이번 송이가 때린 공은 쏠린 상대의 정반대인 우측 코트로 깊숙하게 꽂아 들어갔다. 투투(2:2).
"괜찮군!"
영민도 미소를 띠웠다. 점수를 주었는데.
다섯 번째 서비스. 강한 스트로크. 역시나 쉽지 않은 리턴. 그리고 이번에도? 아니다. 방향이 다르다. 송이의 오른쪽 깊숙한 스트로크? 역시 그도 아니다. 손의 문제로 공은 어중간하게 중간 살짝 왼쪽으로 날아간다. 영민의 강한 백핸드. 반응하는 송이의 민첩한 이동타. 역시 백핸드는 괜찮다. 리턴 랠리. 대시하며 몸이 네트에 가까워진 민형민. 그의 꺽어치기. 떨어지는 볼. 송이의 왼손은 아주 괜찮아. 가끔 라켓도 바꾸는 여자. 대시하는 송이. 또다시 리턴.

그런데 각도는 멀리 허공으로 긴 로브. 뒤돌아 뛰는 영민. 분명 튀는 반동에 달려가 백 슬라이스를 노린 회전 동작. 그러나 아뿔싸! 공과 달리 그는 몸만 돌아버렸다. 팽그르르. 꽈당. 쓰리 투(3:2).

"하하하 호호호."

제풀에 바닥에 주저앉은 영민. 해맑게 웃어 젖히는 건너의 송이. 승리를 만끽한 듯 주먹을 쥐어 보이는 여자다. 그러나 어떻게? 바닥의 영민도 두 손을 내려놓고 활짝 웃고 있다. 사내는 고개도 끄덕이고 있다. 연습량이 부족했다고, 몸은 예전의 그 몸이 아니라고. 그보다도 저 여자가… 바로 저 여자로서 사랑스럽다고. 저 자연은 이 조선이라는 숨 막힌 땅에서 겨우 볼 수 있는 자유였다는 기꺼운 인정과 일말의 슬픔까지도. 영민의 손은 천천히 바닥 흙을 긁어 강하게 쥐어 본다. 손가락 안에서 부비며 으스러뜨린다. 몸을 일으킨다. 라켓을 다시 쥔 그의 손이 부르르 떤다. 살짝 눈가가 촉촉하다.

'마지막 승부!'

이번이 마지막이라니! 저 자유를 묶던지 향기를 먹고 싶었다. 소유하고 싶었다. 그러므로 그는 완연히 정리한다. 시작된 이 게임. 송이와 자신의 욕망은 잡는 순간 영원히 사라지는 공포였다. 곧 저 새란 바로 이 순간에만 맛볼 수 있는 자신의 욕망이었다. 하여 그 자살이란 소리는 그때 자신에게 이어진 탄환이었으며 수락한 본능은 이미 그때 알아 날았다고.

'그래! 마지막을 잡아!'

영민은 자세를 낮춘다. 깊은 호흡과 함께 긴장하고 있다. 이를 악물었다. 여전히 이성은 거부를 권한다. 아직 이 인생 게임은 여지가 있다고. 판단은 모호하다며 그는 집중하려 한다. 짐승도 전투력을 끌어올리라며 한마디 한다. 전략적으로 간단히 현재를 비우라 한다. 영민의 투지도 호응했다. 이 순간만큼은 모든 상념, 악념, 저주, 분노 기타 모든 응어리진 마음과 옹졸한 마음마저 사라진 채 제대로 경기를 즐기고 싶다. 아무렴! 저 새가 던진 마지막이 체결. 누구든 어쨌든 지상에서의 마지막 추억이라고. 영민은 이 순간만을 위해 제대로 비상하려 한다.

첫 번째 게임의 마지막 서비스. 역시나 예리한 송이 선수의 공. 다음 리턴. 좋다. 방향은 오른쪽. 송이 역시 온 힘을 다해 백 스트로크. 역시 일정한 라켓 면에서 뿌려지는 선율들은 훌륭하다. 다시 리턴. 이번엔 서로가 백핸드. 흥미롭다. 긴장된 랠리가 아닐 수 없다. 길게 길게… 다시 길게. 서로는 코트의 끝을 장악하고 공간을 넓히고 있다. 물론 기회를 엿보고 있다. 오! 이번엔 강한 슬라이스 커트. 송이다. 선수는 절반은 대시하면서 공을 꺾었다. 드디어 나온 그녀의 손목 스냅! 민영민도 급히 달려와 처리한다. 간신히 다시 넘어온 공. 송이는 본능적으로 상대의 후진을 노린다. 매우 중요한 포인트다. 첫 세트 동점 상황 아니면 파이널. 넘어온 공은 멀리 영민의 네트 깊숙한 곳으로 리턴 스트로크. 제대로 허를 찔렀다. 역시! 그녀는 선수였다. 허탈한 민영민. 포 포인트 투(4:2). 첫 번째 게임 송이 승리.

참고로, 정구는 7게임제와 9게임제가 있다. 그런데 특이하게 둘은 5세트 게임으로 정했다. 그렇다면 먼저 3게임을 따면 승리한다. 또 각 세트는 4포인트를 먼저 따면 가져간다. 이제 양쪽은 물병을 들었다. 사뭇 긴장도 있고 땀도 흐르기 시작했다. 둘은 코트를 바꾸려 지나치는 데 민영민이 결국 물었다.

"왜?"

"그래. 민형도 왜?"

"몰라. 나도 몰라."

"나는 알아. 당신 속에 그 옛 민형이 여전히 살아있다는 것을!"

두 번째 게임 서비스권은 영민에게 있다. 부드럽다. 이미 자신의 연습량을 인식한 영민은 약하게 서비스를 내렸다. 송이 역시 안정적인 리시브. 이어지는 영민의 백핸드 스트로크. 송이의 긴 리시브. 그런 이번엔 영민의 대시와 함께 슬라이스 커트. 사실! 그는 제법이다. 민영민의 수준은 아마추어라고 하지만 그 시절에 아마추어는 선수까지 포함한 범주이니 이 정도면 대단한 수준이 아닐 수 없다. 또 둘은 복식조로 호흡을 맞춘 경험이 있어 서로 익숙하다. 특히 그의 장기인 이 발리 샷. 급히 달려와 받는 송이. 이어 각도를 주면서 낮고 강하게 리턴. 영민은 있는 힘껏 몸을 돌려야 한다. 공은 거의 베이스라인 근처다. 역시나 완벽했다. 후위를 깊숙이 찌르는 송이의 실력은 놀랍다. 인(In)! 제로 원(0:1).

"송이야!"

"송…이!"

짜릿한 진행에 기어이 주변에서 외치는 소리가 튀어나왔다. 관중이 있었다. 생각보다 많다. 찬 바람이 이는 가운데 어느덧 서 있는 관중이 여럿이다. 먼저 초향이 보인다. 다음 기도하는 자로 서 있는 요한이 있다. 사실 송이는 둘에게 전혀 이 시합을 알린 적이 없다. 그러나 요한은 송이가 라켓을 쥐고 며칠을 연습하는 모습을 보며 나름 예상했다. 특히 그 관중 둘은 구체적인 사연은 모르나 주목하는 경기가 결코 가볍지 않음을 직감하고 있다. 피붙이 모녀는 사안의 무게를 알았던가! 늘 그런 것처럼 중요한 순간에 모녀는 늘 말이 없었으니. 물론 요한에게 송이의 시합은 자신의 심장과 맞닿아 있다.

다시 시합으로 돌아와 어느덧 게임이 길어진다. 몸이 풀린 양 선수. 2게임까지 송이의 연속 승리였다. 2게임 역시 4:2. 이어진 다음 3게임은 영민이 겨우 이긴 3:5. 특히 4세트 게임에서는 듀스 끝에 놀랍게도 6:8 영민 승.

숨 막히게 흥미롭고 손에 땀을 쥐게 하는 과정이었다. 경기는 긴박했으며 유연했고 아찔했으나 통쾌했다. 짜증도 수없이 터져 나왔으며 환호도 각자로 터졌다. 매 포인트에서 선수들은 상대적으로 달랐으나, 한편 서로는 화음이었다. 과정에서 그 하나만은 분명했다. 지는 자나 이기는 자나 그들은 진정 최선을 다해 자신의 살을 풀었다.

이제 마지막 승부를 향해 코트를 바꾸는 순간이다. 토털 게임 스코어 2:2. 모두 땀이 상당하다. 준비한 수건으로 땀을 닦으며 중간에 섰다. 찬 바람도 시큰하게 영민이 자신의 큰 물병을 송이에게 건네며 물었다.

"왜!"

어떻게 앞선 게임에서 던진 그 똑같은 한마디일까!

"몰라. 나도 몰라!"

송이 역시 똑같은 대답이다.

"나는 알아. 네 속에 잠시 내가 있을 수 있었다는 것을!"

영민이 실토했다.

"그래. 민형. 자유로운 새는 새장에 갇혀 있지 못해."

송이는 특유의 미소와 함께 영민의 물병을 들이켰다. 예전의 그 집… 이제는 저 집 물맛이다.

"그래서 경기를 끌어주고 있는 거야? 게임을 내준 거야?"

그랬다. 송이는 사실 두 세트를 넘겨준 것이다.

"당신이 잠시라도 사는 거니까. 내 손에서!"

송이는 다시 물병을 그에게 건넸다.

"그래도 만약 이 마지막 게임을 내가 이기면!"

신음처럼 영민은 급히 물을 들이켰다.

"이기면… 그래. 민형이 이기면! 그럼 나는 죽겠지만 당신은 영원히 기억 속에서 살게 되겠지?"

녹주는 풀려났다. 민영민은 그녀를 살려내지는 않았으나 조치를 취했다. 그녀는 만기도 가까웠고 상황은 절망적이라 보석으로 처리되었다. 녹주는 그리하여 살아날 수 있었다. 물론 오롯이 송이의 헌신 덕분이었다. 이번엔 딸이 모든 비용을 댔다. 녹주는 요한보다 시급하게 외국인 의사의 수술이 필요했고 송이는 그간 모은 돈의 거의 절반을 치료비로 댔다.

"지금보다 덜 비린 곳으로 가거라. 시절은 속창에 절인 염장보다 더 짜고 진상인 세상이 올 거니! 무엇보다 등 푸른 너희의 자식들은 더 넓은 바다에서 커야 하지 않겠니? 물론 거기도 왜놈들로 삶이 지리겠지만 삶의 그물코는 예보다 넓을 거다."

소라가 노릿하게 구워지고 짭조름한 고등어가 화롯불에 구수하게 타고 있다. 초향의 손에 뒤집히는 고등어는 나라 형편 비슷한 비린내를 태운다. 그 옆 소라고둥도 너울 밖 세상의 암울한 파도 소리를 전한다.

송이 부부는 그저 침묵뿐. 초향이 이들에게 늦어도 내년 봄엔 중국 상하이로 떠날 것을 권하고 있으니. 장모는 사위에게 자신의 삶의 이력서인 저린 발끝과 누렇게 뜬 손바닥을 보여주며 송이는 다른 손과 발이어야 하지 않겠냐는 의사를 피력했다. 딸에게는 상하이가 손주 손녀들의 미래라며 조선을 떠날 것을 기정사실화했다. 초향은 품에서 채비라며 낡고 바랜 색동주머니도 꺼냈다.

"도움이 될 거다!"

딸은 오롯이 알고 있는 그 주머니. 세월이 지났으나 여전히 간직하고 있었음이 드러난 그 작은 색동주머니가 과거와 달리 열린 채로 건네졌다. 곧 이번엔 동전이 아니라 둥글게 말려 꽁꽁 끈으로 묶은 달러 뭉치 397불이 부부의 눈을 밝혔다. 만 3년 치 초향의 월급을 오롯이 저축한 돈이었다. 사실 그보다 더 많은 돈을 모았으나 지난 요한의 치료비와 숙박비를 제한 돈이었다. 부부를 더욱 침묵으로 떨구게 하는 달러 뭉치. 딸은 사안의 비중을 알아 가슴이 먹먹하다.

"내가 녹주를 지키고 마!"

녹주는 아직 몸을 일으키지 못하고 누워 있다.

"엄마!"

"이 소라 껍데기 같은 노구의 집에 찾아온 집게는 보호해야지. 함께 네 마지막 빚도 갚으마."

"어쩜! 되는 말을 해야지. 엄마 그럴 수 없어!"

"장모님!"

"요한아! 이건 비단 너희 때문이 아니다. 고등어가 제대로 새끼를 치려면 좁은 연못이 아니라 바다의 보리밭으로 가야 않네!"

보리밭. 옛사람들은 고등어를 바다의 보리라 칭했다. 초향은 미래를 정확히 직시했다. 더는 그들의 입을 막았다.

"대신 꾸준히 소식만 전하거라. 상하이도 바다와 접했으니 거기도 물떼새가 있을 거고 노을도 질 거고 갈매기 소리도 있을 것이니…. 그럼 너와 손주 손녀의 소식은 파도에 실려 여기까지 실려 올 테고! 또 그럼 이 어미는 고등어나 다른 놈들이 전하는 소식을 전해 들을 거니. 허면 난 이 소라처럼 차곡차곡 너희들의 고등 소리 가운데 우리 고도리(고등어 새끼)들의 소식을 계속해서 주워 담고 있을 것이니!"

황포강(黃浦江)을 따라 부둣가로 들어서면서부터 송이 부부는 그야말로 신세계를 보았다. 엄청난 숫자의 크고 작은 배들이 강 위를 오가는 장면은 장관이었다. 그들은 거대한 함포를 지닌 철선들이 도열한 것을 보며 무시무시한 힘의 질서를 마주해야 했다.

부두에 내려서도 낯선 외모의 유색인들에 둘러싸여 한동안 보따리를 감아쥐었다. 부부는 도착 순간부터 인종의 도가니 속에 들어온 느낌이었다. 인도인, 베트남인, 필리핀인, 이들은 부둣가의 인력들이다. 몰려드는 인력거꾼들을 헤치며 더욱 다양한 서양인을 보게 되었는데, 말 그대로 인종의 전시장을 방불케 했다. 영국인, 라트비아인, 러시아인. 브라질인, 미국인, 아르메니아인, 스웨덴인… 곧 그들은 서양인들도 다양하다는 것을 알게 되었다.

그러므로 상하이는 열린 곳이라는 것. 그러나 각 나라의 국기가 휘날리는 함포선과 각국 조계지로 대변되는 지역의 특색이 너무 다르게 혼재된 것에서 다양성과 동시에 혼란을 느꼈다. 그들에게 상하이는 중국이 없는 중국이라는 아이러니로 문화 충격이 상당했다. 마치 유럽 도시 같은 모양은 말 그대로 신세계.

그러나 밤의 상하이는 또 달랐다. 처음 마주한 네온사인의 세계는 놀라웠으나 공포스러웠다. 밤에는 거리마다 다른 밀집 세계가 스멀스멀 열렸다. 마약과 범죄, 환락과 함께 무질서가 꿈틀거렸다. 송이 부부는 그러므로 초향이 가라 했던 만국의 어장에 도착했다는 것을 깨닫는데 몇 주가 채 걸리지 않았다.

부부가 상하이로 간 그해는 1920년. 송이 부부는 뜨거운 눈물로 초향과 이별했다. 여러 면에서 그럴 수밖에 없었다. 당시 초향 나이도 결코 작은 연수가 아닌 예순여섯 살. 너희가 자리를 잡으면 함께하겠다는 말씀은 있었지만 이미 딸 부부도 알았다. 초향이 원이와 춘삼을 그리며 여생을 생각하고 있다는 것을. 게다가 초향은 이후 6년 동안 매달 전신환으로 십 불을 상하이의 딸 부부에게 보냈다.

이별 순간에 겨우 몸을 가누던 녹주도 인사를 했다.

"송이야. 어머니는 내가 모시고만. 내 몸만 추스르면⋯ 그러니 여긴 걱정 말고."

"언니야!"

녹주와 송이는 어느 순간부터 묵시적으로 자매가 되어 있었다. 헤어지는 송이는 슬프면서 감격했다. 어쩌면 녹주가 있었기 때문에 발걸음을 뗄 수 있었다. 그러나 아직은 엄마가 언니를 수발해야 한다. 따라서 초향의 고집도 핑계가 분명했다. 물론 그들 대화 속에는 드러나지 않았지만, 초향의 이번 결정은 민영민과의 사건을 전후해 딸의 미래를 염려한 것이었다.

그렇게 고등어 인생인 송이 부부는 독립했다. 이 부부의 독립과 자립, 그리고 상하이라는 이 거소는 비슷했다. 그해(1920년) 대한민국 임시정부도 이곳에 수립되었다. 상하이는 조선뿐만 아니라 식민지 국가들의 저항 운동의 상징으로 여럿 임시의 수도였고, 갖은 인종이 찾아와 머문 세계적인 자유 도시 가운데 하나였다.

이곳이 송이의 무대임이 재깍 드러났다. 송이는 어렵지 않게 직장을 잡을 수 있었다. 그녀의 영어 실력과 우아한 맵시, 조선에서의 호텔 이력이 힘을 발휘했다. 그녀의 첫 직장은 난징루(南京路)에 위치한 용안바이화(永安百貨)로 상하이에서 최초의 백화점이었다. 난징루는 상하이 최대 상업 거리로 유수의 백화점과 호텔, 레스토랑, 각종 화려한 상점들이 즐비한 번화가였다. 초향의 강권은 옳았다. 조선에서는 너무 일렀던 모던 걸(Modren girl)은 '물 만 난 고기'라는 표현이 제대로 어울릴 만큼 상하이는 완벽한 무대였 다. 송이 나이도 아직 한창인 스물여덟 살.

그녀는 백화점 내 구두 매장에 취직했다. 흉 진 손 때문에 하 얀 공단 장갑을 착용했는데, 송이는 언제부터 '미스 화이트 핸 드'(Miss White Hand)로 불리기 시작했다. 하얀 장갑의 여인(Miss White Hand). 하얀 손의 여인(White hand Lady). 영어가 공통어로 쓰인 환경에서 그녀의 이름 Song-I 대신 자연스럽게 붙은 그녀의 별칭이었다. 그녀의 강렬한 자태와 더욱 시선이 가는 하얀 장갑이어서! 상징으로 미끄러진 호명이 하얀 장갑의 여인이었다. 이마저도 길어 '메이휘'로 간략하게 통용되었다. 이 생략엔 중국어 발음이 발효를 도왔다. 영어 약자의 합 MWH는 곧 메이휘(MiwhH)로서! 발음도 여성적인 이 표현은 아름다운 여자라는 메이휘(měixī, 美熙)와 동음이의에 해당했다.

"메히", "메이위", "미이휘!"

중국 각 성의 발음 운모와 성모에 따라 호칭은 살짝들 달랐으나 가리킨 내용은 오직 하나로 美熙였다. 그녀는 훤칠한 키에서 압도하는 탁월한 체형과 미모로 주목받았다. 그녀는 유니폼으로 중국인들이 명절날이나 입는다는 전통 의상인 치파오(旗袍, qípáo)를 착용했는데, 특히 상하이식 치파오는 양쪽 살짝 옆트임에 풍부한 곡선미를 살린 옷이었다. 송이는 큰 키와 풍만한 몸매, 운동으로 다져진 미끈하고 힘 있는 선매로 사람들의 시선을 사로잡았다. 검은 가죽구두 위로 검은 스타킹을 신은 우월한 기럭지는 단연 그

메이휘의 여신이었다. 압권은 백색의 상(上)과 흑색 하(下)의 대비로 유인되는 그녀의 손짓 일단과 미소였다. 메이휘란 별칭이 그냥 나온 게 아니었다.

송이는 백화점에서도 인기 있는 점원을 넘어 전체 매장에서 가장 우수한 사원이 되었다. 그녀 주변은 늘 고객이 넘쳐났다.

"Mi-hwi, My wife wants to buys sandals. Size 250."(미휘, 내 아내가 샌달을 사려고 해요. 사이즈는 250.)

"谁把Heart糖果大白兔放饼干走了."(메이. 누가 하트 사탕 다바이투(大白兔) 과자를 놓고 갔네.)

"不知道为什么人们只寻找你!"(왜 사람들은 당신만 찾나 몰라)

간단히 미스 송의 상하이 시대에 그녀를 기웃거린 손님은 여럿 인사들과 인종들로 넘쳐났다. 손꼽아 두건을 두른 인도인 순사, 맵시 나는 양복을 입은 영국인 기자, 카이저 콧수염을 기른 독일 영사보, 배가 한참 나온 중국인 참사 등등.

반면 요한은 일 년이 다 되어가도 직장을 구하기 힘들다. 신학교를 중퇴한 이력은 전혀 쓸모가 없었다. 가게 점원을 하더라도 기술이 없으니 겨우 구할 수 있는 직업은 인력거꾼과 같은 노동인데 그의 체력은 형편없었다. 조국에서 받았던 심한 고문의 후유증으로 그는 절대 무리한 일을 할 수 없었다. 그가 겨우 할 수 있는 일은 김가향 성당에서 종교 봉사와 예수회 도서관의 사무 보조 아르바이트 정도였다. 그 외로 상하이 거류민단에서 사람들, 즉 동포를 만나는 일이었다.

중국 말로 농탕(弄堂, lòng·táng)이라 불리는 좁은 골목길을 따라 좌우로 벽돌집들이 연하여 서 있는 거주촌. 부부가 처음 자리한 상하이의 거처는 일종의 연립주택이었다. 돌 문틀에 나무 문(석고문)이 있는 대문을 들어가면 작은 마당이 나온다. 2층에서 3층짜리 이 건물은 통상 쪽 마당에 객당(客堂)이라는 작은방이 좌우로 하나씩 보인다. 그 마당 뒷면엔 2층으로 오르는 계단이 있고 부엌과 창고 그리고 작은 보조 방 두세 개가 있다. 문제는 그 방들이 너무 작고 화장실이 없다는 점이다. 처음 부부는 그 작은 보조 방 가운데 하나인 단칸방에서 시작했다. 이어 일 년 만에 2층의 3칸 중 두 개를 얻었고 아이가 태어나자 2층을 전부 쓰게 되었다.

첫째 딸 현화가 태어났다. 눈이 큰 아이 현화(玄花), 엄마 따라 세상 아름다운 여인이 되라는 뜻이었다. 이어 둘째 딸인 고현아(1924년), 기다렸던 아들인 고이현(1930년), 뒤이어 터울이 큰 막내딸 고유화를 낳았다. 장녀 고현화가 태어난 것은 1922년.

부부는 상하이에 도착한 이듬해에 첫째를 가졌고 다음 해 출산했다. 사실 부부는 서둘렀다. 특히나 요한은 부쩍이나 송이의 바깥일에 신경이 예민했다. 바깥일과 출산문제, 특히 아이의 육아문제 등으로 부부는 몇 번의 큰 갈등을 겪었다. 결과 송이는 아이를 늦출 수는 없었다. 첫째를 낳은 것도 벌써 서른 살. 줄줄이 애들이 생기자 부부는 다시 매끄러워졌다. 실은 정신이 없었다. 처음 집의 확장은 좋았지만 애가 하나둘 태어나니 송이의 벌이로는 버거워지기 시작했다.

그녀의 몸도 예전과 달랐다. 출산이 이어지자 체형 변화는 불가

피했다. 추파를 던지던 사내들은 알아서 떨어져 나가고 손님도 빠지기 시작했다. 팁이나 벌이도 그만큼 줄었다. 둘째를 낳은 뒤부터는 손목이 쑤시거나 찌릿한 통증까지 생겼다. 그녀는 운동을 했던 탓이라고 원인을 돌렸다.

세월 지나 성체의 여름이 가고 있었다. 이어 갑작스레 겨울이 오는 듯 부부에게 연이어 불행하고 힘든 사건이 이어졌다. 먼저 첫째 딸 현화가 돌이 될 즈음 사망했다(1923년). 콜레라였다. 호열자라 불리던 이 유행병은 인도에서 시작해 중국, 특히 상하이를 거쳐 조선으로 들어간 것으로 알려져 있다. 채 두 살이 되지 않은 아이가 설사했을 때 부모는 미처 알아채지 못했다. 당시 그들의 거처인 연립 골목의 수도와 하수구 등 위생 상태가 문제였다. 특히 중국인 보모가 의심되었지만 때는 늦었다. 좋지 않은 환경과 미숙한 대처로 첫아이를 잃었다. 부부 사이 가장 힘든 시절, 갈등의 시기가 바로 이때였다. 결과적으로 요한은 아내의 슬픔을 달래는 노력의 하나로 둘째 아이를 서둘렀다. 다음 연차로 딸 현아가 그리하여 태어났다.

"미세스 송!"

점차 그 미휘, 메히, 메이휘도 사라지고 송이는 제대로 불리기 시작했다. 고객도 부인들이 붙기 시작했다. 송이의 유니폼은 같았으나 선은 밋밋해졌다. 이제 그녀는 미세스 송 또는 미세스 화이트로 불렸다. 하얀 장갑 그대로의 호칭이었다. 물론 30대 중반(34세)의 그녀는 여전히 아름다웠으나 생기기 시작한 잔주름만큼 성격은 완연히 달랐다. 제대로의 단골들만 남았다. 대체로 나이든 손님들이었다. 송이는 생계 차원에서도 그들에게 살뜰했고 유연했다. 단골들은 고등어를 발라 먹고 나면 남는 뼈처럼 한때의 미휘를 즐겼다. 시간 속 발라진 살의 이야기를 무슨 자랑처럼 꺼내며 신발을 사가곤 했다. 그럼 송이는 고마운 마음에서도 무릎을 꿇고 신발끈 매듭을 매며 감사했다. 그녀와 일단의 그들에게 한때의 아름다운 MWH는 시간의 거처였고, 인생의 구두였다.

이제 송이에게 뼈 아픈 사건이 전달되었다. 곧 어머니란 이름의 인생의 구두, 뼈 깊은 여인 하나가 이제 사라지려 한다. 시간의 거처요, 생의 연표로서 그녀 초향의 부음 소식이었다. 향년 일흔 두 살.

부부는 당시 가장 빠른 교통편인 배편으로 꼬박 이틀 걸려 상하이에서 제물포에 도착했다. 이어 경성으로 경인선, 다시 대구까지 경부선 철도를 탔다. 마차를 빌려 영천을 지나 청송까지 쉬지 않고 삼 일 반나절을 달려 도착했다. 과정에서 모든 연락은 녹주가 취했다. 청송의 현장도 하얀 소복 차림의 권녹주와 젊은 기생 몇이 하얀 고깔과 복식으로 부부를 맞이했다. 옛 시간도 기꺼이 송이를 환영했다. 집은 19년 전 떠날 때 그대로 멈춰 있었다. 그 집이 그녀를 반겼으니 들어서면서부터 송이의 의식은 하얗게 머리를 풀었다.

마당 텃밭엔 어찌 후미지게 팬 열무가 아장아장하고 푸성귀는 폭폭하다. 여름이면 붉고 검은 참나리로 밝은 장독대는 믿기 힘들 정도로 정갈했다. 아버지가 짜 놓은 평상도 윤기 그대로. 곁의 알

찬 대봉감의 감나무는 더욱 토실하게 옛 추억을 활짝 열고 그녀를 맞았다. 더욱 송이는 장대 빨랫줄에 걸린 초향의 치마와 저고리들 앞에서 숨이 턱 막혔다. 가슴을 쥐어짰다. 이미 그 엄마는 흙에 묻혀 있으니 딸은 엄마의 하얀 색을 다시 보고 환장했다. 그 엄마, 한 손의 그리움에 풀린 다리로 바닥에 주저앉아 송이는 목 놓아 울었다.

지상에서 마지막 시간의 거처. 송이에게 기억의 산마루 아래 그 언덕이다. 비석도 없는 청송의 어느 산야, 양지바른 언덕배기 집과 가까웠던 그곳. 힘든 아버지와 함께 지켜보았던 주변 가을 산, 꽃 덤불이 만개했던 바로 그때처럼 다시 구절초와 쑥부쟁이가 널리듯이 피었다. 엄마는 당신의 마지막을 한 남자와 다른 남자, 곧 두 사랑이 묻힌 그곳으로 향한 거였다. 눈이 먼 하얀 세월이 가을이면 눈앞에서 성성일 것만 같은 이곳은 바람결에 묻어나는 어느 소년의 눅눅한 비린내와 함께, 그의 열린 앞섶에서 나오던 허기진 인내를 맞았던 소녀의 고즈넉한 슬픔이 담긴 하얀 시간의 둔덕이다. 오롯이 엄마의 어머니와 함께 엄마를 사랑했고 어매가 사랑해 주던 갖은 시간의 뼈들이 묻힌 그 지점이다.

녹주는 전했다. 기력이 다해가는 지난해 자리를 정리하기 시작하셨다고. 작년 말로 호텔도 사직했고, 올초 청송으로 기어이 옮기셨단다. 그럼에도 결코 이 소식은 딸 송이 부부에게는 알려서는 안 된다며. 당신께서는 무슨 예감을, 마지막을 생각하셨는지 죽음 일주일 전에야 경성의 자신에게 마지막 같다며 내려와 도와 달라 하셨다 전했다. 마지막 모습도 그랬다. 도착해 보니 식음을 전폐하고 말라 쓰러질 듯 겨우 몸을 세운 노인이 맑은 눈으로 자신을 맞았다고. 노환, 병이 있었던 것 같다. 무슨 병인지는 모르나 본인은 알고 계셨음이 분명하다. 당신은 묻어줄 누군가가 필요했고, 또 머나먼 외국에 있는 딸에게도 마지막은 알려야 하였으니 모든 것은 그리하였다 전했다.

두 개의 무덤 앞. 추가된 하나의 토분까지 봉분 셋이 송이를 주목하고 있다. 녹주는 두 남자의 무덤 사이에 초향을 위치했다. 생전 고인이 직접 그 위치를 잡았다는 말과 함께 유품으로 닳고 닳은 성경이 부부에게 전해졌다.

"지면에는 꽃이 피고 새가 노래할 때가 이르렀는데 비둘기의 소리가 우리 땅에 들리는구나. 무화과나무에는 푸른 열매가 익었고 포도나무는 꽃을 피워 향기를 토하는구나. 나의 사랑, 나의 어여쁜 자야, 일어나서 함께 가자."

세 개의 무덤 앞, 초향은 유언은 따로 없는 가운데 성서의 세 구절(아가서 2장 12~13절)을 딸이 오면 그 나무 앞에서 읽어주라 전했단다. 송이는 또다시 무너지며 오열했다. 요한 역시 그 묵직한 기념의 태 앞에서 그 성경 구절을 받들고 무릎을 꿇었다. 기왕이면 사위 요한이 그 나무 아래에서 기쁘게 읽어주면 좋겠다는 고인의 유지였다. 예식처럼 요한의 낭송이 시작되었다.

"장모님! 저희 도착했습니다. 네! 지면에는 꽃이 피고… 아! 새가 노래할 때가 이르렀는데…"

그때는 허리께도 올라서지 못하고 야리야리하던 홍매화가 어느덧 한주먹 테의 크기로 자라 멋진 꽃나무가 되어 있다. 요한도 읽다 서다 흐느낀다. 송이는 아예 까무러칠 지경이다. 곧 이 기막힌 구절의 상징! 송이만이 통찰할 수 있는 어느 기억의 꽃살문이다.

"비둘기의 소리가 우리 땅에 들리는구나. …포도나무는 꽃을 피워 향기를 토하는구나."

비감해서 비문이요 시간의 비애다. 또 고인의 주문이자 보이지 않는 비문일 수 있는 낭독이다. 주저앉은 송이, 끝없이 눈물이 눈앞을 가린다. 비둘기! 젊은 시절 엄마의 소리가 그녀에게 환청처럼 울린다.

"아 장모님… 나의 사랑이시여, 나의 어여쁜 분이여. 제 분들은 일어나서 함께 가시어라!"

마지막은 성령이 비둘기처럼! 후일 요한은 이날을 고백하였다. 하늘이 열리는 느낌 가운데 찬란한 무리가 셀 수 없어 어질어질했다고.

"어머니시여."

이제 권녹주. 더불어 그녀와 기다리던 기생들 차례다.

"나오소서 느으응 나오소사 아리따운 넋이야! 어어 허어! 나오오사 기왕에 가실 바에는 예 씻김 막 굿 보시러 나오소서!"

녹주의 장구 박자로 아리따운 기생 여럿이 지전(紙錢)춤을 추기 시작했다. 망자를 떠나 보낸다는 남도의 씻김굿에서 하는 춤이다. 그들은 가녀린 손매의 정성을 모은 느린 율동으로 개시했다.

"공중의 학은 그 정한 시기를 알고 산비둘기와 제비와 두루미는 그들이 올 때를 지키거늘!"

　더불어 요한의 독백이다. 춤을 지켜보는 가운데 한때 사제가 되려던 그의 뇌간이 읽은 성경 문구(예레미야 8장 7절)였다. 박자가 빨라지고 있다. 하얀 고깔을 쓰고 새하얀 춤을 추는 기생들의 손짓은 엎어지며 뒤집힌다. 백석 장삼의 녹주가 장단과 가락을 이끌고 있다. 무수한 반등의 곡선이 지나갔다. 기생들의 손끝 수십 여장의 지전은 새의 무수한 날갯짓과 함께 무리 지어 하늘을 수없이 날았다.

　'우리는 구원 얻는 자들에게나 망하는 자들에게나 하나님 앞에서 그리스도의 향기니!'(고린도후서 2장 15절)

　이번은 송이의 기도였다. 그녀 또한 들림처럼 기생들의 춤사위 속으로 돌아가고 있었다. 이미 환영 가운데 더듬는 아련한 추억이다. 엄마가 전한 그 그리스도의 향기! 함께 이어지고 있는 춤사위 가운데 저들이다. 멀리서 주왕산이 다시 반갑게 맞이했다. 한 시절 어느 노인이 노새를 끌고 넘어온 칼등고개도. 그래! 거기 노인 하나가 보여. 작게 우는 남자도. 그는 패랭이 갓을 쓴 노인인데 그 앞에는 노새에 달린 작은 수레가 있어. 송이는 녹주의 바빠진 장단과 함께 그 시각의 뼈로 빠르게 이입했다. 어쩌냐! 다시 아빠의 힘겨웠던 손목이다. 자신의 손을 꼭 붙들고 뒤에서 웅크리듯 붙들고 기댄 아빠의 체취가 들려. 손힘은 무척이나 약해. 너무 가는데 작게 떠는 심장 소리는 너무도 선하다. 제대로 시간의 거처? 바로 여기! 눈앞에서 기이하고 수상했던 그 장면. 왜 아니겠어! 어찌 잊을 수 있어? 아버지 안드레아의 그때 기도의 심장, 심방! 침묵 가운데 잔잔히 울리던 그때 아버지의 미묘했던 말.
"송이야. 참말로 하늘은 우리를 먼저 사랑하셨구나!"
"어어어 아아아! 당신이 계실 곳은 장엄 정토여. 어머니! 그곳 하늘에선 당신의 믿음 사다리 내려오시나니. 오 부디 혼령은 지금 저 상금교(上金橋)에 오르소서!"

분연한 추임새다. 손짓은 지상에서 영원으로! 녹주의 북채가 저 멀리 깃봉을 향했다. 그렇다면 하얀 복식의 춤꾼들은 천사들이다. 점차 춤사위의 손들은 좌우로 비틀고 흔들며 빠르다. 움직임 또한 가파르게 휘돌고 있다. 회돌이는 망자와 주변을 훑어 고인의 주변 시각을 흡수해 점차 끝을 향하고 있다. 누구도 휘감는 느낌은 거대한 시간의 봉이다. 그때처럼 여기 거대한 일곱 병풍의 바위산도 전례 없이 침묵하고 있다.

"어찌 영혼이 가는 길에 유전(有錢) 무전(無錢)이 따로 있소! 혼령은 어서 보배다리를… 나의 어머니시여 이자 건너소이다."

녹주는 망자를 어머니로 불렀다. 그녀는 제대로 의자매의 맏딸로서 통분하고 있다.

"아가야! 명(命)과 복(福)의 근원은 약속과 이행이다. 가타부타 따지지 말거라. 더는 내 이 업을 계산치 말게 하자꾸나!"

송이도 비상한다. 시간의 연대. 녹주의 발성 유전 무전에 어찌 색동주머니가 파릇하다.

기어이 녹주는 악기를 던지고 몸을 세웠다. 그녀 또한 자신의 몸으로 한 박자다. 몸으로 영혼을 내린다는 저 태의 춤사위. 그녀 허리에 두른 다홍띠가 눈부시다.

"혼령은 가시는 길 편히 가옵소서. 어머니! 부디 준비한 꽃길 사뿐사뿐 즈려밟고 가시옵소사! 어머니! 당신은 당신은… 진정 법열(法悅, 깨달음 가운데 느끼는 기쁨)이었어라!"

두 명의 딸? 녹주의 투혼도 송이도 함께 마지막이다. 하늘다리? 더 거슬러간 시간의 사다리다. 법열이라니! 초향은 이제 사라지는 긴 실루엣이다. 송이는… 저기 하얀 거적을 들추는 젊은 엄마가 보인다. 파노라마처럼 다시 산에 오르던 젊은 색시가 보인다. 엄동설한 그 얼음 굴에서 함께 기도하던 하얀 이도. 따라서… 따라가면 먼저 간 다른 하얀 실루엣들도. 과정에 멀어지는 어느 소리는 "아 어떻게!" 이승의 딸은 숨이 탄다. 목도 눈도 하얗게 그러나 이번엔 전혀 모를 이상한 이 소리의 뼈는? 동시에 마주한 듯 저 하얀 빛 체의 배경도. 곧 그때 어린 딸로 지켜보았던 저기 숭엄하고 이상한 기운.

"미카엘! 너는 약속을 지키는구나!"

녹주는 장례 후 그의 소식도 전했다. 민영민의 이후를 들려주었다. 그가 시합에서 진 뒤 한동안 두문불출했다는 이야기. 이듬해 봄 송이가 해외로 떠나자 경찰서 지하실에서 권총을 입에 물고 자살했다는 사실을 알려 주었다. 물론 이 또한 초향에 의해 묻힌 내용이었음을 밝혔다.

두 세트를 내리 이기다 연속 두 세트를 내준 송이는 정말 선수였다. 특히 네 번째 게임은 6:8 듀스까지 가는 상황을 연출하는 것은 쉽지 않았다. 아슬아슬했지만 그 지점이야말로 송이가 기도한 부분이기도 했다. 네 번째 세트에서 영민 또한 그가 할 수 있는 전부를 쏟았다. 사투 가운데 흙과 먼지를 뚫고 자신에게 약속한 지상에서 영원으로! 함께 짐승도 끝까지 자신의 입장으로 포효했고 분투했다.

당시 시합의 분수령이었던 게임 스코어 2:1 상황에서 듀스는 3포인트에서 계속 반전을 이어가며 어드벤티지 게임을 추가했다. 사실 그들이 5게임으로 합의한 이유가 있었다. 차가워지는 날씨와 그동안 손을 놓았던 상황, 그리고 서로의 체력과 연습 부족을 고려했다.

'너는 나를 슬프게 만든다.'

영민은 필사적으로 자신 안의 짐승과 싸우며 점점 슬퍼지고 있었다. 그는 두 번째 듀스에서 제대로 확인할 수 있었다. 송이가 가능한 센터로 공을 몰아준다는 사실을. 심지어 자신의 위치에 따라 공의 움직임을 맞춰주는 어떤 살풀이를.

'그렇다고 다시 돌아갈 수는 없잖아!'

이를 악문 영민은 피를 뿌리는 심정으로 자신의 현재를 저주했다.

'왜 너는 이렇게 하는가!'

'날아오는 이 궤적들은 왜 사람을 미치게 하는 거냐고!'

공은 위력과 계수 관계다. 반발이 심할수록 탄성도 커진다. 자신의 포효가 빛날수록 돌아오는 공의 속도와 힘도 비례한다. 그런데 저 여자! 송이의 리턴은 탄성까지 조율해 준다. 도대체 자신을 뭘로 보고!

"공을 아예 쪼개 버리네!"

세 번째 듀스에서 영민의 어드벤티지가 주어진 성공이었다. 자신에게 분노하던 영민의 벼락 같은 스트로크에 송이가 고개를 끄덕이며 기꺼이 던진 말이었다.

"너… 정말 이럴래? 사람 미치게! 진짜 제대로 하라고!"

시뻘건 영민이 소리치자 송이는 고개를 끄덕였다.

'지금 내 안에 당신은 다시 살아나고 있으니까!'

"뭐야! 넌 내가 더욱 초라해지는 것을 바라고 있는 거야? 아니야?"

다시 넘어오던 영민의 고함. 귀신의 응어리는 여전히 그를 붙잡고 미련을 응원하고 있었다.

'그래. 민형 잘하고 있어. 그렇지! 자유로운 새는 새장에 갇혀 있지 못해!'

추억의 불씨가 배후의 악몽과 씨름하고 있었다. 되받아 주는 송이의 공은 일종의 길라잡이였다. 그녀에게서 넘어오는 공의 궤적은 영민에게 자신의 한때를 돌아보게 했다. 그들은 듀스게임에서 제대로 듀오로 돌아가 있었다. 눈시울 뜨겁게 영민과 송이는 각자 공명으로 그들 환상의 복식조를 소환하고 있었다.

'(민)형은 발리 전문이잖아!'

송이에게 저(민형)는 항상 전위였고 자신은 후위였다. 전위의 핵심은 바로 네트 앞에서 발리! 따라서 키가 크고 힘 있는 선수가 유리하다. 반면 후위는 뒤에서 넓은 지역을 커버하며 방어하는 역할을 주로 맡는다. 후위는 전위에 비해 강한 체력과 빠른 속도가 필요하다. 그들은… 우리는 경성에서 가장 완벽한 복식조였다. 일본 메이지에 갔어야 한다고. 둘은 한때 신 평형을 꿈꾸었다.

"브라보! 이거야. 민형. 아주 휼륭했어!"

다섯 번째 최종 어드벤티지에서 영민의 완벽한 발리를 두고 송이는 두 손을 번쩍 들었다. 박수 쳤다. 돌이켜 추억이자 시퍼런 아픔의 앨범쯤이다. 아니라면 찰나 우정의 계절이던가! 냉정하게는 우정을 소환한 게임이었다. 어찌 세트(게임)를 내준 이가 더 기뻐하는 장면이었다. 땀을 흘리며 차가운 공기를 연신 들이키는 네 번째 게임의 승리자 영민은 바닥에 퍼져 앉아 버렸다.

'겨울이 오기 전 유서를 쓰리라!'

흙 바닥에서 영민은 이겼으나 패배한 자신을 바로 보고 있었다. 그에게 다음 세트는 없었다. 나른한 인생의 밑바닥이었다. 시간을 잠시 고려한 선에서 고독하고 외로운 시체가 겹쳐 보였다. 이미 다리는 풀렸다. 연거푸 계속된 듀스에서 자신은 너무 오버했다. 풀린 맥은 말할 것도 없이 마지막 게임은 뻔했다. 스스로 던진 그 말 '게임은 게임!'이라던 방아쇠가 이제 도착했다. 그의 뇌리에 결과로서 탄착되었다. 가장 완벽한 복식조는 그로서 마지막을 끊었다. 자신들의 마지막 평형까지.

'너는 이래서 나의 그림!'

실제 송이의 그림이었다. 기도와 함께 작전이었다. 그녀에게 이번 게임은 일종의 심리전이고 체력전이었다. 오랜 듀스 끝 마지막 세트는 대부분 일방적으로 끝날 확률이 높다는 사실. 실제 이들의 마지막 세트는 곤두박질이었다. 사 대 빵(4;0)! 송이는 가능한 짧은 스윙 위주로 최종 게임을 간단히 정리했다. 자신의 장기인 강한 회전을 주는 슬라이스 서브에서는 한 치의 착오도 없었다. 둘은 큰 대사 없이 헤어졌다. 영민은 계속 멍했다. 송이는 그 한마디를 전하며 그를 놓아주었다.
"민형! 나 민형을 위해 가끔 기도할 거야!"

그의 사망은 5년 전 이야기다. 녹주는 6년 전 자신이 감옥에서 나올 때의 일도 늦게나마 소개했다. 나와서도 몸을 가누지 못한 채 누워 있어 전하지 못한 내용이었다며, 그 귀신 민영민이 자신의 귓가로 흘렸다는 한마디를 밝혔다. 무슨 이유로 녹주가 그것을 전했든, 송이는 듣자마자 전율했다.
"녹주. 그래. 다시 사는 거야. 내 손에서… 그렇지! 자유로운 새는 새장에 갇혀 있지 못해!"
역시? 아니 몹시 매서운 시간의 뼈였다. 엄마의 흰색 구절초는 아니지만 고즈넉한 슬픔이 담긴 하얀 시간이 송이에게 무너지듯 돌아왔다. 영민과의 그때 대화는 다시 잎이 피고 가지를 뻗기 시작했다. 자신이 당긴 그 방아쇠였다. 그렇다면 망자는 죽어서도 새로운 평형을 시도했던가! 도대체….
"… 당신은 또 영원히 내 기억 속에서 살게 되겠지?"

한 시대를 지나온 뜨거운 여인 하나가 졌다. 송이와 염문을 뿌렸던 그 사내 일본 고등경찰 다카키(古木, 민영민의 일본명)도 죽었다. 송이는 두 죽음 앞에 통렬했다. 특히 그는 끝내는 그대로 행한 게라고! 역시나 복식조였음에! 민형, 그 폐인은 죽었지만 자신의 기억 속에 이렇듯 다시 부활했다고. 그가 자신의 방아쇠로 내 마음의 코트에서 영원히 살게 되었다며 그녀는 미쳐버리고 싶었다.

송이는 사흘 식음을 전폐했다. 그리고 고등어와 바지락이었다. 녹주를 따랐던 기생 중 하나가 바지락탕을 준비했다. 다시마, 쪽파, 다진 마늘, 청양고추에 어간장을 풀었다. 망자를 위해 준비했던 청주도 뿌렸다. 고등어는 녹주가 직접 구웠다. 엄마의 향기에 겨우 눈을 뜬 송이. 언니는 그 방식으로 동생을 일으켰다. 여인들은 쓰러진 송이를 위하여 5일장을 돈 것이었다.

"그쟈, 인생은 요놈들 고등어처럼 매 시절 살과 뼈를 굽고 태우는 게 아니겠냐!"

배초향 베스티나와 송이 엘리사벳. 탄생과 죽음, 이어지는 조선의 딸들. 녹주의 타령은 장구 앞에서만 있지 않았다. 조곤조곤 젊은 누이들 앞에서 그들이 궁금한 송이 모녀의 이야기를 풀었다.

"나오서사 느응 고럼. 한 많은 조선 여인네들의 삶이란 소금밭 염전이었고, 당신들의 생은 그리하여 자반 고등어였소. 느응"

고인은 힘든 걸음 가운데 평생 생선 칼을 들었다는 등등. 녹주는 거의 아이를 가질 수 없는 누이들 앞에서 송이 모녀의 삶을 넋두리 타령 가운데 전했다. 물론 고등어는 잘도 익어가고 있었다.

"그러니 이 고등어만 보면 나도 그분이 그리운 게야! 그랴. 그래서 고등어는 바로 엄마의 추억인 게지."

녹주는 자신을 살려냈고 보살펴 준 초향을 엄마로 호칭했다.

'어머니와 고등어'. 송이는 조국의 냄새, 엄마의 바다 이야기 가운데 이제는 또다른 어미의 입장에서도 몸을 일으켜야 했으니. 송이도 돌아가야 할 자식이 있는 어느덧 엄마였다.

또 녹주는 말했다. 조선은 6년 전의 그때와는 또 다르다고. 친일인들이 아니면 모든 게 힘든 어용 사회가 되었다고. 기생도 게이샤들과 섞여 풍기를 잃은 지 이미 오래라 자신도 낙향해야겠다고. 상대하는 소위 지식인 양반님은 일본의 선전도구나 민정의 하수인으로 넘쳐난다며, 그녀는 모든 행사마다 넘치는 일장기처럼 욱일승천하는 일본의 꼴을 보니 조선이 더는 어렵다고 했다.

그런 상황에서 막상 어머니의 땅에 내려와 보니! 녹주는 넉넉한 남쪽으로 아예 내려올 생각을 전했다. 대신 송이 동생은 서둘러 다시 돌아가라며 묘의 벌초는 자신이 챙길 것이니 기왕 서로는 동생과 언니의 의를 맺자 했다. 간단한 술 한잔에 일종의 권주가요 도원결의가 있었다. 녹주와 송이는 다시 이별했다.

조선을 잊으라는 녹주의 말처럼 결정적으로 한 사건이 송이 부부로 하여금 조선을 완전히 잊게 만들었다. 그들은 상하이로 복귀하는 과정에서 또 며칠 애를 태워야 했다. 일경 특고(특수 경찰)가 요한을 찾아왔다. 그들은 장례를 치르자마자 대기했다는 듯 요한을 불러 조사했다.

요한은 이미 요주의 인물이었다. 변변한 직업 없이 성당과 도서관의 사서 보조를 하면서 조선인(재중 상하이 거류민)들과 교류한 일이 빌미가 되었다. 요한이 만난 상하이 거류민단 가운데 일부는 임시정부와 이어져 있었다. 또 그들 가운데 누군가는 일본의 밀정이었다. 요한의 3·1운동 전과를 알고 있던 일경은 요한의 국내 복귀가 의심쩍었던 것이다.

다행히 숨을 죽이고 애간장을 태우던 송이에게 요한은 무탈하게 돌아왔다. 그때까지 요한은 독립운동이나 임시정부 사람들과 크게 엮인 상황은 아니었으니. 그러나 6년 만에 돌아온 경성에서의 이틀에 걸친 취조는 요한의 다음을 바꾸는 계기가 되었다. 지난 고문의 악몽에 더해서 불순분자, 요시찰인으로 블랙리스트 대상임을 확인한 셈이었다.

돌아온 상하이. 일본의 위협은 이곳에서 더욱 실제적이었다. 지각변동이 이들을 기다리고 있었다. 내외로 가정은 정신없이 먹고 살기 힘든 시절이다. 중국 본토는 중원내전으로 혼란했고 세계는 대공황으로 경제는 끝없이 추락하고 있었다. 군국주의 일본과 파시즘 독일이 전쟁을 부추기는 가운데 둘째인 아들 고이현이 태어났다(1930년).

지각변동은 전쟁이었다. 일본은 만주사변(1931년)에 이어 부부가 있던 상하이에서 사변(1932년, 1차 상하이사변)을 일으켰다. 15년 전쟁(중일전쟁부터 태평양 전쟁까지)의 서막이었다. 이 중대 사건은 그대로 그들 가정을 덮쳤다.

참상은 송이의 눈앞에서 벌어졌다. 그녀는 상하이 시내 일대에서 전개된 치열한 시가전을 생생히 목격했다.

"Endlich(마침내)!"

그녀 단골 가운데 하나인 독일인 영사보의 뇌까림이었다.
"那些日本狗崽子们(저 일본 개새끼들)!"
중국인 매니저는 샌드위치를 먹으며 일본을 욕했다. 바깥을 내려다보는 다수의 인종들. 호텔 5층에서는 야회복을 입은 서양인들이 칵테일 파티를 하던 중 창가로 몰리며 전투 상황을 목격했다. 불타는 건물에서 떨어지는 사람들, 여기저기 누워 있는 끔찍한 시체들도.
중국은 정예 병력과 경찰대, 헌병대까지 동원했다. 일본은 해군인 육전대가 상하이만에 상륙했고, 본국에서 보낸 함정에서 무자비한 함포 사격을 하는 것은 물론 폭격기까지 동원해 상하이 시내를 폭격했다. 일본군이 투하한 소이탄은 수많은 건물을 밤낮으로 불태웠다. 양쪽 사상자만 1만 5천 명이 발생한 이 전투로 도시는 아수라장이 되었다.
1차 상하이사변은 1932년 1월말부터 5월초까지 4개월을 끌었다. 과정에서 송이에게는 잊을 수 없는 특별한 전달이 있었다. '마침내'라고 고개를 끄덕이던 콧수염의 그 독일 영사보가 송이에게 귀띔을 주었다. 더 안전한 곳으로 떠나라고. 그러나 조선은 앞으로 더 힘들 거니 가급적 다른 곳으로 가라고. 자신은 필요하다면 칭다오(青岛, 당시 독일의 조차지)나 다른 안전지대를 안내해 줄 수 있다며 친절을 베풀었다. 그 정보는 일본과 중국의 휴전을 중재하는 서양 열강 외교가의 고급 정보였다. 그는 지금 전투는 일본의 큰 시나리오의 하나일 뿐이라고 했다.
한편 요한은 여전히 제대로 된 직장이 없었다. 그는 바야흐로 독립운동의 길로 들어서게 되었다. 상해 임시정부와 큰 관련이 없던 그는 윤봉길 의사의 폭탄 투척 사건(1932년 4월)으로 몸을 숨겨야 했다. 사찰 대상이던 그는 윤봉길의 홍커우공원 사건을 계기로 상하이 일제 경찰의 체포 대상이 되었기 때문이다. 미친 시절은 그리하여 한때 사제가 되고자 했던 그를 저항 전선으로 인도했다.

송이는 1933년 봄 그 좋은 직장을 잃었다. 물론 전쟁의 여파였다. 생활은 바로 궁핍해졌다. 1933년과 34년. 송이는 말 그대로 닥치는 대로 일했다. 경제공황과 전쟁 가운데 일자리는 하늘에 별 따기. 어린 자식들 때문에 그녀는 고정된 일을 할 수 없었다. 외벌이 가정에 애가 둘. 1933년 기준 큰애가 9살(현아), 둘째가 3살(이현). 형편은 더는 보모를 쓸 수도 없다. 더해서 남편은 일경의 감시를 피해 집엔 아주 가끔 그것도 은밀히 나타났으니! 그녀의 그 2년은 일종의 아르바이트를 전전하는 형태였다. 잡화점, 커피숍, 애를 품고 일을 할 수 있는 곳이라면 공장까지도.

한때 눈부신 모던 걸 미휘나 메이휘는 어느덧 자취마저 온데간데없이 사라졌다. 미시즈 송도 사라지고 조선 아줌마 송이만 남았다. 결국 송이도 고등어로 돌아갔다. 시간의 뼈는 냉정했다고 해야 할까! 그녀는 조여오는 세월의 변화와 팍팍한 처지를 받아들였다. 흉 진 손은 취직에 방해가 될 뿐만 아니라 더는 미인의 상징이 될 수 없다는 현실을, 이제 장갑은 취업에 걸림돌이 되고 있다는 사실을 받아들였다.

운명처럼 공단 장갑은 생선을 다듬는 작업 장갑인 막장갑으로 바뀌었다. 간단했다. 무시로 두 아이를 간수하며 벌이를 할 수 있는 것. 어린아이 둘 때문에 자리를 지키면서 할 수 일은 어머니 초향처럼 식당이었다. 아이러니하게도 생전 초향이 말리던 간잡이 운명은 비슷한 게 아니라 거의 같았다. 그해 1934년 말, 송이는 27년 전 엄마가 개업했던 경성의 '배초향' 이름 그대로 상하이에 같은 이름의 식당을 개업했다.

경성보다도 작은 가게였다. 그마저도 쉽지 않았는데 마지막 비상금이 그녀를 도왔다. 바로 돌아가신 초향이 매달 송금하던 십 불, 그 전신환 금액이었다. 부부가 상하이로 건너간 이후에도 초향이 월급 태반을 모아 보낸 약 육백 불. 그간 송이는 그 눈물의 돈만은 쓸 수 없어 간직해 놓았다가, 엄마의 그 소금 돈을 끝내 가게를 여는 데 썼다.

엄마처럼 이른 시각 상하이의 강양 시장에서 생물을 떼 온다. 다음 순서로 생선의 내장을 빼고 씻고 절이며 요리를 한다. 그러나 메뉴는 사뭇 달랐다. 중국인을 대상으로 해야 하니 훈제 고등어와 초어 요리를 냈다.

중국인들은 칭화위(青花魚, 푸른 무늬 물고기)라 부르는 고등어를 회나 조림으로 먹지 않는다. 우리 식의 구이도 그들의 취향은 아니어서 송이는 훈제 고등어를 내놓았다. 결과는 훈제 고등어는 주전부리용으로는 괜찮았으나 늘 푼돈이었다.

주메뉴로는 냄새가 지독한 초어 요리 몇 개를 선택했다. 초어는 중국인들이 좋아하는 민물고기로, 결국 초어 요리에 성패가 달렸다. 송이는 핵심 레시피로 엄마에게 익힌 방아잎을 썼다. 중국인들이 좋아하는 초어탕과 초어 튀김에 듣도 보도 못한 조선의 기묘한 방아잎은 일단 그들의 기호를 자극했다. 초어의 흙 비린내를 잡는 이 조선식 가게는 점차 호평을 받았다. 기왕에 그녀를 기억하는 옛 구두 단골들이 입소문을 잘 내주었다.

'가난한 이들의 꽃등심!'

정말로 가난한 중국인들이 어찌어찌 송이의 고등어를 선택했다. 초어 요리도 그 시절 불황의 상하이에서는 형편이 좋은 일부만 선택할 수 있는 요리였다. 조선 백성의 단백질 공급원인 고등어는 중국인들에게도 가난한 자들의 소갈비 대신 고등어 갈비요, 등심 대신 고등어 등심인 셈이었다.

송이가 매출에 도움이 크지 않은 고등어를 굳이 지킨 또 다른 이유가 있었다. 그녀는 밑바닥 여기 상하이의 동포들과 특히 남편이 오면 준비한 훈제 포-조국의 향기를 들려 보냈다. 그건 엄마 초향의 비상금에 대한 자신과의 약조였다.

1935년, 1936년. 1937년 7월까지, 만 3년여의 시절은 가게 '배초향'으로 말미암아 아이와 가정을 건사할 수 있었다. 문제는 늘 요한이었다. 일경이 수시로 찾아와 그의 거취를 물으며 감시했다. 어느덧 요한은 집에 들어오는 횟수가 몇 달에 한 번. 그것도 심야나 새벽에 불쑥 나타나는 양상으로 줄어들었다. 가게는 늘 불안했다. 지난 초향 시대 민영민의 횡포로 일제의 잡배들이 드나들다 가게가 문을 닫았듯 이번 상대도 역시 일본 경찰들이었다.

지난 과정에서 요한은 상하이사변 전후 상해대한교민단(上海大

韓僑民團)의 의경대로 활동을 전환했다. 표면상 한인 친목 단체였지만 요한은 김구 선생의 독립운동과 연결되기 시작했다. 상하이 사변 와중에 터진 윤봉길 의사의 폭탄 투척 사건이 결정적 계기가 되었다. 그는 김구 선생과 휘하 임시정부 요원들, 연결된 조선인들의 의경 대원들까지 일경의 1급 체포 대상이 되어 있었다. 물론 그의 이러한 운신은 앞서 초향의 장례 이후로 완전히 전향하게 된 결과라고 할 수 있겠다.

그 어려운 와중에 어찌 목숨 하나가 추가되었다. 막내딸 유화가 탄생했다. 송이 나이 마흔넷인 1936년. 첫째는 이미 죽었고 둘째이자 당시 첫째인 고현아가 열두 살, 아들 고이현이 겨우 여섯 살. 이제 아이 둘을 조금 건사한 듯싶은 시기에 막내딸이자 늦둥이가 태어났다.

일종의 사건이었다. 송이도 스스로 믿을 수 없었다. 아직 아이 둘이 어린 상황에서 엄두도 계획도 몸도 절대 아니라 믿었던 가운데 애가 생겨버렸다. 미친 세상처럼 자신도 처음은 미쳤다고 반복해서 옹알거렸다. 도대체 어떻게? 단종되었다 믿었던 몸이 임신을 했는지. 전쟁의 소용돌이 속에서 점차 배는 불러오는데. 아이 둘과 함께 가게 운영까지! 송이는 숨이 막힐 지경이었다. 세상은 온통 회색이었다. 막다른 골목에 선 한때의 송이였다.

돌이켜 임신을 가늠할 수 있는 시간은 오직 그 한때였다. 그날 둘 사이 지나갔던 그때 거친 숨 밖에는! 역시나 막다른 순간 찰나의 사랑이었다.

일경의 눈을 피해 새벽에 요한이 나타났다. 그에게 자금과 옷가지 그리고 훈제 포를 챙겨주던 그 잠시, 둘은 짧은 사랑을 나눴다. 만 3개월 만에 그것도 새벽에 나타난 남편과 정말 번갯불에 콩 볶듯 잠시 뜨거운 물결이 지나쳤다. 사랑은 한순간 그저 달리는 짐승이 되어 생각도 잊고 몸을 나누는 찰나의 격정이었다. 이 사람 요한을 다시 볼 수나 있을까 싶었던 불같은 동작이었다. 피차 요한도 그리하였다. 언제 어디서 붙잡혀 들어가면… 그 고문을 생각하면서 부부는 비슷하게 과거 민영민을 찾아가기 전 첫날처럼 끝날의 연인으로 사랑을 나눴다.

"아버지 엄마! 나 이를 어째 어째요!"

아이는 외로이 태어났다. 산파도 없는 가운데 송이는 좁은 방 한쪽에서 홀로 아이를 출산했다. 두 아이가 자는 가운데, 아비가 부재한 가운데, 신음과 격통 사이에서 피눈물의 아이를 뽑았다.

이후는 더욱 처참했다. 송이는 이 아이를 불행한 기적이라 불렀다. 특히 그 핏덩이를 안고 가족은 더욱 불가해한 전쟁 한가운데를 헤매었으니 아이가 살았다는 것은 불행 가운데 정녕 기적이었다.

역시 늦게 나타난 아버지는 아내를 그저 껴안아 줄 뿐이었다. 요한은 참혹한 심정 가운데 그저 망부석으로 가족 앞에서 고요했다. 밑바닥의 송이는 소금기둥으로 앉아 남편의 미안타 반복하는 소리를 받았다. 요한은 망연하고 처연한 아내의 눈가를 쓸어 담으며 가슴에 품었다. 그는 남은 새벽 시간 간절히 기도했다. 그리고 아이의 이름을 '…이 되다' 또는 '깊이 생각하다'의 뜻을 지닌 유(惟)에 꽃 화(花)를 이어 붙였다. 그리하여 아가의 이름 고유화, 다음 주인공이 지어졌다.

유화

일본은 기어이 상하이를 집어삼켰다(2차 상하이사변, 1937년). 곧 중일전쟁의 시작으로 2차 세계대전까지 15년 전쟁의 서곡이었다. 앞서 송이에게 귀띔했던 콧수염의 정보 그대로 일제는 간단히 상하이를 접수했고 수도 난징(南京)을 점령해 그 잔혹한 난징대학살을 저질렀다.

'배초향'도 문을 닫았다. 가게를 팔고 말고도 없는 긴급한 피난이었다. 그렇게 떠난 피난 생활은 길 위에서 약 4년. 중국이라는 대륙을 종으로 북상했던 고등어 떼살이 가족이었다. 거리는 바다에 인접한 상하이에서 중국 서쪽 깊은 내륙인 충칭(重慶)까지 무려 1만 2천 리(약 4천 7백 킬로미터). 두 살짜리 핏덩이에 열세 살, 일곱 살 어린아이 둘까지 가족은 전쟁이라는 소용돌이 속 몇 개월 단위로 떠나는 난민이었다. 가족은 처음 난징을 향했지만 학살을 피해 우한(武漢)에 이어 장사(長沙). 다시 8개월 후 광저우(廣州)를 거쳐 다음 류저우(柳州)를 지나 종착지인 충칭으로 향했다. 처음 창사(長沙)까지만 1년이 걸렸다.

모든 게 불비했다. 숙소, 위생, 심각한 먹거리. 특히 아이에겐 모유! 무수한 주검들이 길 위에 버려졌다. 그러니 이 4년여 고난의 행군 가운데 과연 아가는 살 수 있을까? 누구나 그런 의문을 가졌다. 보채는 아가에게 젖을 물렸으나 노산의 엄마는 젖이 나오지 않았다. 애가 탄 송이는 어렵게 구한 쌀뜨물을 갓난아이에게 먹이며 끊임없이 애를 태웠다.

노약자들은 당연했고 성인들도 굶어 죽는 상황이 다반사인 가운데 아가는 너무 불쌍하게 태어났다고들 했다. 불쌍타! 너는 과연 살아날 수는 있겠냐고. 아가야. 애가 타는 아가야! 끊임없이 보채는 아이. 우선, 물이 좋지 않은 이유로 설사를 계속했다. 물이 좋아도 이동하는 지역마다 물이 또 달라 소화계통이 적응도 하기 전에 떠나니 계속 탈이 났다. 그 시절 위생은 어디든 형편없었다. 영양 또한 문제였다. 살아난 것이 기적이었다. 그런 아가가, 치어가 어찌어찌 한 살을 먹고 두 살 세 살을 먹으며 고등어 가족의 일원으로 생존했으니.

충칭에 도착해 정식 세례를 받았을 때 아가에게 아가타(Agatha, 고난의 성녀)의 세례명이 부여되었다. 이 아이 유화는 태어나면서부터 고난과 함께! 그러나 기적같이 생존하였다는 아버지 요한의 견진(confirmation, 확인)이자 아가의 다음 여정에 대한 기도자의 가호였다.

충칭. 중국의 시난(西南)이란 지역에 위치한 도시라고 하지만 규모가 남한(대한민국의 0.8배)만큼 큰 거대 구역이다. 역사적으로 삼국시대 유비가 세운 촉나라가 있던 지역으로, 지독하게 더운 곳이었다. 국민당 군이 최후 보루(전시 수도)로 옮아간 이유는 분명했다. 고원 지대에다 대구처럼 푹 파인 분지형의 이 도시는 주변 낭떠러지와 드넓은 강으로 둘러싸인 천혜의 요새였다. 가파른 도심은 언덕과 계단이 아주 많아 샌프란시스코를 닮았다. 기온이 높을 뿐만 아니라 드넓은 강(長江)과 닿아 있으니 항상 습했다. 비도 많이 오는 지역이다. 그러니 연중 최소 3개월, 평균 7~8개월은 자욱한 안개 속의 도시였다.

당시 충칭은 최악의 스모그 도시였다. 원인은 일본의 잔인하고 기나긴 공습 때문이었다. 바로 충칭대공습(1938년 2월 18일~1943년 8월 23일). 세계 역사상 단일 지역에 가장 긴 폭격으로 일제는 도시의 흔적을 지워가고 있었다. 안 그래도 안개와 스모그의 도시인데 장장 5년 동안 충칭은 불타는 도시였다.

사람이 살 수 없는 곳이었다. 수시로 울리는 사이렌과 이어지는 비명, 무너지는 소리와 함께 처참하고 슬픈 장면이 무시로 목격되었다. 사람들은 불에 타 죽지 않으면 무너지는 건물 더미에 묻혀 죽거나 방공호에서 대규모로 압사했다. 어제는 누가, 아무개 집, 어느 구역이 폭격에 당했고 그 집 아이가 고아가 되었다는 일상이 반복되었다. 사람들은 하늘에 대고 일본 놈들에게 이를 갈았다.

주변은 역겨운 냄새들과 함께 대지는 온통 불이 붙은 땅이요, 무너진 건물들과 그을린 음산한 나무들뿐. 잔인하고 처참한 흔적들은 수없이 반복되었다. 삐죽삐죽 손발만이 보이는 무너진 곳곳. 피하지 못해 죽어 대로에 널린 시체들과 팔다리가 잘려나간 사람들의 비명이 반복되었다.

우리 가족의 충칭 생활 3년 차는 생지옥 아비규환이었다. 공습으로 죽은 사람들의 옷마저 벗겨 나갔다. 그만큼 옷가지도 구하기 힘든 세상에서 살아남기 위해 약탈이 자행되었다. 죽은 자의 옷도 벗겨갈 만큼 당시 충칭의 삶은 비참했다. 살아남은 자도 유독한 공기로 각종 호흡기 질환을 앓았다. 당시 유행했던 폐결핵은 물론 기관지염까지 도시를 휩쓸었다. 누구도 3년을 생존하기 힘든 지옥 같은 환경이었다.

"여보. 애가 이상한 것 같아!"

유화는 옹알이가 거의 없었다. 물론 피난길의 상황을 이유로 보지만 청음 환경이 빈약하거나 극심했다. 영양실조 때문에도 울음과 목을 울리는 소리도 약했다. 세 살 무렵 부모님은 아이의 발육을 의심했다. 아가는 기초 반응이 너무 늦었고 다른 자식들과 사뭇 달랐다. 송이는 특히 유화의 발성에 가슴을 졸였다. 부모는 사이렌의 고음과 반복되는 불규칙한 파괴음들이 아기의 뇌에 주는 영향을 차단할 여건이 못 되었다. 아가는 비정상적인 높은 가역대의 소음을 내는 자폐아로 보였다. 아기는 소음과 구분해 자신을 표현하고 있었을 뿐이지만.

"은하수를 건너서 구름 나라로, 구름 나라 지나선 어디로 가나. 멀리서 반짝반짝 비치는 건, 샛별이 등대란다. 길을 찾아라."

이어지는 노래 가사는 '돛대도 아니 달고 삿대도 없이 가기도 잘도 간다. 서쪽 나라로.' 바로 <반달>이라는 동요였다. 다른 동요도. '고기를 잡으러 바다로 갈가나, 고기를 잡으러 강으로 갈가나, 이 병에 가득히 넣어가지고서 라라라라 라라라라 온다나'

아가의 뇌는 바깥 비명들에 눌리고 있었는데, 그 나쁜 소리들을 요한이 줄기차게 꺼내고 있었다. 요한은 매일 밤 아가를 직접 재웠다. 언제부터 유화는 아빠의 자장가 소리에만 잠을 겨우 잤다. 요한은 주말이면 송이를 대신해 아가를 품었다. 아름다운 소리들을 읊어주며 끊임없이 기도 소리를 들려주었다. 그는 가슴에서 우러나오는 기도를 동요인 <반달>(윤극영 작)이나 <고드름>(윤극영 작) 또 <고기잡이>(윤극영 작)의 멜로디로 들려주곤 했다.

유아가 유화가 되면서, 즉 아가는 어른이 되어서도 자주 편두통에 시달렸는데 언제나 명약은 아버지의 빛 고운 동요 속 기도 가락이었다. 나는 깊은 심호흡과 함께 낮은 곳 잠겨 있는 규칙적이고 따뜻한 아버지의 심방 소리를 끌어 올리곤 한다. 그분은 나의 라파엘(치유의 천사)이었다.

왜 충칭이었을까? 우리는 임시정부와 함께 움직였으니까. 항저우, 자싱(嘉興), 난징, 창사(長沙)에 이어 충칭은 대한민국의 임시정부가 거처한 마지막 도시였다. 요한이 독립투쟁에 뛰어들었으니 그 여정이었다.

중국 정부, 국민당 군은 한국광복군을 지원했다. 임시정부와 국민당은 서로 교류하며 지원을 협의했다. 그들은 피난길의 교통편, 임시 거주 시설과 함께 최소한의 생계를 꾸릴 수 있는 부식품을 지원했다. 그럼에도 지원은 턱없어 노정에서 굶어 죽은 교포가 많았다. 요한은 다른 일을 병행했다. 그는 광복군에서 행정 일을 했다.

충칭에 도착하자 선교사들의 의료 지원이 있었다. 충칭에서 아버지는 예수회 선교단과 함께 적십자군 일을 했다. 아버지는 충칭 시내를 누비며 부상자와 고아를 돌봤다. 상하이부터 이어진 봉사였지만 요한은 이때 제대로 가장 역할을 했다. 의약품과 구호품이 그 시절 가족을 구했다. 젖도 제대로 못 먹은 아이가 기적처럼 살아난 이유가 그 분유였다. 아빠가 가져온 웰페어 푸드 서비스(Welfare Foods Service). 내셔널 하우스홀드 드라이드 밀크(National household Dried machine skimmed Milk). 긴 이름이 거창하지만 엄마가 입 아프게 강조한 가족을 구한 구호품이었다. 엄마는 늘 말씀하셨다. 그때 그 분유가 아니었으면 나는 무슨 병으로든 죽었을 거라고.

아버지는 그 분유와 필수품을 위해 일했다고 해도 과언이 아니었다. 불과 연기를 피하면서 분유와 통조림 캔 등을 꼬박꼬박 구해온 아버지의 역할이 있었다. 당시 중국은 아사자가 속출했다. 무수한 사람들이 굶어 죽는 가운데 정작 구호품을 빼돌리는 국민당 정부의 비리와 착복은 상상을 초월했다. 곡식을 구하기 위해 부모가 자식을, 남편이 아내를 인신매매까지 할 정도로 중국 내륙은 몹시 굶주렸다. 심지어 인육을 먹기 위해 살인도 벌어졌다.

현아 언니가 심하게 앓았다. 죽을 뻔한 이야기다. 나를 키운 그 언니. 1942년 당시 현아 언니가 열여덟 살, 내가 여섯 살. 그럼 이혁 오빠는 열두 살. 충칭에 도착한 지 2년 되던 해에 현아 언니가 폐결핵을 앓았다. 병이 도진 때가 그 해이니 그 전에 이미 진행되었다고 봐야 맞다. 충칭에서 호흡기 질환이 없는 사람이 없던 시절이다. 본인도 부모님도 처음엔 가벼운 기침으로 시작해서 그러려니 했으나 심각해졌다. 아빠의 의견은 자신과 함께한 구호(적십자) 활동에서 옮은 것이라 했다.

그 시절 현아 언니는 아름다웠다. 우리 자매 가운데 가장 엄마를 닮아 고운 피부에 키도 큰 미인이었다. 내겐 결단코 엄마 대신 언니였다. 나와 터울이 무려 열두 살. 엄마는 끊임없이 일했으니 나를 업고 키운 분이 바로 현아 언니였다.

언니의 세례명은 수산나(susanna, 백합화). 그 세례명처럼 고운 언니가 1년 전부터 아빠 일을 도왔다. 내가 건강하게 달릴 수 있다는 것이 확인된 다음 언니도 생활전선에 뛰어들었다. 교육 때문이라는 엄마의 말씀이 특별했다. 아빠 요한과 함께 병든 자를 구호하는 현장이지만 외국인 선교사들에게 배울 수 있다 하셨다. 그러나 내 보기엔 가정 경제였다. 딱히 직업을 가질 상황도 여건도 힘든 차에 언니 역시 부식품을 가져올 수 있었으니까.

돌이켜 언니는 성격도 엄마를 빼닮았다. 언니가 나를 두고 집안일을 돕겠다고 나선 것도 그 당찬 성격을 이어받았던 건데. 진실의 다른 측면은 폭격 와중에도 아빠 곁에서 일을 했다는 건 언니의 효심이었다. 아버지도 충칭에서 심한 천식을 앓기 시작했으니까. 맑은 날 하늘 보기가 어려워 해가 뜨는 날이면 개가 짖는다는 소리가 있을 만큼 대기가 안 좋던 충칭의 날씨가 원인이었다. 더 근본은 당신의 체력에 있었다. 고문 후유증과 불비한 영양 상태. 사상자들을 거두고 옮기는 일에 체력이 갈수록 약해졌다. 언니는 그런 아빠 곁에서 일하며 건강과 먹거리를 챙겼다.

정작 본인에게 가장 중요한 대목은 나중에 들었다. 언니는 구호활동 3년에 걸쳐 간호 공부를 했다. 아빠 일을 도우며 의사들과 교류했고 일종의 현장 수업을 통해 자연스럽게 간호 후보생이 되었다.

"John. Use this medicine for Susanna."(요한, 수산나를 위해 이 약을 써요.)

눈이 파란 외국인이다. 눈썹이 매력적으로 짙다. 흑발과 금발이 묘하게 섞였는데, 나중에 알게 되었다. 그가 아일랜드계와 미국 아메리칸 인디언의 혼혈이라는 것을. 무척이나 잘 생겼다. 키도 뭐 훌쩍 185센티미터. 눈매가 아주 서글서글해 호감의 인상. 허당끼가 있고 유머도 풍부했으며 낙천적인 성격의 남자였다. 미국 오하이오주 출신의 이 사람은 오브라이언 매킨리 주니어(O'Bryan McKinley Jr). 아일랜드 출신답게 대대로 가톨릭 집안의 사내였다. 그는 대학생으로 충칭에서 예수회 구호 활동을 하고 있었다. 대학에선 무슨 국제관계를 공부했다는데 난리 통에 충칭까지 온 거라 했다. 그가 지금 요한에게 구하기 힘들다는 페니실린을 건넨 것이다.

"오브라이언!"

아버지 요한의 믿기지 않는다는 눈동자가 보인다.

"Don't worry. This world without Susanna is hell, isn't it?"(걱정 마요. 수산나가 없는 세상은 지옥이에요. 그렇지 않나요?)

페니실린! 당시에는 가장 믿을 만한 결핵 치료제였다. 봉쇄된 충칭에서 그것도 몇 년째 공습으로 수많은 사람이 죽어 나가는 가운데 그 약은 구하기 힘들고 구한들 가격이 상상할 수 없는 물건이었다. 말하자면 오브라이언이라는 사내는 약을 훔친 거였다. 구호물자 중에서도 가장 엄격한 관리 품목을 빼돌린 거였다.

오브라이언은 현아를 사랑하고 있었다. 둘의 인연은 구호 활동에서 시작되었다고 했다. 브라이언은 현아 언니보다 세 살 위니까 당시 스물한 살. 둘의 사랑이 어떻게 피어났는지는 몰라도 페니실린은 결정적이었다. 사랑하니까 도둑놈이 된 건데, 빼돌려야 했던 이유가 그때 언니의 얼굴이 백지장처럼 하얬기 때문이다. 투약이 있기 전 붉은 피를 토하기 시작했다.

백합화, 수산나의 얼굴은 더욱 아름다웠다. 그 말은 오브라이언의 고백이기도 했다. 그는 충칭이라는 현실의 지옥에서 백의의 천사를 보았다. 검은 진주의 눈을 가진 고운 피부의 하얀 여인이 요한과 함께 있다. 아빠의 부식을 챙겨주고 의사들이 부르면 언제든 달려나간다. 백합화 여인은 중국어에 능통하고 간단한 영어도 한다. 그녀는 쉴 새가 없다. 중국인 환자들이 우선 그녀를 찾기 때문이다. 그녀가 간호사로 빠르게 자리한 것은 수술과 응급 처치 등에 그녀가 통역으로도 수술 보조로도 역할을 했기 때문이다. 또 죽음이 임박한 순간에는 성호를 그으며 마지막을 기도해 주었다.

처음 간단한 영어를 배우는 과정에서 마주한 총각과 처녀. 마침내 그녀 수산나를 사랑하게 된 푸른 눈의 외국인. 그러니 그의 입에서 나온 수산나가 없는 세상은 지옥이란 말은 많은 것을 포함하고 있었다. 자신의 안식, 기쁨의 빛이며 죽어가던 사람들에게 정말 필요한 사람으로 동양의 아름다운 백합화가 아닐 수 없었다.

"사…랑…합…니다."

참 힘든 발음을 하고 있다. 이 파란 눈동자의 남자.

"I love you."

"저…는 현아아… 현…아…를 사랑…합니다."

"I love the angel. front of me."

"아이!"

장면은 언니가 브라이언에게 우리 말을 가르치고 있다. 그저 아름다운 모습이다. 장인과 장모에게 허락을 받기 전에 우리말 몇 마디라도 배우고 싶다고 해서 벌어진 상황이다.

"Bryan! If you can't speak basic Korean, I can't give you my daughter!"(브라이언! 기초적인 한국어를 못한다면, 내 딸을 줄 수 없어!) 이건 브라이언이 아닌 엄마의 영어다.

투약은 효과가 있었다. 언니는 부활했다. 페니실린의 효과는 극적이었다. 그러나 오랜 회복기가 필요했다. 건강 회복에 분유나 캔만으로는 어렵다. 그런 상황에 브라이언이 매일 오고 있다. 올 때마다 뭘 들고 온다. 그는 어디서 구했는지 모르는 통조림이나 말린 소시지, 빵을 챙겨왔다. 어느덧 나와 가족은 그를 기다렸다.

오브라이언은 현아 언니와 붙어 있었다. 충칭 시절 가장 아름다웠던 추억이다. 물론 그나마 배를 곯지 않던 시절이니까. 누구나 좋아하는 그 잘생긴 외국인이 들어오는 순간 집안은 꽃이 피었다. 어두운 하늘 아래 늘 습기 찬 대기, 답답하고 매캐한 냄새들. 그런데 그 훈남이 들어오는 순간 세상이 밝아진다. 모두 그를 반겼다. 창백한 백합화가 혈기를 되찾고 순한 백색으로 돌아오기까지 온갖 정성을 다하는 푸르고 잘생긴 이 외국인 청년을.

이미 요한은 마음으로 승낙했다. 나 역시 초콜릿 선물로 끝났다. 마침내 서글서글한 오브라이언은 이현 오빠도 사로잡았다. 책, 노트, 필기구를 가져왔으니까. 그러니 그는 그 시절 우리 집안의 수호천사였다. 언니가 일을 쉬는 그 6개월에 가족은 오히려 다들 체중이 늘었다.

그러나 마지막 걸림돌이 있었다. 결코 호락호락하지 않은 엄마였다. 다 좋은데 우리말을 못하면 딸은 절대 줄 수 없다. 영어만 하는 손주는 보고 싶지 않다. 이국땅에서 영어로만 살아가야 하는 내 딸의 답답한 속은 어찌 해결할 길이 있겠느냐! 그러니 너는 기본이라도 조선말을 배워라. 사랑하면 배워라. 그래야 고등어 뼛속까지 네 아내를 이해할 수 있다. 그러니 지금 이런 우리말 학습 상황이다.

"O'Bryan. in Korean, I swear to my mother-in-law. Try it."(오브라이언. 한국말로, 저는 장모님께 맹세합니다. 한번 해봐.)

"네. 그러니까. 오브라이언은… 장모…님께…"

"No, no. I will love Hyuna until I die. I will definitely say I love you in Korean once a day. as such."(아니 아니. 저는 죽을 때까지 현아를 사랑하겠습니다. 하루에 한 번은 반드시 한국말로 사랑합니다 하고 말하겠습니다. 그렇게.)

"엄마 진짜!"

물론 예비 장모 앞에 쩔쩔매는 연인을 두고 새빨개진 현아 언니였다.

"오브라이언. 다시 해봐!"

"네. 오브라이언은… 맹세…합니다. 한국…말로… I love Hyuna once a day in Korean. 다시 해 봐!"

돌아오지 않는 파촉(巴蜀) 삼만 리.* 삼국시대 유비가 세운 촉한 땅으로, 파촉 지방으로 불린 곳. 나에게도 돌아오지 않는 파촉 삼만 리가 아닐 수 없다. 곧 나의 아버지 요한이 마지막 시간을 보낸 곳이니까. 1943년 6월. 충칭에 자리한 지 3년. 현아 언니가 회복되어 일을 다시 시작할 때 그 사건이 터졌다. 그 지옥의 3년 차.

그러나 그전 1년여, 현아 언니가 결핵에서 몸이 회복되던 아름다운 시간의 잠깐 둠벙이다. 아버지 이야기 전 잠시의 정차. 돌이켜 브라이언 때문에 행복했던 그 충칭 시절의 한때를 빼놓을 수가 없다.

아스라한 이 기억은 1943년 봄, 큰 키의 오브라이언이 나를 목마 태웠던 장면과 함께 현아 언니와 이현 오빠도 같이했던 양쯔강의 추억은 선연하다. 위험 때문에 멀리 가지는 못했지만 폭격이 한 달쯤 뜸한 봄날이었다. 기억의 강 이름은 자링강(嘉陵江). 양쯔강의 지류로 폭은 한강만큼이나 넓다. 주변은 봄바람과 아주 반가운 따사로웠던 햇살 때문에 사람들이 많았다. 오브라이언이 이현 오빠하고 물수제비 놀이를 하고 있다. 당시 이현 오빠는 열세 살이니 요즘으론 중학생. 물수제비는 납작 돌을 물 위로 날려 보내는 놀이다. 옆으로 겨누면서 돌을 던지면 가라앉지 않고 뜨면서 수면 위를 날아간다. 피용 봉 보 보 보. 돌은 물살을 가르며 물을 튀기다 결국 물속으로 주저앉는 이 물놀이. 요는 누가 멀리, 그리고 그 피용 보보보의 박자를 더 많이, 멀리 내느냐의 게임이다.

"저렇게라도 건너가야지!"

"뭐야 언니?"

＊ 서정주 시인의 시 <귀촉도>(歸蜀道)

간만에 손을 잡고 봄을 건너고 있는 우리 자매. 이제 몸이 회복되어 일을 다시 시작한 현아 언니. 그래도 얼굴은 아직도 파리하다. 그 언니가 남자들이 돌을 날리는 것을 보고 어린 내게 말을 건넨다.

"태평양!"

"…"

"유화야! 엄마의 그 고등어 말이다. 바다가 게네들 고향이잖니?"

"그래. 고등어니까!"

"우리의 바다도 거기다. 유화야. 여기 충칭은 우리 고향이 아니야."

지금 유화는 일곱 살. 그러니 나는 겨우 이런 토막 기억만 있다.

"언니. 그 조선?"

"그래. 지금은 잠겨 있지만 이제 곧 뜨는 돌이 될 거니까."

"아냐. 돌은 가라앉잖아?"

"아니! 언니가 고등어 이야기했잖아! 게네들 고향은 바다라고. 유화야! 브라이언하고 이현이 날리는 돌 저 뜨는 돌을 하늘 연이라고 생각해 보렴. 아니면 저 돌들을 고등어라고 생각해 보면 어때?"

"…"

"유화야 모르겠어? 고등어라면 돌은 이제 물 밖 작은 징검다리일 뿐이야. 돌고래처럼 잠시 물 밖으로 튀는 것뿐이지. 바다가 고향인 그들은 잠시 허공에 외출한 거야!"

"언니야. 어려워!"

"저기 봐라! 저 파문들. 저 동그라미들. 어때? 보이니? 저 울림들. 저건 물의 아우성이거나 제 고향의 나이테거나. 그렇지? 저렇게 퍼지잖니! 방방방!"

그때 언니는 내게 어떤 파문을 던지고 있었다. 그건 곧 전쟁이 끝날 것이라는 소식을 포함해 오브라이언과 결혼해 태평양 건너 미국으로 떠날 거라는 암시였을 테다. 또는 어쩌면 3개월 뒤 아빠의 죽음에 대한 무슨 암시를 받았는지도 모른다. 그러니 이 순간에 이런 추억을 중간에 들이미는 나다.

왜 언니의 그때 그 말은 계속해서 파문을 일으킬까! 추억과 생각은 동그라미로 되새김질을 계속할까? 언니의 그 말처럼 나이는 들어가는데, 거꾸로 물이 알려주던 당시의 파촉, 물의 나이테 속으로 왜 나를 이따금 끌어당길까!

당시 현아 언니의 말은 지금도 작은 돌, 뜨는 돌이기 때문이다. 피융 방방방 보보보. 나이 들어도 내게 반복해 돌아와 계속해 뜨는 어떤 돌! 당시 일곱 살의 꼬맹이는 겨우 물수제비가 바로 저런 거라는 것을 알았으니! 역시 시간은 뼈가 있다고 고백하지 않을 수 없다. 아, 시절은 왜 이렇게 아프고 아릴까!

돌이 실제 가라 앉기까지 3개월 뒤 1943년 6월. 엄마는 까무러쳤다. 송이는 혼절했다. 파랗게 질린 오브라이언이 달려와 소식을 전했다. 지난 몇 주 계속 울리던 공습 사이렌은 그날도 여전했는데! 지난 3년여의 충칭 생활, 그 무지막지한 폭격에도 잘도 피하더니만! 그 무수한 사람들을 구한다고 포탄도 요한을 요리조리 피해갔고, 불은 그에게 접근하기 전에 바람이 밀어내더니만.

언제나 저녁 자정 무렵에 토인처럼 새까만 얼굴로 나타나 하얀 이빨로 씨익 웃어주며 자신은 불사신이라고 하던 아버지. 이제 일본 놈들은 곧 망할 거라며 때가 멀지 않았다고. 그러니 곧 경성에 돌아가면 다시 백학 나래의 여인과 함께 라켓을 잡고 싶다던 나의 아버지! 요한이 그날 폭격으로 숨졌다. 선두로 방공호에서 나오던 그와 함께 앞서던 여럿 중국인들이 불발탄의 늦은 폭발로 폭사했다.

다행히 엄마는 현장에 없었으니 분의 마지막을 보지 못하셨다. 그러나 언니 현아는 현장을 목격했다. 아빠와 다시 그 구조 활동을 하던 그때, 방공호에서 마지막 순서로 노인들을 부축하며 나오던 딸은 사람들의 비명과 함께 저 멀리 처참한 아수라장을 보았다.

언니는 아버지의 마지막을 같이했다. 현아는 딸이면서 간호사. 언니는 필사의 진행을 했다. 나는 그런 모습을 겨우 상상만 할 뿐. 온몸 피로 물든 하얀 천사가 있다. 아버지를 외치며 절규하는 딸. 붕대도 부족해 자신의 옷을 찢어 아빠의 찢겨 나간 부위를 온 힘으로 지혈하는 딸. 통곡과 고함, 내내 아빠를 부르짖는 간호사. 겨우 1분도 지나지 않았다고 했다. 요한은 딸의 가슴팍에서 이내 숨을 거두었다. 망자의 마지막엔 고통도 사라진 순간이라고 밖엔! 겨우 아버지의 하얀 미소가 딸을 향했다고 하는데, 가는 자는 한마디 말도 없이 눈을 감았다.

현장의 딸은 오열과 통곡 가운데 실신했다. 주변 두 손을 모으

고 고개를 수그린 수십 명의 중국인들이 둘러싸고 도열해 있었
다. 그들은 충칭의 수호자에게 그들이 할 수 있는 마지막 예를 하
고 있었다. 합장하는 자들, 신은 모르지만 뜨겁게 하늘을 올려보
며 두 손을 모은 여인들. 지난 시절 조선인들의 헌신을 누구보다
도 잘 알고 있는 그들은 하나같이 참담했다.
 장례식엔 천 명이 넘는 중국인과 요한의 주변인들, 임정의 인사
들과 오브라이언을 포함한 의료 선교단까지. 사제가 그의 마지막
을 미사와 함께 장엄히 묵도했다. 물론 엄마 송이는 몇 날을 쓰러
져 참혹했다. 나는 엄마의 당시 통곡을 겨우 이렇게 편집한다. 그
언니 현아의 미리 떴던 돌, 그 물결 위 숨죽이던 그때 파문은 이렇
게 현실을 만들었다고. 그렇게 모두가 비장히 주목하던 한 여인의
통절했던 시선 가운데 드문드문 뜨던 알 듯 모를 듯 실룩거리던
엄마의 넋을 놓은 입술을 나는 이렇게 떠올린다.

 요한, 아름다운 사람. 진정 아름다운 정신을 가졌던 등 푸른 사
람. 당신은 내게 과분했던 분. 당신이란 소요(騷擾, 떠들썩), 그대와
함께한 아름다웠던 소요(逍遙, 인생 산책)까지. 이 바다와 나는 당신
이란 배를 제대로 띄울 수 없었지. 그래요. 더 좋은 세상에서! 그러
나 어째! 나 이제 당신을 잠시 잊어야 하네.
 그래요. 나는 진정 행복했소. 그러나 알지요? 여기 충칭은 환승
지였다는 것을. 요한! 우리 다시 게임을 해요! 제대로 해보자고.
그러니 미리 간 당신 열심히 노력해야 해. 준비하라고. 요한 제발!
그 엉성한 자세 부단히 잡아 봐. 내 몇 번을 말해! 발끝은 언제나

힘을 주고 서 있어야지! 미리 갔으니 배우라고. 그래! 거기 하늘은 선수가 많을 거야. 코치도 많고.

그리고 걱정 마. 아이들 걱정 말라고. 내가 누구야! 나 송이야. 박송이 엘리사벳이라고! 요한! 요한! 이제 나 지상에서는 마지막 공을 던진다. 그러니 잘 좀 받아 봐. 당신 알지? 나 정말 선수거든! 요한, 보여? 이 공! 이 '영원'이라고 적힌 나의 공. 요한! 내 사랑. 당신… 조금만 기다려. 정말로 체공 시간은 짧아. 그래! 그러니 제발 눈 똑바로 뜨고. 알아? 내가 당신께 도착할 때는 제발 잘 받아 보라고! 요한… 아, 나의 요한!

엄마가 자신을 지켜야 했던 가장 큰 이유는 자식들 때문이었다. 특히 막내 나 때문이었다. 내 나이 일곱 살. 불안장애를 겪어 본 엄마와 특히 언니는 가능한 아빠의 죽음 사실을 연기했다. 가족은 온갖 핑계로 아버지의 부재를 설명했으나 결국 막내도 알아 버렸다. 그해 겨울에서 다음 해 봄 난 급기야 말을 더듬기 시작했다. 당시 나의 뇌는 퇴화했다. 언어는 목구멍 속에서 잠겨버렸다. 가족은 막내의 실어증까지 걱정했다.

"은하수를 건너서 구름 나라로, 구름 나라 지나선 어디로 가나."

아빠의 은하수는 견우와 직녀의 이야기도 아니었다. 아가 시절의 박동이 간직한 아버지 요한의 노랫말은 동요 <반달>의 음정에 요단강과 가나안을 대입하셨다. 아이의 답답한 박동은 아로새겨진 육날(생전)의 요한을 계속 쫓아가고 있었다.

"샛별이 등대란다. 길을 찾아라. 서쪽 나라로. 고기를 잡으러 바다로 갈가나, 고기를 잡으러 강으로 갈가나, 이 병에 가득히 넣어 가지고서 라라라라 라라라라 온다나"

일곱 살 아이의 마음에는 두 동요가 교차되어 꼬였다. 유화는 아버지가 가신 서쪽 구름 나라를 찾았다. 당신의 은하수 건너 요단강은 어디냐고. 아이는 밤늦게 하얀 이빨을 드러내며 랄라라 웃어주며 자신을 꼬오옥 품어주던 아빠를 기다렸고 돌아오리라 믿었다. 또 당신이야말로 바로 그 샛별! 아가는 혼자 남아, 집을 보다가… 나는 점차 환청을 듣고 있었다.

"길 잃은 새 한 마리, 집을 찾는다. 세상은 밝아오고 달마저 기우는데 수만 리 먼 하늘을 날아 가려나."

조선의 해방이 목전인 그때 나의 큰 새는 그렇게 수만 리 먼 하늘로 날아가 버렸다. 이후 성인이 되었어도 나는 가끔 어니언스의 <작은 새>를 부르며 파촉의 님을 추억하곤 한다. 돌아오지 않는 서역 파촉 삼만리의 서정은 그리 애환이 깊고 아픈 것이었다.

"딴따단따… 딴딴따…"

다른 박자다. 딴따딴따 딴딴따. 이번은 어찌 노랑머리 청년이다. 인간 삐에로가 따로 없다.

"딴따딴따 땡땡땡 땡땡땡. 안녕히 계십시오. 숙녀 여러분, 안녕히 계십시오. 우리는 지금 당신을 떠날 것입니다. … Farewell Ladies! Farewell Ladies, Farewell ladies! We're going to leave you now. … 좋은 꿈 꾸세요. 숙녀 여러분 좋은 꿈 꾸세요. 우리는 지금 당신을 떠날 겁니다."(미국 동요 <Goodnight Ladies>)

도대체 귀찮은 다른 음률이 나를 계속해서 괴롭혔다. 삐에로는 갖은 아양과 함께 작은 새의 우울을 끊임없이 일깨웠다. 오방정은 오브라이언이었다. 안 그래도 매일 오는 그. 늘 언니를 찾아오는 그는 더 많은 초콜릿과 함께 이상한 모자를 쓰고 재롱까지 떨었다. 박장대소하다 결국은 다들 울었다.

"Merrily we roll along, roll along, we roll along o'er the deep blue sea. 즐겁게 우리는 갑니다. 갑니다. 갑니다요. 짙푸른 바다 위로 즐겁게 우리는 갑니다요."

영어에 이어 힘들게 배운 우리 말로 미국인은 나를 너무 귀찮게 했다. 풍성한 먹거리 유혹은 효과가 있었다. 빨간 모자를 눌러쓴 오브라이언은 언니의 도움을 받아 한글 공부에 매우 열심이었다. 결국 파란 눈 삐에로의 경박은 나의 강박을, 심인성 실어증을 치료했다. 그의 목마 태우기는 끝내 아이의 웃음을 되살렸다. 그의 한글 실력도 일취월장했다.

"짙푸른 바다 위로 즐겁게 우리는 갑니다" 하던 오브라인의 재롱은 현실이 되었다. 1945년 4월 바야흐로 귀국이다. 삐에로의 노래는 자신의 태평양도 포함했다. 노랫말 그대로 드디어 가족은 짙푸른 바다 위를 건너 각자의 조국을 향했다. 송이는 회환에 그득 찼다. 1920년 상하이로 떠난 지 어언 25년 만이다. 요한과 함께 떠난 그때 그녀 나이 스물여덟 살. 지금은 쉰세 살! 당시 두 몸이 떠났는데 가족은 겨우 셋. 그런데 고작 늘어난 숫자가 하나?

결산이라면 그녀는 남편을 잃었고 귀국길엔 아들 하나 딸 하나를 데리고 돌아왔다. 아들 고이현(15세)과 막내딸 유화(9세). 큰 딸 현아는 오브라이언과 함께 미국으로 떠났다. 아버지의 죽음이 가족 모두에게 새로운 시작의 기점이었다. 1943년 6월 일본의 막바지 공습에서 요한은 허무하게 돌아가셨고, 일본은 1945년 8월 15일 쇼와(昭和) 덴노(일본 천황)가 항복을 선언했다. 가족은 조금 이른 1945년 4월에 귀국했다.

우리는 충칭에서 다시 상하이로 이동해 배를 타고 제주도를 거쳐 부산에 도착했다. 이번 파촉 삼만리로부터 복귀는 꼬박 한 달(정확히 29일)이 걸렸다. 이어 울산과 포항을 들른 뒤 다시 서울까지 경부선을 탔으니 전체로 한 달 며칠이 걸렸다. 그렇다면 조국으로 출발하기 전 45년 3월까지 만 1년 9개월은 그 충칭에서 어찌하든 지냈다는 이야기다.

정리하면 그 공백기 일본의 패전은 기정사실, 각자도생이 시작되고 있었다. 혼란의 전국시대로 만주와 조선에 있던 일본인들이 서둘러 귀국길에 오르는 일이 펼쳐지고 있었다. 경제 신호가 가장 빨리 왔다. 그해 44년 일본 은행들의 파산은 항복의 전조였다. 송이는 일본 돈이 휴짓조각이 되기 시작하자 직감했다. 그녀가 45년 8월 전인 4월에 한국으로 복귀를 서두른 이유가 있었다.

마지막 과정엔 가족에게 아름다운 행사가 있었다. 바로 태평양을 건너야 할 딸 현아와 오브라이언의 결혼식이다. 가장 중요한 현지 정리의 불꽃이었다.

오브라이언은 엄마의 승낙을 받았다. 그 지긋지긋하던 폭격도 1943년 8월로 사라지자 둘은 결혼했다. 결혼식(엄밀히 말하면 1차)

은 요한의 사망 일주년에 조금 앞서 44년 봄 가족과 지인들의 축복 속에서 치러졌다. 당시 현아 언니의 나이는 스무 살, 오브라이언은 스물세 살.

"자식을 많이 낳고 땅을 가득 채우고 번성하여라. 바다의 물고기와 하늘의 새와… 온갖 생물을 다스려라. (…) 요한이 전한 거룩한 복음입니다. 그러니 너희는 언제나 내 사랑 안에 머물러 있으라. (…) 내가 너희를 사랑한 것처럼 너희도 서로 사랑하여라. 신랑에게 묻겠습니다. 신부를 얼마만큼 사랑하십니까?"

"하늘만큼 땅만큼!"

사제의 질문에 브라이언의 대답은 쩌렁쩌렁했다. 주변은 간단히 폭소였다.

"살면서 부부 싸움은 불가피할 수 있습니다. 의견 차이는 언제나 있을 수 있지요. 그러니 다시 묻습니다. 이번엔 하늘만큼 땅만큼 의견 차이가 있습니다. 한순간 꼴도 보기가 싫습니다. 그럼에도 사랑은 가능하겠습니까?"

짓궂은 사제였다. 물론 오브라이언과 봉사로 친한 사이고 둘을 오랜 기간 지켜본 동료이기도 했다.

"당연히 가능합니다. 아주 간단한 두 가지 방법이 있습니다."

"네 말씀하세요."

"장모님 말씀대로 고등어처럼 하면 됩니다. 속을 다 드러내 놓고 등을 맞대면 됩니다. 다음엔 고등어 한 손처럼 서로 품어주면 됩니다."

주변은 폭소에 이어 박장대소였다.

"흥미롭군요. 그럼 두 번째 방법은요?"

"네! 다음날은 어김없이 돌아가 있을 테니까요. 장모님 말씀에, I will definitely say I love Hyuna in Korean once a day."

송이의 얼굴이 가장 붉었다. 생기를 찾은 내 어린 눈에도 그분은 더없이 붉은 장미였다.

그리고 임신. 현아 언니가 아이를 가졌다. 귀국을 서둘러야 하는 또 하나의 이유였다. 형부 오브라이언은 태어날 아이가 미국 국적을 갖게 하고 싶었고, 무엇보다 현아 언니의 건강 상태와 현지의 위생환경을 염려해 고향인 오하이오주에서 출산하는 것을 부모와 상의했다. 그렇게 각자 귀국하기로 정리했다.

헤어지기 며칠 전 어느 심야, 형부 오브라이언과 장모 송이는 머리를 맞대고 둘만의 시간을 가졌다. 한 방이라 난 엿들었고 기억은 이렇게 선명하다.

"Dollar or Gold. That's all!"(달러 또는 금. 그게 다예요.)

"No no, I can't take this!"(아니 아니. 나는 이걸 받을 수 없어.)

"Mother Song, this money is John's legacy."(장모님, 이 돈은 요한의 유산입니다.)

"legacy?"(유산이라고?)

"유산!"

오브라이언이 준비했던 한국말로 방점을 찍었다.

"But… It's too much! I don't feel like it."(그러나, 너무 큰돈이야. 내키지 않아.)"

"Mother song. Hyuna wants it. You know… we might be hard to see again!"(장모님, 현아가 원해요. 아시지요? 우리 다시 보기 힘들 수도 있어요!)"

건네진 것은 일천 불 지폐 한 장. 역사적으로도 단종된 그로버 클리브랜드 일천 달러 지폐였다. 사위는 선교회에서 지원한 부조금과 중국인들이 십시일반 모은 돈다발을 지폐 한 장으로 바꿨다고 설명했다. 훗날 돈의 약 절반이 밝혀졌다. 언니가 알려준 진실은 사돈인 오브라이언의 부모가 미국에서 송금한 돈으로 부부의 새집 마련을 위한 생활 지원금이었다. 곧 미국인의 정서로는 오브라이언의 빚, 부모로부터의 대출이었다. 그런 브라이언은 할 수만 있다면 금으로 바꾸라는 조언까지 했던 거였다. 더해서 조선으로 돌아가는 위험을 감안해 한 장의 편의까지 고려했던 것이다.

"O'Bryan I feel so uncomfortable!"(오브라이언, 나는 너무 불편해.)

"Mother. You must be healthy! and happy! Aren't the grandchildren coming? Wouldn't it be to visit?"(어머님이 건강하셔야지요. 행복하셔야지요. 그래야 손주들이 찾아뵐 게 아니겠어요?)

당시 일천 불. 대체로 지금 기준 우리 돈 삼천 만에서 사천 만 원 사이 금액으로 추정된다. 그게 기초 자본이 되었다. 돌아온 송이. 이번 모던 걸은 전혀 새로운 모습으로 변신을 꾀했다. 물론 시작해 볼 종자돈이 있었다는 점에서도 그렇지만 세상이 바뀌었다. 25년 만에 돌아온 환경은 더는 식민 조선이 아니다. 여자의 위상도 그들의 목소리도 바뀌는데. 이를테면 "젊은 조선의 어머니는 가정의 문을 박차고 나와야 할 것이다(<자유신문> 1945년 11월 9일).", "아장아장 걷는 맵시도 좋지만 뚜벅뚜벅 걸어야 할 시대다(<동아일보> 1946년 3월 16일)" 등등. 당시 신문 속 이런 사설은 목소리만으로도 파격적인 분위기임이 분명했다. 아무튼 송이, 어머니는 이번엔 전혀 다른 고등어의 모습으로 도전했다.

당신은 너무 잘 아는 고등어를 주력으로 기존 가게나 식당이 아니라 수산물 유통에 뛰어들었다. 부수적으로 쌀도 거래했다. 대금 거래로 현물인 쌀과 곡물을 적극적으로 취급했다.

목돈이 있었기에 과감할 수 있었다. 오브라이언이 전한 내용은 그녀가 사업을 준비하는 데 많은 영향을 끼쳤다. 법정 화폐인 원화는 휴짓조각에 가까운 극심한 인플레이션 상황이었다. 패망 직전 일본이 남발한 화폐 통화량이 이유였다. 그들은 각종 군수 미불금이나 심지어 자국민의 귀환 수당 명목으로 무제한 화폐를 풀었다. 초인플레이션 상황은 가족이 떠날 당시 중국이라고 예외는 아니었다. 더 극심했다. 오브라이언의 "달러 또는 금. 그게 다예요."라는 말은 정확했다. 가령 달러의 가치는 상대적으로 4개월 만에 150퍼센트, 다음 해인 1946년 500퍼센트로 폭등했다. 단순 가정으로 3천만 원이 1년 몇 개월 만에 상대 가치 약 2억에서 3억 가까이 불어나는 혼돈의 상황에서 그 돈은 사업의 기초 자금이 되었다. 더해서 쌀을 취급한 것은 또다른 확실하고 안전한 환금 수단인 셈이었다.

무작정 귀국한 것이 결코 아니었다. 앞으로 어떻게 살아야 할지가 문제였다. 더구나 어린 자식이 둘 있다. 그녀가 해방 4개월 전

귀국한 이유, 특히 제주도와 부산에 이어 울산과 포항을 먼저 거친 목적이 있었다. 송이는 떠나고 있는 일본인들이 운영하던 고등어 공장들, 통조림 시설이 있는 방어진(울산의 어항)과 구룡포(포항)를 점검하고 서울로 올라왔던 것이다.

이어 곧바로 그녀를 찾았다. 바로 권녹주를. 의자매를 맺은 그분. 어느덧 은퇴한 기생이자 끈이 없는 여자로 환갑 자리에서 권주가(勸酒歌)를 부르며 근근이 살던 권녹주. 그녀는 청송에서 한번 내비친 뜻 그대로 부산에 내려와 있었다. 기생 자매들의 후진 양성이란 이름으로 누이들 사이에 끼어 생계를 꾸리고 있었다. 둘은 수시로 서신을 주고받던 관계라 어렵지 않게 만날 수 있었다. 이미 청송에서 초향의 장례 후 벌초와 관련한 이야기 나누었던 그들. 그 같은 필요로 서로는 계속 안부를 전하고 있었다. 비록 혼돈의 시절 한동안은 끊어지기도 했지만 충청 시절엔 서로의 거소가 일정했으니 연락은 다시 닿았다. 동생이 중국을 떠나기 전 소식을 전했음은 물론이다.

송이는 그럼에도 귀국 후 그해 1945년과 이듬해 8월까지는 계속해서 시장 상황과 시국 상황을 가늠했다. 임시 숙소는 경성 수산시장이 있는 옛 '배초향' 자리 인근 숙소(여관)를 잡고 때를 기다렸다. 1946년 당시 녹주 그분은 쉰아홉 살, 엄마 송이는 쉰네 살. 서두르지 않는 이유가 있었다. 언니 녹주에게 신선물을 보는 눈이나 간잡이의 기초를 가르치는 데만 6개월이 소요되었다. 준비 기간 송이 역시 곡물 유통세계의 간잡이 맛을 들였다. 수산시장에 도매 가게를 여는 것도 제 가게가 아닌 임대로 냈고, 옛 '배초향'

인근에 쌀가게를 겸해 열었다.

　녹주는 부산의 거처에서 다시 포항으로 이사했다. 그녀의 역할은 포항과 울산항에서 절인 고등어의 공급과 관리를 맡았다. 반면 서울의 송이는 그 물건들을 도매시장에서 처리했고 자금을 불려 갔다. 때는 절묘한 타이밍으로 일제의 패망 직후 남은 생선 조림 공장 하나를 헐값에 수거했다. 일본으로 수출망이 막힌 상황에서 엄마가 빈 유통의 일부를 꿰찼다.

　중국 삼만 리를 돌고 돈 역전의 선수다. 하루아침에 가게를 접은 적이 이미 두 번. 게다가 시정잡배와 일경의 갖은 행패도 겪었다. 또 밑바닥 중국인부터 그 메이훠를 부르던 높으신 분들까지 고객으로 상대했던 아낙이다. 아울러 그녀는 덧셈 뺄셈을 넘어 기초 부기를 익힌 상인의 딸이다. 그러니 말 그대로 산전수전 다 겪고 충칭에서는 공중전까지! 집안의 과거인 '배초향'과 더불어 '고통어'로 대변된 고되고 누진 경험들이 바야흐로 '고등어'(高等魚, 등급 높은 물고기) 사업장으로 전환되었다. '배초향'이 곧 여기 경성물산으로, 이어 다음은 대한상회로. 더 훗날엔 대한종합무역으로.

　나는 처음으로, 그리고 오빠는 제대로 학교라는 곳을 다니게 되었다. 1945년 귀국 당시 나는 아홉 살. 학교 이름은 경성마포공립 국민학교로 오늘날 서울마포초등학교. 나이로는 2학년인데 어찌어찌 3학년으로 편입했다. 물론 여럿 이유가 있었다. 애매한 중국 생활로 인한 학적 문제와 중국어를 잘하는 아이 기타 등등. 아무튼 섞인다는 건 교란이었다. 그건 문제일 수도 있고, 월반이 주는 이점도 있었다. 사실 교란이라고 했던 것은 정서의 문제가 가장 컸다. 아주 긍정적으로 조국은 너무너무 신기했으니까. 전혀 다른 환경에 한동안 반했다고나 할까! 이유야 아주 간단했다. 중국에서 태어나 폭격 속에서 자란 아이. 황량하고 음울했던 충칭에서 자랐으니까.

진정 조국의 하늘은 너무너무 푸르렀다. 세상 모든 것들이 다 발굿발굿했다. 서울 공기는 비할 바 없이 깨끗해서 밤에는 하늘 궁전에 수놓은 별들의 무대에 숨이 막혔다. 세상에! 밤하늘 떨어지는 별찌(유성)들과 미리내(은하수)를 볼 수 있다니. 그리고 그 태양이다. 어쩜! 매일 그리고 계절마다 다양한 햇살을 만질 수 있다니! 찬란한 햇빛은 눈이 부시고 바람을 타는 햇살은 간지러웠다. 잠깐 햇살은 눈 속에서도 아즉아즉 귀여운 거야. 또 밖을 나가면 조붓한 골목길 어느 가정에서도 하얗게 하얗게들 새하얀 옷들과 이불이 널려 있는 모습은 얼마나 신기하던지! 당연히 폭격의 일상에서 빨래는 엄두도 내기 어려웠고 겨우 말린 옷들도 언제나 거무튀튀했으며 그런 옷가지들도 도둑 때문에 수없이 사라졌던 충칭과는 너무나 다른 서울이었다.

이번엔 여름이다. 비속의 소녀도 그랬다. 충칭의 비는 하냥 슬픈 비, 우울하고 검은 물살의 기억과 함께 늘 그 안개비였다. 중국에서의 태양과 비는 싸웠던 대상, 특히 충칭의 비는 고통과 슬픔을 나눠주던 대체로 검은 비였다. 그러나 서울의 비는 전혀 그렇지 않았다. 과연 이 표현을 어떻게 해야 할까! 비가 내 손등에 떨어질 때 그만 나도 푸르게 출렁였다면? 비가 오신다. 비 님이 오신다는 그 말 그대로 비가 오면 흔드는 나뭇가지들처럼 깡충깡충 뛰는 소녀가 있다. 양철 지붕을 때리고 퉁기는 빗방울은 너무너무 즐거운 음악이다. 나는 첫해 우기에는 비를 즐겨 맞았다. 나는 비와 함께 비나리(축복)하는 소녀요, 비 마중 속 라온제나(제 것으로의 자신, 스스로 즐거운 나)였다.

그런 나를 두고 엄마는 한두 번 나무라다 그만 포기하셨다. 이후에는 그 모습을 즐겨도 보셨다. 감기에 걸릴 것을 우려하는 식모 언니의 만류를 제지하고. 그건 새가 나는 것처럼 자유롭게 느끼던 영혼이 싱그러운 딸의 모습을 지켜보며, 당신 역시 기억의 한때 어느 소녀였을 테다. 아무튼 극명한 대비가 만든 나의 소녀 시절 추억의 일기다.

그러나 현실을 알아가는, 알아가야 하는 다른 내가 있었다. 그 교란의 부정적인 정서와 관련된 이야기다. 교란 또는 착각? 뒤집어 보면 오직 즐거운 소녀는 시나브로 수상한 아이로 비치는 것은 어쩌면 당연했다. 전혀 자취가 다른 또래들 때문이었다. 나는 기본으로 우리말과 중국어를 쓰는 아이. 중국어가 더 편할 수 있다. 실제로 대화 속 무시로 중국어가 튀어나왔다. 또 오브라이언과 늘 붙어 다니던 때가 엊그제 같아서 간혹 대화 중에 영어도 솟구쳤다. 그건 중국에서는 겨우 학교 냄새만 맡다 떠난 이유가 컸다. 그러니 집에서도 학교에서도 너무 순수해서 모든 게 튀는 나였다.

입학하는 날 총총히 모인 비슷한 복장의 학생들을 보면서 얼마나 신기하던지! 학교라는 곳, 처음 받아 본 책들도 그랬다. 국어,

사회, 생활, 이과, 산수, 보건, 음악, 미술. 총 여섯 과목. 지금도 생소한 이과는 요즘으로 과학, 그리고 보건이라는 위생 교육이 교과목으로 있었다. 사회적으로 위생 교육이 필요한 시절이었으니까. 당시 열악한 위생환경으로 유행병이 돌았다.

또 학기도 요즘과 달라서 그때는 9월에 시작하는 가을 학기제였다. 곧 가을이 입학이고 신학기. 이듬해 3월이 2학기였다. 엄마는 그게 미 군정이 들어오면서 바뀐 거라고 하였다. 말하자면 어제까지는 일본식, 오늘은 미국식. 해방 직후 세상은 경제적으로나 사회적으로나 교육적으로도 혼란스러웠다. 반 분위기도 그랬다. 또래 친구들은 전혀 다른 아이들이었다. 내가 이방인인 이유를 당시 나는 전혀 가늠할 수 없었다. 생각이야 해보지만 실제와 때깔은 또 달랐다. 그들은 오랜 기간 일본인 교사에게 일본 수업을 받던 아이들이다. 4월에 귀국해 학교 등록한 시점이 45년 9월. 나는 새로운 땅에서 적응도 없이 바로 새 학기였으나, 다른 아이들에게도 전혀 다른 측면에서 적응해야 할 신학기였다.

자유? 해방! 당연히 좋다. 그러나 그래서 잠깐의 혼란이 있었다. 예를 들면, 아이들은 아침마다 외워야 했던 '황국신민서사'를 이제는 외울 필요가 없다. 아직도 왜색풍이 짙은 교실은 어느덧 일장기가 아닌 태극기로 바뀌었다. 결정적으로 그 아이들이 배운 국어란 바로 일본어였다. 그러니 그들에게 국어라는 과목은 지극히 이율배반적이고 낯설었다. 지난 학기까지 식민지 환경이었으니까. 교실에선 조선어인 우리말 사용이 금지되었고 거의 모두 창씨개명한 일본 이름을 사용했다. 또 가정마다 큰 형이 있다면 학도 동원령(1943년)이나 징병령(1944년)에 의해서, 그리고 큰 언니나 누나들은 여자정신대 근무령(1944년)에 의해 끌려가서 죽었거나 이제 속속 귀국하는 시절이다.

그런 아이들 속에 수상한 소녀가 등장했다. 일단 복장이 튀었다. 다들 검은색 바지로 여자애들은 하나같이 몸뻬바지, 반면 나만 짧은 치마를 입었으니까. 송이는 자신의 의식이 투영된 아이를 원했겠지만! 또는 역시 식민지 시절 조선에 있지 않았기 때문이겠지만. 그래서 나는 내외로 주목받지 않을 수 없었다. 정서적으로도 완연히 달랐던 것이, 주변에는 여전히 몸에 밴 왜색! 즉 아이들은 순수했지만 일본 군국주의가 주입된 아이들이었다. 그러니 그들이 보기에 나는 얼마나 이방인이었을까! 유화는 요즘 말로 자유로운 영혼이었으나, 현실은 왕따나 이지메의 대상이 될 수밖에 없었다.

과목에 보건이 들어간 이유를 증명하듯 호열자가 전국을 휩쓴 (1946년) 이듬해의 일이다. 휴교령 때문에 학교 수업은 자꾸 건너뛰었다. 콜레라 예방주사 증명서가 없으면 외출도 힘든 한 해가 지나갔다. 내가 여전히 자신만의 신세계를 누린 이유가 그 콜레라였다.

아이들과의 교류나 수업을 건너뛰어 어느덧 열한 살, 요즘으로 치면 초등 4학년이던(사실은 그때 5학년) 1947년 따사로운 5월이다. 엄마는 사업으로 눈코 뜰 새 없이 바쁜 시기라 아이 둘은 스스로 알아서 학교를 다니던 시기였다. 식모 언니가 엄마를 대신하는 일이 잦은 그해 5월 어느 오후. 또 다른 측면에서의 자유로 나는 외출 중이다. 봉쇄의 한 해를 지나 맞은 봄이니까. 그리고 작년 몇 개월엔 괜한 눈칫밥만 먹으면서 외톨이로 지낸 나. 실제로 반 친구들 중 콜레라로 죽은 아이가 있었다. 아무튼 어느덧 귀국 삼 년째. 첫해는 어영부영 넘어갔고 작년에는 대부분 이사한 집에서 꼼짝달싹 못 한 탓인지 괜히 가슴이 북적거린다. 사건의 장소는 마포 와우산으로 기억한다.

여전히 세상을 모르는 자유로운 나, 비 마중의 소녀는 오늘 꽃마중을 하고 있다. 이 따사로운 햇살과 함께 연녹색들은! 풋것들로 주변은 전혀 새로운 세상이 아닐 수 없다고. 어쩌면 인생 처음 제대로 맞이하는 한국의 봄이었다. 나는 새록한 잔디 위를 하얀 살로 총총히 뛰고 있다. 신발도 벗어 손에 쥐고 너울너울 춤도 추고 꽃을 따고 산길을 타고 오르고 있는데, 점차 나지막한 산속은 또 다르다. 말하면 입 아픈 충청의 그 우울한 하늘과 답답하고 매캐한 연기, 온통 폐허 더미와 그을린 담벼락 주변에서 자랐던 내게 전혀 다른 그저 싱그러운 때깔이다.

저 나무가 바로 오리나무. 또 저것은 산벚나무. 또 이 풋오이 향은 뭐지? 혹시 저건 이제 물이 오른 생강나무? 노란 꽃은 이미 졌지만 동근 잎은 푸릇푸릇하니까. 아니 아니야! 분명 이건 올라오며 본 물가에 있던 귀룽나무가 맞아. 그리고 오! 저건 이모가 말해주던 참죽나무.

한때 식모 언니가 알려준 봄이라는 신세계를 재학습 중이었다. 어느덧 집의 뒷동산에 가다 그만 너무 깊숙이 들어와 버렸다.

"저 미친년 널뛰는 것 좀 보래이!"

"오우. 저 쪼그만 부라쿠민(ぶらくみん, 部落民: 천민) 치마 다리 좀 봐!"

분명 이 소리의 주인공은 일본에서 귀국한 아이다. 아니 사내. 도합 세 명. 그중 가장 큰 자는 남루한 일본 군복을 입고 있었고, 나머지 둘은 해진 국민복을 입고 있는데 키 차이가 있다. 서열 구분은 바로 가능했다. 가장 큰 놈인 군복은 누리끼리한 옷의 목에 훅이 달렸는데 매지도 않았다. 나무 단추도 몇 개 남지 않았다. 난 호흡이 멎었다. 다들 지저분하고 누리끼리한 속옷들이 보인다. 한눈에도 행색이 불량하다.

"형. 바로 그 아이야. 저 장꼬르(중국인을 비하하는 일본식 속어)년!"

"뭐? 그 되년?"

누런 얼굴을 한 소년이었다. 비하의 욕을 하던 두 번째 국민복의 아이. 그런데 장꼴라라고 말한 아이는 제대로 알아볼 수 있다. 작년까지 같은 반 아이였으니까. 형이라는 소리로 보아 둘은 형제 사이라는 추정.

"안 그래도 효식이 그 자식, 고 동생이 작년 저 되년들의 호열자로 죽었어!"

나오는 소리는 독침 같은데 입에서는 설익은 아까시(아카시아) 향이 흘러왔다. 호열자를 말하는 자는 큰 국민복이다. 반면 대장인 군복은 아직 파릇한 아까시 꽃타래를 흔들면서 이죽거리며 듣고만 있다. 내 의식은 이미 아까시 꽃처럼 새하얗게 변했다. 불량한 눈에서는 하얀 냄새가 풀리고 있다. 달근해야 할 아카시아 향기가 아닌 쌉쏠한 향이 바로 그 큰 군복에게서 넘어오는데 어찌 비릿했다. 놈은 입속 꽃잎을 끊임없이 씹고 있었다.

"되년이라. 화냥년이군. 맛있겠다!"

까무러칠 지경. 지저분한 군복이 어느새 눈앞에 있다. 치마는 이미 잡혔다. 그의 거친 숨, 그 비린내가 바로 코앞에서 역했다. 라온제나의 소녀는 다시 충칭이나 난징의 참혹한 어둠 어딘가로 돌아가 버렸다. 웨이다! 순간 중국 그 아이의 그림자가 떠올랐다. 사람들이 죽었음을 알리는 중국식의 그 향초도!

"바카야로우(ばか野郞: 바보 자식들)!"

경각의 순간 어느 뜬 목소리 하나가 바닥의 나를 덮고 있는 군복 놈의 머리 위로 훅 튀어들었다.

"뭐야 또 이건?"

"빡대가리 새끼들!"

나중에 알았다. 처음 소리는 매우 정확한 일본어였다는 것을. 바보라는 뜻의 저속어 '빠가야로'가 아닌 '바카야로우'라는 소리의 명확도. 욕으로 시작해 욕으로 내던진 사태는 군복이 내 치마를 잡아채 뒤집은 순간에 날아왔다.

키가 훌쩍! 그런데 이거 뭐지? 너무 말랐다. 복장은 역시 국민복의 다른 하나인 카키색 복장인데 옷에 몸이 담긴 느낌이다. 말린 소매 아래 깡마른 손목에 나무 막대기 하나가 들려 있다. 바닥의 나도 하늘의 구원 소리를 들었지만 바라보는 구원자는 허탈하다. 너무 야리야리하다. 도대체 저 체격에 막대는 그저 지팡이로 보이는데, 이 아이가 구원자라고?

어이없는 표정은 이쪽이 더하다. 모두 기가 차지도 않은 상황이다. 나를 덮은 역한 뚜껑이 제대로 돌았다. 가소롭다는 표정도 아깝다는 듯이 군복이 턱으로 앞을 가리켰다. 웃긴다는 표정으로 큰 국민복이 바로 나섰다. 그런데 다음 진행? 단 한 번에 끝나 버렸다. 그게 바로 일동작(一動作) 머리 치기라는 것을 안 것은 몇 달 뒤였다. 너무 간단해서 처음엔 피식이라는 소리가 어울렸다. 야리야리한 소년이 나무 막대기를 천천히 들어 올리며 그냥 달려오는 국민복의 머리를 딱 한 번 쳤는데 그대로 엎어졌으니까.

눈이 잠시 커진 군복도 긴장했고 주변에 묵직한 나무 작대기 하나를 찾아서 들었다. 장면은 마치 다윗과 골리앗 같은 작은 대치가 잠시 있었다. 역시 두 번의 타격으로 골리앗도 고꾸라졌다. 비슷하게 막대기가 들려지는 순간 골리앗이 뼈아픈 비명으로 허리를 급히 틀었다. 처음 전혀 상체를 숙이지도 않는 소년이 한칼에 나무를 베듯 골리앗의 허리를 번개 치듯 내리쳤다. 그게 허리치기라는 것이었고, 이어 무너진 자의 머리를 후딱 내리치는 그 머리치기는 다음 두 번 보는 순서였다.

절로 눈이 돌아갔다. 야리야리한 소년은 부드러운 동작으로 한순간에 후려쳤다. 처음 내려 꺾듯이 치는 순간 그는 두 손을 잡았는데 마지막에 임팩트가 아주 놀라웠다. 골리앗은 비명을 지르며 허리를 붙잡고 무너졌다. 이어 그 머리 치기로 군복은 바로 푹 꺼졌다.

'나비 소년!'

내 머릿속에서는 작은 나비 한 마리가 날았다. 호흡마저 조용한 소년의 매끄러운 동작을 올려보며 그 아이의 눈매 속 어떤 강렬함을 배후의 태양과 함께 보았다. 빛처럼 상대에게 가하는 타격은 엄마가 또 그 엄마에게서 들었다던 고등어를 단칼에 치는 일도(一刀)의 동작을 본 듯했다. 그래서 그 표현이었다. 즉 눈을 감고도 친다는 말. 동작은 자연스럽게 의식은 손끝을 타고 이미 고등어의 목에 닿아 있다는 그분들의 전설이 눈앞에!

동시에 소년의 바다를 보았다. 자신의 집안에 흐르는 고통어의 일념 같은 것이었다. 역시나 몸에 밴 어느 단칼인데! 할머니 초향에게서 느낀 고통으로 제련된 인간의 어떤 향기였다.

그 아이는 말이 전혀 없었다. 눈짓은 어서 일어나 가라는 신호뿐. 그 아인 겨우 고개 한 번. 이후 등을 돌렸다. 나는 여전히 새파랗게 질린 가운데 뒤집힌 치마를 바로잡고 그 자리를 빠져나갔다. 잠시 고개를 돌려보니 소년은 하늘만 올려보며 그 자리를 지키고 있었다.

후폭풍이 있었다. 나는 또래 아이들과 비슷하게 내려왔다. 가장 먼저 복장을 바꿨다. 엄마와 무척이나 싸워, 그날로 허리춤과 발목에 고무줄을 넣은 몸뻬바지와 저고리를 입었다. 그 사건은 누구에게 말할 수도 없었기에 그런 변화가 엄마에게는 도무지 납득하기 어려운 고집으로 보였을 테다. 나는 철저히 조심하는 소녀가 되었다. 머리도 조만간 반의 여자아이들처럼 짧은 단발머리로 자를 것이다. 머리만큼은 엄마도 그랬고 나도 긴 머리를 소망해 왔으나, 이제는 튀지 않으려 한다. 또한 중국어와 영어는 정말로 집안에서만 사용한다. 그토록 그 사건의 충격은 컸다. 동시에 한국이라는 고국도 이제는 불편하고 불결하게 다가왔다. 소녀는 피폐한 현실에 눈을 떴다.

그 일 이후 무척이나 그 아이를 찾았다. 나의 촉각은 계속 그를 향했고 드디어 그 아이를 알 수 있게 되었다. 가까운 곳과 먼 곳에서 시차를 두고.

사건 몇 개월 뒤 늦은 가을 학기 어느 날이었다. 엄마가 어느 날 일본어를 배우기 시작했다. 일본과의 무역 업무 때문이었는데, 일본인 하나가 우리 집에 들어왔다. 새로운 식모로 일본 여인이 들어온 것이다.

조선 사람과 결혼한 일본 여자였다. 일본으로 간 조선 남자와 결혼한 일본인. 해방 직후 국내로 들어온 경우인데! 바로 그 아이가 그 여인의 아들이었다. 우리 집에 나타난 그 아이를 보는 순간 서로 멍했다. 각자로 충격이었다. 기웃거리다 겨우 들어서는데 그만 나를 보자 멈칫하던 그 아이. 나 또한 손에 들고 있던 무엇을 그만 떨어뜨렸다. 내내 찾던 아이가 어떻게 제 발로 우리 집에? 찾아온 이유는 돈이었다. 그달 월급을 가불 형식으로 엄마가 주었다는 이야기를 들었으니까.

아무튼 재회였다. 그때 그 아이의 표정은 너무도 대비되어서 나는 그날을 이렇게 또렷이 기억한다. 지난번엔 호흡도 잔잔한 나비 소년이었지만, 이번엔 아주 굳어 버린 참죽나무의 오랜 뿌리를 보았다고나 할까! 나를 보는 순간 움찔하며 꿈틀거리던 그의 눈살. 그건 마치 땅 밖으로 뻗은 참죽나무의 굵은 뿌리들이 꾸불거리다 바로 굳어지는 모습 같았다.

그리고 이후 더 먼 충격은 내가 중학교에 진학했을 때, 그것도 신학기 몇 주 만에 그와 직접 마주하면서 벌어졌다. 잊을 수 없는 일이었다.

남들보다 한 살 이른 열세 살에 중학교에 입학한 나 유화. 그리고 무려 다섯 살이 많으면서도 일 년을 꿇어서 아직도 중학교 4학년인 그 아이. 마주하며 읽을 수 있었던 가슴 이름표, 임현. 결국 알게 된 그는 징용자의 아들이었다. 내가 중국에서 어린 시절을 보낼 때, 그 아이는 일본에서 자랐다. 그도 나처럼 아버지가 없었다. 즉 엄마는 조선인과 결혼한 일본 여자로 미망인이자 과부였다.

모자에게 과연 무슨 사연이 있었을까? 특히 해방 후 일본 여인이 죽은 남편의 나라에 들어와야 할 사정은 무엇이었을까?

소년의 일본 이름은 이하라 현(井原, 賢). 그의 어머니는 하시바시노(羽柴志野). 그녀는 가해국의 사람이다. 그때는 반일 정서가 상당해서 일본인들은 다 일본으로 돌아가는데 거꾸로 한국에 들어왔으니! 결과로 이 땅의 역사는 그런 일본 여자들 대부분이 버려지거나 홀로 타국에서 고독사로 죽었다는 기록들이 있다.

훗날 소년이 조기에 검도를 배워야 했던 이유를 알게 되었다. 그는 일본에서 한때 소년원에 있었고 자해의 기록까지 있는 아이였다. 일종의 전과였다. 따라서 그 임현은 육체와 정신 모두 절망이라는 문신을 아로새긴 어린 꽃 생선이었다. 자해라니! 비슷하게 조폭 아이들은 왜 푸른 문신을 할까? 그들도 인생 고등어라면 각자 생의 이력인 온갖 푸른 멍들과 더 짙푸른 분노를 제 몸에 새긴 청화어(靑花魚)가 아닐까?

시대적으로 또 태생적으로 그들 모자는 일본에서 부라쿠민의 위치였다. 남편의 사망도 서러운 조선인 차별과 관련이 있었다. 남편이 죽자 엄마는 아들의 미래를 걱정했다. 소년원까지 간 아들의 미래는 야쿠자가 될 가능성이 높았고 일본 사회에서 희망이 없다고 본 일본인 어머니는 대안으로 남편의 고국을 선택한 것이다.

그러나 한국에서도 일본인 과부는 조롱의 대상이었다. 소년도 아비 없는 쪽바리의 아들로 손가락질을 받았다. 우선 모자는 언어 소통에 곤란을 겪었고 생계도 맞물려 어려웠다. 그 소년의 뒤처진 학업도 언어 문제였다. 생계 문제로 그 일본 여인이 우리 집 식모로 들어온 것이다.

임현, 그는 자해로 자신이 오히려 살아날 수 있었다고 말했다. 그는 두 번째 출현에서 그런 고백을 했다. 내 눈앞에서 아련히 피어났던 그에게서 나는 먹먹하게 깊은 상실을 알아보았다. 나는 느닷없는 그의 출현에 잠시 충칭으로 돌아갔다.

결국 무서워서 살았다고 했다. 두 번째 만남인 교문 앞에서 임현과 마주했을 때, 그 대화가 나왔으니. 도저히 말도 안 되는 순서가 아닐 수 없었다. 당시 나도 소름 끼치게 놀라웠다. 서서 처음으로 마주하며 나눈 대화인데! 어쩜! 자신의 치부를 그리 쉽게 말해주는 그나 또 그걸 들어주는 나나.

그날 살짝 비가 내리고 있었다. 입학 2주 차나 되었을까? 종례 후 그가 나를 기다리고 있었다. 의외의 전개가 눈앞에서 펼쳐졌다. 하늘에 먹구름이 몰려오니 학생들이 서두르는 가운데 묘하게 내 앞에서 아이들이 쫘아악 갈라지고 있었다. 그리고 그가 보였다. 교문 앞에 그가 서 있었다. 세상에! 여자 중학교에 시커먼 남자애가 들어와 말뚝처럼 서 있었다.

'너!'

3월에 비다. 쌀쌀할 수 있다. 처음 비는 어정쩡했다. 우산을 쓸 정도는 아니었다. 그러다 점차 비가 굵어졌다. 교정의 나뭇잎들을 가는 회초리로 때리고 계속 지켜보려는 아이들도 비에 그만 서둘러 빠져나가는 중이다. 미리 챙긴 우산을 갖고 지켜보는 몇몇을 빼고는. 여자아이들은 남자를 점으로 해서 둘로 나뉘었다가 교문에서 다시 합류해 세차게 빠져나가는 상황. 마침내 나는 그물코에 걸리는 물고기처럼 그의 앞에 서야 했다.

살짝 웃었다. 정말 웃기지도 않아! 나도 그렇고 그 아이도. 순간 묘했다고 밖엔. 임현은 우산 없이 오랫동안 젖고 있었다. 나도 비의 소녀 라온제나를 소환하고 있었으니… 도대체! 참으로 묘했다. 누가 봐도 미쳤다고 밖엔. 아니면 신선하거나 신기했을까? 그의 입에서 처음 나온 말이 그 비 마중을 열어 주었기에 서로 잠시 멍했다. 그가 천천히 말을 이어 어렵게 방울방울 호흡과 함께 입을 떼었다.

"나… 너를 너무… 너무… 너무! 오래… 오래 지켜… 보고 있었어!"

그 한마디가 이 사내의 갖은 소문의 탁류를 한순간에 쓸어내렸다. 나이도 있는데 일 년을 꿇었다는 문제아. 우선 어눌한 한국말 때문에 학업 진도가 나아가지 못했다는 것, 다음으론 아비 없는 가정에 휴학할 수밖에 없는 째지는 가난 때문이라는 입장. 그런데 검도 하나는 끝내주는 절반이 쪽바리라는 소문. 일본에서는 일본인이 되고 싶어도 저주받았고, 여기 한국에서도 거부당한 현실에 갇힌 힘겨운 청화어(靑花魚)였다는 것을. 이런 내용은 그가 다니는 남자 중학교에서는 이미 소문이 자자했으니까. 그를 괴롭히려던 일진들이 그의 검에 혼쭐이 난 뒤의 풍문이었다. 내 귀에 흘러들어온 그의 소문들은 도무지 어려운 그의 우리말 몇 마디로 내게 직진했다.

"왜?"

비로소 나의 첫 반응. 내가 물었다. 왜 여기 서 있냐는 첫 마디였다. 또 너는 나를 왜 기다렸냐는 질문이었다. 정말 웃기는 이 진행. 그런 말 같지 않은 대화를 주섬주섬, 토막토막. 비속의 소녀와 소년이 마주하고 진행하고 있다는 것에 나도 어이가 없었다. 더구나 이상한 것이 어찌하여 그 시각 교문엔 수위가 없을까?

"그냥… 넌 자유로웠으니까! 갑자기 살고 싶어…졌으니까!"

그 아이의 음성을 훗날 이렇게 종합해 보지만 그때의 소리는 비처럼 뚝뚝 떨어지고 있었다. 그의 우리말은 정말 형편없었다.

"흐, 괜한 떨거지에게!"

나를 자조하는 게 웃기지도 않았다. 그런데 다음 말이 폭탄이었다.

"아니! 난 그날! 산다는 이유를… 너처럼… 세츠니 사왓데!(정말 간절히) 만져… 만져보고 싶었으니까!"

눈물이 핑 돌았다. 순간 그 아이 웨이였으니까. 그 말이 너무 무거웠다. 어린 시절의 상실이 함께 돌았으니. 뭔가가 나를 깨웠다. 충칭 시절 우리 집 가까이 살던 나의 소꿉친구 웨이(张伟, 장웨이)란 아이. 그는 터널 속에서 부모와 함께 질식해 죽었다. 외국인들이 피한 곳은 튼튼한 방공호였으나, 중국인 대부분이 달려간 곳은 취약했고 특히 통풍이 안 됐다. 그의 가족은 터널 입구가 폭격으로 무너지자 그대로 갇혀 질식사했다. 이 사건(6·5 대터널 참변) 뒤 중국인들은 천 개 이상의 무덤을 만들었고 도시 전체는 죽음의 초를 피웠다. 그 웨이는 소꿉놀이 상황극을 함께하던 꼬맹이 유화의 단짝이었다. 함께 점점이 터득하던 중국어는 현실 너머의 도피처였다.

'산다는 이유를… 나처럼… 만져보고 싶었다니!'

순간 그의 말 속에 내가 있었다. 그건 질식해 죽은 그 아이 웨이의 대사였으니까. 허니 말이라도 살고 싶다… 만져보고 싶었다! 도대체 나의 트라우마를 꺼내는 듯한 이 말의 촉감. 상실감이 부활해 나를 뒤흔들었다. 여파는 묘하게 나를 뚫었다.

"날?"

왜 그리 열렸을까! 말은 층층이 겹이 있다고 밖엔. 첫 말에 문을 이미 열어버린 소녀. 사실 그때 나를 구해준 아이다. 이후 내내 나를 지켜보았다는 것이어서 또 이런 자리니! 도대체 그 말의 속살은!

"미안. 이런… 말을 하고 나면… 코오카이와… 나사소오 닷타(더는 후회가 없을 것 같아서)!"

이어지는 그의 독백. 나는 입술을 질끈 깨물었다. 마포 와우산에서 보았던 이 아이 눈 가운데 그 일도(一刀)라던 해석이 그리하였다. 고통으로 제련된 인간의 어떤 향기는 죽음을 직면한 자의 손매였음이 드러나던 순간이었으니까.

"왜 후회야!"

그래! 넌 살고 싶었던 거야. 내리는 비와 그의 몇 마디에 나는 묵은 체증을 벗었다. 빗속에서 내 눈빛은 묻고 있었다. 너는 도대체 어떤 인간이냐고!

"미안…해. 내 더는… 사이고다(最後だ)!"

그는 최후라 했다. 이런 소리는 처음이자 마지막이 될 거라 했다. 그래서 재차 미안하다고. 당시 소년의 말은 정말 어눌한 한국어라 좀처럼 편집이 어려웠으나 방울방울 그는 분명 울고 있었다. 잔인하게 촉촉했다. 나는 이를 물고 고개를 저었다. 나는 이번만큼은 소년을 구하고 싶다. 자신을 구하고 싶다.

그랬다. 임현은 죽음을 생각하고 있었다. 충칭에서의 소녀도 그 냄새를 뒤쫓고 있었다. 어쩌면 사람이란 생물은 그렇게 후각에 뛰어날까? 그러니 인간은 영물일까? 고등어도? 그 생물의 측면에 날 선 후각 돌기들이 그렇게 말하고 있었다면!

비와 소나타? 내게 붙이라면 이 노래의 제목은 빗방울 가운데 전달된 '죽음과 소년'이었다. 다른 음악이라면 슈베르트의 <죽음과 소녀>. 나는 타인을 통해 구원의 가능성을 보았다. 심지어 환희와 함께 만져보고 싶다는 네 말은 구원의 갈망이라고 긍정했다. 속내의 넌 아직 죽고 싶지 않았나 봐? 마음 한편에 여전히 살고

유화

싶었나 보지! 아니면 왜 굳이 이런 자세와 고백일까!

'그래도 왜… 나일까? 굳이!'

눈물이었다. '나를 마치 구원자처럼 기다린 너에게 나는 과연 무엇이길래. 도대체 내가 무슨 의미이기에 이딴 말을 단 한 번에 쏟아낼 수 있었는가!' 당시 두 심장은! 먹먹한 두 푸른 의식을 헤엄치던 고등어 한 손에게 적어도 나의 의식을 투영했던 단어는 그 말 운명이었다.

"미치겠네!"

이어진 내 한숨. 그날 가슴이 쿵! 했다. 내 짝이라는 것을 직감했다. 이성의 한 꼭지는 '아뿔싸!'였다. 도망가고 싶은 마음과 함께 뭔가 마음속에서는 쩍 하고 갈라지는 소리도 들렸다. 대체 왜 아직 어린 내 인생에 느닷없는 이 시커멓고 깡마른 남자이며 또 이런 사태일까 하고. 외모는 형편없는 말라깽이. 그런데 어찌하여 소녀는 소년을 그만 이끌어 버렸다. 내 마음은 저 멀리 그런데 나의 손은 그를 향했고 붙잡고 말았으니. 나는 거의 무의식이었다.

조기 새끼는 꽝다리, 숭어 새끼는 모쟁이, 잉어 새끼는 발강이, 붕어 새끼는 쌀붕어, 가오리 새끼는 간자미, 청어 새끼는 굴뚝청어. 그럼 고등어 새끼는?

다시! 전어 새끼는 전어사리, 방어 새끼는 마래미, 농어 새끼는 껄떼기, 명태 새끼는 노가리. 그럼 고등어 어린이는? 고등어 청소년은?

정답은 고도리. 화투패 고스톱의 그 고도리(五鳥)가 아닌 순우리말 고도리다.
여긴 몸을 누인 어물전의 어떤 좌판이다. 처지가 가장 닮은 꽁치나 삼치가 말했다. 바로 옆에 누운 고등어 한 손에게.
"이 바닥 그래도 너흰 행복하지 않냐."
비린내 가득한 어물전에 누운 생선들의 한탄 소리였다. 동시에 이 말은 그가 내게 이별을 알렸을 때, 내가 한 말이다. 어떻게 그런 말이 나왔는지 나도 모르는 가운데 그는 잠시 듣고만 있었다.
다시 돌아가 왜 행복하냐면 갈치나 꽁치나 삼치는 한 마리씩 외따로이 누워 있는데 너네 고등어는 꼭 두 놈이 한 손이란 이름으로 짝을 이루어 껴안고 있으니 그게 부럽다는 거라고.
그는 피식 웃었다. 나는 계속 말했다. 네게도 이미 엄마라는 한 손이 있지 않냐고. 너를 위해서 일본이라는 바다를 떠나 이렇게 한국이라는 어물전 좌판에 너를 껴안고 있는 한 손을 도대체 어떻게 할 거냐고?
그의 눈은 잠시 신음했다. 참죽나무의 노출된 그 굵은 뿌리가 다시 한번 흔들렸다. 이어 유화는 너무 뜻밖의 말을 해버리고는 얼굴이 붉어졌다. 그녀는 마치 뭔가에 쓰인 것 같았다. 아, 어찌하여 그때 내게서 그런 말이 튀어나왔는지. 난 무슨 감동에! 오믈렛에 얹히는 계란 피처럼 그 말을 해버렸으니까.
"아우 진짜! 미치겠다 진짜! 바보야. 나도 그런 한 손이 되어줄 수 있어!"

붉은 눈이 떴다. 그의 눈과 입술이 살짝 흔들렸다. 그러나 나는 피식 웃으며 급히 차단막을 쳤다. 말하자면 뒤끝 작렬이었다.

"바보야. 바로 하늘이라는 큰 손!"

멍한 사내. 멍청하게 나른했던 그의 표정. 나는 빙긋 웃어주며 하늘을 손짓했다.

"바보! 다 이유가 있어. 나 괜히 고맙다는 말. 말 잘해지면 전하고 싶…어지네!"

도대체 멍한 그. 당연히 나의 미소를 알 도리가 없던 임현. 어느 측면에서 나를 끄집어내 준 그가 고마웠으니까. 나는 쏟아지는 비를 환하게 마주하며 자신에게 통렬했다. 소년은 소녀의 환한 얼굴을 말뚝이 되어 지켜만 보고 있었다. 이로써 나는 그가 죽지 않을 거라 확신하며 가뿐히 그를 피해 나갔다. 돌아선 나는 이번 주인공은 나라고 주먹을 불끈 쥐었다.

분명 그가 나를 돌아보았을 텐데, 앞만 보고 환하게 웃으며 뛰었다. 사람들이 보았을 테다. 몇은 지켜보고 있었다. 소문이 나 다음 날부터 모두 새침데기로 돌아섰으니까. 다들 내 앞에서는 이상하게 조용했다. 새 학교 새내기였지만 내가 무엇을 하든, 다시 짧은 치마와 긴 머리로 돌아가도 모두 인정하는 분위기로 그저 담담했다. 물론 뒤에서는 숱한 손가락질을 받았다. 나는 그와 교제하기 시작했다.

그 사건이 주던 묘한 끈 하나가 있었다고 했다. 말이라도 갑자기 무서웠다고. 그는 쓰윽 웃었다. 도무지 환한 소녀의 얼굴은 도대체 수수께끼였다고.

이는 친해진 다음 들은 그의 고백이다. 그는 그때는 죽을 때가 안되어서 그랬던 것 같다고 후퇴했다. 그러나 나는 그의 말에 뒤집혔다. 그가 술술 토했던 연타의 고백은 나를 정말 미치게 만들었다. 당시 그는 실제 죽을 생각이었다는 진실이 전해졌으니까. 아찔했다. 듣는 순간 하늘에 무지개가 떴다. 비는 없는데 어찌하여 내 의식에는 내가 약속해버린 한 손 무지개가.

"유화…"

그가 처음 내 이름을 부르던 순간이었다.

"그때 2년 전 내가 왜 거기 있었을까?"

마포 와우산에서 나를 구하던 그때를 말한다.

"…"

"나 그날 죽으려고 산에 올라갔으니까. 목을 매려고 올라갔어. 그러다 너를 보았지. 춤을 추는 자유로운 영혼 하나에 그만 시선이 홀렸어. 목에 끈을 감으려다 모든 것이 멈춰버렸지!"

"어머! 이… 이런!"

임현의 눈에서는 애잔한 미소가 어리고 있었다.

"나는 그때 죽지 못했어. 누군가 나를 멈춰 세웠으니까. 그래서 지난번… 다시 마지막에 널 보고 싶어졌어… 그래서 그랬어!"

조금 더 발전했다 하나 역시 서투른 그의 우리말.

"그래… 죽지 마… 바보야. 앞으로 절대로!"

나는 상상이라도 울렁거렸다. 그에게 죽음은 왜 이리 가벼운가! 도대체 그의 영혼의 상처는 어디부터 둘러보아야 하는 건지.

"미안타…"

"아니! 오빠. 앞으로 죽고 싶으면 나를 생각해! 이런 바보! 죽음이 무슨 벗인 줄 알아!"

임현이 우리 가족 속으로 들어왔다. 그와 난 그 고등어 한 손의 놀이에 빠져들었다. 혼란스러웠던 그와의 인연은 착착 내 공간 속으로 따라붙고 있었다. 즉 그가 나를 구했던 3년 전(1947년) 봄, 그는 죽으려 왔다가 나를 구했고 그래서 그는 살았다. 다시 2년 후 봄(1949년) 가을 그가 다시 나를 찾아왔을 때, 이번엔 내가 그를 구한 셈이었다. 동시에 나에게도 악몽을 치유하는 동기가 되었다.

그가 우리 집에 스며든 일은 무척 자연스러웠다. 물론 나보다 다섯 살이 많았으니 당연히 나는 그를 오빠라 불렀다. 우린 드물게 밖에서 만남을 가졌으나 그는 자기 엄마가 우리 집에 있다는 기회를 이용했다. 기웃기웃 나타나는 모양새가 초향 할머니 이야기 속 원이와 비슷했다. 다만 거꾸로 우리 집이 고등어로 비릿했다. 그러다 우리 집 알바를 하게 되었다. 여차저차 어미를 돕겠다는 아들로 비쳤다. 엄마는 안 그래도 힘 좀 쓰는 남자가 필요했는데 때마침 열정적인 알바 소년을 구했다. 특히 고등어 손을 묶거나 상한 것들을 구분하고 목을 치는 솜씨는 단칼! 엄마의 눈에도 쏙 들었다.

"아, 짜슥들!"

묘하게 웃는 그에겐 사장, 나에겐 엄마. 뭔가 낌새를 채셨다. 내 표정이 묘했으니. 또 다른 수상한 것이 그 식모 일본인이었다. 아주 사뿐하다. 표정이 너무도 밝다. 일하는 손들은 착착 매끄러운데 그런 일꾼들이 없다. 일들을 알아서 착착. 뭐랄까 자기들이 주인이야!

"이런 이런!"

내가 할 수 있던 소리란 겨우 그것뿐이었다. 학교 끝나면 바로 달려와 집안의 모든 것을 다하는 청년이 생겼다. 살이 점차 오르니 생각보다 괜찮은 상이다. 게다가 자꾸 어눌한 말로 어떻게든 나를 부른다. 뭐 그 이유가 일본어가 아직도 떨어지지 않는다나! 또 어머니는 거기에 한 술을 더 떠버렸다. 내가 중국어, 영어, 우리말, 그리고 일본어라는 4개 국어의 마지막 언어를 익히게 된 계기였다.

"야들아. 그럼 이렇게 하면 어쩌누? 유화는 우리말을 똑바로 가르치고, 현이는 유화한테 일본 말을 알려주고. 어뗘? 좋아. 바로 실시!"

내가 태어나 살아간 시절은 정말이지 심술 궂었다! 늘 죽음이 나를 뒤쫓았다. 도착한 시간은 또 전쟁이었니까. 도대체 왜 그런지 전쟁이 꼭 변곡점과 분수령이 되니 미칠 일이다. 민족상잔의 전쟁 그 6·25가 터졌다. 이제 뭔가 해보려는 신생국가가 격랑으로 내몰렸다. 우리 가족도 겨우 자릴 잡았다 싶은데 또 악몽이다. 다시 반복이다. 그 떠살이 인생. 어렵게 일군 삶터는 다시 버려졌고 가족은 피난길에 올라야 했다.

부산으로 가족이 내려온 것은 고통받던 다른 피난민과 달리 비교적 안정적이었다. 바로 녹주 할머니의 역할이 그때만큼 빛난 적이 없었기 때문이다. 엄마의 사업 공장이 있던 포항에 자리를 튼 녹주 할머니가 최초로 내려간 연고지가 부산에 있었기 때문이다. 따라서 가족은 1차 피난으로 포항에 내려간 뒤 부산으로 들어갔다. 포항에서도 세간의 참혹한 기억과 달리 우린 제대로 된 집에서 한 20여 일 생활했다. 부산 생활도 녹주 할머니의 덕을 톡톡히 봤다. 우린 녹주 할머니 누이들의 거처 하나를 어렵지 않게 계약할 수 있었으니까.

주택난, 식량난, 전력난, 식수난. 정리하면 혼돈의 피난 생활에서 삶을 좌우하는 기본적인 문제들인데 우린 주택과 식량 그리고 식수가 비교적 안정된 축에 속했다. 그러니 참으로 알다가도 모를 것이, 인연이란 이토록 기이하고 고마운 것이! 36년 전 명월관에서 엄마 송이를 구한 녹주, 다시 31년 전 송이가 녹주를 구한 인연으로 이번엔 또다시 녹주의 존재로 말미암아 우리 가족과 따라붙은 권속들 모두 무사할 뿐만 아니라 평안했다. 이 의리의 자매, 그러나 어느덧 할머니로 불리는 녹주는 전쟁이 터진 그해 예순세 살, 엄마는 쉰여덟 살. 거기에 딸린 식구가 넷. 즉 오빠 이현과 나 유화 그리고 임현과 그 일본인 어머니까지.

그랬다. 엄마는 그들을 챙기지 않을 수 없었다. 엄마는 사장으로서 그들을 사업에 필요한 이들로 여긴 이유가 컸다. 부산 피난 시절, 방이 두 개 부엌 하나. 한 방에 우리 가족이, 다른 방에 임현 모자가 생활을 시작했다.

그 집은 동래 수안동에 있었는데, 처음 녹주 할머니가 경성에서 떠나 몸을 의탁한 곳이 바로 부산 기생들이 살던 동래 권번이었기 때문이다. 앞서 누이들도 은퇴한 기생들이었는데 계단으로 올라가는 양옥집의 2층이었다. 같은 구니까 인접한 복천동과 칠산동의 빡빡하게 몰린 피난민들의 판자촌에 비하면 참으로 행운이었다. 그러니 중국에서의 우여곡절 피난 생활을 겪어본 가족사에 비하면 모든 게 아주 수월했다. 아무튼 거기까지는 순탄했다.

물론 중심에 엄마가 있었기에 가능했다. 강조해도 송이는 엄마이자 사장. 거기에 딸린 식구들이 넷에 녹주 할머니까지 총 다섯 명. 사실 녹주의 누이들까지 그 숫자는 더 많았다. 엄마의 사업도 전환점을 맞이했다. 귀국 46년 말에 본격적으로 시작한 사업인데 만 4년 만에 전쟁으로 업종도 품목도 바꿔야 했다. 그러나 엄마의 또 다른 변화에 앞서 가족에게 전혀 새로운 파장이 떨어졌다. 가족사의 또 다른 분기점이었다.

남자들. 이현 오빠와 임현에 대한 이야기다. 피할 수 없는 남자들의 운명에 닥친 사건이다. 전쟁이 터진 1950년 당시 이현 오빠는 스무 살, 그리고 임현은 한 살 아래니까 열아홉 살.

이현 오빠! 그때 그는 연희대학교에 갓 입학한 영문과 대학생이었다. 나와 터울이 무려 여섯 살인 오빠. 엄마의 기대주였다. 남자 선호 시대인 데다 아빠 요한의 모습을 고스란히 간직한 아들이었다. 충칭에서도 오브라이언이 가져온 선물 중에서 가장 좋아하는 것이 책인 그 오빠. 성격도 조용하고 사색적이면서 문학을 좋아했다. 나는 충칭에서도 오빠가 중국 문학 서적들을 들추던 장면을 기억한다. 당시 이름이 워낙 특이해서 '광인일기'(루쉰의 단편 소설)나 '두 명의 시간 불감증자'(兩個時間의 不感症者, 중국 현대 단편 소설)라는 책 이름들을 잊지 않고 있다. 또 오빠가 무슨 '죄와 벌'을 말하면서 현아 언니와 이야기하던 추억도. 특히 오브라이언과 밤을 새워 이야기하던 어느 날 오빠 손에 있던 붉은 표지의 영문 책 'BROTHERS KARAMAZOV'는 지금도 또렷하다.

　엄마는 그런 아들을 두고 늘 이렇게 말했다. 현아는 자신을 닮았고 이현은 요한을 빼닮았다고. 그리고 나는 대체로 어중간히 둘을 섞은 녀석이라고. 그런 오빠가 징집을 당했다. 자원입대가 아니라 강제 징집. 정확한 표현은 국가 비상사태로 인한 전시 동원령으로 강제 차출이었다. 때는 우리가 내려온 직후 한 달이나 되었을까! 눈앞 낙동강 방어선을 지키기 위한 징집으로 청년들을 훑듯이 수색해 오빠를 끌어갔다.

　울고불고해도 어쩔 수 없는 현장이었다. 당시는 뭐라도 다 동원해야 하는 국가 비상 상황이니까. 북한도 인민의용군이라고 수십만을 끌어갔다. 오빠가 서울에 있었어도 동원될 운명은 피하기 어려웠을 상황에서, 많은 청년이 징집되어 전선에 투입되었다.

　문제는 임현도 같이 징집되었다는 것. 이현 오빠와 임현이 형과 동생 격. 아니지! 체격이나 야성으로 보면 임현이 형이고 이현 오빠가 동생 같은 상황. 임현은 이현을 위해서 같은 소대에 있게 해달라고 전투적으로 매달렸다. 그들은 자신들을 형과 동생이라고 소개했다고 전했다. 배다른 형제라고 둘러댔고 임현이 오히려 형이라고. 우리는 현자 돌림인 형제라고. 그러니 눈물이 나는 장면이 아닐 수 없는 것이 임현과 고이현. 성도 다르고 생김새도 전혀 다른 둘이 서로 형제라고 고집하는 상황이다. 결국 부대에서도 한 집 징집의 상황을 고려해서 일단 같은 소대에 배려했다.

"이런 주님! 어떻게!"

엄마의 두려운 음성을 들었다. 두 남자가 한날한시에 집안에서 빠지는 순간이다. 나는 생생히 기억한다. 나도 울고 있었지만, 처음으로 엄마 송이의 심하게 흔들리는 모습을 지켜보았다. 둘이 모두 차출되는 일을 막을 수 없으니. 임현의 엄마 하시바 시노는 말문도 열지 못하고 얼어붙어 있었다. 남자 둘이 떠나기 직전 여자들의 간절한 호소가 빠르게 오갔다.

"현아! 우리 이현이를 네가 꼭 곁에서 지켜야 한다. 반드시! 너 내 말 알아들었니?"

송이의 간절한 부탁이다. 그런데 어떻게 엄마는 아들보다 임현에게 강조하듯 말했다.

"오빠! 반드시 살아 돌아와야 해!"

내가 이현 오빠에게 한 말이다. 왜! 그는 엄마의 희망이었으니까. 아들은 딱 하나 그였으니까.

"키미오 마모레. 보쿠와 키미시카 이나이! 와타시와 카미사마니 이노루요."(君を守れ. 僕は君しかいない. 私は神様に祈るよ: 너를 지켜라. 나는 너밖에 없다. 하나님께 기도할게.)

긴박한 순간 임현의 엄마 하시바가 한 말이다. 우리말을 어느 정도 하는 그녀도 다급하니 일본어가 나왔다. 나는 일본어를 일 년 이상 배웠으니 대충은 알아들었다. 또 그때 하시바가 기도하겠다는 말이 살짝 뜻밖이긴 했다. 아니! 그럴 수밖에 없다고 생각했다.

"이현아! 기도하자. 기도하거라. 엄마도… 아! 주여. 아, 요한! 나는 너를 위해 기도할 뿐…."

엄마는 더 말을 잇지 못했다. 지켜 선 나는 아버지 요한의 이름에 눈물이 핑 돌았다. 엄마는 주저앉아 버렸다.

"현! 알지! 내가 있어…. 나… 기다릴 게!"

내가 임현에게 한 말이었다.

두 사람의 흔적은 고스란히 편지에 나와 있다. 그들이 형제라며 배다른 아버지를 둘러대거나 의붓형제라던가 등등. 그런 내용을 읽고 돌려 보는 여인들은 수없이 눈물을 훔쳤고 여인들의 가슴에 기억에 영원히 남았다.

사실 둘은 교류가 거의 없었다. 이현 오빠와 임현. 오빠는 대학생이었고, 임현은 피고용인이었다. 누가 봐도 오빠는 그에게 일종의 도련님이었다고나 할까. 그렇다고 상전과 하인의 위치는 전혀 아니었고. 요는 둘은 대면할 일도 드물었고 워낙 출신과 기질 그리고 성격이 달랐다. 그런 그들이 형제라며 생사의 현장에 함께 있었다. 우리의 가짜 형제들은 진짜 형제가 되어갔다!

그리하여 들어보는 우리 등 푸른 고등어들의 생생하고 뜨거운 편지글이다. 가슴 아픈 그들의 생생한 선어록(仙魚綠)*이다.

"잘 있습니다. 어머니. 그러나 저는 보았지요. 목도하고 있습니다. 이념은 평화롭지만 역사는 잔인합니다." 이현 오빠의 어느 편

---

* 원래 선오록(禪語錄)은 선사들의 어록집이나 여기서는 물고기인 선(鮮)으로 치환했다.

지였다. 돌려보던 나는 그 내용이 톨스토이의 『전쟁과 평화』의 어느 대사 비슷하다는 것을 나중에야 깨달았다. "임현이 있어 존재하고 있습니다. 모든 것은 변하고 사라지고 죽어가고 있습니다. 그러나 현이가 있는 한 저는 잠시는 기쁨입니다. 행복은 고통 가운데 누군가와 잠시를 잊는 것이지요." 또 다른 이현 오빠의 편지. 그의 문장은 비교적 장문이고 음울하며 비장했다. 물론 오빠의 당시 문구들, 그 푸르고 푸른 청년의 어록은 읽는 여인들의 가슴을 푸르게 멍들게 했다.

내게 작은 감동이었다. 역시 문학청년은 무수한 작가들의 문장을 자신의 언어로 엮고 토해냈으니까. "유화야. 여기는 아무것도 모른다는 것만이 유일한 앎이란다." "유화야. 여긴 신이 없어. 모든 것이 허용되고 있어! 여기는 순수한 이데올로기가 대치하는 이성의 광기, 악의 현장일 뿐이야! 이곳은 모든 것이 허용되고 그러므로 모든 것이 사라지고 있다."

당시 오빠에게 애인이 있다면 어땠을까? 아마도 문장은 더 뜨거웠겠지? 사랑과 함께 벅차고 그래서 더욱 애절한 어록이 나오지 않았을까? 나도 엄마만큼 울었다. 겨우 여동생인 나에게도 그런 문학적인 표현을 한 것을 보면서 나는 오빠를 위해 정말 기도했다.

"잘 있습니다. 사랑합니다." "보고 싶습니다. 가게의 그 고등어 구이가 그립습니다." 이건 임현의 편지. 그들의 글은 분명 검열이 있어서 현장 상황은 묘사가 없었다. 이현 오빠의 편지에 비해서 임현은 매우 간단했다. 오히려 인간적이었다. 배고프다, 먹고 싶다, 잘 있다, 괜찮다 등등.

"유화. 나 신을 믿기로 했어." 어느 순간부터 임현의 톤이 바뀌기 시작했다. 그가 신앙을 갖기로 했다니! 반면 오빠 이현은 가라앉고 있었다. 이렇게. "유화야. 나는 신을 의심하기로 했다." 동시에 임현은 부상하고 있었다. "유화. 죽는 것은 두렵지 않아. 그러나 약속은 두려워! 그러니 나는 너의 하나님에게 매달릴 밖엔!" 임현의 이 편지글! "이 모든 것이 얼마나 하찮은가! 과연 여기에 신은 개입하고 있는가!" 이현 오빠. "검은 기세를 기다리며 두려움을 이기는 거지. 유화! 그러나 가득한 두려움 가운데 기세로 내몰리는 여기는 모두가 불쌍해. 나는 그래서 너의 하나님께 기도하기 시작했다. 우리가 할 수 없는 것들을 위해서…." 임현의 또 다른 편지. 아! 그의 말줄임표와 느낌표에서는 숨을 쉴 수가 없었다. 그랬다. 어느 순간부터 그의 문장도 길어지고 있었다. 오빠를 닮아가고 있었다.

"이제 나는 그에게 완전히 동의해. 누군가를 도끼로 살해하는 것보다 포위된 도시를 폭격하는 것이 어째서 더 영광스러운 것인지 의문을 제기하던 도스토옙스키의 그 말*을." 역시 이현 오빠. "나는 내가 살아야 하는 이유가 당신의 오빠와 또 당신 때문이라는 이 이유가 뭔지 모르겠어. 내게 도착한 이 이유. 그래서 나는 당신의 신, 그 하느님께 가끔 묻곤 하지. 누군가를 살리기 위해서 만약 내가 죽을 수도 있다면…. 그래! 나는 당신이 믿는 성경의 소리,

---

* "왜 폭탄으로, 포위 공격으로 사람을 죽이는 것이 더 존경할 만한 형식이라고 하는 거지?" 도스토옙스키 『죄와 벌』(열린책들, 도스토옙스키 탄생 200주년 기념판, 2021년 11월) 하권 459쪽.

그 분이라는 설정을 불가피하게 이해할 수 있을 것도 같아." 임현의 또 다른 긴 문장 중 하나.

뜨겁고 안타까운 편지들. 실물의 편지는 사라졌으나 나는 가끔 마음 빗장을 열고 그들의 푸른 자국들을 꺼내 읽는다. 그 글귀들은 전쟁 한복판에서, 산 자와 죽는 자들이 함께 대기하며 전한 현장의 기록이었으니까. 비록 오빠의 편지는 엄마가 불태웠지만! 그러나 내 가슴에는 이렇듯 생생히 인화되어 있다.

"가브리엘!"

나는 오빠와 임현에게 각각 답장을 했다. 물론 엄마도 했고 임현의 엄마 하시바도 했다. 내 편지에는 언제부터 임현에게 천사장 가브리엘이란 호칭을 붙였다. 가브리엘 임현이라고. 물론 소식을 전하는 고지자로서, 동시에 오빠 이현을 수없이 챙기고 지키기에 나는 그를 가브리엘이라 불렀다. 내게 가브리엘은 그 강한 자요, 하느님의 수호천사.

놀랍게도 그 호칭은 현실이 되었다. 곧 이현 오빠의 어느 편지에서. 임현이 부상을 당했다는 전갈이었다. 피탄이라고 했다. 날아온 포탄이 터지면서 그가 오빠를 옆에서 덮으며 목과 등에 파편을 맞았다. 오빠의 그 편지를 받고 몇 주가 지나 야전병원 소인이 찍힌 편지가 임현에게서도 날아왔다.

"어머니. 현이, 임현이 저를 살렸습니다. 어머니! 그의 모친에게는 이 편지를 전하지 마세요. 그는 아주 심각하지 않다고는 합니다. 그러나 후송되었어요. 엄마! 순간 흙더미와 함께 그가 저를 고등어 한 손처럼 품었답니다. 어머니! 저는 신의 가호가! 어찌하여 늘 제 곁에서 있었음을 잊고 있었습니다. 어머니! 통회합니다. 반성합니다. 저도 이제 그를 제대로 품습니다. 마땅히 품어야지요. 엄마. 함께 기도하겠습니다. 어머니! 임현은 이제 당신의 아들이기도 합니다.”

 엄마는 억척스럽게 일했다. 불안을 지우기 위해서라도 사업에 몰입했다. 사업장을 여럿 벌렸다. 그 송이 곁에는 좌장과 우장처럼 녹주 할머니와 하시바가 있었다. 특히 하시바는 이제 동료에 가까웠다.
 우선 가까운 동래시장이다. 상설시장과 5일장이 돌아가는 곳인데 엄마는 오일장에서는 쌀을 다루었고 그곳을 하시바가 전담하게 했다. 이어 도떼기시장으로 알려진 용두산 서쪽 신창동과 창성동 일대의 국제시장엔 건어물 가게를, 정확히는 좌판을 벌였다. 거긴 녹주 할머니가 전담했다. 좌판이지만 돈을 주고 자리를 샀으니 따지자면 가게였다. 녹주는 생계가 막막한 어여쁜 동생들을 데리고 건어물을 취급했다. 마지막으로 엄마는 국제시장 바로 옆 부평 깡통시장에 '배초향'을 다시 열었다. 직접 요리를 하셨다.
 그렇다면 사업장이 세 개. 각자 품목이 달랐다. 일단 녹주 할머니 쪽 건어물은 포항부터 연결된 취급선이 여전히 살아있고 할머니 동생들의 인기까지 더해서 비교적 잘되었다. 이쪽 취지는 간단했다. 전쟁 난리에 기생도 먹고살게 한 방편이었다. 그러니 조기나 고등어 한 손에는 이보시오! 하며 한 타령. 다음 손님, 마른오징어 20마리 한 축(squid)의 손님에게는 덩실덩실 춤까지 추어주는 시장통의 여인들이 있다. 게다가 100장들이 김 한 톳에 오징어 세 축을 사는 자가 있다면? 그 녹주 할머니의 권주가와 더불어 춤이 이어지니 장사는 눈요기와 더불어 사람들이 몰렸다. 그러나 막상 결산을 해보면 대여섯 명 언니와 누이들의 생계를 거둔 딱 그 정도였다. 송이는 그들을 먹여 살린 셈이었다. 게다가 국제시장은 큰 화재가 나는 바람에 한동안 공백이 생겼으니 전체적으로 그만그만했다.

이번엔 동래 5일장의 하시바와 나. 처음 묘했다. 우선 엄마는 여전히 하시바에게 나의 일상을 챙기게 했다. 날 피난 학교라고 천막학교에 보냈으며 서울에서 내려온 대학생 오빠 하나를 붙여 영어를 가르치게 했다. 대가로 점심밥을 먹여주었는데 그걸 하시바가 대접하고 관리했다. 장날엔 나와 하시바가 쌀을 취급했다. 당시 쌀은 아주 귀한 품목이라 양도 많지 않았지만 엄마는 어떻게 구했다.

우리 시작은 미약했고 현장의 하시바는 사뭇 특별하고 예상외였다. 그녀는 모국어인 일본 말만 했고 나에게 통역을 시켰다. 그러니 둘은 마치 일본에서 온 거래꾼, 무역상의 엄마와 딸처럼 행세했다. 현장의 하시바는 집안 식모와는 전혀 다른 여자였다. 난 처음엔 어리둥절했다. 우리의 오일장은 처음 빈손으로 시작하다 점차 빛을 발했다.

"베에와 무야미니 우리마세!"

하시바가 말한다.

"이 쌀은 함부로 팔지 않습니다."

통역하는 딸로 위장한 나.

"와타시타치와 조오렌다케오 아이테니 시마스."

"우리는 단골만 상대합니다."

도대체 저들은 뭐라는 건가? 일단 파는 자가 당당했다. 가격은 흥정하지 않는다, 또 나는 거래를 한 사람과 거래하니 트집 잡지 마라 뭐 그런 식이었다. 결과로 그 시절 우리의 쌀장사가 가장 많은 돈을 벌었다. 아주 효율적인 장사였다. 5일마다 하루다. 시작은 미미했으나 상황은 달라지기 시작했다. 하시바의 말처럼 점차 단골만 상대했다. 품목의 특성 때문이었다. 쌀은 미군의 군수품과 달리 아주 제한된 필수품이었으니 언제나 수요는 넘쳤고 늘 공급이 문제였다. 곧 안전한 공급은 안전한 수요와 맞물렸다. 일종의 선순환으로 단골들도 돈을 버니까 점차 믿고 거래했다. 맞물려 엄마도 신뢰의 쌀 공급선에서 양을 더 당겨온다. 수요 예측과 안정된 공급 그리고 단골, 여신의 선순환으로 점차 규모를 늘려갔다. 떼돈까지는 아니었으나 우리가 가장 잘했다.

반면에 엄마가 운영하는 '배초향'은 그다지. 몸은 아주 애쓰는데 전쟁통이니 생물들과 부식재의 때깔이 늘 불규칙했다. 하시바와 나는 과정에서 아주 가까워졌다. 물론 나의 일본어도 빠르게 숙성되었음은 말할 것도 없다.

남포등을 하나 샀다. 엄마 가게에 필요하다고 해서. 둘은 풀빵을 먹으면서 송공단 뒤편 마안산 쪽으로 걷고 있다. 때는 1951년 8월. 오늘 5일장은 한참이나 빨리 파했다. 이제는 단골들과 손짓만으로 가마로 넘기는 거래이니 현장 소매는 한 가마 정도의 쌀을 퍼주는 형식이다. 그런데 오늘 하시바는 어찌 경황이 없다. 선착순으로 손님들을 맞이해 서둘러 끝내고 지금 우리 둘은 산을 오르고 있다.

그리고 중요한 대목 하나. 언제부터 하시바는 큰돈을 자신이 관리하지 않았다. 즉 거래가 커지자 대금 정산은 엄마와 별도로 했다. 그것도 엄마의 수완이라고 밖엔 설명이 어렵다. 두 사람은 밤마다 대화를 나눴다. 아무튼 장이 한창 진행 중인데 서둘러 정리를 끝낸 우리는 동래산성 쪽으로 오르고 있다. 처음 방향이 집 쪽 수안동과 살짝 어긋나 방향이 어찌 산성 쪽으로 틀었다. 하시바가 잠깐 산성 마루에서 이야기 좀 하자고 했다. 어느덧 사철나무가 있는 언덕을 지나 동래읍성 북문도 지나 북장대도 지났다. 몇 번도 아니고 수없이 와 본 곳이라 우리는 이내 부산 시내 전체를 조망할 수 있는 우뚝한 곳에 섰다.

"유화. 어떻게!"

갑자기 하시바가 먼 부산 시내를 바라보며 이상한 말을 했다. 표정도 묘하다.

"…"

"私は自分の手で伝えられない."(내 손으로 전할 수 없으니.)

"하오카상. 무슨?"

엄마라는 일본 말 오카(母)에 하시바의 첫 글자 '하'를 붙인 나만의 호칭이다. 어느새 나는 임현의 가까운 누군가로 그녀를 받아들이고 있었다.

"이…것! 어떻게! 유화… 나는 송사마를 마주할 자신이 없어!"

송사마(樣,さま). 사장 송이를 대하는 하시바 특유의 호칭이다.

"하오카상! 왜? 왜 그래?"

그리고 건네받은 전보. 그건 임현이 급히 보낸 전신문이었다.

상황은 그랬다. 그간 두 남자는 아슬아슬하게 생존을 전하고 있었다. 오빠와 임현은 우리 기도대로 잘 버티고 있었다. 지난 1년간 전황도 그랬다. 인천 상륙작전이 있었고 국군은 압록강까지 진격했다. 이후 다시 중공군에 밀려 내려가 중부 전선이라고 지금은 한반도의 허리 즈음에서 치열한 공방전을 할 때다. 지난 시간 임현은 부상을 당해 치료를 받고 다시 복귀했는데, 이현 오빠와 둘은 갈라지게 되었다. 임현도 전선에 가까웠지만 그는 사단의 군수병참에 있었고, 오빠는 양구 쪽 최전선 국군 5사단에 있던 그때!

하시바가 떠는 손으로 내민 그 전신문. 과정에서 이미 읽어 버린 전보 내용… 어떻게! 나는 억장이 무너졌다. 털썩 주저앉았다.

일병 고이현(K1125*) 전사. 8월 18일. 940고지. 1951.08.20. 00.30**

피의 능선이라고 했다. 8월 대공세에서 고지를 두고 벌어진 격렬한 전투에서 이현 오빠가 사망했다는 그 문자. 충격은 이루 말할 수 없어 나는 그대로 주저 내렸다. 풀빵이 밑에 깔린 것도 잊고 한동안 넋을 잃었다. 그랬다. 하오카상은 임현이 전한 전신문을 받은 뒤 하루종일 두렵게 품고 있던 거였다. 상황은 어렵지 않게 그려졌다. 임현은 자신의 힘이 닿는 한 오빠 이현의 안부를 늘 점검했으니까. 그는 오빠와 달리 복귀 이후 병참에 있었고 행정망에 올라오는 각 부대의 사망자와 근황을 매일 점검했다. 그는 최전선에 갈 수 없었으니. 또 설령 그가 같이 있었어도 그 고지의 이름 '피의 능선'처럼 어쩌면 임현도 죽을 수 있다는 가정도 무난한 전선 상황에서.

아무튼! 51년 8월에서 가을까지 집안은 고요했고, 다들 숨을 죽였다. 처음 며칠 엄마는 식음을 전폐했다. 송이는 문을 닫고 방안에서 꿈쩍도 안 했다. 가녀린 울음소리와 간간이 이어지는 긴 한숨소리만 흘러나왔다. 그 내내 나는 다른 방에서 하오카상과 잠을 같이 했다. 6일째 되는 날 엄마는 청송으로 떠났다. 물론 '배초향'은 휴업에 들어갔다. 엄마에게 겨우 물과 죽을 먹일 수 있는 사람은 녹주였다. 그 청송행에 녹주 할머니와 젊은 기생 하나가 뒤를 따랐다.

나중에 녹주 할머니는 나를 조용히 불러 그 현장을 전했다. 당신은 눈을 뜨고 날마다 죽었다. 어미는 아들의 전사 소식에 아가미를 벌려 겨우 숨만 쉬었다. 그 소식은 너무도 짜디짜고 독해서 눈에서는 하얀 소금이 쏟아지더라! 이미 흙 진 손 한쪽에 더해서, 다른 손바닥 하나는 북채가 되어 어미의 가슴을 피멍이 들도록 치고 있더라고.

역시 녹주 그분의 전언이지만 이번 데려간 젊은 기생은 진오기굿(죽은 이의 영혼을 위로해 저승으로 보내는 굿)의 마지막 전수자라 하였다. 물론 엄마는 결코 현장을 말씀하지 않으셨다. 그러나 나는 미루어 이렇게 상상한다. 할머니 초향의 무덤과 주변 두 무덤 앞에 선 그분 송이. 기도자의 눈에 어느덧 그들의 영혼이 맞이하지 않았을까? 할머니는 엄마의 한(恨)지고 곡진 사연을 들어주며 가슴을 어루만져 주지 않았을까! 마치 이렇게.

아가야! 어찌 그리 우노. 다들 이렇게 다시 만나는 더 좋은 세상이 있는 걸! 푸르고 먹먹한 이 세상이란 바다에서 죽음이란 그물이지 않느냐. 그러니 지상에서의 추억이란! 그 고등어들의 토막처럼, 간간이 남겨진 기억의 추임새 덩어리일 뿐이니 그리 울 일은 아니란다.

그리고 나는 그 가운데 아빠 요한을 생각해 본다. 몸이 매우 가벼운 천사 같은 것이 엄마 주위를 맴도는 몽상으로. 즉 그는 온통 하얀색인 것이 머리에 질끈 묶은 하얀 천까지 푸른 코트의 천사라고.

실제로는 다른 서사가 진행되었다. 녹주 할머니가 북을 두드리고 구송(낭송)을 하고 있다. 그런데 대사가 기존 진오기의 바리공주가 아니다. 소리는 명월관에서 시작되었으니! 어찌 묘사는 병풍과 방의 구조와 눈앞에 널린 육진미의 음식으로 시작하는 송이의 시대사. 현장은 딸려온 예쁜 그 기생이 장단에 맞추어 춤을 추며 돌고 있다. 비록 장구 하나지만 장단은 다양해서 육자배기에 이어 제석굿 가락은 굿거리에 이어 중모리 중중모리까지. 남도 최고의 춤사위와 함께 북쪽 평양 기생 녹주의 투혼 또한 점차 빨라진다.

"우리 제석님 어떻게… 어린 명(命) 주머니 이제 그만 정체 찾아서 쉬어들 가시게 하시고!"

'아빠! 도와주세요.'

이 호흡은 물론 훗날의 언어지만 또한 영원히 끝나지 않을 나의 간절한 기도의 박자가 아닐 수 없다. 난 당시를 전한 녹주 할머니의 호흡 가운데 그녀의 제석 공수를 이렇듯 살아있는 박자처럼 다 내 것으로 토할 것도 같다. 무속신앙을 떠나 인생과 신에 대한 비장미와 골계미에는 경계가 없으니까.

"그만! 언니 그만!"

붉은 눈과 하얀 눈이 순간 마주쳤다. 기생의 춤사위도 멈추고 녹주가 고개를 끄덕인다. 이어 그녀는 한마디로 행위를 정리했다. 파장했다.

"그랴! 지금 이건 너의 큰 신의 소리이니 내 중단하마. 그러니 송이 너도 네 슬픔을 이만 거두거라! 죽은 자식의 뜻은 이제 너의 믿음, 네 하늘 그 신의 품에 그만 보내 드려야지. 그게 내가 본 너 송이란 어미는… 너라는 산은 마땅히 그래야 하느니!"

엄마는 돌아와서도 긴 침묵의 시간을 가졌다. 그게 무려 3개월. 8월의 전보 이후 11월까지. 그 사이 하시바와 나와 녹주는 알아서 조용히 일했다. 사장이 없는 가운데 다들 열심히 일했다. 그때부터 하시바가 쌀의 공급선도 관리했다.

정적이 이어지던 어느 날 요란이 떴다. 적막의 엄마 방문도 벌컥 열렸다. 아니 열리게 되었다. 다시 돌아온 그 삐에로였다. 발랄한 소리가 태평양을 건너 돌아왔다. 설마? 세상에 그 오브라이언이! 현아 언니의 남편. 내겐 형부 그 오브라이언이!

오빠의 전사 소식은 미국에도 전해졌다. 현아 언니가 움직였다. 동생의 죽음에 엄마의 충격과 좌절을 우려한 딸은 남편을 들볶았다. 안 그래도 조국에서 전쟁이 일어났다. 현아 언니는 동생의 징집을 비롯해 전황을 내내 나와 편지로 주고받았다. 그 언니가 어렵게 국제 전화로 나와 통화도 했다.

언니가 또다시 구호물자를 보냈다. 또 그놈의 구호물자. 충청에 이어 이번엔 부산으로 바뀌었다. 언니는 필요한 약품, 옷가지와 특히 식품들 심지어 화장품까지 보냈다. 51년 그때 현아 언니가 스물일곱 살. 내가 열다섯 살. 언니가 결혼해 미국으로 들어간 지 어느덧 6년 차. 언니는 그동안 간호사 자격을 따 대학병원에서 간호사 일을 하고 있었다. 그사이 딸 하나 아들 하나를 낳았다. 또 오브라이언은 크로거(Kroger)라는 기업에 취업해 무역 사원이 되어 있었다. 둘은 오하이오주 신시내티(Cincinnati)에 자리를 잡았다. 그런 언니가 브라이언을 득달해서 부산으로 보낸 거였다. 모두 눈물이 펑펑 쏟아졌다.

"장모님, 사위 왔소. 오브라이언이 왔습니다."

어쩜 우리말을 그렇게 잘하는지!

"어… 어머!"

나는 그의 변하지 않는 발랄 재귀에 눈과 귀를 의심했다. 귀신을 보는 듯 싶었다.

"어머니 나 사위 오브라이언, Mother Song, This is O'bryan!"

충칭의 잘생긴 오빠 오브라이언이 세상에 눈앞에 나타났다. 믿기지 않는 장면이었다. 우리말에 영어를 섞으면서 능글능글 너무도 잘한다. 순간 내내 닫혀 있던 엄마의 문이 벌컥 열리지 않을 수 없었다.

"어머나! 이게 누굽니…까? Where did the handsome beauty go(그 잘생긴 미인은 어디 갔습니까)?"

"아, 이 자슥아!"

"There are only beautiful Ladies in Korea. 아니, 그런데…. Who's this(한국은 미인밖엔 없는데, 이게 대체 누구십니까)?"

"이눔아. 나 니 장모!"

거구의 노란 머리와 그간 비쩍 여윈 새하얀 새치가 듬성듬성 보이는 한국 여자가 함께 덩실덩실 춤을 추었다. 오브라이언은 이내 엄마를 번쩍 안아 허공에서 몇 번을 돌았다.

"You're still beautiful!"(여전히 아름다우시네요.)

"You… back to being more handsome!"(자슥! 더 미남으로 돌아왔네!)

엄마의 입에서 정말 오랜만에 영어가 살아나왔다. 송이는 그 순간 부활했다.

당시 엄마는 오브라이언만을 바라보고 있어 중요한 소녀 하나를 아직 보지 못했다. 울먹울먹하던 내가 아주 귀여운, 정말 인형 같은 외국인 소녀를 어찌어찌 붙들고 있었는데! 그래, 비로소 오브라이언이 손녀를 장모 앞으로 끌어왔다.

"헉!"

엄마의 눈동자는 찬란한 은하수 가운데 흐르는 구슬들로 아롱졌다. 새하얀 피부에 정말 구슬 같은 눈을 한 천사가 따로 없는 서양인 아이. 아니지! 검은 머리인 걸 보면 동양인의 중간이다. 어쩜 그런 인형이 있을까 싶은 손녀를 비로소 알아보셨다.

"장모님, 큰 손녀 메리 송 매킨리! Baby, say hello to your grandmother(아가야 할머니께 인사드려라)."

오브라이언이 분명 암기시켰을 한국말로 소개했다.

"할…머니… 저… 메리… 송…입니다."

귀여운 인형은 얼굴이 붉어지며 고개를 갸웃했다. 동시에 제 아빠 품에 재빨리 돌아가 안겼다. 송이의 눈에서 눈물이 와락 쏟아져 내렸다. 참을 수 없는 오열은 끝없이 터졌다. 이제 송이, 할머니의 손은 아이를 향해서 뻗었다. 갸웃거리던 소녀도 마침내 그녀의 품에 안겼다. 새로운 생명이 마침내 엄마를 다시 일으켰다. 언니 현아의 큰 딸. 내게는 첫 조카. 엄마에게 첫 손녀. 그 눈부시게 곱고 검은 눈의 백설공주가 그 해 51년 겨울 크리스마스 선물로 엄마와 가족을 모두 부활시켰다.

"장모님. 이 초량 밀면 죽여줍니다."

"브라이언. 너. 한국말 왜 이렇게 잘하니?"

"I told you. I will definitely say I love Hyuna in Korean once a day!"(말했잖아요. 하루에 한 번 꼭 한국어로 현아를 사랑한다고 말하겠다고.)

"허구 요 귀여운 주둥이!"

"주둥이?"

"오케 오케이. 너무 이쁜 우리 사위!"

한 생명이 죽고 한 생명이 나타나 엄마를 다시 꽃 피웠다. 손녀는 자체로 무지개였고 보석이었다. 다섯 살이라고 했으니 상하이에서 임신한 채 떠난 현아 언니 배속의 그 아이였다. 정말 감동했던 게 오브라이언이 아이 이름에 'Song'을 넣은 대목이다. '메리 송'! 기가 막혔다. 그는 송이에게 자금으로 내놓으며 전했던 그 'John's legacy'(요한의 유산)로서, 큰딸의 이름에 아빠 요한의 사랑의 징표, 곧 엄마 송이의 그 '송'을 넣었으니까. 그건 형부가 언니 현아를 진정 사랑해 주었다는 것이었으니! 엄마와 우리 가족은 그 이름에서 뜨겁게 감격했다.

"음… 이 미인은 누구죠?"

빠트릴 수 없는 것이 오브라이언이 나를 향한 대목이다. 그 삐에로가 다시 돌아왔다!

"이런 오브라이언. 나 유화… 설마 잊은 건 아니지?"

"Oh, my God! Is that girl? on my shoulders. are you?"(오 세상에나! 그 목마 태운 소녀가 당신?)

내 머리에도 붉은 태양이 떴다. 머리색만 다른 다니엘 헤니가 번쩍 나를 들어 안았으니까. 이어 인생 처음 볼에 키스란 것을 그것도 여러 번 받으며 얼굴은 온통 새빨개졌다. 그걸 지켜보던 작은 아이 메리 송의 고개가 살짝 좌우로 번갈아 기울더라니. 아마도 엄마를 닮은 젊은 여인에게 여러 번 뽀뽀하는 아빠가 묘하게 수상한 거였겠지.

아무튼 너무 짧은 2주였다. 놀라운 선물이고 눈물겹게 고마운 한국 방문이었다. 전쟁 중에 태평양을 건너 일본을 거쳐, 게다가 손녀를 대동해. 또 제트기도 아닌 프로펠러 여객기를 타고 아이와 함께 한국에 와준 사위. 그러니 그는 진정 반갑고 기쁜 소식을 전한 천사 가브리엘이었다.

그는 내내 엄마의 독차지였다. 그만큼 송이는 감격했다. 또 엄마는 오직 손녀와 함께 손녀를 위해서. 그 딸 현아의 흔적과 체취를 위해서 할머니는 짧지만 행복한 2주를 보냈다. 비록 피폐한 부산의 상황이 그들에게 어찌 비쳤든 그들은 비싼 돈을 들여 사진을 찍었고, 가장 맛난 음식을 먹었으며 밤마다 작은 파티를 열었다. 그리고 오브라이언이 떠나기 전날에 둘은 또다시 조용히 머리를 맞대었다. 이쯤에서 그 2주간 엄마의 영어 또한 완벽히 부활했다.

"Mother, Song. Now the world is America."(장모님, 이제 세상은 미국입니다.)

"Okay. Should I go to America?"(나 미국 갈까?)

"Absolutely!"(당연하죠!)

"What shall I do, when I go to America?"(근데 미국 가면 나 뭐 하지?)

"Oh, come on! Mom. You are a 'modern girl.'"(오, 무슨 소리예요! 어머니, 당신은 현대적인 여성이잖아요.)

"Really?"(정말?)

"Yes. Very very absolutely!"(그럼요. 아주 완벽하게!)

그도 돌아왔다. 임현. 그가 제대했다. 오브라이언의 어록이 식을 무렵. 엄마가 다시 몸을 추스르고 본격적으로 무슨 꿍꿍이로

기지개를 켤 무렵 임현이 돌아왔다. 바야흐로 1954년 3월말이다. 기억도 또렷한 오후 5시경. 준위 계급장을 한 건장한 청년이 가게 앞에 나타났다. 휴업했던 '배초향' 자리에 경성물산이라는 간판이 걸린 그 자리에 군복을 입은 그가 나타났다.

이제 정리를 앞둔 여자들은 한순간에 일하던 손을 놓았다. 각자의 표정과 반응은 말 그대로 총천연색으로 설명이 어렵다. 문이 드르륵 열리고 모두의 얼굴이 그를 향했을 때 일순간 가게 안은 정적이었다. 어쩜! 전혀 몰라볼 청년이 서 있었다. 그는 무슨 비감한 표정과 함께 눈은 여인들을 둘러보는데. 이미 그의 눈가에는 눈물이 어려 있었다. 이어 그는 어느 여인도 향하지 못하고 바로 무릎을 꿇고 절을 했다.

전율이 일었다. 그의 친모인 하시바 하오카상은 그저 입술을 깨물고 두 손으로 자신의 얼굴을 뜨겁게 감쌌다. 격정으로 무슨 말을 뇌까렸다. 이어 그의 엄마는 어렵게 눈물을 잠그며 천천히 고개를 끄덕였다. 하얀 백열등 아래에 인사를 마친 그는 일어서지 않았다. 계속 무릎을 꿇고 있었다. 고개를 수그리고.

그런 임현을 향해 엄마가 조용히 다가가셨다. 자세를 낮추고는 그를 천천히 껴안았다. 세상에! 제 친모보다 먼저 나의 엄마 송이가 그를 어루만지고 있다.

"오! 이게 그 현이? 어쩜 돌아왔구나!"

"죄송합니다!"

사내는 한 마디 후 오열했다.

"아니야. 아니야. 어떻게? 임현이 이런 멋진 사내였다니!"

"사장님!"

그는 목이 메어 있다. 겨우 한 토막이었다.

"무슨! 우리 가브리엘… 그래 너는 이제 우리의 가브리엘이다. 이런 세상에! 이렇게 멋진 사내였어!"

어루만지는 엄마의 손길은 마치 오빠의 영혼을 마주한 듯 격정이고 감격이었다.

"죄송합니다."

임현은 거칠게 몸을 흔들었다.

"아니야! 대사일번 사후소생(大死一番 死後蘇生), 너는 자신을 한번 크게 죽여 새로운 삶을 얻었다. 그래! 그게 바로 예수님의 삶이셨다!"

"…사장님!"

"넌 이제 내 아들과 같다. 이현이가 남긴 유언…. 그래. 오지게 살았구나. 너는 모든 이와의 약속을 지켰어. 그렇지! 너는 당당하다. 당당한 대한민국 청년이고, 우리 모두의 아들이다!"

"그러나!"

임현은 끝없이 고개를 숙였다.

"아니야. 나는 하나를 보내고 다른 하나를 얻었구나. 그러니 내 이미 하늘께 약속했고만. 그 이현이의 부탁이었고 또한 우리 주님도. 그래! 우리 현이가 이리 멋지게 다시 나타났어. 아 참! 내 지금 뭐 하고 있지? 이리 와. 현아! 어찌 네 친모를 기다리게 하니?"

엄마가 임현에게 가브리엘이라 한 것은 사실 내 편지를 엿본 거였다. 그 가브리엘은 오직 나와 그의 편지에만 있던 내용이니까. 아무튼. 그런데 그가 나타나자 나도 혼란스러웠다. 너무 준수한 그가 나타났으니까. 이전의 태가 전혀 아니었다. 뼈대가 큰 소년은 기억하지만 살과 근육이 붙으니 전혀 다른 청년이 눈앞에 있다. 난 너무너무 반가워 그에게 뛰어가 안기고 싶은 생각이 드는 순간, 어떻게 내 몸은 또 다른 중력에 붙잡힌 것처럼 굳어 있었다.

'전혀 다른 남자다! 느낌 다른 준수한 사내가 있어.'

그런데 그 준수하다는 말의 뒤가 더 무거웠다. 그건 뭐랄까! 이전 일도(一刀)의 눈매 뒤로 자리했던 색깔과 전혀 다른 임현이 보였다. 역시 따라왔던 그 인생의 향기는 어쩌면 또다른 어두운 무게감이 실려 왔다고 할까! 너무너무 반갑고 기뻤지만 또 그만큼 부담스러운 무엇. 말하자면 다시 고통으로 제련된 인간의 어떤 향기인데. 그건 마치 무거운 고독들이 자리한 빛바랜 수도원의 묘지 같은 느낌이었다.

너무 늙은 청년이 눈앞에 있다. 무거운 눈가에 자리한 피로와 황량한 느낌까지. 그래서는 안 되는데! 그에게서 새로운 거리의 빅뱅이 있다.

당시 나 유화는 이제 갓 열여덟 살. 정말 젊은 여인이다. 반면 그는 30대 중반은 되어 보이는 사람의 무게였다! 전장에서 수없이 많은 죽음을 견딘 사람의 모습이라고 밖엔. 아마도 자신도 죽을 수 있는 상황에서, 또한 자기의 총으로 몇은 죽였을 수도 있는 그런! 그러므로 그가 풍기는 그림자는 다가가기엔 너무 무거웠다. 무섭기도 했다. 냄새는 충칭의 그 무엇까지.

"유…화!"

그가 말을 했는지 아니면 내가 느꼈는지.

'현?'

나는 겨우 속에서만 대답했다. 그런 임현의 현은 여럿이었다. 그건 뭐랄까? 전쟁터에서 돌아온 사내다. 트라우마도 있을 거고. 아니 그건 내 것이었다. 내 호흡은 충칭. 다가오는 그와 나의 거리는 두렵게 회색에 가까웠다.

'이러면 안 되는…돼… 되야 하는데!'

일어선 그가 내게 다가왔을 때 나의 심장은 기묘하게 떨고 있었다. 뭐라고 정리할 수 없는 기쁨 반, 두려움 반? 설렘과 동시에 피하고 싶은 또 다른 마음! 나머지 어떤 의무감과 동시에 메마름의 깊이도.

그도 쭈뼛했다. 아마도 그랬겠지. 내가 먼저 다가와 포옹을 해주고 뜨겁게 무슨 표현이라도 했다면 얼마나 좋았을까 하는. 여인은 반동적으로 밋밋하게 반응했다. 분명 그 일도의 눈매도 포착했을 텐데! 아무튼 설렘과 피하고픈 어두움은 뒤섞였다. 나는 결국 그가 내 앞에 서자 그를 천천히 끌어 포옹해 주었다.

호메이 고기를 먹고 싶다고 했다. 묘했다. 집안에 널린 게 고등어인데. 더구나 찬 겨울에 장작개비나 숯불에 소금구이로 먹으면 좋은 걸 3월에 찾는 이유가. 그래도 집에서 취급하는 품목 중 하나이니 어렵지 않았다.

그전 우리 둘은 하루종일 부산 일대를 걸었다. 우선 시장을 돌앉는데 녹주 할머니의 성화 때문에 그랬다. 거의 대화가 없이 구경만 하다가 녹주 할머니 가게에 들렀다. 깡통시장의 그분 예쁜 동생 언니들이 임현을 상대하는 데 정말 가관이었다. 물론 농담이지만 말이라도 기둥서방 해 달라는 짓궂은 여인들의 장난은 정말 우리 둘을 멀쑥하게 만들었다. 이어 화재로 복구가 더딘 불산 시장의 그을린 일대도 지나 영도다리에서 둘은 처음으로 묘한 웃음을 나누었다. 왜냐하면 거기 영도다리는 전쟁통에 헤어진 연인이나 가족이 다시 만나자는 일종의 만남의 광장 같은 장소였으니까.

이어 우린 그 다리 아래 점바치 골목에서 점을 쳤다. 물론 호기심이고 장난이었지만 우리 둘의 미래를 엿보았다. 가게 이름이 우리의 시선을 끌었다. 처음으로 그의 눈짓에 내가 살포시 웃어주었다. 점집 이름이 오작교였다.

"어질 현(賢)… 다시 생각할 유(惟)에 꽃 화(花)라. 고래! 여자 쪽 유란 마땅히 들어맞긴(惟: 마땅하다, 들어맞다) 하지! 누군가 공이 많이 들어갔구먼."

무슨! 나는 신앙이 있는 여자. 애초 전혀 기대도 안 했지만 사주라며 탄생 시각까지 물어보고는 느닷없이 이름 한자를 끌어들이는 것이 썩 내키지 않았다.

"그러니 인연이지. 그런데 끌려 허락하는 상이야! 허니 어쩌누. 고생이 있겠는데 짝이면 기다려야지! 아니 잠깐만… 아뿔싸! 어라? 한 번 새가 날아가는 상이 있네?"

두툼한 얼굴인데 눈꼬리는 흡사 돼지 눈깔이었다. 기묘한 삼각모자를 쓴 알록달록한 옷을 입은 아저씨가 잘 나가다가 가늘게 돼지 꼬리를 치켜뜨며 눈알을 가늘게 굴렸다. 우리 둘은 순간 멍하고 얼굴이 붉은데 각자 색이 달랐다. 나는 순간 아차 싶었다. 이거 보기보다 용하네 그런 느낌. 임현의 얼굴엔 순간 짙은 그림자가 드리웠다. 다음 그 점집 아저씨는 말이 없이 눈꼬리만 움직였다. 돼지 꼬랑지 같은 수염을 비비 꼬면서 헤이! 헤이 헤이만을 거듭했다. 물론 그 가는 눈꼬리가 나를 째려보면서. 그리고 한두 번 임현에겐 뭐 불쌍하다는 그런 눈깔만 아주 빠르게 이동하더라니.

"왜 호메이야?"

우리는 숯불에 양미리 고기를 굽고 있다. 나는 우리 집 전통의 고등어구이를 생각하고 물었다. 그와 난 오늘 과연 몇 마디나 했을까?

"왜 말이 없어? 그 점괘 때문에?"

"나 가브리엘 여전해?"

순간 둘의 눈이 마주쳤다. 고기를 굽던 내 손도 멈췄다.

"웬! 그건 자기가 결정하는 거지!"

가브리엘. 그게 신앙에 대한 즉 입교의 의미일 수도 있으나 그건 분명 내 속마음을 묻는 것이었다.

"그래? 받는 이가 있어야 전하는 자도 있지!"

임현은 오늘 처음으로 묵직한 소리를 내놓았다.

"그럼 라파엘이나 미카엘로 하던가!"

나는 빠르게 방향을 돌렸다.

"유화! 고등어는 죽어서도 같이 한쪽을 바라봐. 그래서 한 손이야!"

"…"

"죽음도 서로 껴입는 거지!"

"자책하지 마!"

나는 오빠 이현의 죽음으로 재차 방향을 틀었다. 그러나 속은 말이라도 죽음이라니! 나는 눈을 질끈 감았다가 떴다. 고개를 끄덕였다. 다시 본 순간 그에게 반응했던 나의 그림자에게 한 표를 던졌다.

"아니! 다른 이야기야. 바로 우…리!"

"우리…. 그 우리! 그래. 오빠. 고등어가 아니어서! 그래. 양미리… 잘 선택…한… 것 같아."

너무 빨리. 너무 성급하게? 단 하루 만에 근 4년 만에 돌아온 임현과 나는 싸늘하게 식었다. 정말 왜 그렇게 돌아갔는지! 아마도 그날 그 돼지머리의 점괘가 방아쇠를 당겼는지도 모른다. 정작 여인은 자신의 느낌을 주욱 밀고 나갔다.

시간은 정말 빠르게 지나갔다. 임현이 돌아온 1954년 내 나이 열여덟 살. 다음 해 1955년 열아홉의 나는 공부를 핑계로 그에게서 시간과 거리를 분리했다. 엄마도 내가 대학에 입학하겠다는 것에 전적으로 찬성했다. 서울로 올라온 이후 사장은 나를 사업과 분리시켰고 나는 공부에 몰두했다.

엄마는 서울로 돌아와 상호를 경성물산에서 유한회사 대한상회로 바꿨다. 위치도 마포가 아니라 중구 소공동에 자리를 잡았다. 유한회사라는 구조는 훗날 자연스럽게 이해되었지만 엄마는 분명 뜻이 있었다. 역시 하시바 하오까상과 녹주가 사업의 부문을 맡는 구조였는데 그들에게 몫을 배분했으니까. 그리고 내게도 아주 큰 지분을!

품목 역시 그간 해왔던 건어물과 생물 그리고 쌀과 같은 곡류였는데, 변한 것은 해외 식품 무역이 추가되었다. 엄마는 미국의 오브라이언과 수시로 연락했던 것이다. 사위와 장모는 오브라이언의 회사인 크로거를 비롯해서 미국과 일본에서 수입과 중개 무역을 시작했다. 그날 부산에서 오브라이언과 엄마가 머리를 맞대고 나눈 말의 이행이었다.

제대해서 돌아온 임현은 충실한 사원을 거쳐 빠르게 임원이 되었다. 여자들만 있는 회사에 그는 명함만 부장이지 이내 이사급으로 사업의 전면에 나섰다. 물론 그 또한 사장 송이의 배려였다. 그의 강단과 실력을 믿은 이유였다. 실제로 임현은 카리스마가 있는 남자였다. 내가 너무 부담스러워 피했던 그 무게가 현장에서 빛을 발했다. 현물과 생물을 거래하는 물산 유통이라는 바닥은 이른바 전통 상권이 있었다. 그쪽은 때로 완력 패나 심지어 정치 패와 연결된 조폭이 개입된 세계. 그러니 그의 뚝심과 강단, 그 단칼의 추진력은 사업을 이끄는 중요한 동력이었다. 실적이 증명했다. 국내 유통도 그렇지만 커지는 일본과의 무역에서 그의 일본어 실력과 현지의 네트워크가 힘을 발휘했다.

주목할 것은 사장은 그를 전면에 내세우면서 이따금 아들로 지칭하고 대했다는 점이다. 엄마는 그를 돌아온 아들, 이현 오빠의 그림자처럼 품었다. 그는 성당에서 세례까지 받았다. 그러니 임현은 어느덧 사장에 준하는 자로 사업을 이끄는 남자요 또한 공공연히 오빠의 그림자이며 믿음의 아들로까지 그의 위상은 점차 복잡해졌다. 종합하면 그는 점차 집안과 사업의 가브리엘이 되어갔다. 내가 그에게 지어준 그 수호천사의 이름이 현실화되었다.

나는 무리 없이 대학에 입학했다. 전쟁 때문에 학생들 모두 공백이 있었고 두 살 먼저 학교에 다닌 터라 나이치고는 아주 약간만 늦었다. 대학은 변화무쌍하고 혼란스러웠다.

교육 과정만 하더라도 내가 공부하던 1955년 6학년 통합 과정이던 중학교와 고등학교가 분리되었다. 사회는 혼란 그 자체였는데, 그해 1월엔 정치깡패에 의한 단성사 저격 사건이 있었고 9월엔 대구에서 정치 패들의 테러 사건이 있었다. 내가 대학생 새내기가 되던 1956년에는 우리나라 3대 대통령으로 이승만이 3선에 성공했고, 5월에 경쟁하던 야당 후보 신익희란 분이 암살당했다. 대학은 요동쳤고, 18일엔 전국에 비상계엄이 선포되었다.

당시 나도 대학생들에게 커다란 영향력을 끼친 『사상계』(思想界)라는 잡지에 심취했고 특히 문예 쪽에서 또래들과 시국을 논했다. 3학년부터 수업은 거의 생략되다시피 했다. 1959년 보안법 파동으로 나 또한 시위로 바깥을 돌고 있었다.

그리고 4학년인 1960년 3월이다. 3월 17일이나 18일로 기억한다. 엄마가 날 조용히 불러 자리한 3월의 밤이었다. 마산에서 경찰 발포로 학생들이 죽은 직후였다. 시청 인근 소공동 대한상회 사무실. 다들 퇴근한 저녁이다.

"유화야. 이 아그들(고등어)이 서울 노량진까지 오는 데 얼마나 고단했을까?"

"그랬겠지요."

여러 번 들은 내용이다. 초향 할머니 이야기였으니까. 물론 당시는 경강이었지만 어느덧 장소는 노량진으로 바뀌었다. 또 그분의 시절에는 고등어 손을 직접 다듬어야 했지만 지금은 상품으로 들어와 포장 작업만 하는 수순이다. 그 일로 바쁜 엄마가 또 바쁜 유화를 어렵게 불러낸 자리다.

"유화야. 할머니(초향)는 이놈들을 씻을 때마다 녀석들이 뛰놀던 파도 소리를 들었다고 하셨다."

"엄마. 이미 몇 번이나 하신 말씀을!"

"그래. 이따금 어느 놈은 아주 비린 사연을 전해. 어디서 어떻게 자라다 잡혀서 예까지 오게 되었는지 아주 기막힌 비린내를 전하지."

"네."

모녀가 아직은 속을 드러내지 않는 대화를 하고 있다. 예전이나 지금이나 똑같다. 고등어 배창시가 다 드러난 눈앞, 고등어 한 손의 모습처럼 돌고 돈다. 이제 여기 주인공은 머리가 더 희끗한 60대 후반(68세)의 송이와 한층 물이 오른 딸 유화(24세)로 바뀌었을 뿐.

"비록 지금 시절은 다들 창시들이 없지만 우리 대한상회에 팔려온 아그들 중 속이 없는 아이들은 아무도 없다."

"…"

반복된 소리이니 나는 잠시 침묵했다.

"사람은 이야기를 먹고 살지. 사람도 이 생물처럼 각자 이야기가 있는 사람끼리 꼬이고 새로운 것들이 만들어지는 거다. 내 살아보니 정말 그랬다."

"엄마. 본론을!"

유화는 시국이 험난해 요 며칠 엄마에게 붙잡혀 있다. 안 그래도 임현에 대해서 이야기가 나올까 봐 신경이 곤두선 상황이다. 당시 유화에겐 성준이라는 남자 친구가 있었다. 애인에 가깝다고 해도 상관없는. 아무렴! 한창 시절의 모던 걸 송이만큼은 아니지만, 엄마처럼 현대적인 여성이다. 시대의 광장에 서야 했던 젊은이들 중 하나로 또래의 대학생들과 어울렸고 여럿 남자들과 만났으며 지난 가을부터 나름 좋아하는 애인도 생겼다. 그동안의 임현을 생각하면 고무신을 거꾸로 신은 나였다.

"싱싱한 고등어의 눈을 보면 청색 무지개가 떠 있다!"

처음 듣는 이야기였다. 할머니 초향의 내용과는 또다른 이야기가 튀어나왔다.

"그래서요!"

당돌한 나의 대꾸였다.

"왜?"

엄마 역시 바로 본론으로 들어오셨다.

"그는 나와 맞지 않아!"

나도 곧장 반격했다.

"고등어는 맨삶이(생선 또는 고기를 간을 하지 않고 삶거나 찐 음식)도

맛이 있다. 생에 충분히 간이 붙은 녀석이니까!"

엄마는 살짝 말을 돌렸다. 내 눈깔이 튀었다. 엄마의 새로운 버전일까!

"엄마 또 그 밭에 감추인 보화 이야기하려고 그러지?"

"현은 간도 쓸개도 다 버린 아이다. 그만큼 속을 비운 녀석은 없어! 눈을 보면 안다. 비운 곳에 채워지는 것들을. 그게 발효되어서 눈에는 무지개로 비치는 게다."

"그래. 그는 너무 속을 비워서 내가 들어갈 공간이 없어. 너무 넓다고. 아니면 너무 꽉 차 있거나! 나는 눈 같은 건 모르겠고!"

내가 먼저 소리쳤다. 묘하게 투지가 일었다.

"무엇이 중한디?"

"엄마. 내 인생이야!"

"가브리엘! 그건 네가 만든 그가 아니냐! 네가 만든 그의 인생 아니야?"

"뭐라고? 내가 그를 만들어? 아니지! 엄마가 그를 만들었지. 엄마가 그를 아들로 만들었고 우리 집안의 가브리엘을 만든 거잖아?"

"내 말은 네가 만든 눈빛이다! 애초 네가 불렀던 아이! 그리하여 집안에 들어온 한 손의 인연! 그래서 내 말했다. 무엇이 중하냐고! 너란 사람 고유화의 가오나 등 푸른 지조 말이다!"

엄마도 더는 참지 않으시고 버럭 소리를 질렀다.

"도대체 뭔 말이야?"

나도 결코 지지 않았다. 속은 부글부글 끓었다. 엄마 말은 틀리지 않으니까. 아무렴. 그 엄마에 그 딸이 아닐 수 없었다. 또는 떠살이 엄마와 딸들의 곡진 반복일까!

"이제는 대학생이라고. 꼴에 알 만한 것이!"

그랬다. 여기 엄마도. 송이는 지난 몇 년간 냉랭한 두 사람 사이를 그저 묵묵히 지켜보고 있었다. 그녀는 딸이 스스로 철이 들기 바랐다. 자신의 과거와 달리 임현과 딸 유화 사이는 깊은 정서로 꼬이고 묶였기에 서로는 천천히 성숙하게 다시 합쳐질 거라 믿었다. 그런데 이제는 무슨 결정을 해야 하는 상황이 도래했다.

"더는… 나도!"

엄마의 긴 한숨! 그 이유는 차오른 물과 비슷했다. 지난달 하오카상이 사장이자 이제는 파트너이고 사업의 부문장인 임현의 엄마가 송이와 독대를 요청했으니까. 더는 스물아홉 자식 임현의 결혼을 늦출 수 없다고 전했다. 모양과 결혼을 시켜야 할 것 같다고. 그러니 엄마는 마음이 무척 무겁다. 당시는 중매가 대부분인 시절로 다들 서른 살 전에 결혼이 끝난 시기. 이미 엄마 송이에게도 임현의 혼처로 여럿 제안이 들어온 터였다.

간단히 말해, 그는 잘나가는 사람이다. 괜찮은 회사의 임원이고 언제나 양복을 입고 가슴도 떡 벌어진 준수한 사내다. 언제부터 사장의 아들처럼 대접받는 사람이니 송이에게도 혼사가 여럿 오갔다. 그러니 당연지사 임현의 친모에게도 그런 일은 더하면 더했다. 그리하여 마침내 지금 이 자리다. 임현 친모의 그 복잡한 심내를 어떻게든 정리해주어야 하는 송이의 입장이다. 동시에 엄마는 사장이면서 또한 신앙에서도 그의 대모로서 더는 결정을 미룰 수 없었다.

"아아. 머리 아파!"

나도 한숨은 아니었지만 호흡과 함께 간단한 고통이었다. 사실 머리 아프다는 이 말은 나 유화는 물론이고 임현에게도 있었다. 어느덧 사무실엔 종업원들이 여럿 입사했다. 여자 사원들도 있었다. 그 가운데 정양이라는 소녀가 특히 하오카상의 마음에 들었다고 했다. 회계 업무를 맡은 아이라 총명했고 촘촘히 일을 잘해서 엄마 송이도 마음에 들어 하는 여인. 그런 정양이 임현을 사모하고 있었다. 긴 생머리에 발목은 가녀린 매력적인 여성이었다. 거래처에서도 회계 일을 하는 경리를 보고 다들 반했다고 했으니까. 임현은 매일 정양과 함께 결산을 했다. 그 여인이 그만 그에게 빠져버렸다. 나도 가끔 엄마를 만날 요량으로 사업장을 드나들었기에 낌새를 알아보았다. 여자의 그 묘한 레이더망으로 감지할 수 있는 연정의 시선에 나는 코웃음 쳤다.

"중요한 순간이다. 아직 임현 녀석의 맘은 네 곁에 있어."

송이는 순간 울컥했다. 노련한 모던 걸이다. 산전수전 공중전 다 겪은 그녀는 주변의 모든 피사체들을 포착하고 통제한다. 그러나 더는 임현과 그의 모친에게 면목이 없으니 이런 순간이었다.

"결정은 그가 하는 거지!"

"바보야. 결정은 지금 네가 하는 거야!"

엄마의 소리가 칼처럼 쨍했다.

"엄마가 하는 게 아니고?"

나의 방패도 강했다.

"이 자식이!"

엄마 얼굴이 붉으락푸르락.

"안 그래? 아들이라며! 말 나온 김에 어떻게 아들하고 딸하고 결혼시킬 수 있어?"

나의 이 말은 너무 나갔다. 아니지. 이참에 나도 칼을 빼 들었다. 더는 눈치를 보고 싶지 않다고. 막 나가는 심사는 어느덧 서로를 벼랑으로 몰고 있다. 어느새 모녀의 대화는 거의 고성 수준이다.

"뭐라? 지금 그 자식이 그 새끼냐?"

"아니면요! 엄마. 그 새끼를 그 자식이라고 하는 건. 그럼 그 시끼가 다른 새끼가 될 수 있어?"

"너 이 자식아. 이 좌판이 무슨 판인 줄 알아? 이게 비단 너만의 결정이냐고? 넌 눈앞에 어미는 안 보이네!"

드디어 나왔다. 그랬다. 엄마는 사업을 생각하고 있었다. 엄마지만 또한 사장! 나의 결정으로 당신이 공들여 키운 사업이 앞으로 어떻게 달라질지 알 수 없다.

"그래! 바로 그거야. 엄마의 푸른 무지개! 엄마 눈엔 사업이잖아! 계획, 확장. 발전! 그러나 나는 싫어, 그런 이유는 더욱 싫어. 그 사업상의 결정이라면 그거야말로 정말 잘못된 거지!"

"아우, 이 소갈머리하고. 아이고, 누구 새끼가 아니라고!"

"그래. 엄마의 바로 그 새끼지! 엄마도 그랬잖아! 엄마는 나보다 더했다면서!"

"뭐라? 내가 뭘?"

"알면서 뭐!"

"넌 오늘로 끝이다."

"그래. 나도 오늘로 현이와도 끝이야. 도대체 왜 그의 인생을 내가 책임져야 해? 왜 그는 자신의 결정을 못 하는데? 왜 이렇게 엄마한테 위탁하는데!"

사무실을 박차고 나오는데 그를 보았다. 서 있는 어떤 망부석을. 퇴근한 줄 알았던 그가 어쩐 일인지 사무실 앞에 서 있었다. 어쩌다 우리 이야기를 들었을지도 모를 멍한 표정의 그가. 엄마는 소스라쳤다. 몸을 휘청이며 망연자실했다. 나는 그를 싸늘한 눈빛으로 지나쳤다.

회사의 분위기는 뒤숭숭했다. 사장도 벙어리 냉가슴, 동시에 그저 침묵하는 한 사내. 그리고 그 사내를 연모하는 정양의 더욱 뜨거운 눈길까지. 아무튼 남녀 사이의 일뿐만 아니라 사업장은 급변하는 시국에 업무 유지가 쉽지 않았다. 3월 지방에서 시작한 불길이 이제 서울로 전국으로 옮겨붙었고 국정은 마비되고 있었다. 김주열이라는 학생의 죽음을 계기로 학생 시위가 격화되었고 나도 거리로 나섰다.

그리고 엄마와 맞고함 뒤 약 한 달이 지나 이제 4월 19일이다. 구호는 독재 타도. 요구는 간단했다. 12년 연속 집권한 대통령에게 국민들은 하야를 요구했다. 그날 뜨거운 열망으로 모인 시민들은 세종로와 태평로를 가득 메웠다. 역사는 무려 10만 명이라고 기록하고 있다.

시위대는 어느덧 경무대(청와대)로 향했고, 나도 구름 같은 사람들 속에 함께 있었다. 저 멀리 경찰들이 저지선을 형성하는 것이 보였다. 하늘에서는 연신 공포탄 소리와 최루탄이 난무했다. 저지선 사이 대치와 공방.

그러다 오후 2시가 못 되어 급기야 공포탄이 아닌 실탄 발포가 있었다. 가장 앞선 대열의 사람들이 퍽퍽 쓰러졌다. 당장 눈앞에서는 볼 수 없는 상황이었지만 비명이 터지는 순간 공포는 극에 달했다. 무차별로 총알이 날아들었고 시위대는 산산이 흩어졌다. 나도 사람들에 섞여 뒤로 뒤로 건물들 사이로 피했다. 사람들은 그렇게 밀려나며 뒤엉켰다.

내 곁 누군가가 가슴을 움켜쥐고 쓰러졌다. 아저씨. 분명 직장인이었다. 하얀 와이셔츠가 붉게 물드는 순간 나는 혼이 나갔다. 다급하게 그를 불렀다. 나도 모르게 나의 애인이라 믿었던 그, 짝으로서 내 손을 잡아주던 그를 애타게 불렀다. 그러나 그가 보이지 않는다. 도리 없는 상황에서 어찌어찌 그 아저씨를 누군가와 어렵게 끌어가고 있었다. 대로에서 골목으로 그리고 다시 담벼락으로. 그러다 그만 뉘었다. 보였다. 입과 눈이 하얗게 굳어버린 죽은 몸이.

'싱싱한 고등어의 눈을 보면 청색 무지개가 떠 있다!'

순간 엄마의 말이 떠올랐다. 어떻게 이 순간에! 생물의 눈은 푸르고 맑아야 하고 색은 보통 검은색 눈깔이어야 하는데 살아있다면 싱싱한 녀석은 엄마 말처럼 푸른 무지개도 뜨는데. 또 살을 눌렀을 때 단단하면서 탄력까지 있는데. 그러나 죽은 자는 손목부터 빳빳했다. 잡았던 손을 빼려는데 도무지 내 손이 빠지지 않는다.

잠시 전 피를 흘리며 살아있을 때 서로 붙잡은 손이, 경직된 근육이 이제 내 손을 놓지 않고 있다.

'아빠!'

아뜩했다. 혼미한 상태는 다시 충칭처럼 제복들이 나타났다. 내 옆 누군가는 바로 내뺐다. 그러나 나는 아직 그 주검의 손에 붙잡혀 있네. 아, 그들은 총을 메고 곤봉을 들었다. 각 모자를 쓴 가죽밴드와 순경 모자를 한 경찰들이었다. 허공엔 아른한 연기가 피어나고 있었다. 어른거리는 시선 저 멀리 군복들도 보였다. 총을 겨누고 있다.

"씨팔년이!"

머리채가 먼저 잡혔다. 곧바로 곤봉이 날아왔다. 비명도 순간인데 내 머리는 그대로 담벼락에 부딪혔고 피가 튀었다. 검은 벽돌과 하얀 씨줄에 튄 붉은 피. 그게 누구의 피든 잊히지 않는 그 담벼락은 환구단의 벽체였다. 시청에서 소공동과 을지로 사이 팔각의 기와가 있는 3층짜리 건물인 환구단을 지나 우리는 웨스틴조선호텔로 진입하다 그만 붙잡히고 말았다. 직전 눈앞은 피했다 싶었는데 이번은 을지로 쪽 백남빌딩에서 치고 들어온 경찰들에게 잡혔다. 곤봉질과 구둣발이 정신없이 이어졌다.

왜 그쪽 방향이었을까? 거의 본능이었다. 나는 물살을 가르는 고등어처럼 엄마의 사업장 쪽을 향했다. 당시 시위에 참여하지 않는 직장인들과 외국인들이 건물과 호텔에서 이 장면을 지켜보고 있었다. 엄마도 총소리가 들리고 사태가 심상치 않자 서둘러 직원들을 조퇴시켰다고 했다. 불안한 송이는 기다릴 수만은 없어 딸년을 찾아 거리로 뛰쳐나갔다.

상황은 아스라이 보였다. 누군가가 날고, 날아오고 있었다. 검은 점 여럿과 곤색의 새가 화드득 날았다. 점점이 곤색과 회색이 있는 비둘기? 아니 아이보리색에 검은 등줄기가 선한 수리매나 참매였다. 양복의 패턴을 나의 아뜩한 눈은 그 순간 그리 보았다. 수리가 날면서 공중을 찢는 장면이었다. 먼지가 푸드덕 피었다. 말라비틀어진 매화꽃의 흔적들이 산산이 먼지와 함께 허공에서 파르르 흐드러졌다. 호텔(웨스틴조선)과 환구단 담벼락 사이 작은 뜨락의 정원수인 매화나무들이었다.

그가 있었다. 강한 매 발톱의 후려치기에 이어 나를 잡아채는 그의 손. 마치 먹이를 채듯 벽에 기댄 나를 낚아 올린 임현이었다. 다시 과거로 돌아간 내가 보였다. 그의 눈매가 보였다. 이를 앙 다문 가운데 말할 수 없이 이글거리던 붉은 그의 눈. 피 같은 노을이 떴다. 일도의 획을 긋던 연속 동작들과 함께 분노하던 그러나 이번엔 전혀 다른 저 눈매에 어린 슬픔. 푸르다 급히 붉은 기운, 절망처럼 신음하던 그의 숨소리도.

"퍽. 퍼억!"

그 아이가 다시 돌아왔다. 말라깽이 소년, 검을 든 고도어(古刀魚, 고등어의 또다른 표현)다. 기억된 획을 긋는 간단한 동작 아래 무심했던 자. 속이 비워진 자의 눈매. 그런데 이번은 더욱 고통으로 복잡한 인간의 향기를 뿜는다. 나는 심장이 떨어지는 소리를 들었다. 어떻게 그 순간 옛날의 칼이 눈앞에 다시 서 있다니! 향기는 농

밀하고 안타까워 차마 말을 할 수 없는 가운데 임현은 목검을 들고 내 앞에서 비상하고 있었다. 어느덧 바닥엔 검은 제복 네다섯이 널브러져 있었다.

그가 나를 붙들어 세우는 순간이었다. 그 매의 발톱, 잊을 수 없는 눈에 어린 붉은 눈시울. 나는 순간 엄마의 말을 떠올리면서 뜨악했다. 그리고 그가 나를 덮쳤다. 퍽! 나를 잡던 그의 손이 무너지며 쏟아졌다. 나는 그를 받는 가운데 헉 하는 소리와 동시에 내 심장도 멎었다. 날카로운 쇳소리는 찰나로 비슷하거나 약간 늦게 도착했다. 탕!

"겨울이 가고 따뜻한 해가 웃으며 떠오면 꽃은 또 피고 아양 떠는데 웃음을 잃은 이 마음…. 비가 개고 산들바람이 정답게도 불면 새는 즐거이 짝을 찾는데 노래를 잊은 이 마음."*

고요한 병실, 끝없는 정적 사이 실타래가 풀린 듯 내 마음 옷깃 한편에서 여운처럼 노래가 흘러나온다. 나는 잊었던 어느 기억을 참담히 떠올린다.

잔향이 남은 라일락 향기 속 진한 웃음이 떨어진다. 그 오빠 임현이 뽕나무에 올라가 오디를 흔들고 나는 아래에서 치마폭에 떨어지는 열매를 요리조리 받고 있다. 역시 와우산으로 우리는 언덕배기에 있는 큰 산뽕나무 아래. 저 멀리 녹청색 수국도 보인다. 그러니 6월경이다. 이 기억은 그가 우리 집에 들락날락하던 시절이

---

* <나는 가야지>(손석우 작곡, 1959년) 문정숙 노래

다. 오빠라고 부르기 시작한 나와 내심 그것을 마땅치 않아 하던 그와의 추억이다.

비록 오빠와 동생이란 호칭으로 간극을 정했지만 자주 만남을 가진 그 시기. 이미 풀밭은 검붉은 자욱들로 지저분하다. 나무를 흔들고 내려온 임현이 알이 차오른 작은 포도송이 모양들을 내 입에 건네고 있다. 아직 초록색이 있는 것은 구분하고 농익은 붉은 것들만 골라서 건넸다. 받아먹는 그 맛! 처음 짜글짜글한데 과즙이 입안에서 쫘르륵! 물론 우린 버찌도 땄지만 그건 영 맛이 아니었다. 우리 입 주변은 언제부터 먹보라. 눈은 달근하고 호흡도 괜히 취한 듯 얼큰한데 그때 임현이 말했다.

"나 언제 오빠 그 뽕… 떨어질까?"

"엥?"

"그냥 이름이 좋아서!"

"간 떨어질 뻔했네!"

임도 보고 뽕도 따고? 나는 바로 대꾸했다. 나이가 몇 살 차이냐고! 순간 헛헛했다. 내 눈에 임현의 표정은 진보라색으로 살짝 어두웠다. 그가 먹는 오디는 검은 새똥처럼 보였다.

"좋아. 그럼 일단 세례부터!"

나는 고개를 끄덕이고 양보했다.

"…세례!"

"그래. 이를테면 가브리엘로!"

"가브리엘?"

"몰라 그런 게 있어!"

그 뽕밭이 왜 다시 환했을까! 왜 자신은 그때 느닷없이 가브리엘이라는 천명을 해버렸던가! 나는 침상의 임현을 붙들고 잊어버린 시간을 꺼냈다. 이어 그가 엄마와 함께 세례를 받는 순간에도 자신은 수업을 핑계로 자리에 없던 일을 뒤늦게 자책했다. 온갖 기억의 추임과 소환, 그와의 약속이 찾아왔다! 맞물려 그의 상심과 또 그가 떠올렸을 상념과 절망까지도.

뒤늦은 이 후회는 나를 처음 구했던 그 영웅 또는 강한 자*로서 그의 인상 때문이었다. 가브리엘은 이미 그때부터 계시적 천명이었다는 전율이 뒤따랐다! 그런 내게 그 뽕밭은 돌아와 수없이 빨고 빨았던 손세탁의 악몽만 기억하고 있었으니. 그 기억이 회개와 함께 복구되어 돌아왔다.

어떻게 병원으로 이송되었는지 경황이 없었다. 수리매 발톱이 나를 움켜 들고 나서려는 순간 그가 갑자기 쓰러졌다. 품으로 쓰러진 임현을 받아 겨우 버티고 안았을 때 나는 그의 등에서 붉은 피를 더듬을 수 있었다. 붉은 피가 솟구치고 있었다. 군인의 조준 사격으로 추정할 수밖에 없었다. 시급했다. 기적같이 그들이 보였다. 놀랍게도 엄마와 종업원들이었다.

그랬다. 딸을 찾는 엄마의 시급한 이동에 충성스러운 임현과 또 그와 함께 자리를 지키던 몇몇 직원이 따라나선 거였다. 물론 후

---

* 성서에서 천사 가브리엘은 기쁜 소식을 전하는 자로 나온다(누가복음 1장 19절). 히브리어로 '강한 자', '영웅'과 하느님을 뜻하는 엘(אל)이 합쳐진 이름이다. 곧 '하느님의 영웅'이라는 뜻이다.

에 밝혀진 내용이다. 시시각각 라디오 방송에 귀를 기울이던 엄마의 직감이었을까? 가까운 곳이니 소요의 현장이 그대로 전파되고 있었다. 매캐한 연막과 따가운 냄새들 가운데 사람들의 도피 상황들. 주변 상가에서는 그 학생들과 시민들을 받아주고 숨겨주었다.

사장이 허겁지겁 나가자 임현이 사무실에 비치해 두었던 목검을 들고 따라나섰다. 그들은 어렵지 않게 나를 발견했다. 내가 향한 소공동은 그날 경각에 달린 한 목숨으로 숨 가빴다. 인파와 저지선에 막혀 신촌으로 가는 길은 촉급했다. 교통이 멈춘 대로에서 수많은 인파를 헤치며 임현을 번갈아 업고 뛰는 일단의 직원들이 있었다.

세브란스병원에서 총알 제거 수술이 있었다. 시간 지체가 문제였다. 과다 출혈과 그로 인한 출혈성 쇼크. 희망이 없다는 판단이 내려졌다. 밀려오는 환자들로 이제는 회복실도 아닌 어느 방. 나는 그와 함께 남겨졌다. 엄마는 실신한 하오카상을 밖에서 거두고 있다. 방안은 인공호흡기와 함께 누인 그와 나뿐. 그리하여 나온 그 노래 가사였고 망각된 기억의 부활이었다. 반복되는 그 노래 <나는 가야지>. 예고된 죽음을 눈앞에 둔 절망과 비탄.

"하느님 아버지!"

죽음을 거두는 분, 대안은 오직 한 분. 나는 믿음의 그분께 끝없이 호소하고 절규하다 분열되고 있었다.

'아, 안 됩니다! 제발! 아버지!'

또한 심판이었다. 생략할 수 없는 준엄한 판정이 나를 소환했다. 기억을 소환하는 놀라운 거울이었다. 그분의 수위 높은 심판은 다름 아닌 자신을 돌아보게 하는 면경(面鏡, 얼굴을 비추는 작은 거울)이었다.

"아빠…"

나의 절규는, 대답 없는 신을 대신해 이제는 아버지 요한을 급히 부른다. 나를 품어주신 나의 달빛, 내 영혼과 함께 늘 따뜻했던 그분.

"무서워요. 아빠!"

돌아봄으로 심판. 이 면경. 이 채찍은 늦은 깨달음. 새벽의 어느 시점이었다. 믿기 힘든 환한 문이 두렵게 열렸다. 나는 완전히 벗겨져 있었다. 알몸처럼 드러나 있었다.

"어질 현(賢)… 다시 생각할 유(惟)에 꽃 화(花)라. 고래! 여자 쪽 유란 마땅히 들어맞긴(惟: 마땅하다, 들어맞다) 하지! 누군가 공이 많이 들어갔구먼."

의식에 그 귀신이 나타났다. 말하자면 돼지 귀신이다. 어쩜! 그때 거기 임현과 함께 마주했던 부산 점바치 오작교 귀신의 목소리다. 태어난 일시를 체크하더니 갑자기 성명학처럼 우리 이름을 짚던 그. 그때의 목소리가 내 의식에 번개쳤다. 이제서야 그 자의 신공(神功)이 도착했다.

"그러니 인연이지. 그런데 끌려 허락하는 상이야!"

통렬한 회귀였다. 영도다리 아래 그 점바치 오작교 점집 아저씨 귀신. 그 비글비글 돼지기름에, 역시 가느다란 돼지 눈매에다 또 그 돼지꼬리 수염을 비비 꼬며 마주했던 6년 전 그 인간의 말이

타종과 함께 돌아왔다.

"허니 어쩌누 고생이 있겠는데 짝이면 기다려야지!"

임현의 등을 때린 탄환이 이번엔 내 머리를 강타했다. 와우산 뽕밭의 복귀와 함께 완전히 나를 뒤집는 엄청난 대포 소리였다. 당시 나는 그 소리가 임현에게 한 소리라고 듣고 코웃음 쳤는데. 고백하자면 나는 그때 잔뜩 바람이 들어 있던 거였다. 그 귀신의 소리가 이제 전혀 새롭게 들리니….

"아니 잠깐만… 아뿔싸! 어라? 한 번 새가 날아가는 상이 있네?"

가늘게 돼지 눈깔을 치켜뜨고 굴리면서 마지막에 살짝 끝을 올리며 했던 묘한 물음이자 어떤 확인이었다. 당시 서로는 얼굴색이 변했고 나는 용하다 싶다고 웃어 버린 표현들이 날카롭게 다시 날아와 꽂혔다. 또다른 매 발톱이었다. 나는 더 크게 탄식하며 오열했다. 파고를 넘는 충격이었다. 한 번 새가 날아가는 상은 내가 아니라 바로 임현이었다! 그 용한 점쟁이는 귀신같이 너무 신통하게도 오직 나만 흘기면서, 나만 째려보면서 그 빠른 눈살을 돌린 이유가 바로 이 순간 때문이었다. 세상에, 그 새는 바로 임현이었다!

"돌아와!"

'무슨! 이제 와서?'

새벽 그 점바치 아저씨의 소리와 함께 귀신은 내게 이것으로 몇 번째냐며 질타했다.

'이제 끝났어!'

예언은 마침내 성취되었다며 귀신이 조롱했다.

'미안해…. 그래. 나는 바보였어.'

자복해야 했다. 그가 사라지면 나는 평생 그의 무게를 감당해야 하는 사실을 인지했다. 난 임현이 남긴 향기의 무게, 일도(一刀)의 그 시선의 질량을 피할 수 없다는 것을 깨달았다. 거슬러 누대의 냉정한 천명도 귀를 때렸다. 곧 명과 복은 한 손으로 쌍이었다.

"현… 잘못했어!"

나는 임현이 생의 의지를 놓았다는 것을 깨달았다. 그의 눈에 어렸던 그 무거운 질량이 자포자기였다는 것이 비로소 명확했다. 그가 이번으로 자신의 생을 던짐으로써 아낌없이 사라지려 했다는 것을.

"미안…해. 더는… 사이고다(最後だ: 최후다)!"

학교 앞에서 나눈 그의 말이 비수처럼 돌아와 내게 꽂혔다.

"아~ 현아. 제발 한 번만 돌아와! 너는 늘 그 가브리엘이었잖아! 하느님, 그를 돌아오게 해 주세요. 내게… 제발 한 번 더… 그 가브리엘 천사를."

나 때문에 생긴 일이다. 꺼지고 있는 이 무거운 질량은 나를 영원히 옭매는 중력이라는 것을 자각함으로 애가 탔다. 그에게 또 신에게 약속했다. 앞으로는 제때 당신들의 수신호가 되겠다고 맹세했다. 그러니 단 한 번의 기회를 달라고.

"가브리엘 천사, 그 기쁜 소식을… 제발 한 번만 더! 당신도 아시잖아요! 그 다니엘에게도 가브리엘은 결국 늦게라도 돌아오지 않았나요?* 아닌가요? 성서는 거짓말을 했나요?"

심지어 신에게 협박까지. 도대체 이런저런 말들을 얼마나 뇌까렸던가! 눈물은 흐르다 마르다를 반복했다.

새벽에 엄마가 들어오셨다. 그녀는 딸을 내려보며 딱 한마디만 하고 초향의 십자가를 내려놓고 나가셨다.

"이제 네 것이다!"

새벽 미명 이번엔 임현의 친모 하오까상도 들어왔다. 눈물도 마른 가운데 손에 붉은 십자가를 들고 선 나와 그녀는 침묵 가운데 마주 보았다.

'어…머니!'

하오까상을 어머니라 불렀다. 실제로는 내 마음의 소리일 뿐. 우린 침묵 속에서 그저 서로를 바라보았다. 그녀의 눈에서 눈물이, 또한 나도 눈물이 앞을 가려 그분 역시 내내 합장하고 있는 것을. 그럼으로 불현듯 스쳐 통과했다. 그녀가 신앙인이라는 사실이. 일본인으로는 드물게 기독교인임을. 그녀의 손에도 역시! 그간 자중하거나 일본인 특유의 조용한 처신 때문에 이제야 알게 되었다. 그럼으로 또한 그때였다. 자식 임현이 징집되었을 때, 기도하자는 소리가 기억으로 되돌아왔다. 마침내 하오까상이 합장한 손을 입에 대고 모아 천천히 당신의 코와 눈까지 올리며 내게 고개를 숙일 때, 작게 들렸던 "제발" 그리고 "카미토 토모니(神と共に, 주님과 함께) 아멘"이라는 소리는.

정말 간절히 나밖에 없다는 어미의 몸짓이었다. 통분이었다. 마

---

* 성경 다니엘서 10장에 가브리엘 천사가 바사국(사탄)에 막혀 21일이나 지체해 늦었다는 내용이 나온다.

유화

주한 나. 이성의 꼭지는 터져 흔적도 없이 사라졌고 나는 통렬한 눈물 가운데 어깨는 더없이 흐느끼며 춤을 추었다. 손에 꼭 쥔 희생의 상징인 초향 할머니의 진사를 가슴에 품으며 나는 그의 어미 앞에서 지워지고 있었다. 다른 눈앞 그녀가 내 속으로 들어오고 있었다.

'그랬군요!'

당신의 조국을 버리고 한국을 찾아온 이유가 밝혀졌다. 그녀가 자식을 위해 오직 믿음으로 이 땅에 왔음이 섬광 쳤다. 자식을 위해 자신을 버린 지극한 모성. 더 없는 진사유가 눈앞에 있었다. 그러므로 나는 모든 것을 되돌려야 했다. 순간 내가 들렸다. 한순간 사라진 나. 또 들어오신 누구! 무언가 불끈 나를 들어 올렸고 내 입술이 제멋대로 풀려 버렸다. 나도 모르게 밀려 나오던 전개. 의식은 주변 뜨거운 열기와 함께 설명이 어려운 엄청난 배열의 힘이. 아! 그들은 나를 도우셨다. 나는 내 소리를 듣고 있었다.

"어머니! 당신의 가브리엘은… 반드시 돌아올 거예요. 네! 제게 그의 심장이 다시 뛰기 시작했으니까요!"

"우리 결혼합시다."
"네. 우린 결혼합니다."

우린 한 손의 푸른 고등어가 되었다. 기적적으로 그가 깨어났다. 아침 동이 틀 무렵 뭔가가 내 머리를 쓸었다. 언제부터 그의 가슴에 머리를 대고 자버렸던 것인데 임현의 손이 내 머릿결을 쓰다듬고 있었다.

결혼식장은 1961년 아현동 성당. 그곳은 신랑이 세례를 받은 곳으로 임현은 자신의 축복 현장으로 그곳 사제와 협의했다. 물론 나는 나의 가브리엘의 의견을 따랐다.

기억도 뚜렷하다. 인상 깊었던 성수대부터. 성수를 받든 두 사람의 조각상은 내 눈엔 남편과 아내였다. 또한 천군과 천사였고 아담과 하와였으며 나의 가브리엘과 그의 신부 아가타로 보였다. 3층이 넘는 높은 공간에 들어오는 찬란한 빛은 실로 아름다웠다. 그 여럿 빛 가운데 그림들. 특히 만인이 한 분을 둘러싸고 있는 스테인드글라스에서는 왠지 아빠 요한이 지켜보는 듯한 느낌을 받았다. 또 푸른 창에 꽃그림으로 온통 둘레를 채운 그분 성모의 실루엣도. 눈물이 어른거리는 내 눈에 그 실루엣은 엄마의 엄마인 초향 할머니와 또 김마리아에 이어 최자송 헬레나와 기타 송 루치아 등 수많은 실루엣으로 살아났다. 그날 나는 그분들의 내리사랑이 존재했음에 눈 화장을 몇 번이나 고쳤다.

"신랑 임현 가브리엘과 신부 고유화 아가타는 어떠한 강박과 구속 없이 본인 자유의 의사에 따라 혼인하려 합니까? 그러나 일생 동안 상호 신의와 사랑을 지키는 것은 참으로 어렵고 쉽지 않습니다. 그러니 부부의 인연을 평생 간직하며 살기를 맹세한 두 분께 묻습니다. 신부 고유화 아가타 님. 이제 더는 남편의 애를 태우지 않겠다고 맹세하실 수 있겠습니까?"

"네?"

신부의 얼굴은 홍당무 자체였다. 반면 신랑은 환하게 웃고 있었다. 이야기하는 나는 이 순간 역시 부끄럽다.

"네!"

호흡을 가다듬는 아가타. 지켜보는 사제도 그냥은 안 넘어가겠다는 표정이다.

"아가타님께 다시 묻습니다. 사랑을 태우다 그만 하얀 재가 되어 버렸습니다. 그래도 사랑의 신의는 다시 불꽃을 태우라고 합니다. 그럼 어떻게 해야 할까요? 신부님?"

"네…. 지상에서의 재는 이제 별이 되어… 사랑은 하늘에도 있을 것입니다. 아멘!"

그 새가 다시 돌아왔다. 누구는 이후 별까지 약속했고 둘은 그러므로 한 방향인 한 손 고등어 부부가 되었다. 아이들을 낳았다. 1962년 장남 임세현 스테파노가 태어났고, 2년 뒤 1964년엔 둘째 임화령 마티아가, 1966년 막내 임세령 스텔라를 끝으로 1남 2녀의 이쁘고 등 푸른 고도리들을 낳았다.

"사람이 몇 번 죽다 살았어. 세상 나만큼 애가 탄 사람 나와 보라고 해!"

중요한 순간 남편은 이런 소리로 앓는 소리를 했다.

"그래요. 나 아가타니까!"

어쨌든 가브리엘, 그는 내게 돌아왔고 아이들이란 별들이 태어났다. 그런데 한 마리 새가 돌아오자 이번엔 다른 한 마리 새가 떠나가려 한다.

"엄마 대체 이 무슨 소리예요?"

"글쎄! 내가 미국 간다는데 뭔 고집을 네가 부리냐?"

"엄마 그래도 이건 아니잖아!"

"뭘? 네가 이제 정신을 차렸으니 내가 미국 간다는데!"

"엄만 또 내 핑계를!"

"아니지! 네 곁엔 현이도 있고 아이도 하나 있잖니? 내게 도착한 아니 기다렸던 이 화답 아니냐? 내 기다렸던 믿음은 바라는 것들의 실상이자 보이지 않는 것들의 증거들."*

"아후, 엄마 또 뭔 말이래?"

"유화야. 정녕 못 알아듣겠니? 이제 네겐 떡하니 지켜주는 사랑과 지켜야 할 사랑들이, 그 푸른 증거들이 너와 함께 한 손으로 잘 엮여 있잖니!"

"아후! 여보. 당신도 옆에서 뭔 말을 좀 해야지!"

내가 남편 임현을 째려보고 있다. 세상에 엄마가 느닷없이 미국을 가시겠단다.

"아… 그… 장모님. 그러니까. 맞습니다. 그렇지만 겨우 세현이만 보셨는데. 아직 손주들 더 보시고. 그리고 우리 사업도 그러니까! 제 말은…"

"아서라. 내 인생이고 내 행복이야. 왜들 그래? 이 나이에 미국 가는 게 그리 걱정이 돼?"

"그렇죠! 지금 엄마 연세가 일흔하나예요. 아니 어떻게? 다들 그 나이는 연어처럼 고향 찾아온다는데. 도대체 엄마는!"

"그래 엄마는? 니 에미는?"

* 히브리서 11장 1절

유화

"아니! 파촉 삼만리는 이제 지겹지 않냐고?"

"아뇨. 전혀올시다."

"엄마. 거기 현아 언니 손녀 손자들도 좋지만 그것도 잠시잖아. 미국? 완전히 타향이야. 여행이면 오케이. 몇 번을 가도 괜찮아. 근데 지금 엄마 말은 아예 뜨겠다는 거잖아?"

날벼락이었다. 임현과 결혼한 지 3년 차인 1963년 느닷없이 엄마가 이민을 통지했다. 물론 미국엔 현아 언니가 있다. 당시 메리 송 외에도 줄줄이 아이가 넷. 그러니까 둘째인 벤저민 송 매킨리에 이어, 데이빗 송 매킨리, 제니 송 매킨리, 마지막으로 유나 송 매킨리 총 5남매. 그런데 이 막둥이 이름이 웃기는 게, 유나가 유화에서 따온 이름이란다. 아무튼. 손자 손녀들 보러 가는 것은 괜찮은데, 이민이라니!

"아니! 엄마. 거기가 청송도 광주도 부산도 아니고 어디라고요?"

"그래 미국이다 이놈아!"

"엄마, 지금 미국 가면 우리 이별이잖아아!"

못 말리는 모던 걸이 아니시라고. 그러니 지난 세월 착착 사업을 넘기던 그 분이셨다. 내 결혼 전 막전막후도, 또 분명 푸른 눈의 나의 형부 오브라이언의 미국행 훈수까지. 아! 세월의 빈 공간을 꺼내 그들의 작전을 생각하니 머리에 쥐가 난다. 아무튼 여파는 비단 우리 부부에게만 국한되지 않았다. 우리도 충격이었지만 녹주 할머니에게도 그대로 전해졌다. 권녹주, 그분 역시 마른 하늘에 날벼락을 맞으셨다.

"받으시오. 받으시소. 이 술 한 잔을 받으시오."

"이 술은 술이 아니라 잡수고 노자는 불로주요."

"동상. 이 술은 우리 다시 아니 볼까! 그 공백주요!"

이 사이 말은 장구 박자에 뛰노는 녹주 할머니의 사근사근한 목소리다.

"이 술 마시고오 나면! 천년만년 살으오리다. 만수무강 하오리다. 그러니 자 받으시오. 받으시오!"

"형님. 내가 왜 먼저요. 천년만년은 형님이 먼저지!"

이 사이 목소리도 또한 박자에 노는 송이, 떠나는 엄마의 애가이자 답가다.

"취할 때는 취하는 것. 취할 때는 취할망정, 동상은 어디 이 술 한 잔을 받습니다. 어서어서!"

"하 형님. 받기는 받소이다. 그 마음을 받습니다. 이 술을 마시고 나서 나 술에 취하면 어찌 할꼬나요."

녹주 할머니의 얼굴은 연지도 바르지 않았는데 벌겋다. 사실 술이 아니라 눈물을 한바탕 뿌리고 난 뒤라 더욱 그렇다. 거기에 술이라고는 입에 대지도 않는 엄마가 기어이 3잔째 벌컥! 지켜보는 우리는 또 이를 어쩌나!

녹주 할머니는 마지막에 몸을 가누지 못하셨다. 그분과 송이 두 분은 그렇게 생이별을 하셨다. 엄마는 끝내 미국으로 가셨다. 그게 1964년 그분 연세 일흔둘. 당연히 거처는 미국의 형부인 오브라이언과 현아 언니의 곁, 그곳 오하이오주 신시내티(Cincinnati)로.

엄마가 떠난 뒤 몇 개월 나는 심한 우울증을 앓았다. 무슨 억하심정도 생겨 형부 오브라이언의 장난기는 꿈에서도 악몽이었다. 마침 둘째 화령이가 태어난 직후라 산후 우울증도 겹쳤다. 나는 하늘이 무너진 것은 아니지만 큰 새의 그늘을 비로소 깨달았다. 지극한 어머니의 사랑, 엄마의 희생에 지켜진 나라는 자. 내 곁에 늘 있을 거라고 당연히 믿었건만. 그러나 막상 사라졌을 때, 떨어지고 빼앗기고 잃어버렸을 때 겨우 느끼는 그 존재의 푸르름을, 그 그늘 아래 내가 쉬어 왔다는 것을. 나는 아래로 아래로 가라앉고 있었다.

언젠가 현아 언니가 말했던 뜨는 돌이 아니라 제대로 가라앉는 추억, 시간의 뼈들을 찾고 추리면서. 동시에 깨끗이 지워졌다 믿었던 어느 아이 웨이의 그림자도 기웃거리면서 아빠 요한까지 과거로 과거로 시달리고 있었다.

나는 파촉 삼만리를 거듭해서 달리는 한 마리 고도어(古都魚, 옛 도읍의 물고기이며 고등어의 또다른 표현)였다. 섬망증 같이 끝없이 망망한 시간의 바다를 타며 각종 기억의 소환에 시달렸다. 그 기억들, 충칭, 그리고 전쟁통의 부산과 다시 서울을 오가는 떠살이 악몽을 따라갔다. 물론 중간중간 섬처럼 슬프고 진한 향수 가운데 기쁨의 시간과 공간, 현아 언니의 뜨는 돌도 보이긴 했다. 그러나 우울감이 심해 당시 나의 가브리엘도 어쩌지 못하는 나는 외로운 고등어! 고독어(孤獨魚)였다.

> "아, 미국도 춥다. 나 먼저 가마."
>
> 엘리사벳 송이 박
> 1892. 9. 20~1978. 12. 24.
>
> 영원히 우리 마음속에 머무시기를
>
> 신시내티 오크 힐 묘지(Oak Hill Cemetery)

1978년 나와 임현은 미국으로 급히 날아갔다. 향년 여든여섯 살. 건강하셨는데 뜻밖의 사고로 돌아가셨다. 믿기지 않는 낙마 사고였다. 그 직전 1977년 나는 현아 언니와 조카들 그리고 어머니 송이를 만나러 갔었으니까. 그런 1년 만에 갑작스러운 사고였다. 〈스타워즈〉(1977, 에피소드 4 -새로운 희망)가 개봉된 그해 조카들과 내 새끼들 상견례도 시킬 겸 우르르 그 영화를 보았는데. 당시 엄마는 그 영화처럼 새로운 희망이라며 애인인 독일 할아버지 피터도 소개하셨다.

"오! 이가 당신의 그 막내딸 유화."

당시 징그럽게 살뜰했던 그 독일 할아버지. 내 속은 오글오글했다.

"헬로우, 유나 이모!"

막내 조카 유나 송이가 내 품에서 유난히 놀던 그때 형부 오브라이언은 전했다. 지난날 엄마는 내내 바람 잘 날 없었다고. 수영, 댄스, 그리고 마지막엔 승마. 하여튼 수컷들이 줄을 서더라고. 그러다 최근 몇 년 그 피터 할아버지와 눈이 맞으셨다고. 그래서 피터 할아버지의 농장에서 거의 사셨다고. 그런데 승마장에서 그만 낙상을 했다니! 도대체가! 12월 눈이 내린 들판을 왜 말을 타며! 또 목격자는 낭만의 송이가 고집을 피웠다는 주장과 함께 연세가 있는 분들이라 느릿느릿 동행했다는 피터 그 할아버지. 엄마가 느닷없이 무슨 테니스 볼을 소리쳤단다. 동시에 갑자기 말을 내몰았다고. 순간 나는 목이 메었다.

"진짜로 테니스 볼? 당신 뭐라고 했지요?"

반복해 정말이었냐고 묻는 내게 그 독일 할아버지는 거듭 진실임을 강조했다.

"Wahrheit und Wahrheit!"(진실 또 진실!)

펑펑 얼마나 기쁘게 울었는지! 게다가 사망 일자가 12월 24일. 세상에! 크리스마스 전야에 왜 그분은 느닷없이 그런 말을 던지고 말을 재촉해!

장례식날 나는 엄마의 마지막을 어렵지 않게 그릴 수 있었다. 행복하면서도 너무 아름다웠고 슬펐다. 결코 마음 아프지 않았다. 충일한 기쁨 가운데 나는 엄마의 비문을 보며 그분의 더 높은 비상을 그렸다. 아, 시간의 짝두(작두)를 타고 저 멀리 날아가는 한 마리 겨울새. 내 곁 영원할 줄 알았던 푸른 영혼이 이제는 정말 저 멀리 별이 되었다. 내 시선은 감사와 탄식의 눈물과 함께 고개 들어 하늘을 끝없이 쳐다보고 있었다. 이번 당신은 더 높은 곳을 오르는 고등어(高登魚, 높이 오르는 물고기)라고.

'가아 내 눈까리가 그지야. 내 눈티이 얼기미 천사아가 바로 이것

이 아니었나!'

 그 분 춘삼의 환시는 또한 내 것이 되었다. 어쩜! 엄마는 쪼로미(나란히) 박하향기 속 사라지는 수천 수만 안개꽃 사이 또는 수백만, 수천만 송이 눈꽃 송이로 빙긋 나래!

 나는 엄마의 다음 행보를 그리며 눈물 그득 감격의 미소도 가득이었다. 도대체 누구를 응원해야 할까. 두 사람 하늘에서 한바탕을 그리고 있자니 고개를 절래절래 저었다.

 당신의 마지막은 선물이었다. 나도 풀려나고 있었다. 내게도 완전한 자유가 도착했다. 언제나 곁에 계신 아버지 요한을 확인했으니까. 엄마! 그리고 아빠, 또 할머니까지. 나는 두 손을 불끈 쥐었다. 나는 엄마의 비문을 내 마음에 담으며 울음, 기쁨, 미소와 함께 약속했다. 마음속 나의 연을 날렸다.

 '나 잘할 거야. 아빠, 엄마! 그리고 할머니도. 당신들은 정말 영원을 보여주셨으니까요. 사랑합니다. 수고하셨어요. 당신들은 아름다웠습니다.'

주석

9쪽_ **내포 일대**: 충청남도 서북부 지역. 조선 시대 지리학자 이중환은 『택리지』에서 '내포는 가야산 앞뒤와 오서산 북쪽의 열 개의 고을'이라고 말했다. 그는 보령, 결성, 해미, 태안, 서산, 면천, 당진, 홍주, 덕산, 예산, 신창, 대흥 등을 언급했다.

9쪽_ **도촌**: 1860년대부터 1920년 사이에 세워진 천주교인의 산속 마을인 교우촌 중 하나. 당시 성거산 일대에는 서덕골, 먹방이, 소학골, 사리목, 매일골, 석천리, 도촌 등이 있었다고 전해진다.

11쪽_ **칼레 신부(N. Calais)**: 프랑스 파리 외방 전교회 소속으로 1864년 성거산 소학골 교우촌 일대를 주 사목 관할로 하여 충청도와 경상 남북도 지역까지 포교했던 인물

12쪽_ **곶감**: 박해를 피해 산속으로 숨은 천주교인들에게 장기간 저장할 수 있는 곶감은 교우촌의 요긴한 먹을거리요 나눔 거리였다.

21쪽_ **당백전(當百錢)**: 조선 후기 1866년(고종 3년) 흥선대원군이 발행한 화폐. 경복궁 중건을 위해 발행했으나 겨우 6개월만 사용되었다. 이후 땡전으로 전락해 훗날 푼돈의 상징이 되었다.

30쪽_ **공소(公所)**: 성당보다 작은 규모의 예배 장소. 신자들이 모여 예배 보는 장소이자 교인들의 공동체.

40쪽_ **병인박해(丙寅迫害)**: 병인년인 1866년(고종 2년)부터 1871년까지 약 8천 명의 천주교 신자가 처형된 조선사 최대 규모의 천주교 박해.

45쪽_ **심약당(審藥堂)**: 오늘날의 도청에 해당하는 감영에 소속된 약재를 다루는 곳으로 주치의가 근무했다.

47쪽_ **향옥(鄕獄)**: 향(鄕)자를 쓴 것은 중앙의 감옥인 경옥(京獄)과 구분해 지방 감옥의 상대적 지칭임.

60쪽_ **신유박해(辛酉迫害)**: 1801년(순조 1년) 신유사옥이라고도 불린다. 정약용 형제 등 실학자들과 천주교 신자 백여 명이 처형되고 유배되었다.

60쪽_ **김진후(金震厚)**: 한국 최초의 가톨릭 신부인 김대건(金大建)의 증조부로 충남 당진 솔뫼 태생.

60쪽_ **핏골**: 경북 청송군 눌인리 일대 백자리 또는 모래실 순교지로 불린 청송군 현서면.

60쪽_ **을해박해(乙亥迫害)**: 1815년(순조 15년)에 벌어진 천주교 박해. 경상도 청송 노래산 일대에서 시작되었다.

60쪽_ **노래산(老萊山)**: 해발 794미터, 청송군 소재 태백산맥 자락에 위치하며 현재는 수몰되어 청송 양수 발전소와 댐인 노래호가 있다.

60쪽_ **나자로(라자로)**: 성경에는 두 명의 나자로(나사로)가 등장한다. 요한복음 11장 1~44절, 12장 1~11절의 나자로는 죽어 4일 만에 다시 살아난 인물로 베다니에 살던 마리아와 마르다의 오빠. 또 누가복음 16장 19~31절의 거지 나사로(나자로)다.

66쪽_ **성작(聖作)**: 성스로운 작품, 가톨릭에서는 미사의 기구로 포도주를 담은 잔을 가리킨다.

67쪽_ **진사유(辰砂釉)**: 붉은 색조가 균일하지 않아 오히려 매력적이고 신비롭게 보이는 유약. 본문은 유약과 함께 도자기로 혼용해 사용했다.

79쪽_ **떠살이**: '떠서 살다'는 뜻으로, 평생을 물살을 헤엄치며 살아가는 고등어는 대표적인 떠살이 물고기다.

90쪽_ **엘리사벳**: 현대 이름으로 엘리자베스. 성서에 나오는 엘리사벳은 제사장 즈가리아의 아내이자 세례 요한의 어머니. 그리고 가톨릭 성인인 엘리사벳의 축일(탄생일)은 9월 20일이다.

93쪽_ **대방(大房)**: 조선시대 보부상 조직 안에 있던 비방청(裨房廳)의 임원. 단체 또는 자생적 모임에서 사무를 맡아보는 직책. 흔히 '소임(所任)'이라고도 한다.

94쪽_ **상무사(商務社)**: 1899년 상업과 국제무역, 기타 상행위에 관한 업무를 관장하기 위해 설립한 기관으로, 구한말 전국 보부상단도 관리했다.

109쪽_ **일본 돈 일 엔**: 1904년 『고종실록』에 따르면 예산을 관리하는 탁지부에서 화폐 기준을 1엔(원) 은화로 잡은 기록이 있다. 1905년 한일의정서, 한일협약에 의해 일본과 조선의 화폐 단일화 작업(화폐정리사업)이 이루어졌다. 이 소설에서는 은화 일엔을 100전으로 추정해서 설정했으나, 엽전 대비 400~700 대 1의 가치로 상당한 고액환이었다는 평가가 있다.

111쪽_ **『성교절요』(聖敎切要)**: 1705년 간행된 천주교 교리서.

111쪽_ **『성교요리문답』(聖敎要理問答)**: 천주교의 교리를 문답식을 풀어낸 책.

111쪽_ **칠성사(七聖事)**: 예수 그리스도가 정한 일곱 가지 성사. 세례 성사, 견진 성사, 고해 성사, 병자 성사, 성체 성사, 신품 성사, 혼인 성사를 이른다.

111쪽_ **신앙의 자유**: 1886년 프랑스와 체결한 조불수호통상조약으로 천주교 선교와 포교의 자유가 허용되었다.

111쪽_ **신나무골 학당**: 신·구학문을 가르친 학교. 연화서당으로도 불림

111쪽_ **자천리 교회**: 경상북도 영천시 자천리 소재 경북 유일의 기독교 사적으로 지정된 한옥교회가 있다. 1898년 미국 제임스 아담스 선교사로부터 복음을 받아들인 권헌중이 세운 교회라 전해진다.

111쪽_ **선교사 아담스(J. E. Adams)**: 미국 북장로 선교사로 1895년 내한해 영천, 청송, 대구 등 경북 일대에서 선교 사업과 함께 교육·의료 사업을 펼쳤다. 제중원을 설립해 의술을 토대로 선교를 펼치기도 했다.

111쪽_ **사무엘 무어(Moore, Samuel)**: 1892년 조선에 파견된 미국 북장로교회 선교사. 그는 백정이나 기생을 교회의 일원으로 받아들임으로써 신분질서 파괴를 실제로 전개한 업적으로 평가받는다.

114쪽_ **경성수산시장**: 1899년 인천 제물포와 노량진을 잇는 경인선이 놓이며 1905년 경성역(오늘날의 서울역)에 생겨난 수산물 도매시장.

114쪽_ **예수성심학교**: 1887년 3월 서울시 용산구(원효로 19길 49)에 설립된 가톨릭 신학교의 전신. 이후 신학교는 종로구 혜화동(현 가톨릭대학 성신교정)으로 이전되고, 현재는 성심여중·고가 남아 있다. 실제는 1907년 당시 여학교를 운영한 사실은 없다. 1957년에 성심여자중, 1960년에 성심여자고등학교가 개교했다.

116쪽_ **곤당골교회**: 1906년 사무엘 무어 선교사에 의해 설립되었다. 설립 초기 최하층민인 백정을 대상으로 해서 백정교회로 불리기도 했다. 오늘날 승동교회로 이어졌다.

116쪽_ **정구**: 일제강점기 정구의 시대는 1920년대에 본격화되었다. 대표적으로 남선정구대회(1922년 매일신보사), 1923년 제1회 조선여자정구대회에서는 군중이 무려 2만이라는 기사(<동아일보> 1923년 7월 1일자 외)가 있다. 아울러 "때론 제비와 같고 또는 종달새와 같이 만신의 힘과 처녀의 순정으로 분투하는 양의 모습은 (중략) 가히 고보인중의 한 사람(최고)이 아닐 수 없다."는 <매일신보> 1926년 11월 4일자의 기사 내용을 본문에 응용했다. 다만, 이 소설에서는 실제 역사보다 약 10년을 앞서 정구의 시대로 설정했다.

119쪽_ **박서양(朴瑞陽)**: 황해도 연안 출생으로 1908년 6월 우리나라 최초의 의사 일곱 명 중 한 명으로 세브란스의학교를 졸업하고 대한제국의 외과 의사가 되었다. 일제강점기에는 의사로 활동할 뿐만 아니라 학교를 세워 아이들을 가르쳤으며 독립군의 치료를 도맡아 한 것으로 전해진다.

121쪽_ **일제 검사**: 일제 검사와 검찰 사무에 대한 고요한의 대화는 김용주의 논문 「구한말 검찰제도의 연혁과 사법경찰관과의 상호관계 연구 -법령검토를 중심으로」(2015년), 문준영의 논문 「한국 검찰제도의 역사적 형성에 관한 연구」(2004년) 등을 참고했다.

142쪽_ **<살로메>**: 아일랜드 작가 오스카 와일드(Oscar Wilde)의 희곡 『살로메』를 바탕으로 만든 리하르트 슈트라우스의 오페라. 이야기의 기초는 성서 마태복음 14장 6~11절, 마가복음 6장 21~28절. 사실 성경에 살로메라는 이름은 없고 헤로디아의 딸로만 나오지만, 오스카 와일드의 희곡에서는 살로메가 세례 요한을 사랑했다는 전개다. 이 소설에서는 리하르트 슈트라우스의 오페라 <살로메> 내용을 응용했다.

144쪽_ **조선물산공진회(朝鮮物産共進會)**: 1915년 9월 11일부터 10월 30일까지 일제는 조선 합병 5주년을 기념해 경복궁에서 대대적인 박람회를 개최했다. 이 행사에는 요리업자대회, 신문기자대회, 산업박람회, 연합전도운동을 비롯해 희곡 연출과 이태리 영화 상영 등 각종 부속 행사도 진행하였다. 일제는 51일간 진행된 이 행사를 위해 2년간 경복궁 일대 4천 칸의 궁궐 건물을 부쉈으며, 그때 파괴로 건물은 겨우 근정전과 경회루 교태전 등이 남게 되었다. 『시정 5년 기념 조선물산공진회 경성협찬회보고』(1916년)을 참조했다.

146쪽_ **권번(券番)**: 기생을 길러내는 교육 기관이자 기생들의 조합

152쪽_ **일패**: 조선 말기 기생의 등급으로 일패(一牌), 이패, 삼패가 있다. 일패 기생은 왕실이나 관청에 소속되어 가곡, 시조, 서예 등 문사와 예술에 뛰어났다.

158쪽_ **위생경찰**: 일제는 군사경찰, 행정경찰, 경제경찰, 학사경찰, 위생경찰 등의 업무 분장으로 조선의 모든 사회 시스템을 감시 감독하였다. 위생경찰 관련 내용은 정근식의 「식민지 위생경찰의 형성과 변화, 그리고 유산 -식민지 통치성의 시각에서」(2011년)와 국사편찬위원회의 『근현대 과학 기술과 삶의 변화』를 참고했다.

158쪽_ **손탁 호텔**: 1902년 구한말 건축된 최초의 서양식 호텔. 당시에는 손탁 빈관으로 불렸다. 실제 손탁은 1909년 독일로 돌아간 뒤라, 1916년부터 등장하는 소설 속 손탁 호텔은 가상의 설정이다.

159쪽_ **정동 구락부(貞洞俱樂部)**: 구한말 서울 정동을 중심으로 서양인들과 조선의 개화파 인물들의 사교모임.

160쪽_ **양정의숙(養正義塾)**: 1905년에 설립된 사립학교. 법학전문학교를 표방하여 헌법, 국가학, 형법, 민법 총론, 물권법 기타 형사와 민사 소송법 등 20여 개 법률 교과목을 두었다. 그러나 1913년 일본의 교육령에 의해 전문 과정이 폐지되고 보통학교로 전환되었다.

166쪽_ **기생조합 만세운동**: 1919년 기생 조합 소속 기생들이 각지에서 전개한 독립만세 시위. 소설 속 혈서의 내용은 1919년 3월 19일 진주 기생조합의 실제 사건으로 현금화(韓錦花)가 주인공이다.

166쪽_ **경부**: 일제강점기 직제에 따른 경찰 직위. 오늘날 경찰서의 주임이나 계장,

과장 대리 정도로 가늠.

172쪽_ **하야시 곤스케**(はやしんすけ, 林權助): 일본 도쿄대를 졸업하고 일본 외무성의 외교관이 된 자로 인천과 상하이 영사, 조선 주재 특명전권공사로 임명되었다. 그는 이토와 함께 을사조약의 강제 체결에 앞장섰으며 주중 일본 대사, 주 영국 일본 대사를 역임했다.

175쪽_ **고통어**: 고등어의 아픈 변용이기도 하며, 시인 성미정의 시 <고통어 자반>을 참고했다.

178쪽_ **뮈텔 주교**(Mütel): 8대 조선교구장으로 명동성당 건립 등 조선 가톨릭 역사에 기여했다. 그러나 그는 정치 사회 문제에서는 일제에 부응했다는 비판을 받는다.

198쪽_ **상하이**: 당시 상하이는 조선 외 필리핀 독립운동 결사의 중심지 중 하나였다, 인도, 베트남의 민족운동 단체는 물론 소비에트 러시아도 활동 근거지였다. 정확히 대한민국 임시정부는 1919년 4월 13일 중국 상하이에서 결성했다. 이는 항구도시로 외국인들이 자유로이 거주하며 치외법권을 누릴 수 있도록 설정한 구역이었기 때문이다. 관련해 상하이에 대한 묘사는 논문 이병인(한국교원대)의 「'모던' 상해와 한국인이 본 상해의 '근대', 1920-1937」(2013년)을 참고했다

201쪽_ **김가항 성당**: 1841년 중국 난징 교구의 주교 성당으로 한국인 최초의 신부인 김대건 신부의 사제 서품(1845년 8월)이 있던 곳.

201쪽_ **상하이 거류민단**: 1919년 중국 상하이에 조직된 한국 망명 인사들의 자치기관이자 임시정부의 외곽 단체. 상하이 교민의 생활을 보호하고 임시정부의 기반 조직으로서 기능했다. 산하 조직으로 질서 유지와 외부 세력 침투 방지를 목적으로 의경대를 운영했다. 이 교민단을 만든 인물 중 한 분이 김구 선생.

207쪽_ **지전**(紙錢)**춤**: 특히 호남지역 무당들이 지전(종이돈)을 가지고 추는 춤으로 망자를 보내는 씻김굿. 이 소설에서는 전통 진도 씻김굿과 일공 스님의 시 <지전춤>을 참고하고 응용했다.

220쪽_ **칭화위**(靑花魚): 중국어로 통상 바다고기를 뜻하나 특히 고등어를 등이 푸른 생선, '푸른 꽃 생선'이라는 뜻으로 칭화위로 부른다.

230쪽_ **라파엘**: '하느님께서 고쳐 주셨다'는 뜻으로, 유대교와 기독교, 이슬람교에서 믿는 대천사. 특히 기독교에서는 전통적으로 치유의 천사로 전해진다.

248쪽_ **그로버 클리브랜드(Grover Cleveland)**: 22대, 24대 미국 대통령. 1891년 발행된 일천 달러 속의 인물이다.

249쪽_ **초인플레이션**: 1945년 6월에서 8월까지 두 달 동안 도매 물가는 약 540퍼센트, 1945년 말까지 4개월간 148.8퍼센트, 1946년 486.5퍼센트, 1947년 128.1퍼센트 증가했다. 1945년 6월부터 1947년 12월 말까지 도매 물가가 213배 급등한 것이다. 『한국산업경제 10년사』(한국산업은행, 1961년), 옥동석(인천대 교수)의 「해방 직후 재정: 통화증발과 특별회계 관리」(한국재정정보원, 2021년 2월) 등을 참조했다.

262쪽_ **중학교 4학년**: 해방 직후 1946년 6년제 중학교로 개편되어 1951년까지 고등학교 없이 중·고등학교 합 6년제 과정이었음.

266쪽_ **6·5 대터널 참변**: 1941년 6월 5일 일제의 충칭 폭격으로 방공호 속에 갇힌 1,200여 명이 질식사한 사건.

296쪽_ **대사일번 사후소생(大死一番 死後蘇生)**: 선어록의 하나인 『벽암록(碧巖錄)』에 있는 화두(문구)로 크게 한번 자기를 죽여야 새로운 삶의 지평이 열린다는 뜻.

298쪽_ **호메이**: 생선 양미리를 새끼줄에 꼬아 말린 고기로 물고기의 굽은 모양이 호미처럼 굽었다 해서 호미 고기로 불린다. 주로 경상도에서 사용하는 말이다.

작가의 말

 어머니와 고향을 소재로 잃어버린 우리 정신사의 한 편을 찾고 싶었습니다. 집 잃어버린 양 한 마리를 위해. 그래서 역사, 특히 박해의 역사를 다뤘습니다.
 글을 쓰게 된 계기는 저와 십수 년 인연을 맺고 있는 이도우 대표가 운영하는 한식당이었습니다. 식당 이름이 '산으로 간 고등어'입니다. 워낙 맛집으로도 유명한 데다 올곧은 외식 철학을 갖춘 그와 어느덧 형·동생 하는 사이로 발전했는데, 문득 제가 그 집 이름에 꽂혔습니다. 특히나 그의 가계가 정성으로 차리는 '고등어와 고향', '고등어와 어머니'는 마치 맨살이 맛처럼 이 이야기의 본류를 움직였던 것 같습니다. 그렇게 책의 중심이 되는 재료를 갖추었습니다.
 돌이켜 보니 본격적인 착상은 익투스(IXΘYΣ)였습니다. 바로 '물고기'요, 초기 기독교 신자들이 비밀스럽게 사용했다고 전해지는 기독교의 상징이지요. 이 향기는 아픔이자 탄식 그리고 순명이며 의지! 왜 우리의 지금은 이러한가, 하는 저 안의 탄식이랄까!

그러나 구체적 인물들의 탄생은 오롯이 꿈만 같습니다. 이를테면 청송의 사투리와 과거의 생태를 재현하는데 대체 무슨 구상을 꾸렸을까요?

'그저 쓰여졌다'면 과장일까요.

고백하자면 첫 원고는 혼란스러웠습니다. 태어났지만 제대로 태를 갖추기까지 이야기 집을 몇 번을 부수어야 했지요. 동시에 저도 거듭나고 있었습니다. 내가 왜 이런 이야기를 썼는지, 굳이 이 고등어 이야기가 저의 시작이 되어야 하는지, 다시 쓰는 과정에서 수렴의 이유가 도착했지요.

저는 글을 다 쓴 이후에야 초향의 무대인 성거산을 방문할 수 있었습니다. 다 쓴 뒤에 현장 답사라고나 할까요. 그곳 성거산 피정의 집에서 하룻밤 머물며 새벽에 기묘한 꿈을 꾸었답니다.

'고마워…요. 정말 고마워요!'

평범한 소녀이면서 동시에 여인의 느낌이었는데, 누추해도 보였고 심지어 남루하다 느꼈습니다. 복장은 단색의 치마와 저고리를 입었고 머리를 땋았던 것 같습니다. 그녀 그 여체로부터 느닷없이 뒤에서 뜨거운 포옹을 받았던 미몽의 체험입니다. 낯선 여체로부터 기습적이고 물컹했던 포옹, 그 '와락'은 설명이 어려운 물성의 촉감이었습니다. 뒤에서의 엉킴이었으니 얼굴도 볼 수 없었고, 이건 자기 암시나 내가 만든 몽유라는 생각이 들면서도, 얼떨

떨은 잠시 이윽고 한참은 뭉클했습니다.
 '그랬군요!'
 주인공 유화가 하늘에 두고 했던 고백 그대로 여전히 저는 그때의 박동이 느껴지는 듯합니다. 누군가 그녀는 실재했다는 뭉클함과 그로 말미암아 스스로 갸륵함이었죠. '그저 쓰여졌다' 함을 겨우 이렇게 설명할 뿐입니다. 저는 그러므로 수렴할 수밖에 없습니다. '마땅하고 옳은 일입니다!'라고. 영광을 우선 저의 하느님께 드립니다.
 물론 현실과 꿈 사이에 괴리는 존재합니다. 하여 독자에게 밝힐 것이 있습니다. 여기 꿈의 전달처럼 몇 가지 구성에서 시간의 도약, 현아 언니의 '물 위로 뜨는 돌'이 있었습니다. 특히 송이의 파트가 그렇습니다. 곧 정구 이야기는 실제보다 10여 년 이상을 앞서 끌어온 설정이라는 것, 또 송이가 다닌 성심학교에 당시에는 여학교가 없었다는 사실과 손탁 호텔의 손탁 여사는 이야기 시점에는 국내에 없었다는 점 등이 그러합니다.
 끝으로 고마운 분들, 두터이 저의 한 손이 되어 주신 분들께 감사드립니다. 글에 뜻을 모으셨으나 작년 안타깝게 작고하신 저의 아버지 조관형 선생님, 고인의 사랑 김금자 여사님, 그리고 사랑하는 아내 소연에게 이 책을 바칩니다. 아울러 저의 출발을 도우신 '평화를 품은 집'의 명연파 이사장님과 저와 함께 한 손으로 수고해주신 서상일 편집자님께 뜨거운 고마움을 전합니다.
 저는 당신께 드리는 또 하나의 고백이며 선물이라 믿습니다. 교정을 거듭하다 보니 제가 어느덧 고등어가 되어 이야기 물살을 가르고 있었습니다. 해서 고데이(고등어)가 된 지은이에게 마지막 하나를 꼽으라면 저는 당신께 인물 춘삼이 수렴했던 그 말씀을 다시 전하고자 합니다.

"우리가 사랑함은 그가 먼저 우리를 사랑하셨음이라."

인생 고등어, 그 떠살이 삶이란 자신인 반 손과 먼저 사랑하신 다른 반 손과 하나 되는 순례라는 저의 이 갈무리. 그 우선하신 사랑하심과 지극하심의 믿음에 대하여 이 글이 당신께 순한 한 손이 되길 기원합니다.

조성두

2023년 10월 9일

장편소설
산으로 간 고등어

1판 1쇄 발행일 2023년 10월 30일

지은이 조성두

표지 일러스트 백민원
편집 서상일
디자인 디자인 〈비읍〉

펴낸곳 일곱날의빛
펴낸이 조성두
등록 제25100-2023-000026호
전화 010-2781-3805 **팩스** 070-4036-0083
이메일 thocthoc@naver.com
홈페이지 www.sevenlights.co.kr

ISBN 979-11-984998-1-3

이 책은 저작권법에 따라 보호받는 저작물이므로
무단전재와 무단복제를 금합니다.
이 책 내용의 전부 또는 일부를 재사용하려면 반드시
출판사의 동의를 얻어야 합니다.

이 책의 본문은 '을유1945' 서체를 사용했습니다.